LES NOUVEAUX PROPHÈTES

Åsa Larsson compte des millions de lecteurs à travers le monde. Originaire de Kiruna, où se déroulent également ses romans, elle a été avocate comme son héroïne, avant de se consacrer pleinement à l'écriture. Ses romans *Le Sang versé* et *En sacrifice à Moloch* ont tous les deux remporté le Prix du meilleur roman policier suédois. Sa série consacrée à Rebecka Martinsson est traduite dans trente pays.

Paru au Livre de Poche :

En sacrifice à Moloch

La Piste noire

Tant que dure ta colère

Le Sang versé

ÅSA LARSSON

Les Nouveaux Prophètes

Une enquête de Rebecka Martinsson

ROMAN TRADUIT DU SUÉDOIS PAR CAROLINE BERG

LE LIVRE DE POCHE

Titre original :
SOLSTORM

Cet ouvrage a été précédemment publié en 2006 aux éditions Gallimard sous le titre *Horreur boréale*, traduit par Philippe Bouquet et Paul Dott.

ISBN : 978-2-253-18118-7 – 1re publication LGF

Tel un arbre de colère
Elle grandit
Derrière mon front
Avec ses feuilles scintillantes, bleues, blanches
Un arbre qui tremble encore dans le vent

Et je détruirai ta maison
Et rien ne me sera étranger
Pas même
L'humain

Tel un arbre qui pousse à l'intérieur
Elle étend ses branches
Brise
La boîte crânienne

Et brille comme une torche
Dans la forêt
Dans l'obscurité

Göran SONNEVI

PUIS VINRENT LE SOIR ET LE MATIN
DU PREMIER JOUR

Ce n'est pas la première fois que Viktor Strandgård meurt. Cette fois, il est couché sur le sol du temple de cristal, les yeux levés vers les immenses fenêtres de toit. Plus rien ne le sépare de la nuit hivernale.

Je ne peux pas être plus près, songe-t-il. Dans cet endroit, sur la colline du bout du monde, le ciel est si proche qu'on a l'impression de pouvoir le toucher, simplement en tendant la main.

Dehors, l'aurore boréale ondoie, tel un dragon dans la nuit. Les étoiles et les planètes semblent s'écarter au passage de ce prodige de lumière qui, sans hâte, se fraie un chemin le long de la Voie lactée.

Viktor Strandgård suit sa course des yeux.

Je me demande si elle chante, pense-t-il encore. Comme une baleine solitaire au fond de l'océan.

Et, comme si elle avait lu dans ses pensées, elle s'arrête. Interrompt une seconde son imperturbable voyage. Contemple Viktor Strandgård de son regard de menthe glacée. Car en vérité, allongé là, il est beau comme une icône. Le sang d'un rouge sombre nimbe sa longue chevelure aussi blonde que celle de sainte Lucie. Il ne sent plus ses jambes. Il s'endort. Il n'a pas mal.

Tandis qu'il regarde le dragon dans les yeux, c'est à sa première mort qu'il pense. À ce jour de dégel où, heureux et insouciant, sa guitare sur le dos, il dévalait à bicyclette la longue pente qui conduit au croisement entre Adolf Hedinsväg et Lundbohmsväg. Il se souvient du moment où il a senti les pneus de son vélo déraper sur la route gelée, alors qu'il tentait de freiner. Il revoit la femme arrivant sur sa droite dans sa Fiat Uno. Il se rappelle le regard qu'ils ont échangé, sachant tous les deux que l'inéluctable glissade vers la mort avait commencé.

C'est avec cette image dans la tête que, pour la deuxième fois de sa vie, Viktor meurt. Des pas approchent, mais il ne les entend pas. La vue de la lame brillante du couteau lui est épargnée. Son corps gît sur le sol du temple comme une enveloppe vide et se laisse transpercer. Encore et encore. Et là-haut, au firmament, le dragon reprend sa route, indifférent.

Lundi 17 février

L'angoisse la fit sursauter et ce fut le bruit de sa respiration précipitée qui tira Rebecka Martinsson de son sommeil. Elle ouvrit les yeux dans le noir avec l'impression très nette qu'il y avait quelqu'un dans son appartement. Elle resta allongée sans bouger, aux aguets, mais n'entendit que le bruit de son propre cœur battant dans sa poitrine comme celui d'un lapin effrayé. Elle chercha son réveil digital sur la table de chevet et trouva à tâtons le bouton pour l'allumer. Trois heures quarante-cinq. Elle s'était couchée quatre heures plus tôt et se réveillait déjà pour la deuxième fois.

C'est le boulot, songea-t-elle. Je travaille trop. C'est pour ça que, la nuit, mes pensées tournent dans ma tête comme un hamster dans sa roue.

Elle avait la nuque raide et un début de migraine. Elle avait probablement grincé des dents en dormant. Ce n'était plus la peine d'insister. Elle s'enroula dans sa couette et se rendit dans la cuisine. Ses pieds trouvèrent le chemin dans le noir. Elle mit en route la cafetière et la radio. Laissa la mélodie d'interruption des programmes défiler en boucle comme un appel à la prière lancinant, tandis que l'eau coulait dans la cafetière et qu'elle prenait sa douche.

Elle ne prit pas la peine de sécher ses longs cheveux et but son café tout en s'habillant. Durant le week-end, elle avait repassé et suspendu ses vêtements de la semaine dans la penderie. On était lundi. Sur le cintre du lundi étaient accrochés un corsage ivoire et un tailleur bleu marine de chez Marella. Elle renifla ses collants de la veille. Ils feraient l'affaire. Ils plissaient un peu aux chevilles, mais en tirant dessus et en les repliant sous les orteils, cela ne se verrait pas. Il faudrait juste éviter d'enlever ses chaussures. Elle s'en fichait complètement. La lingerie et les collants n'avaient d'importance que si on avait des raisons de penser que quelqu'un allait vous déshabiller et il y avait un certain temps que Rebecka ne portait plus que des sous-vêtements déformés et grisâtres.

Une heure plus tard, elle était au bureau, assise devant son ordinateur. Les mots déferlaient dans son cerveau comme un torrent de montagne, coulaient le long de ses bras et se déversaient dans ses doigts qui couraient sur les touches du clavier. Au travail, son esprit était au repos. Le malaise de ce matin s'était envolé.

C'est drôle, songea-t-elle. Je dis à mes collègues du cabinet que j'en ai marre de travailler alors que, en réalité, il n'y a que lorsque je travaille que je suis en paix avec moi-même et que je me sens heureuse. C'est quand je m'arrête que l'anxiété prend le dessus.

La lumière de l'éclairage public pénétrait à peine par les grandes fenêtres à croisillons. Il y avait déjà quelques voitures dans la rue, mais bientôt la circulation transformerait le paysage sonore en un bruissement sourd et continu. Rebecka se recula dans son fauteuil de bureau et lança l'impression. Dans le couloir encore plongé dans l'obscurité, l'imprimante reprit vie et livra sa première commande de la journée. La porte de la réception claqua. Elle soupira et regarda l'heure. Six heures moins dix. Finie la tranquillité.

Elle essaya d'entendre qui venait d'arriver, mais les épais tapis du corridor étouffaient le bruit des pas. Au bout de quelques secondes, Maria Taube poussa la porte de son bureau avec la hanche, parce qu'elle avait un mug de café dans chaque main.

« Je te dérange ? »

Rebecka remarqua qu'elle tenait sous son bras droit le document qu'elle venait d'imprimer.

Jeunes avocates fiscalistes, les deux femmes travaillaient au cabinet Meijer & Ditzinger, situé au dernier étage d'un bel immeuble fin XIXe sur Birger Jarlsgatan. Tapis persans semi-antiques dans le corridor, confortables canapés et fauteuils en cuir patiné disposés ici et là, l'endroit respirait l'expérience, le pouvoir, l'argent et l'excellence. Tout avait été mis en œuvre pour inspirer confiance et respect.

« Quand je mourrai, je serai tellement fatiguée que je n'aurai qu'un seul souhait, qu'il n'y ait pas de vie après la mort, soupira Maria en posant un café sur le bureau de Rebecka. Mais je suppose que nous ne sommes pas d'accord sur ce point, Margaret Thatcher ! Tu es arrivée à quelle heure ? À moins que tu ne sois pas rentrée chez toi depuis que je t'ai quittée hier ? »

Elles avaient travaillé toutes les deux jusque tard dans la soirée de dimanche et Maria Taube était partie la première.

« Je viens d'arriver », mentit Rebecka en lui prenant la photocopie des mains.

Maria s'écroula dans le fauteuil des visiteurs, retira ses escarpins en cuir hors de prix et remonta les jambes sous ses fesses.

« Quel temps ! » gémit-elle.

Rebecka regarda dehors d'un air surpris. Une pluie froide martelait les vitres. Elle ne s'en était pas aperçue. Elle ne se souvenait pas s'il pleuvait quand elle était sortie de chez elle ce matin. En y réfléchissant, elle ne se rappelait même plus si elle était venue à pied ou si elle avait pris le métro. Elle regarda, songeuse, les gouttes d'eau ruisselant sur les carreaux.

Ah, l'hiver à Stockholm… Il valait mieux penser à autre chose quand on mettait le nez dehors. Là où elle avait grandi, c'était une autre histoire. L'aube bleue du milieu de l'hiver, la neige qui craquait sous les pieds. Et puis cette saison qui n'existait que là-bas, où ce n'est plus tout à fait l'hiver, mais pas encore le printemps. Quand elle partait à skis de la maison de sa grand-mère à Kurravaara et qu'elle longeait la rivière jusqu'à la cabane de Jiekajärvi. Pour se reposer, elle s'asseyait contre le tronc d'un pin dont l'écorce brillait comme du cuivre rouge au soleil, sur la toute première tache de terre nue. Un thermos de café, une orange et des tartines dans son sac à dos.

La voix de Maria la rappela à la réalité. Son esprit lutta un peu, voulut s'échapper à nouveau, mais elle se ressaisit et revint à sa collègue qui la regardait en haussant les sourcils.

« Hello, je suis toujours là ! Je te demandais si tu avais l'intention d'écouter les infos.

— Oui, oui, absolument. »

Rebecka se pencha pour attraper le poste de radio sur le rebord de la fenêtre.

Qu'est-ce qu'elle est maigre, se dit Maria en regardant le décolleté de Rebecka qui apparaissait dans l'échancrure de sa veste. Sa cage thoracique est une vraie planche à laver. Pour un peu, on pourrait faire de la musique dessus.

Rebecka monta le son de la radio et les deux femmes inclinèrent la tête, comme si elles priaient, les mains jointes autour de leur mug de café.

Maria cligna des paupières. Elles étaient comme de la toile émeri sur ses yeux fatigués. Le dossier pour le procès en appel dans l'affaire Stenman devait être terminé aujourd'hui. Måns allait la tuer si elle lui demandait un nouveau délai. Elle avait des brûlures d'estomac. Elle se promit de ne plus boire un seul café avant le déjeuner. Elle avait l'impression de vivre comme une princesse dans une tour. Jour et nuit, soirs et week-ends, elle restait enfermée dans ce bureau avec ces vieux schnocks qui pouvaient tous aller se faire foutre, et ces jeunes loups qui lui mataient les seins pendant que la vie s'écoulait dehors. Elle ne savait plus très bien si elle devait continuer de se lamenter ou bien changer d'existence et, de toute façon, à la fin de la journée, il lui restait juste assez d'énergie pour se traîner devant sa télé et s'endormir dans sa lumière bleue apaisante.

« Il est six heures et vous écoutez les informations. Un homme de trente ans, qui était aussi une figure célèbre de l'Église de Suède, a été retrouvé mort tôt ce matin, au temple de cristal, à Kiruna, siège de l'Église de la Force originelle. La police de Kiruna n'a pas commenté le meurtre pour l'instant, mais nous savons d'ores et déjà qu'aucun suspect n'a été arrêté et que l'arme du crime n'a pas été retrouvée.

Une étude récente montre que de plus en plus de communes ne respectent pas les lois de protection sociale… »

Rebecka pivota si brusquement sur son fauteuil en voulant éteindre précipitamment la radio qu'elle se cogna la main sur le rebord de la fenêtre et se renversa dessus la moitié de son café.

« Viktor, s'exclama-t-elle. Ça ne peut être que lui. »

Maria la regarda d'un air étonné.

« Viktor Strandgård ? Le gosse qui est revenu du paradis ? Tu le connaissais ? »

Rebecka pinça les lèvres et évita le regard de Maria. Le visage fermé et dénué d'expression, elle fixa la tache de café sur sa jupe.

« J'en ai entendu parler comme tout le monde. Mais je n'ai pas mis les pieds à Kiruna depuis des années. Je ne connais plus personne là-bas. »

Maria se leva de son fauteuil et s'approcha de Rebecka. Elle lui prit des mains le mug auquel elle s'accrochait comme si lui seul l'empêchait de tomber de sa chaise.

« Si tu dis que tu ne le connais pas, ça me va, ma belle, mais là, je te signale que tu ne vas pas tarder à t'évanouir. Tu es blanche comme un linge. Penche-toi en avant et mets la tête entre tes genoux. »

Rebecka obéit comme une écolière. Maria alla chercher du papier absorbant pour nettoyer la tache de café sur le tailleur. Lorsqu'elle revint, Rebecka s'était redressée.

« Ça va ? lui demanda-t-elle.

— Oui, oui, répondit Rebecka distraitement en suivant d'un air absent les gestes de sa collègue qui continuait de frotter. Je le connaissais, oui.

— Mmm, tu ne m'as même pas laissé le temps de sortir mon détecteur de mensonge. Tu es triste ?

— Triste, je ne sais pas. Effrayée plutôt.

— Effrayée ? »

Maria s'arrêta de frotter.

« Pourquoi effrayée ?

— Je ne sais pas. J'ai peur qu'on... »

Rebecka n'avait pas eu le temps de terminer sa phrase que le téléphone sonna avec un bruit strident. Elle sursauta et regarda fixement l'appareil, sans décrocher. Au bout de la troisième sonnerie, Maria souleva le combiné. Elle posa la main sur le micro pour qu'on ne puisse pas l'entendre et dit en chuchotant :

« C'est pour toi et l'appel doit venir de Kiruna parce que la personne au bout du fil s'exprime en langage de Moumine[1]. »

---

1. Les Moumines sont des petits trolls ressemblant à des hippopotames créés par l'écrivaine finlandaise Tove Jansson. (*Toutes les notes sont de la traductrice.*)

Quand son téléphone sonna, l'inspectrice Anna-Maria Mella était déjà réveillée. La lune hivernale éclairait la chambre de sa puissante lumière blanche. Les troncs torturés des bouleaux de montagne devant sa fenêtre projetaient des ombres bleues sur les murs. Elle décrocha le combiné avant que la première sonnerie ait fini de retentir.

« Sven-Erik à l'appareil, tu es déjà levée ?

— Je suis encore au lit, mais je ne dors pas. Qu'est-ce qui se passe ? »

Robert poussa un soupir à côté d'elle dans le lit et elle se tourna vers lui, mais son souffle était déjà redevenu lourd et régulier. Ouf, il ne s'était pas réveillé.

« Mort suspecte au temple de cristal, répondit Sven-Erik.

— Et alors ? Je te rappelle qu'on m'a mise sur la touche depuis vendredi et que je ne suis plus supposée travailler sur le terrain.

— Je sais, dit Sven-Erik, ennuyé, mais merde, Anna, c'est quand même un cas de force majeure, là. Tu ne veux pas juste venir jeter un coup d'œil ? La police scientifique a quasiment fini et on va pouvoir accéder à la scène de crime. Le cadavre est celui de Viktor Strandgård en personne et il paraît que c'est une vraie boucherie. Je suis prêt à parier que, dans une heure, les médias seront là avec une batterie de caméras et tout le cirque.

— OK, je te rejoins. Je serai là dans vingt minutes. »

Sven-Erik n'avait rien dit, mais Anna-Maria avait bien perçu le soupir de soulagement qu'il avait essayé de réprimer avant de raccrocher.

Qu'est-ce qui lui prend ? se demanda-t-elle, étonnée. Voilà que Sven-Erik m'appelle pour me demander mon aide !

Elle observa le visage de son mari endormi. Sa joue reposait sur le dos de sa main et ses lèvres entrouvertes étaient rouges comme des airelles. Il commençait à avoir quelques poils gris dans la moustache et aux tempes et elle trouvait ça terriblement sexy. Il n'était pas de cet avis. En regardant remonter la ligne de son front dans le miroir de la salle de bains, il disait d'un air inquiet :

« Le désert avance. »

Malgré son ventre qui gênait ses mouvements, elle se pencha vers lui et déposa un baiser sur ses lèvres. Puis un deuxième.

« Je t'aime », murmura-t-il dans son sommeil. Sa main tenta de l'attirer à lui, mais elle était déjà assise au bord du lit avec une terrible envie de faire pipi. Elle n'était plus étanche. Cette nuit, elle s'était levée deux fois pour aller aux toilettes.

Un quart d'heure plus tard, Anna-Maria se garait sur le parking du temple et elle descendait de sa Ford Escort. Il faisait un froid de gueux. L'air lui mordit cruellement les joues. Il lui faisait mal à la gorge et aux poumons quand elle respirait par la bouche. Et quand elle respirait par le nez, les petits poils à l'intérieur de ses narines gelaient instantanément. Elle resserra son écharpe autour de son visage et regarda l'heure à sa montre. Elle avait une demi-heure devant elle. Ensuite, la voiture refuserait de démarrer. C'était un parking gigantesque. Il devait y avoir assez de place pour au moins quatre cents voitures. Son Escort d'un rouge terne paraissait minuscule en comparaison de la Volvo 740 de Sven-Erik Stålnacke. À côté de la Volvo était garée une voiture de police. À part ça, elle compta une dizaine de véhicules entièrement enneigés. Les techniciens devaient déjà être repartis. Elle s'engagea dans le petit chemin qui montait au temple. Le givre ornait les bouleaux d'un glaçage immaculé et, au sommet de la colline auréolée d'étoiles, le majestueux temple de cristal se découpait dans le ciel d'un noir d'encre. Tel un énorme glaçon fluorescent, son chatoiement semblait vouloir rivaliser avec l'aurore boréale.

Quelle prétention ! Ils feraient mieux d'utiliser une partie de tout ce fric à sauver des enfants en détresse, songeait-elle en s'essoufflant dans la côte. Mais je suppose que c'est plus marrant de chanter du gospel dans une église tape-à-l'œil que de creuser des puits en Afrique.

À distance, elle aperçut son collègue Sven-Erik Stålnacke, l'agent Tommy Rantakyrö et l'inspecteur Fred Olsson qui attendaient devant le porche. Sven-Erik, tête nue comme à son habitude, se tenait complètement immobile et légèrement penché en arrière, les mains bien au chaud dans les poches de sa doudoune. Les deux policiers tournaient autour de lui comme deux jeunes chiens. Elle n'entendait pas ce qu'ils se disaient mais devinait leur discussion animée aux nuages de vapeur blanche sortant de leurs bouches. Les deux chiens fous la saluèrent en premier.

« Salut, jappa Tommy Rantakyrö, comment vas-tu ?

— Ça va, répondit-elle avec bonne humeur.

— Bientôt, on dira bonjour à ton ventre et, un quart d'heure plus tard, on te dira bonjour à toi », plaisanta Fred Olsson.

Anna-Maria rit de bon cœur.

Puis elle croisa le regard grave de Sven-Erik. De petits glaçons s'étaient formés dans sa moustache d'éléphant de mer.

« Merci d'être venue, dit-il. J'espère que tu as pris ton petit déjeuner, parce que ce que tu vas voir là-dedans n'est pas très appétissant. On y va ?

— Vous voulez qu'on vous attende ? »

Fred Olsson tapait des pieds dans la neige pour se réchauffer. Ses yeux allèrent de Sven-Erik à Anna-Maria. Sven-Erik était supposé remplacer Anna-Maria et, sur le papier, c'était lui le chef, mais comme elle était là, il ne savait plus à qui se référer.

Anna-Maria se tut et tourna les yeux vers Sven-Erik. Elle n'était là que pour l'accompagner.

« Je préfère que vous restiez là, répondit Sven-Erik. Je ne voudrais pas que quelqu'un entre avant qu'on ait emporté le corps. Mais vous pouvez vous mettre à l'intérieur s'il fait trop froid.

— Non, t'inquiète, on peut rester dehors, c'était juste pour savoir, rétorqua Fred Olsson.

— Sûr, dit Tommy Rantakyrö, étirant ses lèvres bleues en un sourire figé. On est des hommes, pas vrai ? Et un homme, ça n'a pas froid. »

Sven-Erik entra avec Anna-Maria et ferma la lourde porte derrière eux. Ils traversèrent dans la pénombre l'avant-nef aménagée en vestiaire. Le courant d'air du dehors fit s'entrechoquer les rangées de cintres. Une porte à double battant séparait l'entrée de la partie sacrée. Sven-Erik baissa inconsciemment la voix.

« La sœur de Viktor Strandgård a prévenu la police vers trois heures du matin, après avoir découvert son cadavre. Elle a appelé du téléphone qui se trouve dans le bureau des pasteurs.

— Où est-elle ? Au poste ?

— Non. Et nous n'avons aucune idée de l'endroit où elle se trouve. J'ai demandé qu'on envoie quelqu'un la chercher. Il n'y avait plus personne ici quand Tommy et Fred sont arrivés.

— Et les techniciens ? Qu'est-ce qu'ils ont dit ?

— Ils ont dit : on regarde, mais on touche pas. »

Le corps était allongé au milieu de l'allée centrale. Anna-Maria s'arrêta à quelques mètres.

« Nom de Dieu ! s'exclama-t-elle.

— Je t'avais prévenue », dit Erik dans son dos.

Anna-Maria sortit un petit dictaphone de la poche de sa veste matelassée. Elle eut un moment d'hésitation. Elle avait pour habitude d'enregistrer ses commentaires plutôt que de prendre des notes. Mais en l'occurrence, ce n'était pas à elle de le faire. Elle se dit qu'elle devrait peut-être se contenter de tenir compagnie à Sven-Erik sans piper mot.

Arrête de tout compliquer, se reprocha-t-elle presque aussitôt en enclenchant le dictaphone sans un regard pour son collègue.

« Il est cinq heures trente-cinq, dit-elle dans le micro. Nous sommes le 16 février, pardon, le 17, déjà. Je me trouve au temple de cristal devant un individu qui, a priori, serait Viktor Strandgård, plus connu comme "le pèlerin du paradis". Le mort est couché dans la nef, au milieu de l'allée centrale. Il semble avoir été éventré, car il pue effroyablement. Le tapis sur lequel il est couché est trempé. Je suppose que c'est du sang, mais c'est difficile à dire, parce que le tapis est rouge. Ses vêtements sont couverts de sang. Étant donné la position dans laquelle il se trouve, on ne voit pas la plaie sur son ventre, mais les intestins s'en échappent sur les côtés. À ce sujet, il faudra attendre le médecin légiste pour en savoir plus. Il porte un jean et un pull-over. Les semelles de ses chaussures sont sèches et le tapis sous ses pieds n'est pas humide. Il a été énucléé… »

Anna-Maria s'interrompit et éteignit le dictaphone. Elle fit le tour du corps et se pencha au-dessus de la tête. Elle avait failli dire que c'était un beau cadavre, mais il y avait des limites à ce qu'elle pouvait se permettre de penser tout haut en présence de Sven-Erik. Le visage du mort lui faisait penser à Œdipe, roi de Thèbes. Elle avait vu une vidéo de la pièce du temps où elle était encore au lycée. Elle se souvint avoir été particulièrement choquée par la scène où il s'arrachait les yeux et, à présent, cette image lui revenait à l'esprit avec une force accrue. Elle avait comme d'habitude envie de faire pipi et il ne fallait pas qu'elle oublie la voiture. Elle avait intérêt à se dépêcher. Elle remit en marche le dictaphone.

« On lui a arraché les yeux et ses cheveux sont imbibés de sang. Il a une plaie à l'arrière de la tête. Il présente plusieurs coupures qui n'ont pas saigné sur le côté droit du cou. Ses mains sont manquantes… »

Anna-Maria regarda d'un air interrogateur son collègue qui lui montrait un objet sur le sol, entre deux rangées de chaises. Elle se baissa avec difficulté pour voir de quoi il s'agissait, puis elle reprit sa dictée.

« L'une des mains de la victime se trouve à trois mètres du corps, sous une chaise. Mais je ne vois pas la deuxième. »

Sven-Erik haussa les épaules.

« Aucune chaise n'est renversée, poursuivit-elle, et je ne vois pas de trace de lutte. N'est-ce pas, Sven-Erik, tu es d'accord ?

— Oui, répliqua Sven-Erik qui détestait parler à un dictaphone.

— Qui a fait les photos ? demanda-t-elle.

— Simon Larsson. »

Bien, se dit-elle. Elles seraient de bonne qualité, alors.

« À part ça, le temple est en ordre, enchaîna-t-elle. C'est la première fois que je viens ici. Il y a des centaines d'appliques en verre givré fixées aux parois en dur. Le plafond, constitué d'immenses vitres en verre trempé, doit être à plus de dix mètres de haut. À la place des bancs habituels, le mobilier est composé de chaises bleues alignées dans un ordre parfait. À ton avis, on peut faire entrer combien de personnes ici ? Deux mille, peut-être ?

— Sans compter la tribune », répondit Sven-Erik en balayant l'espace du regard.

Anna-Maria se retourna pour décrire la tribune en question. Les tuyaux d'orgues s'élevaient vers le ciel, se reflétant dans les fenêtres de toit. Le décor était impressionnant.

« Je ne vois pas grand-chose à ajouter… dit Anna-Maria en traînant sur les mots comme si une pensée essayait d'émerger de son inconscient et de se frayer un chemin. Il y a quelque chose ici de… Je ne sais pas. J'ai comme l'impression de rester sur ma faim en regardant tout ça. Hormis le fait, bien sûr, que c'est la première fois de ma vie que je suis confrontée à un mort qui a été aussi malmené…

— Hé ! lança Tommy Rantakyrö en passant la tête par la grande porte. Le substitut du procureur arrive, il est en train de monter la côte !

— Merde ! Qui est-ce qui l'a prévenu, celui-là ? » gémit Sven-Erik, très contrarié, mais Tommy était déjà reparti.

Anna-Maria observa un instant son collègue. Quand elle avait été nommée chef de brigade il y a quatre ans, il avait pratiquement cessé de lui adresser la parole. Ça avait duré six mois. Il était profondément vexé qu'on lui ait donné à elle le poste qu'il briguait. Et à présent qu'il s'était habitué à l'idée d'être son subalterne, il faisait systématiquement profil bas. Elle se promit de saisir la première occasion pour le pousser à asseoir son autorité. Mais pour l'instant, il allait devoir se débrouiller tout seul. Quand le substitut du procureur Carl von Post entra tambour battant, elle jeta à Sven-Erik un bref regard d'encouragement.

« On peut savoir ce qui se passe ici ? » aboya von Post.

Il retira son manteau de fourrure et sa main vola par habitude vers sa tête pour mettre de l'ordre dans sa crinière bouclée. Il tapa des pieds. La courte marche pour venir du parking avait suffi à transformer en glaçons ses pieds chaussés d'élégants souliers de chez Church. Il s'avança d'un pas énergique vers Anna-Maria et Sven-Erik, mais pila brusquement avant de trébucher sur le corps allongé par terre.

« Quelle horreur ! s'exclama-t-il avec un coup d'œil inquiet sur ses chaussures pour s'assurer qu'il ne les avait pas salies. Pourquoi n'ai-je pas été prévenu ? dit-il, s'adressant à Sven-Erik. À partir de maintenant, c'est moi qui reprends l'instruction et vous pouvez vous attendre à de sérieux ennuis quand le commissaire apprendra que vous m'avez tenu à l'écart de l'enquête.

— Personne ne vous a tenu à l'écart de quoi que ce soit, monsieur von Post ! Nous ignorions tout de cette affaire et, d'ailleurs, nous ne savons toujours rien, tenta maladroitement l'inspecteur Stålnacke.

— Foutaises ! Et vous, qu'est-ce que vous faites là ? »

La deuxième partie de la phrase s'adressait à Anna-Maria qui regardait les bras tronqués de Viktor Strandgård sans rien dire.

« C'est moi qui l'ai appelée, intervint Sven-Erik.

— Je vois. Vous l'appelez elle et pas moi », rétorqua le substitut du procureur, les dents serrées.

Sven-Erik s'abstint de répondre et Carl von Post se tourna à nouveau vers Anna-Maria qui releva la tête et le regarda tranquillement dans les yeux.

Le magistrat serra les dents si fort que sa mâchoire craqua. Il n'avait jamais pu sentir cette naine d'inspectrice. Ses collègues masculins la suivaient comme des toutous et il ne parvenait pas à comprendre pourquoi. Et puis ce physique ! Elle ne devait pas faire plus d'un mètre cinquante en chaussettes, avec un long visage chevalin qui, à lui tout seul, devait en représenter la moitié. En ce moment, elle ressemblait carrément à un phénomène de foire avec son ventre énorme. Elle était aussi large que haute. Grotesque. Le résultat inévitable de plusieurs générations de consanguinité dans les petites communautés lapones.

Il agita la main devant son visage comme pour chasser ses mauvaises pensées et changea de ton.

« Comment allez-vous, Anna-Maria ? demanda-t-il à la policière avec un sourire faussement attentionné.

— Très bien et vous-même ? répliqua-t-elle, impassible.

— Je m'attends à voir débarquer la presse dans une heure au plus tard. L'affaire risque de faire du bruit, alors, dites-moi tout ce que vous savez, tant sur le meurtre que sur la victime. Je sais seulement qu'il était une célébrité religieuse. »

Carl von Post alla s'asseoir sur une chaise bleue et retira lentement ses gants.

« Je vous propose de laisser Sven-Erik vous faire son compte rendu, répondit Anna-Maria de manière brève mais courtoise. Comme vous le savez, on m'a assigné des tâches administratives jusqu'à l'accouchement. J'ai accompagné Sven-Erik parce qu'il me l'a demandé et puis parce que quatre yeux… enfin, vous connaissez l'adage ? Maintenant, si vous voulez bien m'excuser, je vais aller faire pipi. »

Avant de s'éloigner vers les toilettes, elle nota le sourire forcé de von Post. Comment un homme pouvait-il être aussi mal à l'aise à l'évocation d'un simple besoin naturel ? Elle était prête à parier que sa femme s'efforçait d'uriner sur la porcelaine plutôt qu'au fond de la cuvette pour éviter de contrarier les oreilles délicates de son pauvre mari. Mais quel connard !

« Qu'est-ce que vous voulez que je vous dise de plus, commença Sven-Erik quand Anna-Maria fut partie, vous voyez comme moi ! Pour l'instant, tout ce que nous savons, c'est que quelqu'un l'a tué et qu'il n'y est pas allé de main morte. La victime est Viktor Strandgård, mieux connu sous le nom de "pèlerin du paradis". Il est la principale attraction de l'Église de la Force originelle et de ce temple pompeux. Il y a neuf ans, il a été impliqué dans un terrible accident de la route et il est mort à l'hôpital. Son cœur s'est arrêté, mais, ensuite, les médecins ont réussi à le ramener à la vie. Et c'est là que ça devient intéressant parce qu'il a été en mesure de raconter tout ce qui s'était passé pendant son opération et sa réanimation dans le moindre détail. Par exemple, il a vu le chirurgien qui s'occupait de lui perdre son œil de verre pendant l'opération. Et puis il a expliqué qu'il était allé au paradis et avait rencontré Jésus et les anges. À la suite de cela, une infirmière qui se trouvait dans la salle d'opération et la femme qui l'avait renversé avec sa voiture ont toutes les deux eu une illumination spirituelle et, du jour au lendemain, toute la ville de Kiruna s'est mise à croire en Dieu. Les trois plus grandes Églises libres de la ville se sont rassemblées en une seule, l'Église de la Force originelle. La congrégation a grandi et, ces dernières années, elle a construit ce temple, fondé une école, une crèche et organisé de grandes réunions d'Éveil à la foi. L'argent coule à flots et les pèlerins affluent du monde entier. Viktor Strandgård travaille ici à plein temps, enfin, travaillait, et il a publié un livre qui est devenu un best-seller…

— *Aller-retour au paradis* ou, dans sa traduction anglaise, *Heaven and Back*.

— C'est ça. Il est leur veau d'or, il y a encore eu des articles sur lui, récemment, dans *Expressen* et dans *Aftonbladet* et, avec ce qui vient d'arriver, on parlera de lui dans tous les journaux. Et à la télévision.

— Exactement ! s'exclama von Post en se levant brusquement. Et je veux que personne ne laisse fuiter quoi que ce soit aux journalistes. Je me charge des relations avec les médias. Je veux que vous m'informiez de tout ce qui ressortira de l'enquête et des interrogatoires que vous pourriez mener. C'est bien compris ? Tout devra passer par moi. Quand les journalistes commenceront à se manifester, vous leur répondrez que je donnerai une conférence de presse sur le perron du temple de cristal aujourd'hui, à midi. Vous, qu'est-ce que vous comptez faire d'ici là ?

— Nous allons d'abord essayer de contacter sa sœur puisque c'est elle qui a trouvé le corps. Ensuite nous interrogerons les trois pasteurs de l'Église de la Force originelle. Le médecin légiste est en route. Il est parti de Luleå aussitôt qu'il a été prévenu. Il sera là d'une minute à l'autre.

— Parfait. Je vous appellerai à onze heures et à treize heures. Je veux un rapport sur la cause de la mort et un scénario plausible quant à la façon dont on l'a tué. Restez joignable. Ce sera tout. Si vous avez fini, je vais jeter un coup d'œil à mon tour. »

« Allez, arrête de faire la gueule, dit Anna-Maria Mella à Sven-Erik Stålnacke, c'est quand même plus intéressant que d'interroger des types qui roulent en motoneige en état d'ébriété. »

Sa Ford Escort avait évidemment refusé de démarrer et Sven-Erik la raccompagnait chez elle.

Ça tombe bien, finalement, songeait-elle tandis qu'ils roulaient. Je crois qu'il a besoin que je lui remonte le moral.

« C'est à cause de ce foutu rat de von Post, rétorqua son collègue. Dès qu'il pointe le bout de son nez, j'ai envie de tout laisser tomber et de me contenter de faire acte de présence en attendant l'heure de rentrer chez moi.

— Alors, oublie-le. Pense plutôt à Viktor Strandgård. Ce pauvre garçon a été assassiné par un cinglé et c'est à toi de retrouver ce salopard et de le mettre sous les verrous. Laisse cette peste de von Post pousser des cris d'orfraie et rouler des mécaniques devant les journalistes. Toi et moi savons qui fait réellement le boulot.

— Et je fais comment pour l'oublier ? Ce type est constamment sur notre dos. Un vrai vautour.

— Je sais. »

Elle se tourna vers la fenêtre. La plupart des habitants de Kiruna étaient encore endormis. Seules quelques rares maisons étaient déjà éclairées. Ici et là, des étoiles en papier doré brillaient devant les portes. Cette année, personne n'avait péri brûlé à cause d'un arbre de Noël. Il y avait eu des bagarres et la misère avait prélevé son tribut habituel, mais pas plus que le reste de l'année. Anna-Maria ne se sentait pas très bien. Ce qui n'avait rien d'étonnant. Elle était levée depuis plus d'une heure et elle n'avait rien mangé. Elle réalisa qu'elle avait cessé d'écouter ce que disait Sven-Erik et dut faire appel à sa mémoire pour retrouver le fil de la conversation. Il lui avait demandé comment elle s'y prenait pour collaborer avec le substitut du procureur.

« Je n'ai pas eu beaucoup affaire à lui, à vrai dire.

— Putain, Anna-Maria, je ne vais pas m'en sortir sans toi. Comment veux-tu qu'on bosse avec ce tyran qui veut tout régenter ? On a besoin de tout le monde sur cette affaire, tu ne peux pas nous laisser tomber.

— Tu me fais du chantage, là ? dit Anna-Maria en rigolant.

— Tous les moyens seront bons pour te convaincre. Appelle ça comme tu veux, chantage, menaces, flatterie. D'ailleurs, cela te fera le plus grand bien de faire un peu d'exercice. Viens au moins avec moi pour interroger la sœur de la victime quand on aura réussi à mettre la main sur elle. Aide-moi juste à démarrer l'enquête.

— Tu peux compter sur moi, appelle-moi quand vous l'aurez retrouvée. »

Sven-Erik se pencha au-dessus du volant et regarda le ciel.

« Tu as vu la lune, dit-il, rêveur. C'est une nuit à aller traquer le renard. »

Rebecka prit le combiné des mains de Maria Taube. Sa collègue du cabinet d'avocats Meijer & Ditzinger lui avait dit en plaisantant que son interlocuteur avait une voix de Moumine. Or, Rebecka ne connaissait qu'une seule personne qui parlait de cette façon et un visage de poupée avec un nez en trompette s'était aussitôt imposé à son esprit.

« Rebecka Martinsson à l'appareil.

— C'est Sanna. Je ne sais pas si tu as écouté les informations. Viktor est mort.

— Je viens de l'apprendre. Mes condoléances. »

Rebecka s'était mise à griffonner sur un post-it jaune : *NON ! Dis-lui NON !*

Au bout du fil, Sanna Strandgård inspira à fond avant de continuer.

« Je sais que nous nous sommes perdues de vue depuis longtemps, mais tu es toujours ma meilleure amie. Je ne savais pas qui appeler à part toi. C'est moi qui ai trouvé Viktor dans le temple et je… Mais tu es peut-être occupée ? »

Occupée ? répéta Rebecka dans sa tête, sentant la confusion monter en elle comme du mercure dans un thermomètre au contact de la chaleur. Était-ce vraiment une question ? Sanna la croyait-elle réellement capable de répondre par l'affirmative à une question comme celle-là dans des circonstances pareilles ?

« Évidemment que je vais prendre le temps de t'écouter, répondit-elle gentiment en appuyant fort sur ses yeux pour faire baisser son rythme cardiaque. Tu dis que c'est toi qui l'as trouvé ?

— C'était horrible, fit Sanna d'une voix basse et sourde. Je suis arrivée au temple à trois heures du matin. Il devait dîner avec moi et les filles hier soir, mais il n'est pas venu. J'ai cru qu'il avait oublié. Tu sais comment il est quand il prie tout seul. Il oublie tout, l'heure et l'endroit où il se trouve. Je lui dis souvent qu'être pieux à ce point, c'est bon quand on est jeune et qu'on n'a ni enfants ni responsabilités. Moi, il n'y a qu'assise sur le trône que j'ai le temps de prier. »

Elle se tut et Rebecka se demanda si elle s'était rendu compte qu'elle avait parlé de Viktor au présent, comme s'il était encore en vie.

« Et puis je me suis réveillée au milieu de la nuit, reprit Sanna. Et j'ai senti qu'il était arrivé quelque chose. »

Elle s'interrompit et se mit à fredonner un psaume : « *Gud som vård om spurven tar*[1]. »

Rebecka regarda le texte affiché sur l'écran de son ordinateur. Soudain, ce fut comme si les lettres se réorganisaient pour faire apparaître le visage d'ange de Viktor Strandgård, couvert de sang.

Sanna Strandgård se remit à parler. Sa voix aussi fragile que la première couche de glace en septembre.

1. « Dieu prend soin du plus petit moineau. »

Rebecka connaissait bien cette voix. Elle savait qu'une eau noire et froide grondait sous la surface.

« On lui avait tranché les mains. Et ses yeux étaient… enfin, c'était tellement bizarre. Je l'ai retourné et l'arrière de son crâne était complètement… Je crois que je suis en train de devenir folle. Et la police me cherche. Elle est venue chez moi tôt ce matin. J'ai dit aux filles de ne pas faire plus de bruit que si elles étaient des petites souris et nous ne leur avons pas ouvert. Je crois que la police pense que c'est moi qui ai tué mon frère. Alors, j'ai pris les filles et nous nous sommes enfuies. J'ai tellement peur de craquer, Rebecka. Mais ce n'est pas le plus grave.

— Ah non ?

— Sara était avec moi quand je l'ai trouvé. Lova aussi, mais elle dormait dans le traîneau devant le temple. Sara est en état de choc. Elle ne parle plus. J'essaye de communiquer avec elle, mais elle se contente de regarder par la fenêtre et de remettre sans cesse ses cheveux derrière les oreilles. »

Rebecka sentit son estomac se nouer.

« Pour l'amour de Dieu, Sanna. Fais-toi aider. Va aux urgences et demande à voir un psychiatre. Vous avez besoin de soutien, toi comme tes filles. Je sais que cela peut sembler disproportionné, mais…

— Tu sais bien que je ne peux pas faire ça, pleurnicha Sanna. Papa et maman me feront passer pour folle et ils tenteront de m'enlever les enfants. Tu sais comment ils sont. Et notre Église est opposée aux psys et aux hôpitaux psychiatriques. Les autres ne comprendraient pas. Je ne veux pas parler à la police, parce que cela ne ferait que compliquer les choses. Et je n'ose pas prendre le téléphone quand il sonne de peur que ce soit un journaliste. J'ai vu ce que ça a donné au moment de l'Éveil à la foi de Viktor, avec tous ces gens qui appelaient pour dire qu'il avait des hallucinations et qu'il était fou.

— Mais, enfin, tu dois bien comprendre que tu ne peux pas te cacher *ad vitam aeternam* ? dit Rebecka, tâchant de la raisonner.

— Je n'en peux plus, je n'en peux plus, je n'en peux plus, répéta Sanna comme si elle se parlait à elle-même. Je suis désolée de t'avoir dérangée, Rebecka. Je suppose que tu as du travail. »

Rebecka jura intérieurement. Quel bazar, merde, merde !

« OK, dit-elle avec un soupir. Je vais venir pour que tu ne sois pas seule à affronter tout ça. Mais tu appelles la police, d'accord ?

— D'accord, murmura Sanna.

— Tu conduis ? Tu crois que tu peux aller jusqu'à la maison de ma grand-mère à Kurravaara ?

— Je peux demander à un copain de m'emmener.

— Parfait. Il n'y a jamais personne là-bas, en hiver. Emmène Sara et Lova. Tu te souviens où est la clé ? Allume la cuisinière à bois en arrivant. Je te rejoindrai dans l'après-midi. Tu vas tenir le coup jusque-là ? »

Rebecka garda les yeux fixés sur le téléphone longtemps après avoir raccroché. Elle se sentait complètement vidée tout à coup et se demandait ce qui venait de se passer.

« C'est incroyable, dit-elle à Maria Taube, d'une voix découragée. Elle n'a même pas eu besoin de me le demander. »

Rebecka consulta sa montre. Puis elle ferma les yeux, releva la tête, inspira par le nez, expira lentement par la bouche et laissa retomber ses épaules. Maria l'avait déjà vue exécuter ce rituel. Avant une négociation ou un rendez-vous important. Ou encore quand elle travaillait toute une nuit sur un dossier avec une échéance imminente.

« Comment te sens-tu ? lui demanda Maria.

— Je préfère ne pas me poser la question. »

Rebecka secoua la tête et tourna les yeux vers la fenêtre pour éviter de croiser le regard inquiet de Maria. Elle se mordait l'intérieur des lèvres avec fureur. La pluie s'était arrêtée.

« Tu sais, ma chérie, tu n'es pas toujours obligée d'être si forte, lui dit doucement Maria. Quelquefois, toi aussi tu as le droit de lâcher prise et de crier un bon coup. »

Rebecka croisa les doigts autour de son genou.

Lâcher prise, songea-t-elle. Et qu'est-ce qu'on fait si on s'aperçoit ensuite qu'on ne s'arrête plus de tomber ? Et qu'on ne peut plus s'arrêter de crier, non plus ? On se retrouve à cinquante ans, bourrée de médicaments, enfermée dans un hôpital psychiatrique. Avec ce cri incessant dans la tête.

« Je viens de parler avec la sœur de Viktor Strandgård, dit-elle, étonnée par le calme avec lequel elle avait dit cela. Il semble que ce soit elle qui a découvert le cadavre de son frère dans le temple. Elle et ses filles ont besoin d'aide. Je vais prendre un congé et me rendre là-bas quelques jours. J'emporte l'ordinateur, je travaillerai sur place.

— Je crois savoir que ce Viktor Strandgård était une figure assez célèbre dans la région », dit Maria.

Rebecka acquiesça.

« Il a vécu une expérience de mort imminente et son histoire a été à l'origine d'un regain de foi religieuse à Kiruna.

— Je me souviens. Ils en ont parlé dans la presse. Viktor Strandgård racontait qu'il était monté au paradis et que, si on tombait, là-haut, on ne se faisait pas mal du tout et que c'était comme d'atterrir dans les bras d'un être aimé. J'avais trouvé cette idée assez merveilleuse.

— Mmm, grogna Rebecka. Il a aussi dit que Dieu l'avait renvoyé sur terre parce qu'*Il* avait de grands desseins pour la ville de Kiruna et qu'*Il* chargeait Viktor d'en témoigner. La ville devait connaître un grand Éveil à la foi qui se propagerait ensuite dans le monde entier. Des miracles se produiraient à la pelle, à condition que les Églises libres s'unissent et que les gens se remettent à croire.

— Croire à quoi ?

— À la puissance de Dieu. À la vision de Viktor. Et ça a vraiment eu lieu. Plusieurs congrégations ont adhéré au projet et fondé une nouvelle communauté, l'Église de la Force originelle. Et à partir de là, Kiruna la rouge, comme on l'appelait à cause de la couleur politique qui l'a longtemps caractérisée, a été gagnée par une immense ferveur chrétienne. Viktor a écrit un livre qui a été traduit en plusieurs langues. Il a arrêté de travailler et s'est mis à prêcher. L'Église de la Force originelle a édifié un nouveau lieu de culte, le temple de cristal, inspiré par cette église de glace qu'ils rebâtissent tous les hivers à Jukkasjärvi. Le nouveau temple est aussi lumineux que l'ancienne église de Kiruna est sombre.

— Et toi ? Tu as participé à tout ça ?

— J'appartenais à l'Église de la Mission intérieure avant l'accident de Viktor, alors, oui, on peut dire que j'étais là quand ça a commencé.

— Et maintenant ?

— Maintenant, je suis devenue une païenne, répliqua Rebecka avec un rire sans joie. J'ai été priée par les pasteurs et par les anciens de quitter la communauté.

— Pourquoi ?

— Ça, c'est une autre histoire qui serait trop longue à raconter maintenant.

— D'accord, dit Maria en traînant sur la deuxième syllabe. Comment penses-tu que Måns va réagir au fait que tu prennes un congé sans préavis ?

— Il va juste me tuer, me découper en morceaux et nourrir les poissons de la baie de Nybroviken avec. J'irai le lui dire dès qu'il arrivera, mais, pour l'instant, il faut que j'appelle la police de Kiruna pour qu'ils ne mettent pas Sanna en prison parce que ça, elle ne le supporterait pas. »

Devant le portail du temple de cristal, le substitut du procureur Carl von Post surveillait le petit groupe venu emporter la dépouille de Viktor Strandgård. Le professeur Lars Pohjanen, médecin légiste, la cigarette au bec comme à son habitude, grommelait des ordres à l'assistante légiste Anna Granlund et à deux brancardiers costauds.

« Rassemblez ses cheveux pour qu'ils ne se coincent pas dans la fermeture Éclair. Soulevez-le avec précaution et remettez les intestins à l'intérieur. Enveloppez soigneusement le tronc avec la cellophane. Anna, trouve-moi un sac en papier pour la main. »

Un meurtre, songeait von Post avec satisfaction. Et pas n'importe quel meurtre. Pas un pauvre alcoolique qui finit par tuer sa compagne plus ou moins par accident après une semaine de beuverie domestique. Le nec plus ultra. L'assassinat d'une célébrité.

Et il était pour lui. Un cadeau tombé du ciel. Il n'avait plus qu'à se mettre à la barre et à se laisser porter vers la gloire dans la lumière des projecteurs. Après une affaire comme celle-là, il allait enfin pouvoir quitter cette horrible ville. Il n'avait jamais été question qu'il reste dans cette mine. À l'issue de ses études de droit, ses notes insuffisantes lui avaient seulement permis de trouver d'abord un poste au tribunal d'instance de Gällivare, et plus tard, au cabinet du procureur. Il avait eu beau envoyer des dizaines de candidatures à Stockholm, il n'avait jamais été rappelé. Et les années avaient passé.

Il s'écarta pour laisser passer la civière sur laquelle reposait maintenant le corps dans son sac en plastique gris. Le professeur Lars Pohjanen marchait derrière, les yeux au sol, le souffle court et les épaules légèrement relevées, comme quelqu'un qui a froid, la cigarette pendant toujours au coin de sa bouche. Ses cheveux, habituellement rabattus sur son crâne dégarni, lui tombaient sur la figure. Son assistante fermait le convoi, portant le sac en papier qui contenait la main de Viktor Strandgård. Elle pinça les lèvres quand von Post les salua au passage.

« Alors ? » lança-t-il, curieux. Pohjanen le regarda avec l'air de ne pas comprendre. « Qu'est-ce que vous pouvez me dire, à ce stade ? » demanda von Post, impatient.

Pohjanen prit la cigarette entre le pouce et l'index et aspira une longue bouffée de fumée avant d'éloigner le mégot de ses lèvres minces.

« Vous savez, avant d'avoir procédé à l'autopsie… »

Carl von Post sentit son pouls s'accélérer. Il n'avait pas l'intention de laisser qui que ce soit lui mettre des bâtons dans les roues.

« Vous devez bien avoir noté quelque chose ! Et vous savez que je veux être mis au courant du plus petit détail immédiatement ! »

Il claqua des doigts afin d'illustrer à quelle vitesse il estimait que les informations devaient lui être transmises.

Anna Granlund regardait les doigts du procureur en se disant que c'était exactement ce geste-là qu'elle utilisait pour appeler ses chiens.

Pohjanen se taisait, gardait les yeux au sol. Sa respiration bruyante, un peu rapide ne s'interrompit que lorsqu'il porta à nouveau le mégot à ses lèvres pour inhaler la fumée avec concentration. Carl von Post remarqua le regard sans aménité d'Anna Granlund.

Vas-y, ma petite, fais ta maligne, maintenant ! Tu crois que je n'ai pas vu les yeux doux que tu me faisais au repas de Noël de la police l'année dernière ? Décidément, il était entouré d'une bande de crétins dégénérés. Avec un peu de chance, ça va s'arranger, se dit-il en constatant que Pohjanen avait encore plus mauvaise mine qu'avant son opération et son arrêt maladie.

« Ohé, je vous parle ! » s'énerva von Post, estimant que le silence du médecin légiste avait assez duré.

Lars Pohjanen releva les yeux et, avant de répondre, il hocha longuement la tête en regardant les sourcils en points d'interrogation du substitut.

« Ce que je peux dire à ce stade… voyons… commença-t-il de sa voix éraillée qui n'était guère plus qu'un murmure. Primo, qu'il est mort ; secundo que sa mort est probablement due à un acte de violence perpétré par un tiers. C'est tout. Et maintenant, si vous voulez bien nous laisser passer, mon garçon ! »

Et ils le plantèrent là. Fulminant de rage, M. le substitut du procureur eut le temps de voir qu'Anna Granlund tentait de réprimer un fou rire.

« Et quand m'enverrez-vous le compte rendu d'autopsie ? lança-t-il, exaspéré, en leur courant après sur le tapis rouge de l'allée.

— Quand nous aurons terminé », rétorqua Pohjanen en lui claquant au nez la lourde porte du temple.

Von Post leva la main droite pour retenir la porte tout en plongeant la gauche dans la poche intérieure de sa veste où son portable s'était mis à vibrer.

L'appel provenait de l'accueil téléphonique du poste de police.

« J'ai une certaine Rebecka Martinsson au téléphone. Elle sait où se trouve la sœur de Viktor Strandgård et voudrait prendre rendez-vous pour son interrogatoire. Comme Tommy Rantakyrö et Fred Olsson sont partis à sa recherche, je me demandais si je devais leur passer l'appel ou si vous voulez lui parler.

— Vous avez bien fait de m'appeler, je vais la prendre. »

Pendant qu'il attendait, von Post regarda autour de lui. De toute évidence, l'architecte avait une idée derrière la tête en imaginant ce long tapis rouge courant jusqu'au pied de l'autel. De part et d'autre s'alignaient des rangées de chaises bleues dont les dossiers formaient une série de vagues. Le décor faisait penser à l'histoire racontée dans la Bible selon laquelle la mer Rouge s'était écartée devant Moïse.

Il commençait à remonter vers le chœur quand la standardiste lui transféra la communication.

« Allô », fit une voix féminine.

Il répondit en donnant son titre et son nom et elle reprit.

« Rebecka Martinsson à l'appareil. Je vous appelle à propos de Mlle Sanna Strandgård. Je crois savoir que vous souhaitez l'interroger dans le cadre d'une enquête pour meurtre.

— C'est exact. Savez-vous où nous pouvons la joindre ?

— Ce n'est pas la raison de mon appel, répliqua la voix exagérément polie de son interlocutrice. Sachant que Sanna Strandgård souhaite que je sois présente lors de son audition et que, pour l'instant, je me trouve encore à Stockholm, je voulais m'enquérir de la possibilité d'un rendez-vous ce soir ou éventuellement demain.

— Non.

— Pardon ?

— Non, répéta von Post sans cacher son irritation. Je ne sais pas si vous êtes au courant, mademoiselle Rebecka Je-ne-sais-quoi, mais je dirige une enquête pour meurtre. Je ne veux parler à Sanna Strandgård ni ce soir ni demain, mais tout de suite. Je vous invite à dire à votre amie que je lui conseille vivement d'arrêter de se cacher, car je suis prêt à l'arrêter par contumace et à lancer un avis de recherche contre elle. Et en ce qui vous concerne, il existe un délit appelé le recel de malfaiteur et qui est passible d'une peine de prison. Alors, maintenant, vous allez me dire où elle se trouve. »

Il y eut un silence de quelques secondes à l'autre bout de la ligne. Puis la jeune femme reprit la parole. Elle parlait infiniment lentement, presque d'une voix traînante et semblait faire un gros effort pour se contrôler.

« J'ai peur qu'il y ait un léger malentendu. Je ne vous ai pas téléphoné pour vous demander l'autorisation de vous amener Sanna Strandgård pour un interrogatoire plus tard, mais pour vous informer qu'elle a l'intention de se présenter à la police afin d'être entendue, et qu'elle le fera au plus tôt ce soir. Sanna Strandgård et moi-même ne sommes pas amies. Je suis avocate au cabinet Meijer & Ditzinger. Peut-être ce nom vous dit-il quelque chose, bien que vous demeuriez dans le…

— Sachez que je suis né…

— Et si j'étais vous, je m'abstiendrais de proférer des menaces, reprit la femme avant que von Post ait eu le temps d'aller au bout de sa phrase. Tenter de m'intimider pour découvrir où se trouve ma cliente frise la faute professionnelle, monsieur le substitut du procureur, et si vous vous avisiez de lancer un avis de recherche contre elle sans qu'elle ait été mise en examen ou que vous exigiez qu'elle se présente à un interrogatoire avant que son conseil juridique ait eu la possibilité d'être présent pour l'assister, vous vous exposeriez sans aucun doute à une plainte au tribunal administratif. » Puis, sans lui donner une chance de reprendre la parole, Rebecka prit soudain un ton des plus aimables. « Chez Meijer & Ditzinger, nous n'avons pas pour habitude de nous plaindre ou de faire des histoires. En règle générale, nous avons d'excellentes relations avec la magistrature, tout du moins à Stockholm. Alors, croyez-moi sur parole lorsque je vous dis qu'Anna Strandgård se présentera à son audition comme convenu. Disons à vingt heures ce soir, au poste de police. »

Et elle raccrocha.

« Merde ! » s'écria Carl von Post en s'apercevant qu'il venait de marcher dans une flaque de sang et d'une autre matière dont il préférait ne pas connaître la nature exacte.

Pestant, jurant et se promettant de remettre cette citadine arrogante à sa place quand il la verrait en fin de journée, il frotta ses semelles contre le tapis pendant tout le trajet jusqu'à la sortie. Mais pour l'instant, il devait se préparer pour sa conférence de presse. Il passa la main sur son visage. Il fallait qu'il se rase. Dans trois jours, il se présenterait devant la presse avec une barbe naissante pour avoir l'air d'un homme usé par l'inlassable chasse qu'il aurait menée pour arrêter un meurtrier. Mais aujourd'hui, il devait être rasé de près et légèrement échevelé. Ils allaient l'adorer. C'était certain.

Assis à son bureau, Me Måns Wenngren, associé du cabinet d'avocats Meijer & Ditzinger, observait Rebecka Martinsson, l'air mécontent. Tout en elle l'irritait. Son attitude, en premier lieu. Elle n'avait pas les bras croisés sur la poitrine en position de défense. Ses bras pendaient le long du corps, comme si elle faisait la queue chez le marchand de glaces. Elle avait formulé sa requête et attendait une réponse. L'air indifférent, elle regardait sur le mur derrière lui la sculpture érotique japonaise sur bois. Le tableau représentait un jeune homme, les cheveux longs, agenouillé devant une prostituée. Tous deux avaient le sexe dénudé. D'habitude, les femmes détournaient les yeux de cette plaque ciselée, vieille de près de deux cents ans. Måns avait souvent observé comment leur regard était inconsciemment attiré vers l'objet comme la truffe d'un chien par l'urine d'un congénère, mais, dès qu'elles comprenaient de quoi il s'agissait, elles baissaient les yeux et fixaient obstinément un autre endroit de la pièce.

« Tu comptes rester là-haut combien de temps ? demanda-t-il. Tu as droit à deux jours de congé pour raisons familiales. Ça suffira ?

— Non, répondit Rebecka Martinsson. Et il ne s'agit pas de ma famille. Disons que je suis une vieille amie. »

Quelque chose dans sa façon de dire cela donna à Måns Wenngren le sentiment qu'elle mentait.

« Je ne peux pas te dire combien de temps je serai absente, continua Rebecka en le regardant tranquillement dans les yeux. Il me reste encore pas mal de vacances à prendre et… »

Elle s'interrompit.

« Et… ? la relança son patron. J'espère que tu n'allais pas me parler d'heures supplémentaires, Rebecka, parce que je t'avoue que, venant de toi, cela me décevrait. Comme je le dis et le répète à toutes mes assistantes juridiques : Si vous voyez que vous n'êtes pas capables de finir certaines tâches pendant vos heures de bureau, refusez-les. Si vous faites des heures supplémentaires, c'est votre choix et elles ne seront pas rémunérées. Sinon, avec les heures que tu fais, je vais devoir te mettre en vacances pendant un an en continuant à te payer ton salaire ! »

Il avait dit cette dernière phrase avec humour, mais reprit son sérieux en voyant qu'elle ne lui accordait même pas un sourire.

Rebecka regarda son patron en silence un long moment. Il s'était mis à feuilleter distraitement des papiers pour lui signifier que l'entretien était terminé. Le courrier du jour était soigneusement entassé devant lui. Quelques pièces du designer Georg Jensen ornaient son bureau. Pas de photographies. Il avait été marié et il avait deux grands fils. Mais c'est tout ce qu'elle savait sur lui. Il ne parlait jamais de sa vie privée. Personne n'en parlait, d'ailleurs. Les nouvelles ne circulaient pas vite dans cette vénérable maison. Il arrivait probablement aux associés et aux doyens du cabinet de cancaner entre eux, mais ils ne le faisaient jamais devant les jeunes avocats. Quant aux secrétaires, elles étaient bien trop discrètes pour divulguer un secret. Mais comme sur n'importe quel lieu de travail, il se pouvait que quelqu'un boive un coup de trop à une fête et qu'il raconte des choses, vous mettant malgré vous dans la confidence. Måns buvait trop, mais ça, c'était de notoriété publique. Avec ses cheveux bruns et bouclés et ses yeux bleus de husky, il était assez beau garçon, mais une mauvaise hygiène de vie finit toujours par se voir. Il avait des poches sous les yeux et du ventre. Il restait, en revanche, l'un des meilleurs avocats fiscalistes du pays, au civil comme au pénal. Et tant qu'il facturait des honoraires, ses confrères le laissaient picoler en paix. Il n'y avait que l'argent qui comptait. Sevrer un collaborateur de son alcoolisme coûterait trop cher à la boîte. Un séjour en clinique et un arrêt maladie représenteraient un trop gros manque à gagner. Et puis il devait en être pour lui comme pour beaucoup de buveurs invétérés, c'était la vie privée qui trinquait en premier.

En parlant de boisson, elle avait encore aujourd'hui des moments de honte en repensant à la fête de Noël de l'an passé. Måns avait dansé et flirté toute la soirée avec l'ensemble des juristes du cabinet et, alors que la fête touchait à sa fin, il s'était approché d'elle. Débraillé, ivre et pathétique, il l'avait serrée contre lui et lui avait tenu un long discours incohérent sans doute dans l'espoir de la ramener chez lui, ou peut-être simplement de la sauter dans son bureau. Quoi qu'il en soit, elle avait compris ce soir-là ce qu'elle représentait à ses yeux. Le dernier recours. Celle vers qui on se tourne quand on a échoué avec toutes les autres et qu'on est au bord du coma éthylique. Depuis ce jour, leurs relations étaient devenues plus froides. Il ne plaisantait pas avec elle comme il le faisait avec les autres et ne lui parlait jamais de façon détendue. Elle ne communiquait avec lui que par mails ou au moyen de courtes notes qu'elle déposait sur son bureau quand lui-même n'y était pas. Et elle avait soigneusement évité de se rendre à la dernière fête de Noël du cabinet.

« Si tu préfères, je vais prendre un congé sans solde, dit-elle sans un sourire, ce qui ne m'empêchera pas d'emporter mon ordinateur et de travailler sur place.

— Fais ce que tu veux, répondit Måns, visiblement agacé. Tes collègues auront une surcharge de travail et c'est tout. Mais c'est leur problème. Par contre, je te préviens que je vais confier le dossier Wickman Industrie à quelqu'un d'autre. »

Rebecka s'obligea à ne pas serrer les poings. Quel salaud ! Il avait décidé de la punir. La SARL Wickman Industrie était *son* client. C'était elle qui les avait amenés au cabinet. Elle avait établi une excellente relation avec les actionnaires de cette PME familiale et, aussitôt que le redressement fiscal serait terminé, il était question de commencer à travailler sur la transmission de la société aux enfants. Eux aussi l'appréciaient.

« Fais comme bon te semble, Måns, répliqua-t-elle avec un haussement d'épaules à peine perceptible, les yeux fixés sur les franges usées du tapis Keshan à ses pieds. Tu pourras me joindre sur mon adresse mail s'il y a quelque chose. »

Måns avait une envie irrépressible de se lever, de l'attraper par les cheveux, de lui tirer la tête en arrière pour l'obliger à le regarder. Voire de la gifler.

Ce fut elle qui se leva et mit fin à l'entretien.

« Comment as-tu l'intention de t'y rendre ? lui demanda-t-il avant qu'elle ait atteint la porte. Il y a des avions jusqu'à Kiruna, ou tu vas suivre la transhumance des rennes à partir de Umeå ?

— Il y a des avions », répondit-elle le plus sérieusement du monde.

Avec un soupir de découragement, l'inspectrice Anna-Maria Mella se cala au fond de son fauteuil et se plongea dans les dossiers étalés sur son bureau. Vieilles affaires. Enquêtes irrésolues. Voitures volées et vols à l'étalage dont les coupables couraient toujours. Elle feuilleta le contenu de la chemise la plus proche. Violence conjugale, grave en l'occurrence, mais la femme avait ensuite retiré sa plainte et affirmé qu'elle était tombée dans l'escalier.

Sacrée chute ! songea Anna-Maria en se rappelant les photos difficilement supportables qui avaient été prises à l'hôpital après les faits.

Elle ouvrit un deuxième dossier. Vol de pneus dans la zone industrielle. Un témoin avait vu l'individu qui avait fait sauter le cadenas et chargé les pneus dans la benne de son Toyota Hilux, mais lors d'un deuxième interrogatoire, le témoin ne se souvenait plus de rien. De toute évidence, il avait reçu des menaces.

Anna-Maria soupira. Dans le cas d'un vulgaire vol de pneus, il n'y avait pas de budget pour la protection des témoins ou autres initiatives de ce genre. Elle tapa Toyota Hilux sur l'ordinateur et le nom du propriétaire. C'était le genre de petit caïd sans scrupules qui vole tout ce qui lui chante en totale impunité. Elle ne serait pas étonnée de retomber sur lui à l'avenir pour des faits similaires. Elle approfondit sa recherche sur le propriétaire. Il avait déjà une condamnation pour coups et blessures et port d'arme illégal. Et son nom apparaissait comme suspect dans plusieurs affaires.

Arrête ! se dit-elle. Tu ne fais qu'ouvrir et refermer des dossiers et surfer sur Internet. Tu procrastines.

Elle classa l'affaire des pneus volés. L'enquête continuerait à tourner en rond et même si on parvenait à amener le type devant les tribunaux, le procureur abandonnerait les poursuites de toute façon. Elle entendit la machine à café dans le couloir pondre un gobelet en plastique et ronronner bruyamment avant de crachoter son breuvage insipide. Elle espéra un instant que Sven-Erik était venu lui apporter des nouvelles. Mais les pas s'éloignèrent dans le corridor. Ça devait être quelqu'un d'autre.

« Cesse de penser à Viktor Strandgård », se reprocha-t-elle à mi-voix en prenant un nouveau dossier dans la pile.

Mais elle ne parvenait pas à garder les yeux sur la ligne qu'elle était en train de lire et son regard se perdait constamment dans le vide. Elle jeta un coup d'œil découragé au mug de thé froid posé sur son bureau. Depuis quelque temps, le simple fait de penser au café lui donnait la nausée. Et elle n'avait jamais été une grande buveuse de thé non plus. En général, elle finissait par le laisser refroidir dans sa tasse sans le boire. Quant au Coca-Cola, il lui donnait des gaz.

Quand le téléphone sonna, elle se précipita pour décrocher, pensant que c'était Sven-Erik. Mais c'était Pohjanen, le médecin légiste, qui l'appelait.

« J'ai terminé le rapport d'autopsie préliminaire, dit-il de sa voix ronflante de vieux percolateur. Tu veux passer ?

— Euh, c'est-à-dire que c'est Sven-Erik qui dirige cette enquête. Et von Post, bien entendu.

— Écoute, dit-il d'un ton rogue, je ne sais pas où est Sven-Erik et je n'ai pas l'intention de lui courir après, et pour ce qui est de M. le substitut du procureur, il n'aura qu'à lire mon compte rendu. Mais si ça ne t'intéresse pas, je rassemble mes affaires et je retourne à Luleå.

— Non, attends, j'arrive », s'empressa-t-elle de lui répondre, alors qu'un *clic* à l'autre bout de la ligne lui signalait que Pohjanen avait déjà raccroché.

J'espère que ce vieux grognon m'a entendue, se dit Anna-Maria en enfilant ses bottes lapones à pointes relevées. À tous les coups, il va avoir fichu le camp avant que j'arrive à l'hôpital.

Elle fut soulagée de trouver le médecin légiste dans le fumoir de l'hôpital, les yeux fermés, affalé dans un canapé vert usé datant des années soixante. Sans la braise incandescente au bout de sa cigarette, elle aurait pu penser qu'il dormait, ou qu'il était mort.

« Aha ! s'exclama-t-il sans ouvrir les yeux. Comme ça, on ne s'intéresse pas à feu Viktor Strandgård ? J'aurais pourtant cru que c'était une affaire pour toi, Mella.

— Je suis supposée m'occuper de la paperasse jusqu'à l'accouchement, rétorqua-t-elle depuis le pas de la porte. Mais je me suis dit qu'il valait mieux que je vienne, plutôt que de te laisser repartir sans avoir vu personne. »

Il éclata d'un rire caverneux qui se termina en quinte de toux, ouvrit les yeux et posa sur elle son regard bleu pénétrant.

« Tu vas en rêver la nuit, Mella, c'est un vrai merdier. Mais tu ne vas pas y couper, si tu ne leur donnes pas un coup de main avec cette affaire, ils ne vont pas s'en sortir et tu seras encore en train d'interroger des témoins pendant ton congé maternité en poussant le landau. On y va ? » dit-il avec un geste théâtral vers la salle d'examen post mortem.

C'était une pièce plutôt agréable avec son sol en ciment immaculé, ses trois tables en inox, sa série de plateaux en plastique rouge triés par taille et rangés sous le plan de travail, ses deux éviers rutilants et sa pile de torchons qu'Anna Granlund veillait à garder impeccablement propres. La table de dissection avait été rincée et séchée. Un lave-vaisselle tournait dans la pièce voisine. La seule chose qui faisait penser à la mort était la longue rangée de bocaux soigneusement étiquetés, contenant divers échantillons de cerveaux ou d'autres organes grisâtres ou d'un brun pâle, conservés dans du formol afin d'y faire des prélèvements par la suite. Et le cadavre de Viktor Strandgård, couché sur l'une des tables, évidemment. Une incision avait été pratiquée derrière la tête, allant d'une oreille à l'autre, et son cuir chevelu avait été rabattu sur son front afin de permettre l'accès à la boîte crânienne. On remarquait sur son abdomen deux longues plaies refermées par de grossiers points de suture. L'une d'elles avait été réalisée par le scalpel du médecin légiste en vue de l'examen des organes de la victime. Pour en avoir déjà vu fréquemment, Anna-Maria identifia comme des coups de couteau un certain nombre de plaies moins longues. La dépouille livide dans la lumière des néons avait été rincée et recousue. Parce qu'elle n'avait pas retiré sa doudoune, Anna-Maria se sentit soudain gênée devant ce long corps nu couché sur une table froide en acier inoxydable.

Lars Pohjanen mit sa blouse verte, glissa les pieds dans une paire de sabots si usés qu'on ne devinait leur couleur d'origine qu'en de rares endroits et enfila une paire de minces gants en latex.

« Comment vont les enfants ? demanda-t-il.

— Jenny et Petter vont bien. Marcus travaille assidûment à aggraver son acouphène en écoutant de la musique à fond sur son lit avec ses écouteurs sur les oreilles. Il a un chagrin d'amour, figure-toi.

— Le pauvre », dit Pohjanen avec une réelle compassion en se tournant vers Viktor Strandgård.

Anna-Maria se demanda s'il parlait de Marcus ou du pasteur assassiné.

« Je peux ? demanda-t-elle en sortant son dictaphone. Comme ça, je pourrai partager ton compte rendu avec les autres. »

Le légiste haussa les épaules. Anna-Maria décida que cela voulait dire oui et démarra l'enregistrement.

« Par ordre chronologique, annonça-t-il. Coup violent à l'arrière du crâne. Ni toi ni moi ne sommes en état de le retourner, mais tu peux voir le résultat là-dessus. »

Il coinça une série de tomographies sur le négatoscope. Anna-Maria étudia les clichés en silence en pensant à la dernière échographie en noir et blanc de son bébé.

« Tu peux voir la fracture du crâne ici. Et l'hématome sous-dural, là. » Le professeur désigna avec son index une zone sombre qui apparaissait sur plusieurs images. « Il aurait à la rigueur pu survivre s'il n'avait reçu que ce coup à la tête, mais c'est tout de même peu probable. Je pense que ton assassin est droitier, poursuivit Pohjanen. Après son coup à la tête, il a été frappé à deux reprises avec un instrument tranchant, une fois au ventre et une autre fois à la poitrine. » Il montra deux plaies parmi les innombrables blessures. « Je ne peux pas évaluer la taille du meurtrier en me basant sur le coup derrière la tête ni d'ailleurs en m'appuyant sur les coups de couteau. Ils ont été administrés du haut vers le bas et cela ne m'étonnerait pas que Viktor Strandgård ait été à genoux quand on l'a frappé. Ou alors notre meurtrier est immense, genre joueur de basket de la NBA, tu vois ? Mais en tout cas, je suis sûr que les choses se sont passées comme ça : d'abord le coup sur la tête, *bam.* » Le médecin légiste tapa sur son crâne chauve pour illustrer son propos. « Il tombe à genoux sous la violence du choc – il n'y a ni égratignure ni hématome sur les genoux, mais cela peut être dû au tapis qui est assez doux –, après quoi, le meurtrier lui donne deux coups de couteau. Cela explique qu'ils aient été administrés de haut en bas. Bref, il est difficile de se faire une idée de la taille du meurtrier.

— Pour toi, c'est le coup sur la tête et les deux premiers coups de couteau qui ont causé la mort ? demanda Anna-Maria.

— Ouaip, confirma Pohjanen en réprimant une quinte de toux. Le premier coup a traversé la cage thoracique, déporté la septième vertèbre vers la gauche, transpercé le péricarde…

— En suédois, s'il te plaît.

— … Le sac qui contient le cœur, si tu préfères, puis le ventricule droit – c'est-à-dire la cavité droite du cœur –, provoquant un saignement du cœur et du poumon droit. Le deuxième coup de couteau a tranché le foie et provoqué une hémorragie dans l'abdomen et le mésentère.

— Il est mort rapidement ? »

Pohjanen haussa les épaules.

« Et les autres blessures ?

— Il était déjà mort quand on lui a infligé toutes ces blessures à l'arme blanche au ventre et au torse. Je suppose qu'il était allongé sur le dos au moment où on l'a poignardé. Et enfin, il y a cette coupure sur son abdomen. »

Il désignait la longue plaie d'un rouge bleuté dont les lèvres étaient rassemblées par des points grossiers.

« Et les yeux ? s'enquit Anna-Maria en contemplant les deux orbites béantes qui trouaient le visage de Viktor Strandgård.

— Viens voir ici, répondit Pohjanen en fixant une radiographie sur le tableau lumineux. Regarde ce petit éclat d'os qui s'est détaché du crâne au fond de l'orbite. Et là, pareil. Je ne l'avais pas remarqué tout de suite sur la radio, mais en nettoyant le crâne et en l'examinant, j'ai vu les rayures dans l'os, autour des orbites. L'assassin a enfoncé le couteau dans l'œil et il l'a retiré par un mouvement de rotation. Il a creusé pour détacher les yeux de la tête.

— Mais pourquoi a-t-il fait ça ? s'exclama Anna-Maria comme un cri du cœur. Et les mains ?

— Elles ont été amputées post mortem également. L'une des deux a été retrouvée sur place.

— Des empreintes ?

— Peut-être sur les moignons, attendons le retour du laboratoire. Cela dit, je ne me ferais pas trop d'illusions là-dessus. On voit deux belles traces de doigts sur les poignets, mais à première vue, je n'ai pas l'impression qu'il ait laissé d'empreintes digitales. Je pense que Linköping nous dira que celui qui lui a coupé les mains portait des gants. »

Anna-Maria sentit le découragement l'envahir. Un violent désir d'attraper le meurtrier s'empara d'elle. Tout à coup, elle sentit qu'elle ne le supporterait pas si, dans un an, l'affaire était enterrée dans les archives sans qu'on ait réussi à mettre la main sur le coupable. Le vieux légiste avait raison, Viktor Strandgård allait probablement hanter ses nuits.

« Quel genre de couteau était-ce ? demanda-t-elle.

— Une sorte de couteau de chasse à un seul tranchant, grand modèle. Trop large pour être un couteau de cuisine.

— Et l'objet contondant avec lequel il a été frappé à la tête ?

— Ça, ça peut être n'importe quoi. Une bêche, une grosse pierre…

— C'est étrange qu'il ait été assommé par-derrière et poignardé par-devant, non ?

— En effet, mais ce n'est pas moi l'inspecteur de police, rétorqua Lars Pohjanen.

— Ils étaient peut-être plusieurs, songea Anna-Maria à voix haute. Tu as autre chose ?

— Pas pour l'instant. Pas de traces de drogues. Ni d'alcool. Et il n'avait pas mangé depuis plusieurs jours.

— Quoi ? Plusieurs jours ? » s'exclama Anna-Maria.

En ce moment, il fallait qu'elle mange minimum toutes les deux heures.

« Il n'était pas déshydraté, alors je ne pense pas qu'il ait eu une maladie gastrique, ni qu'il ait fait une grève de la faim. Mais il n'avait ingurgité que de la nourriture liquide. Le laboratoire nous dira ce qu'il avait dans l'estomac. Et sur ce, tu peux éteindre ton dictaphone. »

Il lui tendit une copie du rapport d'autopsie. Anna-Maria éteignit le dictaphone.

« Je n'aime pas jouer aux devinettes », dit Pohjanen avec un geste du menton vers l'appareil. Il se racla bruyamment la gorge. « Surtout pas quand on m'enregistre. »

Anna-Maria rangea le dictaphone dans sa poche.

« Mais la section des poignets était assez propre, poursuivit-il. Il est possible que l'homme que tu cherches soit un chasseur, Mella.

— Alors, c'est là que tu te caches ! » fit une voix sur le pas de la porte.

C'était Sven-Erik Stålnacke.

« Oui, répondit Anna-Maria, mal à l'aise à l'idée que son collègue puisse penser qu'elle faisait des trucs dans son dos. Pohjanen a appelé au commissariat pour nous dire qu'il était sur le départ, alors j'ai pensé… »

Elle se tut. Furieuse d'avoir éprouvé le besoin de se disculper et de se trouver des excuses.

« Super, dit Sven-Erik, jovial. Tu me raconteras ça dans la voiture. Nous avons un souci avec les pasteurs de la communauté. Je te cherche partout depuis une heure. C'est Sonja du standard qui m'a dit que tu avais reçu un coup de fil de Lars. Viens, j'ai besoin de ton aide. »

Anna-Maria interrogea Pohjanen du regard. Il haussa les épaules pour lui répondre qu'ils avaient fini.

« Tu as vu que Färgestad a humilié Luleå[1], dit Sven-Erik à Lars Pohjanen avec un sourire railleur tout en poussant sa collègue vers la sortie.

— Ne m'en parle pas », soupira le légiste, et il plongea la main dans sa poche pour prendre son paquet de cigarettes.

---

1. Allusion aux équipes de hockey sur glace de ces deux villes.

L'avion pour Kiruna était presque plein.

Rebecka s'affala sur son siège et attacha sa ceinture. Le brouhaha des voix des passagers, le *ding* répété précédant les recommandations affichées sur les signaux lumineux au plafond et le ronronnement des moteurs la plongèrent bientôt dans un sommeil agité. Elle dormit pendant tout le voyage.

Elle rêve qu'elle court dans une tourbière envahie de plaquebières. On est au mois d'août par une chaleur torride. Les rayons du soleil font remonter l'humidité du sol. La lotion anti-moustiques et la transpiration coulant de son front lui brûlent les yeux. Ils sont pleins de larmes. Un essaim de moucherons lui entre dans les narines et dans les oreilles. Elle ne voit plus rien. Un homme la poursuit. Il est juste derrière elle. Et, comme toujours dans ses cauchemars, ses jambes refusent de la porter. Elles sont lourdes et sans force. Elle a l'impression que la terre cherche à l'avaler. Ses pieds s'enfoncent de plus en plus loin dans la sphaigne blanche et quelqu'un ou quelque chose la rattrape. Elle ne peut plus soulever les pieds, à présent. Elle coule. Tente d'appeler sa mère, mais seul un pathétique couinement sort de sa gorge. Une main se pose lourdement sur son épaule.

« Désolée, je vous ai fait peur ? »

Rebecka ouvrit les yeux. Une hôtesse penchée au-dessus d'elle lui souriait, un peu embarrassée.

« Nous allons atterrir à l'aéroport de Kiruna, il faudrait que vous redressiez le dossier de votre siège. »

Rebecka porta vivement ses doigts à sa bouche. Avait-elle bavé en dormant ? Ou, pire, crié ? Elle n'osait pas regarder son voisin de siège et tourna la tête vers le hublot sombre. Et elle la vit, en dessous d'eux. Sa ville. Tel un joyau au fond d'un puits, elle brillait de mille feux, cernée par les montagnes ombrageuses. Rebecka en eut une boule au ventre et un pincement au cœur.

« Ma ville », songea-t-elle avec un mélange de tristesse, de joie, de colère et de peur. Retrouvailles douces-amères.

Vingt minutes plus tard, elle roulait vers Kurravaara dans une Audi de location. Le village se trouvait à cinq kilomètres de Kiruna, une distance qu'elle avait souvent parcourue sur son *spark*, quand elle était petite. Le souvenir de cette luge à patins qu'on ne trouve que là-haut, en Laponie, la fit sourire. Elle aimait tout particulièrement faire cette route au tout début du printemps quand elle était encore couverte d'une épaisse couche de glace et que personne ne l'avait encore salie avec du sable, du sel ou de la grave.

La lune éclairait la forêt enneigée ; les congères formaient un muret sur les bas-côtés.

Ce n'est pas juste, je n'aurais pas dû les laisser me prendre tout ça, se dit-elle, et elle se promit de faire un tour de *spark* avant de repartir.

À quel moment ai-je fait fausse route ? se demanda-t-elle tandis qu'elle fonçait à travers la forêt. Si je pouvais revenir en arrière, devrais-je remonter au premier été ? Ou plus loin ? Peut-être au printemps où j'ai rencontré Thomas Söderberg pour la première fois ? Quand il est venu parler devant la classe, au lycée Hjalmar-Lundbohm que je fréquentais. J'aurais dû être moins naïve. Mes camarades ont été plus malins que moi. Ils ne se sont pas laissé prendre à son jeu.

« Bonjour à tous. Je voudrais vous présenter le pasteur Thomas Söderberg qui vient de rejoindre l'Église de la Mission intérieure. Je l'ai invité ici comme représentant des Églises libres de Kiruna. »

C'est notre professeur de religion, Margareta Fransson, qui parle.

Elle n'arrête pas de sourire, songe Rebecka. Pourquoi sourit-elle tout le temps ? Son sourire n'exprime pas la gaieté. C'est plutôt une expression de soumission. Elle cherche à le séduire. Margareta Fransson s'habille dans une boutique solidaire qui vend des articles fabriqués par des communautés de femmes dans des pays sous-développés.

« Vous avez déjà rencontré Evert Aronsson, pasteur à l'Église luthérienne de Suède, et Andreas Gault, prêtre de l'Église catholique, continue Margareta Fransson.

— Pourquoi n'avons-nous pas eu la visite d'un bouddhiste, d'un musulman, ou d'un représentant d'une autre religion ? demande Nina Eriksson. Pourquoi ne nous présentez-vous que des chrétiens ? »

Nina Eriksson est déléguée des élèves. Sa voix résonne haut et fort dans la classe. Ils sont nombreux à applaudir à sa remarque.

« Il n'y en a pas beaucoup à Kiruna », s'excuse mollement Margareta Fransson, avant de laisser la parole à Thomas Söderberg.

Il est beau garçon avec ses cheveux bruns et bouclés et ses longs cils noirs, il n'y a pas à chercher plus loin que ça. Il rit et plaisante, puis redevient sérieux. Il est trop jeune pour être pasteur. Et il porte un jean et une chemise. Il fait un dessin au tableau pour illustrer la façon dont Jésus a donné sa vie pour nous et bâti un pont entre Dieu et l'humanité. Parce que Dieu nous aime, il a sacrifié son unique fils. Il parle à la deuxième personne du singulier, bien que nous soyons vingt-quatre à l'écouter. Il nous dit de choisir la vie. De dire oui à la parole de Dieu. Et il a une réponse pour toutes les questions qu'on lui pose. Il marque un temps avant de répondre à certaines d'entre elles. Fronce les sourcils et hoche la tête, pensif. Comme si c'était des questions inédites et très intelligentes et qu'elles lui donnaient à réfléchir. Plus tard, elle découvrirait que c'était loin d'être la première fois qu'il entendait ces questions et qu'il avait préparé ses réponses depuis longtemps. Qu'il utilisait cette technique pour que la personne qui les avait posées se sente importante.

Il termine sa visite pédagogique en les invitant à la retraite d'été organisée par l'Église de la Mission intérieure, à Gällivare. Trois semaines de lecture des Évangiles et de travail non rémunéré, logés, nourris.

« Ose être curieux ! les tance-t-il. Tu ne peux pas savoir si la foi chrétienne t'apporte quelque chose avant de savoir ce qu'elle représente. »

Rebecka a l'impression qu'il la regarde en disant cette phrase. Et elle le regarde aussi. Un feu la brûle de l'intérieur.

Le chemin avait été déneigé jusqu'à la maison de ciment gris de sa grand-mère et il y avait de la lumière au premier étage. Rebecka sortit de la voiture son sac de voyage et les courses qu'elle avait faites en quittant Kiruna. Inutilement, peut-être, mais on ne sait jamais. Elle verrouilla la voiture.

Voilà ce que je suis devenue. Quelqu'un qui ferme les choses à clé.

« C'est moi ! » lança-t-elle en entrant.

Personne ne lui répondit, mais elle se dit que Sanna et les enfants avaient dû fermer la porte donnant sur l'escalier et qu'elles ne l'avaient pas entendue.

Elle posa tout ce qu'elle avait dans les mains et fit le tour du rez-de-chaussée sans allumer les lampes. La maison sentait le renfermé, l'humidité et le vieux lino. Les meubles s'appuyaient contre les murs comme des fantômes épuisés, cachés sous les draps en lin brodés de sa grand-mère.

Elle monta l'escalier avec précaution, parce que la neige fondue avait rendu ses semelles glissantes.

« Il y a quelqu'un ? » lança-t-elle, toujours sans obtenir de réponse.

Rebecka ouvrit la porte de l'appartement du premier étage et pénétra dans le couloir étroit et sombre. Alors qu'elle se penchait pour descendre la fermeture

Éclair de ses bottes, une forme noire bondit sur elle. Elle hurla et tomba en arrière. Deux jappements joyeux retentirent et la forme sombre se matérialisa en une belle tête de chien. Sans doute une femelle. Une grosse langue humide profita de ce qu'elle soit à sa hauteur pour lui lécher affectueusement la figure. Puis la chienne lança deux aboiements sonores et se remit à la lécher.

« Tjapp, viens ici ! »

Une petite fille d'environ quatre ans apparut sur le pas de la porte. La chienne la rejoignit en deux enjambées. Rebecka en ayant profité pour se relever, l'animal alla plonger son museau dans le carton de courses.

« Tu dois être Lova », dit Rebecka en allumant le plafonnier du vestibule tout en chassant gentiment Tjapp avec son pied.

La petite fille était enveloppée dans une couverture et Rebecka se rendit compte à ce moment de la température glaciale qui régnait dans la maison.

« Et toi, tu es qui ? demanda Lova.

— Je m'appelle Rebecka, répondit-elle sans plus d'explications. Viens, on va aller dans la cuisine. »

Elle s'arrêta sur le seuil et contempla la pièce, bouche bée. Les chaises gisaient renversées sur le sol, les tapis de chiffon de sa grand-mère étaient roulés en boule sous la table. La chienne s'élança vers un tas de draps – ceux qui recouvraient les meubles, probablement – et se mit à en secouer un entre ses crocs pour l'inciter à jouer. Une forte odeur de savon noir et d'Ajax piqua les narines de Rebecka et elle remarqua que le sol était inondé de détergent.

« Mais… s'exclama-t-elle. Qu'est-ce qui s'est passé ici ? Où sont ta maman et ta grande sœur ?

— Je me suis lavée, confessa Lova. Et Tjapp aussi. »

Émergeant de la grosse couverture dans laquelle elle était emmitouflée, une petite main vint tripoter un bouton de la veste de Rebecka. Elle la repoussa avec impatience.

« Où sont ta mère et ta sœur ? » demanda-t-elle à nouveau.

Lova pointa du doigt l'alcôve au fond de laquelle était recroquevillée une enfant d'à peu près onze ans, vêtue d'un grand manteau en peau de mouton, qui devait appartenir à sa mère. Elle leva les yeux de son magazine avec une expression hostile. Rebecka sentit son cœur se serrer.

Sara, songea-t-elle. Comme elle a grandi. Et comme elle ressemble à Sanna. Mêmes cheveux blonds, à part que les siens sont raides, comme ceux de Viktor.

« Salut ! dit Rebecka à Sara. Je ne vois pas Sanna et je crois que ta sœur a fait des bêtises. »

Sara haussa les épaules, l'air de dire que ce n'était pas à elle de s'occuper de sa petite sœur.

« Maman était fâchée, expliqua Lova en tirant Rebecka par la manche. Maintenant, elle est dans sa bulle. Là, ajouta-t-elle en montrant la porte de la chambre.

— Qui es-tu ? s'enquit Sara d'un air suspicieux.

— Je m'appelle Rebecka et c'est ma maison. Enfin, à moitié. » Elle se tourna vers Lova. « Qu'est-ce que ça veut dire : “Elle est dans sa bulle” ?

— Quand elle est dans sa bulle, elle ne nous parle plus et elle ne nous voit plus, expliqua Lova qui ne pouvait pas s'empêcher de tripoter les boutons dorés de la veste de Rebecka.

— Bon, j'ai compris », dit-elle en retirant sa veste et en allant l'accrocher sur un cintre dans l'entrée.

Il faisait vraiment un froid de loup dans la maison. Il fallait qu'elle allume la cuisinière à bois.

« Je connais votre mère, dit Rebecka en commençant à remettre les chaises à leur place. Mon grand-père et ma grand-mère habitaient ici quand ils étaient encore en vie. Tu as du savon dans les cheveux, aussi ? »

Elle regarda les mèches collées de Lova. La chienne s'assit sur son derrière et tourna la tête pour se lécher le dos. Rebecka s'accroupit et l'appela de la même façon que sa grand-mère le faisait avec ses chiens.

« *Tjö !* »

La chienne rappliqua aussitôt et montra sa soumission en essayant de lécher Rebecka au coin des lèvres. Elle devait être issue d'un croisement entre un chien et un loup. Son épais pelage sombre encadrait une jolie tête fine. Ses yeux étaient comme deux billes d'onyx et son regard facétieux. Rebecka passa les doigts dans sa crinière et porta la main à ses narines. Ils sentaient le savon noir.

« Jolie chienne ! Elle est à toi ? »

Sara ne répondit pas.

« Deux tiers à Sara et un tiers à moi, expliqua Lova qui avait bien appris sa leçon.

— Maintenant, je voudrais voir ta maman », déclara Rebecka.

Lova lui prit la main et la conduisit dans la chambre. Le premier étage n'était constitué que de la cuisine avec son alcôve pour dormir et d'une chambre à coucher qui était considérée comme celle des enfants. Son grand-père et sa grand-mère avaient toujours dormi sur la banquette de la cuisine.

Sanna était couchée en position fœtale, les genoux remontés si haut qu'ils touchaient son menton. Son visage était tourné vers le mur et elle n'était vêtue que d'un t-shirt et d'une culotte en coton à fleurs. Ses longs cheveux d'ange flottaient sur l'oreiller.

« Bonjour, Sanna », dit Rebecka, prudemment.

La femme couchée sur le lit ne répondit pas, mais Rebecka la voyait respirer.

Lova prit la couverture roulée au bout du lit et en recouvrit sa maman.

« Elle est dans sa bulle, répéta-t-elle en chuchotant.

— C'est bon, j'ai compris ! » rétorqua Rebecka, agacée.

Elle essaya de faire réagir Sanna en la secouant par l'épaule.

« Bon, viens avec moi », dit-elle à Lova en retournant dans la cuisine.

Après s'être assurée que la louve alpha, immobile et muette sur le lit, n'était pas en danger, Tjapp les suivit.

« Vous avez dîné ? demanda Rebecka aux deux filles.

— Non, dit Lova.

— Je te connaissais quand tu étais aussi petite que Lova, dit Rebecka à Sara.

— Je ne suis pas petite, cria Lova, j'ai quatre ans.

— Maintenant, c'est moi qui commande, déclara Rebecka. On va commencer par ranger cette cuisine et ensuite je ferai quelque chose à manger, puis nous ferons chauffer de l'eau sur la cuisinière et nous donnerons un bain à Lova et à Tjapp.

— Et il faut que je mette un autre t-shirt, dit Lova. Regarde ! »

Elle ouvrit la couette dans laquelle elle était toujours enveloppée et dévoila son t-shirt collant de savon.

« Et on va te mettre un autre t-shirt », soupira Rebecka avec lassitude.

Une heure plus tard, Lova et Sara étaient installées devant une saucisse chaude et une purée de pommes de terre en flocons. Lova portait un jean oublié par une petite cousine de Rebecka et un sweat-shirt rouge délavé avec les personnages d'Astérix et Obélix dessus. Couchée aux pieds des deux sœurs, Tjapp attendait patiemment sa part du festin. Le feu crépitait dans la cuisinière à bois.

Rebecka regarda la pendule. Déjà sept heures. Sanna et elle devaient encore se rendre au commissariat. Le stress commençait à lui dévorer l'estomac.

Sara renifla le sweat-shirt de Lova.

« Tu pues, dit-elle.

— Mais non, elle ne pue pas. Ses vêtements sentent un peu le renfermé, parce qu'ils sont restés longtemps dans un placard. Mais les siens sont encore pires, alors ce sera comme ça et pas autrement. Vous pouvez donner à Tjapp le reste de vos saucisses, si vous ne les finissez pas. »

Elle les laissa dans la cuisine, retourna dans la chambre et ferma la porte derrière elle.

« Sanna », appela-t-elle.

Sanna ne bougea pas d'un pouce. Elle était toujours dans la même position, les yeux fixés sur le mur.

Rebecka vint se planter à côté du lit, les bras croisés.

« Je sais que tu m'entends, dit-elle d'une voix dure. Alors, tu vas bien m'écouter. Je ne suis plus la Rebecka que tu as connue, Sanna. Je suis devenue moins patiente et beaucoup moins gentille depuis la dernière fois qu'on s'est vues. Je n'ai pas l'intention de m'asseoir sur ce lit et de te demander ce qui ne va pas en te caressant les cheveux. Tu vas te lever et t'habiller immédiatement. Sinon, j'emmène tes filles à la permanence des services sociaux et je leur explique que tu n'es pas en état de t'occuper d'elles pour l'instant. Après quoi, j'irai prendre le premier avion pour Stockholm. »

Toujours pas un mot et pas le moindre mouvement.

« Très bien », dit Rebecka au bout d'un moment.

Elle inspira longuement comme pour indiquer qu'elle avait atteint les limites de sa patience. Puis elle tourna les talons et se dirigea vers la porte de la cuisine.

J'aurai fait ce que je pouvais, se dit-elle. Je vais appeler la police et leur dire où elle est. Ils devront la porter pour la faire sortir d'ici.

Elle venait de poser la main sur la poignée quand elle entendit Sanna se relever dans le lit derrière elle.

« Rebecka », dit-elle simplement.

Rebecka attendit une demi-seconde, puis elle se retourna et s'appuya à la porte, les bras croisés sur sa poitrine, comme le ferait une mère en colère.

Sanna se mordillait la lèvre comme une petite fille, les yeux baissés.

« Excuse-moi, grommela-t-elle d'une voix traînante. Je sais que je suis la pire maman du monde et une encore plus mauvaise amie. Tu me détestes ?

— Je te donne trois minutes pour t'habiller et venir à table », lui ordonna Rebecka avant de ressortir d'un pas décidé.

Sven-Erik Stålnacke s'était garé devant les urgences. Anna-Maria s'appuya à la porte de la voiture pendant qu'il fouillait dans sa poche pour retrouver les clés. Elle savait qu'elle devait se détendre mais elle avait du mal à respirer dans cet air glacé. Pendant le court trajet entre la salle d'autopsie et la voiture, son ventre était devenu aussi dur qu'une boule de neige bien tassée.

« Les trois pasteurs de l'Église de la Force originelle nous ont fait savoir qu'ils étaient maintenant prêts à répondre aux questions de la police, dit Sven-Erik en fouillant dans l'autre poche. Ils nous accordent une heure, pas plus. Ils refusent d'être interrogés séparément et nous les rencontrerons tous les trois en même temps. Ils disent qu'ils veulent se montrer coopératifs, mais…

— … Mais ils ne le sont pas, dit Anna-Maria, terminant sa phrase.

— Qu'est-ce que tu en penses ? demanda Sven-Erik. On leur met la pression, ou quoi ?

— Surtout pas, sinon toute la communauté risque de resserrer les rangs autour d'eux et ils vont se fermer comme des foutues huîtres. Pourquoi veulent-ils que nous les interrogions tous en même temps ?

— Aucune idée. L'un d'eux a essayé de me l'expliquer, un certain Gunnar Isaksson, mais je n'ai rien compris. On leur posera la question quand on les verra. Je m'en veux, Anna, j'aurais dû les tirer du lit de bonne heure ce matin.

— Tu as très bien fait, au contraire », rétorqua Anna-Maria.

L'aurore boréale continuait à déployer ses voiles blanches et vertes.

« Tu te rends compte ? dit-elle en levant la tête vers le ciel. Nous avons eu des aurores boréales tout l'hiver. Tu avais déjà vécu ça, toi ?

— C'est à cause des orages magnétiques, répondit Sven-Erik. C'est vrai que c'est joli, mais tu verras que, bientôt, on nous apprendra que ça aussi, c'est cancérigène. On devra se promener toute la journée avec un parasol argenté pour se protéger des rayons.

— Ça t'irait bien, je trouve », plaisanta Anna-Maria.

Ils montèrent dans la voiture.

« À propos, comment va Pohjanen ?

— Je ne sais pas, nous n'avons pas vraiment eu l'occasion d'aborder le sujet.

— Je m'en doute. »

Il n'a qu'à lui poser la question, s'il a envie de savoir comment il va, songea Anna-Maria avec mauvaise humeur.

Sven-Erik se gara sur le parking et ils entreprirent de gravir le sentier conduisant au temple de cristal. Les congères avaient disparu et il y avait des traces de pas humains et de pattes de chien dans la neige partout autour de l'édifice. La zone avait été soigneusement ratissée pour essayer de retrouver l'arme du crime. On espérait que l'assassin de Viktor Strandgård l'avait jetée en s'enfuyant ou enfouie sous un tas de neige à proximité. Mais on n'avait rien trouvé.

« Et si on ne retrouvait jamais l'arme du crime, dit Sven-Erik en ralentissant le pas pour attendre Anna-Maria qui s'essoufflait. Est-ce qu'on peut condamner quelqu'un sans preuve matérielle ?

— Bah oui, Christer Pettersson[1] a bien été condamné en première instance dans un tribunal de district ! »

Sven-Erik pouffa, sarcastique.

« Tu n'as pas plus encourageant, comme exemple ?

— Vous avez retrouvé la sœur ?

— Non. Mais von Post prétend qu'il a fait en sorte qu'elle se présente ce soir à huit heures au commissariat, pour être entendue. On verra bien. »

Anna-Maria Mella et Sven-Erik Stålnacke arrivèrent à l'Église de la Force originelle à dix-sept heures dix. Les trois pasteurs étaient assis au premier rang, tournés vers l'autel. Trois autres personnes étaient présentes. Une femme entre deux âges s'activait sur les tapis avec un énorme aspirateur au bruit assourdissant. Anna-Maria se dit qu'elle semblait bien maigrichonne dans son legging démodé et son pull mauve tricoté main qui lui arrivait aux genoux. De temps à autre, elle arrêtait l'engin et se mettait à quatre pattes par terre pour dégager une saleté coincée dans le tuyau. Une deuxième femme, à peu près du même âge mais plus élégante – jolie jupe, chemisier bien repassé et gilet en laine assorti à large col – se déplaçait d'une rangée à l'autre, déposant une page polycopiée sur chaque

1. Christer Pettersson fut condamné puis relaxé en appel dans le cadre de la tentative d'assassinat du Premier ministre, Olof Palme.

chaise. La troisième personne était un jeune homme. Il déambulait sans but précis en parlant tout seul, une bible à la main. Parfois, il s'arrêtait devant une chaise, tendait sa main libre vers un interlocuteur invisible et entamait avec lui une conversation aussi muette que passionnée. Parfois, il s'arrêtait, levait sa bible vers le plafond et proférait à haute voix une série de phrases dont Sven-Erik et Anna-Maria ne comprenaient pas un traître mot. Quand ils passèrent près de lui, il leur lança un regard haineux. Le tapis ensanglanté était toujours à sa place au milieu de l'allée, mais on avait déplacé les chaises de manière qu'il soit possible de contourner l'endroit où avait reposé le corps.

« La sainte Trinité, je présume ! » s'écria Sven-Erik dans l'intention naïve de détendre l'atmosphère.

Les trois pasteurs se levèrent pour les accueillir. Pas un ne sourit.

Quand ils furent tous assis, Anna-Maria nota leurs noms et une courte description de chacun, afin de se souvenir ensuite de qui avait dit quoi. Elle ne prit même pas la peine de demander l'autorisation d'utiliser son dictaphone. Ils devraient sans doute s'estimer heureux s'ils arrivaient à les faire parler tout court.

Thomas Söderberg, écrivit-elle, brun, le beau gosse avec des lunettes de créateur, la cinquantaine. Vesa Larsson, quarante ans et des poussières, chemise de flanelle et gilet de peau, le seul à ne pas être en costume-cravate. Gunnar Isaksson, le grassouillet avec une barbe, la cinquantaine.

Elle se remémora la façon dont chacun lui avait serré la main. Thomas Söderberg avait pris sa main et l'avait gardée dans la sienne un moment en soutenant son regard. Il avait l'habitude d'inspirer la confiance chez autrui. Elle se demanda comment il réagirait si la police mettait sa parole en doute. Son costume avait dû coûter une petite fortune.

Vesa Larsson avait la main molle. Manque de pratique, sans doute. Dans son esprit, le petit hochement de tête qui avait précédé le contact aurait dû suffire et il avait aussitôt tourné les yeux vers Sven-Erik.

Gunnar Isaksson lui avait littéralement broyé la main. Mais pas comme certains hommes qui ne connaissaient pas leur force.

Il a peur de montrer sa faiblesse, songea Anna-Maria.

« Avant que nous commencions, je vais vous demander de bien vouloir m'expliquer pourquoi vous avez souhaité être interrogés tous les trois en même temps, demanda Anna-Maria.

— Ce qui est arrivé est épouvantable et ne peut être changé, commença Vesa Larsson après un moment de silence général. Mais nous pensons que ce qui compte désormais, c'est de veiller à ce que notre communauté reste unie. Des forces très vives vont tenter de nous diviser dans ces moments difficiles et c'est ensemble que nous devrons les combattre.

— Je comprends », dit Sven-Erik sur un ton qui prouvait clairement qu'il ne comprenait rien du tout.

Il pointait les lèvres en avant d'un air pensif et sous son nez, sa grosse moustache avait l'air d'une brosse en chiendent.

Vesa Larsson tripotait un bouton de son gilet en guettant du coin de l'œil la réaction de Thomas Söderberg. Thomas Söderberg ne lui rendit pas son regard mais hocha la tête pour lui-même, comme s'il réfléchissait aux mots qu'il venait d'entendre.

Intéressant, se dit Anna-Maria, le pasteur Söderberg vient de valider la réponse de Vesa Larsson. Inutile de se demander qui est le chef de horde entre ces trois-là.

« Comment votre Église est-elle hiérarchisée, sur le plan de l'organisation, je veux dire ? demanda-t-elle.

— Au sommet, il y a Dieu, répondit Gunnar Isaksson d'une voix puissante, un doigt pointé vers le ciel. Ensuite, il y a les trois pasteurs de la communauté, nous, et cinq anciens. Si je devais nous comparer à une entreprise, on pourrait dire que Dieu est le président, nous les directeurs généraux et les anciens, le conseil d'administration.

— Je croyais que cet interrogatoire devait porter sur Viktor Strandgård, l'interrompit Thomas Söderberg.

— Nous allons y venir, nous allons y venir », le rassura Sven-Erik, d'un ton presque chantant.

Le jeune homme à la bible s'était arrêté devant une chaise vide et s'était mis à prêcher d'une voix forte avec de grands effets de manches. Sven-Erik le regardait, fasciné.

« On peut savoir ce qu'il fait ? demanda-t-il en le désignant d'un geste du pouce.

— Il prie pour préparer le temple à notre réunion de ce soir, expliqua Thomas Söderberg. La glossolalie peut surprendre quand on n'a pas l'habitude, mais ce n'est pas de la magie, je vous assure.

— Il est important d'ouvrir au monde spirituel le lieu où se tient le culte, précisa Gunnar Isaksson en caressant son épaisse barbe bien entretenue.

— Je comprends », dit à nouveau Sven-Erik en lançant un regard affolé vers Anna-Maria.

Sa moustache pointait maintenant à quatre-vingt-dix degrés.

« Bien, alors, à présent parlez-nous de Viktor Strandgård. Quel genre d'homme était-il ? Vous, Vesa Larsson, que pouvez-vous nous dire sur lui ? »

Le pasteur eut l'air mal à l'aise. Il déglutit avant de répondre.

« Viktor était un homme dévoué. D'une grande humilité. Tout le monde l'aimait. Il avait consacré sa vie à Dieu. Malgré sa place, disons, élevée, dans notre communauté, il ne reculait devant aucune tâche, si ingrate soit-elle. Il faisait même partie de l'équipe d'entretien. Il n'était pas rare de le voir passer le plumeau sur les chaises. Il rédigeait les affiches avant nos réunions d'assemblée…

— Il s'occupait des enfants, aussi, intervint Gunnar Isaksson. Nous avons un système de garderie qui permet aux parents de jeunes enfants d'écouter la parole de Dieu sans être dérangés.

— … C'est vrai qu'il était dévoué. Hier, par exemple, reprit Vesa Larsson, il a préféré ranger les chaises dans le temple plutôt que de nous accompagner à la cafétéria. L'inconvénient de ne pas avoir de bancs, c'est qu'il faut remettre les chaises en place après chaque culte.

— Ça doit être un sacré boulot, dit Anna-Maria. Il y a un nombre de chaises incroyable. Personne n'est resté avec lui pour l'aider ?

— Non. Il voulait être seul, répondit Vesa Larsson. Malheureusement, nous ne fermons jamais les portes à clé quand nous sommes là. C'est sûrement un fou qui est entré et… »

Il secoua la tête d'un air désolé, laissant sa phrase en suspens.

« Viktor Strandgård semble avoir été un homme plutôt doux, dit Anna-Maria.

— Oui, c'est un euphémisme, dit Thomas Söderberg avec un sourire plein de tristesse.

— Savez-vous s'il avait des ennemis ou s'il s'était disputé avec quelqu'un, récemment ? demanda Sven-Erik.

— Non, pas à ma connaissance, répondit Vesa Larsson.

— Avait-il l'air inquiet, pour une raison ou pour une autre ? Perturbé ? poursuivit Sven-Erik.

— Non, répondit Vesa Larsson à nouveau.

— Quelles étaient ses responsabilités au sein de votre Église ? Il était employé à plein temps, si je ne m'abuse ? s'enquit Sven-Erik.

— Il travaillait pour Dieu, rétorqua Gunnar Isaksson avec emphase en mettant l'accent sur le mot "Dieu".

— Et en travaillant pour Dieu, il rapportait aussi pas mal d'argent à la communauté, n'est-ce pas ? dit Anna-Maria d'une voix tranquille. Où allaient les royalties de son livre ? Et qui va les toucher maintenant qu'il est mort ? »

Gunnar Isaksson et Vesa Larsson se tournèrent tous deux vers Thomas Söderberg.

« Je ne vois pas en quoi les revenus du livre de Viktor concernent une enquête pour meurtre, dit celui-ci, doucement.

— On ne sait jamais ce qui a ou n'a pas à voir avec une enquête, veuillez simplement répondre à la question, répliqua Sven-Erik avec courtoisie mais avec sur le visage une expression qui n'admettait pas la contradiction.

— Viktor Strandgård avait depuis longtemps fait don de toutes ses royalties à notre Église. Les revenus de son livre continueront à être versés à la communauté. Sa mort ne changera rien à cet état de fait, donc.

— À combien d'exemplaires le livre s'est-il vendu ? demanda Anna-Maria.

— À plus d'un million d'exemplaires, traductions comprises, répondit sèchement le pasteur Söderberg, et je ne comprends toujours pas…

— Vous avez vendu d'autres choses ? demanda Sven-Erik à son tour. Des portraits de lui ou autres produits dérivés ?

— Nous sommes une Église, pas le fan-club de Viktor Strandgård, rétorqua froidement Thomas Söderberg. Nous ne vendons pas de portraits, mais, oui, il y a eu d'autres revenus, générés, par exemple, par la vente de vidéos.

— Quelle sorte de vidéos ? »

Anna-Maria changea de position sur la chaise. Elle commençait à avoir envie de faire pipi.

« Des vidéos d'enseignement biblique donné par l'un de nous trois, ou par Viktor Strandgård ou bien par d'autres prédicateurs venant de l'extérieur. Des enregistrements de cultes ou de réunions de prière, répondit le pasteur Söderberg en enlevant ses lunettes et en tirant de sa poche de pantalon un petit mouchoir soyeux.

— Vous filmez vos cultes ? s'étonna Anna-Maria en se déplaçant à nouveau sur sa chaise.

— Oui, répondit Vesa Larsson à la place de Thomas Söderberg qui était trop occupé à nettoyer ses lunettes.

— Vous avez eu une réunion de culte ici hier, dit Anna-Maria, à laquelle participait Viktor Strandgård. Existe-t-il une vidéo de cette réunion ?

— Oui, répondit le pasteur Larsson.

— Dans ce cas, nous aimerions la visionner, déclara Sven-Erik. Et si vous vous réunissez ce soir, nous voulons bien l'enregistrement également. En fait, vous allez nous faire passer toutes les vidéos enregistrées depuis un mois, qu'en dis-tu, Anna-Maria ?

— Ce serait parfait », répondit-elle, laconique.

Tous tournèrent la tête lorsque le bruit de l'aspirateur s'arrêta. La femme de ménage l'avait éteint et elle était allée rejoindre l'autre femme élégante. À présent, elles parlaient toutes les deux à voix basse en jetant de temps à autre un coup d'œil vers les pasteurs. Le jeune homme s'était assis sur une chaise et il feuilletait sa bible. Ses lèvres bougeaient sans interruption. La femme bien habillée profita de ce que la conversation entre les pasteurs et la police soit momentanément interrompue pour s'approcher.

« Excusez-moi, dit-elle poliment en s'adressant aux inspecteurs, puis, voyant que personne ne s'y opposait, elle se tourna vers les hommes d'Église. Avant le culte de ce soir, qu'est-ce que vous voulez qu'on fasse avec… » Elle se tut et fit un geste vers l'emplacement où avait reposé le cadavre de Viktor Strandgård. « Comme le parquet n'est pas verni, je ne suis pas sûre que nous réussissions à tout enlever... On devrait peut-être rouler le tapis et poser quelque chose sur la tache en attendant d'en mettre un nouveau.

— Ne vous inquiétez pas, répondit le pasteur Gunnar Isaksson.

— Ne vous inquiétez pas, chère Ann-Gull, enchérit Thomas Söderberg avec un regard presque imperceptible à Gunnar Isaksson. Je m'en occuperai moi-même dès que j'aurai une minute. Laissez ça comme ça pour le moment. Nous avons bientôt fini, n'est-ce pas ? » s'enquit-il auprès de Sven-Erik et d'Anna-Maria.

Comme ils ne répondaient pas, Thomas Söderberg sourit à la femme, ce qui signifiait que c'était leur conversation qui était terminée et aussitôt, elle alla, docile, rejoindre l'autre femme. Deux secondes plus tard, l'aspirateur était remis en marche.

Pasteurs et policiers se regardèrent un moment en silence.

Typique, songea Anna-Maria, agacée. Parquet en bois brut, tapis épais, tissé à la main, chaises individuelles à la place des bancs. Tout cela est très joli, mais foutument pas pratique à entretenir. Heureusement qu'ils ont tant de braves femmes obéissantes et prêtes à faire gratuitement le ménage pour le bon Dieu.

« Nous n'avons pas toute la journée, signala Thomas Söderberg d'une voix qui n'avait plus rien d'aimable. Nous devons célébrer un culte ici ce soir, et vous comprendrez certainement que nous avons beaucoup de choses à préparer, ajouta-t-il devant le mutisme des deux policiers.

— Alors, demanda Sven-Erik, aussi tranquillement que s'ils avaient tout le temps du monde. Si Viktor

Strandgård n'avait pas d'ennemis, je suppose qu'il avait des amis. Qui, dans son entourage, était le plus proche de lui ?

— Dieu, répliqua le pasteur Isaksson avec un sourire triomphant.

— Sa famille, bien sûr, son père et sa mère, dit Thomas Söderberg, ignorant la remarque de son collègue. Olof Strandgård, le père de Viktor, est porte-parole du parti chrétien-démocrate, le KD, et conseiller municipal. Notre Église est donc très bien représentée au sein du conseil communal et le KD est le plus gros parti de droite à Kiruna. Nous pesons de plus en plus sur les décisions de cette ville et nous nous attendons à avoir la majorité aux prochaines élections. Nous espérons sincèrement que la police ne prendra aucune mesure susceptible de nuire à la confiance que nous avons réussi à instaurer avec nos électeurs. Parmi les gens qui lui étaient proches, il y a également la sœur de Viktor, bien sûr, Sanna Strandgård. Vous avez parlé avec elle ?

— Non, pas encore, répondit Sven-Erik.

— Faites attention quand vous irez l'interroger, c'est une jeune femme fragile, prévint le pasteur Söderberg. Pour finir, je suppose que je devrais me citer moi-même, poursuivit-il.

— Vous étiez son père spirituel ? s'enquit Sven-Erik.

— Oui et non, dit Thomas Söderberg, à nouveau souriant. Nous n'appelons pas cela comme ça, chez nous. Disons que j'étais son mentor.

— Pensez-vous que Viktor Strandgård était sur le point de dévoiler quelque chose d'important quand il est mort ? Sur lui-même, par exemple ? Ou sur la communauté ?

— Non, répondit Thomas Söderberg après un court silence. Je ne vois pas ce que cela aurait pu être.

— Excusez-moi, dit soudain Anna-Maria en se levant. Je vais avoir besoin d'utiliser vos toilettes. »

Elle laissa les hommes entre eux pour se rendre aux toilettes qui se trouvaient au fond du temple. Elle urina longuement et quand elle eut terminé, elle resta assise, les yeux fixés sur les murs carrelés de faïence blanche. Les pensées se bousculaient dans sa tête. Depuis le temps qu'elle travaillait dans la police, elle avait appris à détecter les signaux de stress. De la transpiration aux signes de vertige. Parler à la police rendait les gens nerveux, en général. Mais c'est quand ils essayaient de cacher leur nervosité qu'ils devenaient intéressants.

Et il y avait un signe de stress qu'on ne remarquait qu'en étant très attentif. Parce qu'il ne se s'exprimait qu'une seule et unique fois. Et elle venait de l'entendre. Au moment où elle avait demandé si Viktor Strandgård était sur le point de faire une révélation avant de mourir. À ce moment-là, l'un des trois pasteurs, elle ne se rappelait plus lequel, avait inspiré longuement et retenu son souffle. Une seule fois. Une seule inspiration.

« Bon Dieu ! » s'exclama-t-elle, surprise de constater à quel point il était jubilatoire d'invoquer en vain le nom du Seigneur dans un endroit comme celui-là.

Mais sa réaction ne voulait sans doute rien dire du tout. Il avait juste retenu son souffle. Elle avait cependant l'intime conviction que ces types cachaient quelque chose. Mais qui, à la tête de quelque organisation que ce soit, peut se vanter d'être irréprochable ?

Personne. Pas même la police. Alors, a fortiori, ces trois-là.

Mais ça n'en fait pas des meurtriers, se dit Anna-Maria, poursuivant sa discussion avec elle-même en tirant la chasse.

Une question la troublait malgré tout. Pourquoi était-ce Vesa Larsson qui avait répondu que Viktor Strandgård n'était ni inquiet ni perturbé, si, comme il l'affirmait, c'était Thomas Söderberg qui était son mentor spirituel ? Normalement, il aurait dû être celui qui le connaissait le mieux, non ?

Alors qu'un peu plus tard Sven-Erik et Anna-Maria descendaient vers le parking après avoir pris congé des trois pasteurs, la femme qui passait l'aspirateur s'élança à leur poursuite. Elle était en chaussettes et en sabots et glissait plutôt qu'elle ne courait.

« Je vous ai entendu leur demander s'il avait des ennemis, dit-elle, à bout de souffle.

— Oui ? dit Sven-Erik.

— Il en avait, affirma-t-elle d'une voix sifflante en s'accrochant fébrilement au poignet de Sven-Erik. Et maintenant qu'il est mort, ils vont devenir encore plus puissants. Je sens leurs attaques. »

Comme elle n'avait pas pris le temps de mettre son manteau, elle referma ses bras autour de sa poitrine pour se protéger du froid mordant. Elle se tenait les genoux légèrement pliés pour garder l'équilibre sur le sentier glissant. Au moindre déplacement de son poids vers l'arrière, ses sabots perdraient leur adhérence sur la neige.

« De quelles attaques parlez-vous ? demanda Anna-Maria.

— De celles des démons, rétorqua la femme. Ils m'obligent à recommencer à fumer. J'étais habitée par le démon du tabac, avant, mais Viktor Strandgård a posé les mains sur moi et il m'a libérée. »

Anna-Maria regarda la femme d'un air découragé. Elle en avait assez de tous ces cinglés.

« Nous allons en prendre bonne note », promit-elle en la plantant là pour se diriger vers la voiture.

Sven-Erik resta auprès d'elle et sortit un bloc-notes de la poche intérieure de sa doudoune.

« C'est lui qui a tué Viktor, lui dit la femme de ménage.

— Qui ça ?

— Le prince des démons, murmura-t-elle. Satan. Il essaye d'entrer en nous par tous les moyens. »

Sven-Erik rangea son bloc et prit les mains glacées de la femme entre les siennes.

« Merci pour ces informations, lui dit-il. Mais maintenant, il faut que vous retourniez à l'intérieur si vous ne voulez pas mourir de froid.

— Je voulais juste vous prévenir », cria-t-elle dans son dos tandis qu'il s'éloignait pour rejoindre Anna-Maria.

À l'intérieur, les pasteurs discutaient à haute voix.

« On ne peut pas faire ça, criait Gunnar Isaksson à Thomas Söderberg en marchant derrière lui, tandis qu'il faisait le tour de la tache sombre sur le sol et déplaçait les chaises de manière que la trace laissée par la mort de Viktor Strandgård se retrouve au milieu d'une sorte de piste de cirque.

— Bien sûr qu'on le peut », rétorqua calmement son collègue. Puis, s'adressant à la femme élégante, il reprit : « Vous enlèverez le tapis de l'allée centrale. Mais surtout, ne touchez pas à la tache de sang. Achetez trois roses rouges et posez-les sur le sol. Nous allons entièrement réaménager le temple. Je prêcherai à l'endroit où il est mort. Et je veux que les chaises soient disposées en cercle tout autour.

— Tu veux que la moitié des fidèles te regardent prêcher de dos ? »

Thomas Söderberg s'approcha du petit homme grassouillet et il posa les mains sur ses épaules.

Pauvre minable, songeait-il en le regardant. Tu n'es pas un assez bon orateur pour parler dans une arène. Un amphithéâtre. Une foire. Tu as besoin d'avoir ton auditoire en face de toi et un pupitre auquel t'accrocher quand tu paniques. Mais je ne me laisserai pas freiner par ton incompétence.

À voix haute, il lui dit :

« Rappelle-toi ce que nous étions convenus, mon frère, nous devons rester unis, à présent. Fais-moi confiance, ce sera magnifique. Ce soir, les gens pleureront, ils prieront, ils lanceront leur cri vers le Seigneur et Dieu, et nous allons remporter un véritable triomphe. Dis à ta femme d'apporter une fleur qu'elle viendra déposer pendant le culte à l'endroit où était couché le cadavre. »

Quelle ambiance extraordinaire il va y avoir ! se dit Thomas Söderberg.

Il se fit une petite note intérieure de penser à demander à d'autres personnes d'apporter des fleurs et de venir les déposer par terre sur le sang de Viktor.

Ça allait être exactement comme sur le lieu de l'assassinat d'Olof Palme.

Le pasteur Vesa Larsson était resté assis sur la chaise où il était quand les policiers les avaient interrogés. Il ne s'était pas mêlé de la conversation enflammée que venaient d'avoir ses collègues et, penché en avant, la tête entre ses mains, on aurait pu croire qu'il pleurait. Sans certitude, toutefois.

Rebecka et Sanna étaient en route pour le commissariat. La silhouette grise des pins défilait dans la lueur des phares, leurs branches alourdies par la neige. Le silence pesant dans l'habitacle leur donnait à l'une et à l'autre l'impression de se trouver dans une pièce en train de rapetisser. On aurait dit que les portières se rapprochaient et que le plafond de la voiture descendait. De minute en minute, la sensation d'étouffement devenait plus insupportable. Rebecka conduisait. Ses yeux se déplaçaient du compteur à la route. Une épaisse couche de neige compacte recouvrait la chaussée, mais, grâce au froid intense, la route n'était pas glissante.

La joue appuyée contre la vitre glacée, Sanna enroulait distraitement une mèche de ses longs cheveux autour de son index.

« Tu ne veux pas dire quelque chose, s'il te plaît ? supplia-t-elle au bout d'un moment.

— J'ai perdu l'habitude de rouler sur une route enneigée, prétexta Rebecka. J'ai du mal à conduire et à parler en même temps. »

Elle entendait elle-même à quel point son mensonge était peu crédible. Mais cela n'avait pas d'importance. Et d'ailleurs, inconsciemment, elle l'avait peut-être fait exprès. Elle regarda l'heure à l'horloge du tableau de bord. Huit heures moins le quart.

Cesse de t'apitoyer sur ton sort, se dit-elle. Tu as décidé de rendre service à Sanna. Maintenant, il va falloir aller jusqu'au bout.

« Tu crois que les filles vont savoir se débrouiller toutes seules ? demanda-t-elle.

— Il faudra bien, rétorqua Sanna en se redressant sur son siège. Et puis on sera vite rentrées, n'est-ce pas ? Tu comprends, je n'ose demander à personne de les garder. Moins il y a de gens qui savent où je suis, mieux c'est.

— Pourquoi dis-tu cela ?

— Parce que je me méfie des journalistes. Je sais de quoi ils sont capables. Et puis il y a mon père et ma mère, aussi. Mais parlons d'autre chose.

— Tu veux qu'on parle de Viktor ? De ce qui s'est passé ?

— Non. On fera ça tout à l'heure, avec la police. Parlons plutôt de toi. Ça va me détendre. Comment vas-tu ? Je n'arrive pas à croire que cela fait déjà sept ans qu'on ne s'est pas vues.

— C'est pourtant vrai, dit Rebecka. Mais on s'est eues au téléphone de temps en temps.

— C'est incroyable que vous ayez toujours la maison de Kurravaara !

— Je trouve aussi. Mais mon oncle Affe et ma tante Inga-Lill prétendent qu'ils n'ont pas les moyens de me racheter ma part. Je crois surtout qu'ils m'en veulent de ne pas participer à son entretien, ni physiquement, ni matériellement. Mais d'un autre côté, c'est eux qui en profitent. Moi, je la vendrais bien, je t'avoue. À eux ou à n'importe qui d'autre, ça m'est égal. »

Elle se demanda si elle pensait réellement ce qu'elle venait de dire. La maison de sa grand-mère et la cabane à Jukkasjärvi ne lui apportaient-elles vraiment aucune satisfaction ? Même sans jamais y séjourner ? Le simple fait d'y penser. De savoir qu'elle avait un endroit bien à elle, loin de la ville, en pleine nature, au milieu des forêts et des tourbières. Cela ne suffisait-il pas à son bonheur ?

« Tu es devenue tellement, je ne sais pas comment dire, tellement belle, dit Sanna. Et sûre de toi. Je t'ai toujours trouvée jolie. Mais maintenant, tu as l'air de sortir tout droit d'une série télévisée. Tu as une jolie coupe de cheveux, aussi. Moi je les laisse pousser jusqu'au moment où je les coupe moi-même. »

Coquette, Sanna passa les doigts dans ses grosses boucles blondes.

C'est bon, Sanna, songea Rebecka avec irritation. On le sait que tu es la plus belle fille de la région. Et ce, sans avoir besoin de dépenser un centime en coiffeur et en vêtements.

« Tu ne veux pas me dire quelque chose, mendia la jeune femme, pitoyable. J'ai vraiment l'impression que tu me fais la tête. Je me suis excusée, pourtant ? Et tu dois bien sentir que je suis terrifiée. Touche mes mains comme elles sont froides. »

Elle sortit une main de son gant en peau de mouton et la tendit vers Rebecka.

Elle est folle, se dit Rebecka de plus en plus en colère en gardant les siennes crispées sur le volant. Elle est vraiment cinglée.

Touche ma main, Rebecka. Tu as vu comme elle tremble. Elle est glacée. Je t'aime tant, Rebecka. Tu sais que, si tu étais un garçon, je serais amoureuse de toi ?

« Elle est belle, ta chienne », dit Rebecka, préférant changer de sujet pour tâcher de garder son calme.

Sanna retira sa main.

« Tjapp, oui, elle est mignonne. Les filles l'adorent. C'est un ami à nous, un Saame[1], qui nous l'a donnée. Son ancien maître ne prenait pas soin d'elle. Surtout quand il était saoul. Et il l'était souvent. Mais il n'a pas réussi à lui pourrir le caractère. Elle est gaie et obéissante. Et elle adore Sara, tu as remarqué ? La façon qu'elle a de poser sans cesse sa tête sur ses genoux ? Je suis contente que ça se passe comme ça, parce que les filles n'ont pas eu beaucoup de chance avec leurs animaux de compagnie ces derniers temps.

— Ah, pourquoi dis-tu cela ?

— Enfin, je ne sais pas si on peut parler de manque de chance. Elles sont peut-être un peu responsables. En tout cas, ils ont tous eu des problèmes. Au printemps, notre lapin s'est sauvé, parce que Sara avait oublié de fermer correctement la porte de la cage. Et, bien sûr, elle a refusé de l'admettre. Ensuite, nous avons adopté un chat. Et à l'automne, lui aussi a disparu. Cette fois-là, ce n'était pas la faute de Sara, bien sûr. C'est le destin d'un chat de gouttière. Je suppose qu'il s'est fait écraser ou quelque chose comme ça. Ensuite, nous avons eu des gerbilles, mais elles aussi se sont volatilisées. J'ose à peine imaginer où elles ont

1. Un Lapon.

pu passer. Si ça se trouve, elles nichent derrière les cloisons ou sous le plancher et elles sont en train de grignoter toute la maison petit à petit. Bref, mes filles ne savent plus quoi inventer pour me faire tourner en bourrique. Par exemple, quand Lova se savonne au gel douche tout habillée et qu'elle lave la chienne avec du liquide vaisselle. Et tu crois que Sara s'occuperait de sa sœur ? Non, elle se contente de la regarder faire sans rien dire. Sincèrement, je n'en peux plus. Lova est toujours en train de se salir, à croire qu'elle le fait exprès. Enfin, parlons d'autre chose.

— Tu as vu cette aurore boréale ? dit Rebecka en se penchant au-dessus du volant pour regarder le ciel.

— Oui, elles sont incroyables, cette année. Il paraît que c'est à cause des éruptions solaires. Kiruna ne te manque pas ?

— Non, si, peut-être, je n'en sais rien. »

Rebecka sourit.

Le temple de cristal apparut au loin. Il semblait flotter comme une soucoupe volante au-dessus des lumières de la ville. À mesure qu'elles approchaient de leur destination, les maisons se rapprochaient. La route se transforma en avenue, puis en rues. Rebecka éteignit les phares.

« Tu te plais, là-bas ? demanda Sanna.

— Oh, tu sais, je ne me pose pas la question, je passe mon temps à travailler, répondit Rebecka.

— Et les gens, ils sont comment ?

— Je n'en sais rien. Je ne me sens pas très à l'aise avec eux, si c'est ça ta question. Nous ne sommes pas du même monde. On me fait sans cesse sentir que j'ai des origines modestes. On peut apprendre à regarder les gens dans les yeux quand on trinque avec eux et à envoyer un carton de remerciement après une invitation, mais on ne peut jamais cacher qui on est réellement. Je ne fais pas confiance aux citadins avec toutes leurs belles manières, on n'arrive jamais à savoir vraiment ce qu'ils pensent, ni s'ils vous aiment bien ou pas. Au moins ici, c'est plus clair.

— Ah tu trouves ? » dit Sanna.

Chacune se perdit dans ses propres pensées. Elles passèrent le cimetière et approchèrent d'une station-service.

« Tu veux qu'on achète quelque chose à boire ? » proposa Rebecka.

Sanna acquiesça et Rebecka alla se garer sur le parking. Un long moment, elles restèrent assises dans la voiture sans rien dire, sans faire mine d'ouvrir leurs portières et sans se regarder.

Puis Sanna dit avec tristesse :

« Tu n'aurais jamais dû partir.

— Tu sais aussi bien que moi pourquoi je suis partie, rétorqua Rebecka, tournant la tête vers la vitre de son côté, afin que Sanna ne puisse pas voir son visage.

— Je crois que tu as été le seul amour de Viktor ! s'exclama soudain cette dernière. Il ne t'a jamais oubliée. Si tu étais restée… »

Submergée par une vague de colère, Rebecka se tourna brusquement vers elle. Elle sentait une sueur froide couler à l'intérieur de ses vêtements. Elle fulminait, tremblait et les mots qui sortirent de sa bouche étaient hachés, sa voix rauque, mais les mots sortirent quand même, car rien n'aurait pu endiguer la rage qu'elle ressentait à ce moment.

« D'accord, Sanna Strandgård, cria-t-elle. Alors, maintenant, tu vas la fermer et nous allons mettre les choses à plat une bonne fois pour toutes. »

Une femme qui promenait un labrador obèse l'entendit et s'arrêta, curieuse.

« J'ignore de quoi tu me parles, continua Rebecka, sans baisser la voix. Viktor n'était pas amoureux de moi. Et je ne veux plus jamais t'entendre dire ce genre de connerie. Ce n'est pas ma faute si nous n'avons pas fait notre vie ensemble. Et encore moins qu'il soit mort. Et tu dois vraiment avoir un très gros problème si c'est ça que tu es en train d'imaginer en ce moment dans ta tête de foldingue. Si tu as envie de vivre dans un univers parallèle, grand bien te fasse, mais n'essaye pas de m'entraîner dans tes délires. »

Elle s'interrompit et donna un grand coup de poing dans la vitre avant de se taper plusieurs fois sur la tête. La femme au labrador recula, effrayée et s'enfuit.

Il faut absolument que je me calme, songea Rebecka. Je ne peux pas conduire dans cet état. Je vais nous mettre dans le décor.

« Ce n'est pas ce que je voulais dire, pleurnicha Sanna. Je n'ai jamais pensé que c'était ta faute. Et s'il y a quelqu'un à blâmer, c'est moi.

— Si quoi ? Si Viktor a été assassiné ? »

Rebecka se figea et attendit la réponse de Sanna.

« C'est à cause de moi si tu as dû quitter la ville !

— Ça suffit ! » dit Rebecka d'une voix cinglante. Sa colère était retombée. Elle ne tremblait plus. Mais à présent, elle avait l'impression que ses jambes se raidissaient. « En revanche, n'attends pas de moi que je te console et que je te dise que tu n'y es pour rien.

J'ai fait ça beaucoup trop souvent. Quant à ce qui s'est passé jadis, j'étais une grande fille. J'ai fait des choix et j'en ai assumé les conséquences.

— Oui », dit Sanna, docile.

Rebecka redémarra la voiture et se réengagea sur Malmvägen après un léger dérapage. Une automobiliste arrivant en sens inverse klaxonna furieusement et Sanna étouffa un cri. En arrivant sur Hjalmar Lundbohmsvägen, elles virent briller les bureaux de la LKAB[1] et la mine. Rebecka fut frappée de voir à quel point la compagnie minière lui paraissait petite, à présent. Du temps où elle vivait ici, le site lui semblait gigantesque. Elles passèrent devant la mairie avec son austère façade en briques et son horloge noire en acier pointée vers le ciel.

C'est vrai ce que je dis, songeait Rebecka. Il n'a jamais été amoureux de moi. Mais je comprends qu'on ait pu le penser. Viktor et moi les laissions croire ce qu'ils voulaient croire. Ça a commencé pendant cette première retraite d'été organisée par Thomas Söderberg à Gällivare.

Finalement, ce sont onze jeunes qui partent vivre, travailler et étudier l'Évangile ensemble cet été-là sous l'égide du pasteur Thomas Söderberg et de sa femme Maja. Maja attend un enfant. C'est une jeune femme toujours gaie, d'une beauté sans artifice, avec de longs cheveux lisses et brillants. De temps en temps, pas souvent, Rebecka la voit se mettre à l'écart et enfoncer ses poings dans son dos à la hauteur des

---

1. Compagnie minière suédoise.

lombaires. Quand cela arrive, Thomas la prend dans ses bras et il lui dit :

« Va t'allonger et essaye de te reposer. On va s'en sortir sans toi. »

Alors, elle le regarde avec soulagement et gratitude. C'est parfois un dur métier d'être femme de pasteur sans rémunération.

Magdalena, la sœur de Maja, est là pour aider. Elle a des gestes vifs de petite souris joyeuse. Elle sait aussi jouer de la guitare et elle leur enseigne des chants de louanges.

Viktor et Sanna Strandgård sont au nombre des participants. Le frère et la sœur se ressemblent beaucoup et il est impossible de ne pas les remarquer avec leurs longs cheveux blonds. Ceux de Sanna bouclent naturellement. Avec son nez en trompette et ses grands yeux, elle a l'air d'une poupée en porcelaine.

Quand elle aura quatre-vingts ans, elle aura toujours l'air d'une petite fille, se dit Rebecka en la voyant la première fois. Elle doit faire un gros effort pour ne pas la dévisager sans cesse.

Sanna est la seule parmi les jeunes à être chrétienne-professante. Elle n'a que dix-sept ans et elle est déjà maman d'une petite fille de trois mois, Sara.

« Jésus et moi avons une histoire d'amour passionnante », explique Sanna avec un sourire ironique.

Sanna et Thomas Söderberg n'ont pas la même façon de vivre leur foi. Celle de Thomas s'exprime dans différents domaines.

« Avoir la foi signifie avoir confiance, être convaincu de quelque chose. Si je dis : Rebecka, j'ai foi en toi, cela

veut dire que je suis convaincu que tu répondras à mes attentes en ce qui te concerne.

— Je ne suis pas d'accord, proteste Sanna. Je crois qu'avoir la foi signifie simplement avoir la foi. Ne pas savoir. Douter parfois. Mais conserver malgré tout un dialogue avec Dieu. Tendre l'oreille pour percevoir son chuchotement au fond des bois. »

Viktor se penche vers sa sœur et ébouriffe affectueusement ses cheveux.

« Il n'y a pas que Dieu qui chuchote dans ta tête, Sanna », la taquine-t-il.

Viktor ne croit pas en Dieu. Mais il aime bien discuter. Il attache souvent ses cheveux en chignon sur sa tête. Sa peau est si blanche que dans certains éclairages, elle est presque bleutée. Les filles s'intéressent à lui, mais il trouve vite un moyen pour les tenir à distance. Il joue avec Rebecka.

Rebecka n'est pas stupide. Elle comprend tout de suite que les regards qu'il lui lance ne signifient rien et qu'elle n'est pas autorisée à répondre à ses furtives caresses sur la tête ou sur la main. Elle apprend à rester passive et à se contenter d'être l'objet de ses avances unilatérales. Mais entrer dans le jeu de Viktor lui procure malgré tout quelques avantages, car l'intérêt qu'il prétend lui porter lui donne un certain statut auprès des autres filles du groupe. Dans leur esprit, Rebecka a gagné une sorte de compétition et, pour cela, elles la respectent et l'admirent.

Quand il leur fait le catéchisme, Thomas essaye d'abord de savoir quelles questions ils se posent. Ce qu'ils ont du mal à comprendre : Pourquoi l'homosexualité est-elle un péché ? Pourquoi la religion chrétienne est-elle la seule vraie religion ? Qu'arrive-t-il aux musulmans, par exemple, est-ce qu'ils vont en enfer ? Pourquoi est-il interdit de faire l'amour avant le mariage ?

Thomas écoute et explique. Il faut faire un choix, dit-il. On peut croire tout ce qui est écrit dans la Bible, ou choisir certains passages auxquels on décide de croire. Mais si on fait cela, quel genre de foi est la nôtre ? Une foi exsangue, sans colonne vertébrale.

Ils sont assis sur le ponton au bord du lac. La nuit est claire. Avec des claquements secs, ils écrasent les moustiques qui viennent se poser sur leurs bras et leurs jambes nus. Ils discutent et réfléchissent. Sanna est à l'aise avec son Dieu. Rebecka a l'impression de chercher son équilibre, debout au milieu d'un torrent tumultueux.

« Ça, c'est parce que tu as été appelée, lui dit Sanna. Il te veut. En refusant Son appel, tu pourrais te perdre à jamais. Et tu ne peux pas non plus remettre la décision à plus tard, parce que tu ne ressentiras peut-être plus jamais cet appel. »

Quand les trois semaines de retraite sont terminées, deux participants seulement ont résisté à l'appel de Dieu. Viktor et Rebecka font partie de ceux qui ont été sauvés.

« Alors, demande Thomas à Rebecka un peu avant la fin du séminaire. Où en êtes-vous, Viktor et toi ? »

Rebecka et Thomas marchent vers la superette ICA pour acheter du lait. Rebecka hume la bonne odeur de l'asphalte chaud et poussiéreux. Elle est contente que Thomas ait décidé de l'accompagner. Le reste du temps, elle doit le partager avec tous les autres.

« Je ne sais pas, répond Rebecka d'une voix traînante avant de décider de ne pas dire la vérité. Je pense qu'il s'intéresse à moi, mais il n'y a pas de place dans ma vie en ce moment, à part pour Dieu. J'aimerais me consacrer entièrement à Lui, pour l'instant. »

Elle arrache une petite branche de bouleau en passant. Ses minces feuilles vertes sentent l'été et le bonheur. Elle met une feuille dans sa bouche et la mâche.

Thomas vole une feuille en riant et l'imite.

« Tu es une fille intelligente, Rebecka. Dieu a de grands desseins pour toi, je le sens. C'est un temps béni que celui où l'on vient de rencontrer Dieu et de tomber amoureuse de Lui. Tu as raison de protéger ce moment. »

Elle entendit la voix de Sanna. D'abord loin, puis de plus en plus proche. Sentit la main de Sanna sur son avant-bras.

« Regarde, dit-elle. Oh non ! »

Elles étaient arrivées au commissariat et Rebecka avait déjà arrêté le moteur. Elle mit quelques secondes à comprendre ce qui bouleversait Sanna. Une journaliste courait vers la voiture, son micro tendu devant elle, avec sur ses talons un homme armé d'une caméra pointée dans leur direction.

Les yeux mi-clos, Karin, l'épouse du pasteur Gunnar Isaksson, faisait semblant de dormir. La réunion de prière du soir ne commençait que dans une heure. Sur la scène, le chœur, composé de trente jeunes, garçons et filles, s'échauffait la voix. Tous portaient un pantalon noir et un sweat-shirt mauve avec, sur la poitrine, une explosion dans les tons orange et jaune autour du mot *Joie*.

Il fut un temps où elle nourrissait à l'égard de ce temple un amour si fort qu'il lui faisait presque mal, parfois. Son acoustique si parfaite qu'on avait l'impression d'y entendre la voix de Dieu, comme en ce moment où les vocalises s'élevaient vers le plafond de verre puis dégringolaient vers des profondeurs que seules les basses parvenaient à atteindre. Son éclairage chaleureux. Ses immenses vitres par lesquelles on pouvait contempler la nuit polaire. Toute la puissance de Dieu roulée en boule dans le giron de la nuit glaciale.

Les musiciens accordaient leurs guitares électriques. Les techniciens lumière allumaient les projecteurs avec un claquement sourd. Les techniciens son s'évertuaient à faire fonctionner un micro défectueux. L'un d'eux parlait sans qu'on l'entende, puis tout à coup un larsen vous déchirait les oreilles.

Ses bras la démangeaient terriblement. Ce matin, l'éruption était rouge et gonflée. Elle se demanda si c'était du psoriasis. Pourvu que Gunnar ne s'en aperçoive pas. Elle n'avait que faire de ses prières.

Le mobilier avait été déplacé. Les chaises entouraient maintenant l'endroit où il y a quelques heures encore gisait le corps de Viktor. On se serait cru dans un cirque. Elle tourna les yeux vers son mari assis au premier rang. Regarda sa nuque épaisse débordant de son col blanc. À côté de lui, Thomas Söderberg essayait de se concentrer sur sa prédication. Elle voyait la façon dont Gunnar fixait les pages de sa bible, bien résolu à ne pas le déranger, pour, la minute suivante, oublier sa résolution et se mettre à bavarder comme une pie, en faisant de grands gestes.

Après les vacances de Noël, il avait décidé de faire un régime et ce soir, il n'avait pas dîné. Elle était restée toute seule à table à enrouler des spaghettis autour de sa fourchette pendant qu'il avalait trois poires, appuyé au plan de travail de la cuisine. Le large dos courbé au-dessus de l'évier, les bruits de bouche, le jus qui dégouline, la main qui plaque la cravate contre le ventre.

Elle regarda l'heure. Dans un quart d'heure, Gunnar se lèverait, il se faufilerait dehors, monterait dans la voiture et irait manger un hamburger en douce à Empes. Puis il reviendrait, la bouche pleine de chewing-gum à la menthe.

Réserve tes mensonges aux gens qui en ont quelque chose à foutre ! avait-elle envie de lui crier. Parce que moi, cela m'indiffère.

Quand elle l'avait connu, c'était un autre homme. Il était surveillant intérimaire à l'école Bergaskole où elle était institutrice. Elle avait fait des études, lui non, et elle l'impressionnait. Il lui avait fait une cour assidue et sans complexe, cherchant toutes sortes de prétextes pour débarquer dans la salle des professeurs lorsqu'elle s'y trouvait. Il avait plaisanté et rigolé et puisé dans sa réserve apparemment inextinguible de mauvaises blagues. Et derrière sa maladresse, elle avait deviné une timidité qui l'avait touchée. Ses collègues le trouvaient sympathique et puis il avait cette façon de frapper des mains et de la regarder avec admiration chaque fois qu'elle se faisait couper les cheveux ou qu'elle s'était acheté un nouveau chemisier. Elle l'avait observé dans la cour de récréation. Les enfants l'aimaient. C'était un gentil pion. À l'époque, cela ne lui avait pas semblé important qu'il ne lise jamais aucun livre.

Ce n'est que plus tard, quand il s'était trouvé dans l'ombre de Thomas Söderberg et de Vesa Larsson, qu'il avait éprouvé le besoin de se faire valoir.

Mais pas au début de leur relation. Elle s'était mise à fréquenter l'Église baptiste pour l'accompagner. À l'époque, c'était une communauté religieuse en plein déclin. Pire, une Église sinistrée. Les rares fidèles qu'elle comptait encore semblaient venir simplement s'y reposer un peu avant de mourir. Parmi eux, elle se souvient d'une certaine Signe Persson, de ses cheveux clairsemés qu'elle continuait soigneusement à coiffer en vagues alors qu'au travers on pouvait voir son crâne truité de taches brunes. Il y avait aussi Arvid Kalla, un retraité de la compagnie minière qui venait somnoler sur un banc, ses grosses mains usées par une vie de dur labeur reposant sur ses genoux.

La communauté qui avait du mal à trouver assez d'argent pour chauffer la salle l'hiver n'avait évidemment pas de quoi payer un vrai pasteur. C'était Gunnar Isaksson qui portait cette paroisse à bout de bras. Il entretenait les locaux et réparait ce qu'il pouvait. Et pour ce qui dépassait ses compétences et ses moyens, il se contentait de soupirer. Par exemple, en ce qui concernait le dégât des eaux dans le vestiaire, le mur qui gonflait comme un ventre de buveur de bière et les papiers peints qui tombaient en lambeaux. Normalement, les membres de la communauté auraient dû prêcher à tour de rôle lors des réunions qui n'avaient lieu qu'un dimanche sur deux. Mais comme personne ne se portait jamais candidat, c'est Gunnar Isaksson qui officiait.

On ne risquait pas de perdre le fil de ses prédications, car il n'y avait pas de fil. Il se promenait au hasard, butinant ici et là dans la doctrine de cette Église réformée qu'il connaissait depuis l'enfance. En revanche, il ne manquait jamais de s'arrêter aux passages obligés, de parler du renouveau spirituel et du baptême du Saint-Esprit, exhortant les fidèles à venir puiser directement à la source. Le service s'achevait immanquablement par un appel à l'Éveil à la foi s'adressant aux justes. Alors que les membres de cette communauté avaient tous trouvé Dieu depuis des lustres.

Une bien piètre consolation était de constater que les autres églises de la ville étaient logées à la même enseigne. Pour exemple, le *Guds Tempel*, le Temple de Dieu, de Kiruna qui n'était plus qu'une masure délabrée sentant le renfermé.

Voilà, comme elle l'avait prévu, Gunnar venait de se lever et il se dirigeait vers la sortie. En signe de respect, il ralentit légèrement le pas en passant devant l'endroit où on avait trouvé le cadavre de Viktor Strandgård. Un grand nombre de fleurs et de témoignages y avaient déjà été déposés. Il la gratifia d'un hochement de tête et d'un bref sourire. Comme s'il allait aux toilettes ou simplement échanger quelques mots avec quelqu'un dans le vestiaire.

Il n'était pas bête, loin de là. Preuve en était qu'il se retrouvait maintenant à la tête de cette congrégation, aux côtés de Thomas Söderberg et de Vesa Larsson. Sans jamais avoir fait d'études de théologie. Sans disposer de talent exceptionnel de missionnaire. Il fallait tout de même une certaine forme d'intelligence pour être arrivé jusque-là.

Elle se souvient du jour où Gunnar lui avait annoncé que l'Église de la Mission intérieure avait un nouveau pasteur. Un jeune couple, pour être exact.

Quelques semaines plus tard, Thomas Söderberg venait assister à une messe de l'Église baptiste. Assis sur un banc au deuxième rang, il avait écouté Gunnar prêcher en acquiesçant. En le gratifiant de moult sourires d'encouragement. En ayant l'air de réfléchir profondément à ce qu'il disait, sa femme Maja assise à ses côtés comme une élève modèle.

Après le service, ils étaient restés pour le café. Dehors, un temps gris et hivernal. Des nuages chargés de neige. La nuit qui tombait déjà, alors que le jour avait à peine eu le temps de se lever.

Maja avait parlé fort et en articulant à l'oreille d'Arvid Kalla et demandé à Edit Svonni sa recette de biscuits.

Thomas Söderberg et Gunnar en grande conversation avec deux membres du conseil d'administration de l'Église de Suède. Des échanges ponctués de hochements de tête pleins de gravité et de grands éclats de rire, dans une chorégraphie parfaite. Une fraternisation.

Et puis l'inévitable série de questions qu'on pose aux gens qui viennent du sud du pays : Ça va ? Vous arrivez à vous habituer ? À supporter l'obscurité et le froid ? Et la réponse qui fuse aussitôt : Aucun problème. Aucune envie de retourner dans la pluie et la gadoue. Le prochain Noël en famille aurait lieu à Kiruna.

Cette simple affirmation (le fait qu'ils n'aient pas le sentiment d'avoir été exilés en dehors des frontières du supportable, qu'ils ne se soient plaints ni de la morsure du vent, ni de cette nuit polaire qui sapait tant le moral) avait suffi à détendre l'atmosphère.

Après leur départ, Gunnar avait dit :

« Ils sont sympathiques. Ce jeune homme a de bonnes idées. »

C'était la dernière fois qu'il avait parlé de Thomas Söderberg en l'appelant « ce jeune homme », bien qu'il eût effectivement dix ans de moins que lui.

Deux semaines plus tard, Karin avait croisé le pasteur Söderberg en ville. Elle était en train de pousser le landau dans une tempête de neige. Andreas avait deux mois et demi et il n'acceptait de dormir que lorsqu'elle le promenait dans son landau. Alors, elle arpentait les rues de Kiruna, traînant Anna, sa pauvre petite fille de deux ans, en pleurs derrière elle, les pieds et les mains gelés.

Elle se sentait affreusement mal. La fatigue alourdissait son corps comme une pâte fermentée. Elle n'était pas loin de craquer, nerveusement et physiquement. Elle détestait Gunnar de toute son âme. Perdait constamment patience avec Anna. Et elle était sans cesse sur le point de fondre en larmes.

Thomas qui marchait sur le trottoir derrière elle l'avait reconnue, il l'avait rattrapée et avait mis la main sur son épaule gauche. Mais comme il l'avait approchée par la droite, ce bras posé un instant de trop lui avait donné l'impression qu'il l'enlaçait. Elle avait tourné la tête et il lui avait souri comme s'ils étaient de vieux amis. Il avait salué gentiment Anna qui avait refusé de lui répondre et s'était cachée derrière les jambes de sa mère. Il s'était penché au-dessus du landau pour regarder Andreas qui dormait dans sa gigoteuse tel un ange au paradis.

« J'essaye encore de convaincre Maja de faire des enfants, avait-il confessé, mais… » Il n'avait pas terminé sa phrase. Puis il avait inspiré à fond et laissé son sourire s'évanouir. Mais très vite, il avait retrouvé sa bonne humeur. « À vrai dire, je la comprends. C'est vous, les femmes, qui avez la plus lourde charge. Ça arrivera quand ça arrivera. »

Parce que le landau s'était arrêté, Andreas commençait à se réveiller. De toute façon, il était bientôt l'heure de rentrer pour lui donner le sein. Elle avait failli inviter Thomas à déjeuner mais n'avait pas osé. Il l'avait accompagnée un bout du chemin. C'était si simple de parler avec lui. Un nouveau sujet de conversation s'accrochait tout naturellement au précédent comme autant de maillons d'une même chaîne. Jusqu'à ce qu'ils arrivent au croisement où leurs routes se séparaient.

« J'aimerais tellement en faire plus pour Dieu, lui avait-elle avoué, mais les enfants… Ils prennent toute mon énergie et aussi un peu de celle que je n'ai pas. »

La neige les entourait comme un essaim d'aiguilles, l'obligeant à cligner des yeux. Malgré ses boucles brunes, sa doudoune bleue bon marché en nylon scintillant, son jean enfoncé dans des bottes lapones à la pointe relevée et un bonnet tricoté main, à motifs incas, il était beau comme un archange. Elle s'était demandé si c'était Maja qui lui avait fait ce bonnet. Maja qui ne voulait pas d'enfants.

« Mais, Karin ! Tu ne comprends pas qu'en t'occupant de tes enfants tu accomplis très exactement la volonté de Dieu ? Actuellement, c'est la chose la plus importante que tu puisses faire. Dieu a d'autres projets pour toi, dans l'avenir. Mais pour l'instant, ta place est auprès d'Anna et d'Andreas. »

L'année suivante, il avait tenu sa première retraite d'été. À la fin du séjour, il était devenu le guide spirituel d'une petite cour de jeunes gens à qui il avait permis de trouver la foi. Viktor Strandgård était parmi eux.

Gunnar, elle, Vesa Larsson et son épouse avaient été conviés à assister à leur confirmation et à partager leur joie. Gunnar avait ravalé sa jalousie et accepté l'invitation. Il était suffisamment malin pour savoir se rallier à une équipe qui gagne. C'est à partir de ce jour-là qu'il avait commencé à se comparer à Thomas Söderberg. Et à vouloir briller, lui aussi. C'est à ce moment-là que son regard était devenu calculateur.

Elle savait qu'elle avait une part de responsabilité dans cette métamorphose. Mille fois elle avait dit à son mari des petites phrases telles que : « Ne le laisse pas te manger la laine sur le dos. » « Ne te laisse pas faire. » « Tu as aussi ton mot à dire. »

Elle avait essayé de se convaincre qu'elle faisait cela pour soutenir son mari. Mais, en réalité, n'avait-elle pas toujours souhaité qu'il fût un autre ?

À présent, Thomas Söderberg se levait et se dirigeait vers les chanteurs de gospel. Il était vêtu d'un costume noir. D'habitude, il portait des cravates de couleur vive qu'on aurait presque pu qualifier d'audacieuses. Celle-ci était d'un gris discret. Un simple point d'exclamation à l'envers sous sa veste.

Il porte sa richesse avec autant d'aisance qu'il portait sa… « pauvreté » n'est pas le mot, songea-t-elle… son manque d'argent. Vivre à deux sur un salaire de simple pasteur ne devait pas être facile. Mais cela ne les a jamais dérangés. Même lorsqu'ils ont eu des enfants.

Bien sûr, les choses avaient changé. À présent, il était là, en train de parler au chœur dans son joli costume en laine. De leur dire que ce qui s'était passé était effroyable.

L'une des filles se mit à renifler bruyamment. Ses voisins les plus proches la prirent dans leurs bras.

Thomas lui expliqua que c'était normal de pleurer. Qu'on avait le droit d'avoir de la peine. Cependant – et ici, il inspira profondément avant de poursuivre, puis il articula bien distinctement, marquant une courte pause entre chaque mot –, on n'a pas le droit de s'avouer battu, pas le droit de renoncer, pas le droit de fuir.

Elle n'eut pas le courage d'écouter la suite. Elle aurait probablement pu la dire à sa place.

« Salut, Karin. Tu sais où est Gunnar ? »

Maja, la femme de Thomas Söderberg, vint s'asseoir à côté d'elle. Longs cheveux lisses, couleur sable. Maquillage discret. Pas de rouge à lèvres. Pas d'ombre à paupières. Juste du mascara et un peu de blush. Non pas que Thomas ait quelque chose contre les femmes qui se maquillent, mais Karin n'aurait pas été surprise qu'il préférât que la sienne reste sans fard. Il y a quelques années, Maja avait voulu se couper les cheveux, mais Thomas s'y était opposé.

« Il était là à l'instant, répondit-elle. Il va sûrement revenir d'un moment à l'autre. »

Maja hocha la tête.

« Et Vesa et Astrid, tu as une idée où ils sont ? » demanda-t-elle.

Apparemment, il fallait resserrer les rangs ce soir. On avait dû charger Maja de contrôler les troupes. Karin haussa les sourcils et secoua la tête en guise de réponse.

« Il est particulièrement important que nous restions unis en ce moment », dit Maja d'une voix assez forte.

Karin baissa les yeux sur la rose rouge que Maja tenait entre les mains.

« Tu vas la déposer avec les autres ? »

Maja acquiesça.

« Mais je le ferai pendant le culte, plus tard. Comment une chose pareille a-t-elle pu arriver ? C'est complètement irréel. »

Irréel, en effet, songea Karin. Comment allons-nous faire sans Viktor ?

Viktor qui refusait de se couper les cheveux et de mettre un costume. Qui ne voulait pas d'augmentation et qui avait convaincu Thomas de verser de l'argent à Médecins sans frontières à la place. Elle se souvint du jour où elle était allée à cette conférence à Stockholm, il y a sept ans. De sa surprise en découvrant tous ces jeunes gens qui ressemblaient à Viktor. Dans le métro et dans les cafés. Comme lui, ils portaient d'affreux bonnets tricotés main, un sac en bandoulière, un jean trop grand, glissant sur leurs hanches minces, une veste en daim style années soixante. Ils avaient la même démarche lente et nonchalante. Elle s'était fait la réflexion qu'ils incarnaient une antimode réservée à des gens beaux et sûrs d'eux.

Viktor avait jadis fait partie de la cour qui entourait Thomas Söderberg, mais il n'avait jamais cherché à lui ressembler. Au contraire. Il ne possédait rien et il était dépourvu d'ambition. On ne lui avait jamais connu de compagne, peut-être parce que Rebecka Martinsson l'avait blessé par sa stupidité. Mais cela restait à prouver.

Maja se pencha vers elle. Son souffle chaud dans son oreille.

« Ah, voilà Astrid. Mais où est Vesa ? »

Astrid, l'épouse du pasteur Vesa Larsson, entra dans le temple de cristal. Sur la scène, Thomas Söderberg priait avec le chœur avant la réunion du soir.

La montée depuis le parking l'avait fait transpirer. Elle sentait que son corsage lui collait aux aisselles. Heureusement qu'elle avait son manteau. Elle passa furtivement le doigt sous ses yeux pour le cas où son mascara aurait coulé. Elle s'était vue un jour sur une vidéo enregistrée pendant un culte. Elle était venue à pied par temps de neige et dans la vidéo, on la voyait faire la quête avec une tête de panda dressé. Depuis ce jour-là, elle avait toujours pris soin de se regarder dans la glace avant d'entrer. Mais aujourd'hui, le vestiaire était bondé et elle était trop stressée.

Dans le cercle formé par les chaises au milieu de l'allée s'élevait un monticule de fleurs et de cartes.

Viktor est mort, se répéta-t-elle intérieurement comme pour s'en convaincre.

Viktor est réellement mort.

Puis elle aperçut Karin et Maja. Maja agitait frénétiquement la main. Aucune chance de lui échapper. Il n'y avait plus qu'à aller les rejoindre. Toutes deux avaient mis des robes de couleur sombre. Elle-même avait passé une heure dans son dressing à faire des essayages. Toutes ses robes étaient rouges, roses ou jaunes. La seule robe foncée qu'elle possédait était bleu marine. Mais la fermeture Éclair était cassée. Finalement, elle avait opté pour un long manteau qui cachait ses cuisses et ses fesses généreuses et la faisait paraître plus mince. Évidemment, dès qu'elle vit Karin et Maja, elle se sentit mal fagotée. Une grosse femme débraillée et suante.

« Qu'est-ce que tu as fait de Vesa ? » lui demanda Maja à voix basse, avant qu'elle ait eu le temps de s'asseoir.

Sourire aimable. Regard dangereux.

« Il est malade. Il a la grippe. »

Elles ne la crurent pas. Maja pinça les lèvres et prit une longue inspiration par le nez.

Elles avaient raison de ne pas la croire, évidemment. Elle non plus n'avait pas envie d'être là, mais elle s'assit malgré tout sur la chaise à côté de Maja Söderberg.

Thomas avait terminé de prier avec les choristes et se dirigeait vers elles.

Et maintenant, il va falloir aussi lui rendre des comptes à lui, songea-t-elle.

Quand il posa la main sur le bras de Maja et lui fit un sourire bref mais chaleureux, Astrid en eut le cœur serré. Puis il demanda où était Vesa. Astrid répondit comme tout à l'heure. Malade. Grippe. Il la regarda avec commisération.

Quelle honte d'avoir un mari aussi faible, pensa-t-elle.

« Si tu es inquiète, n'hésite pas à retourner t'occuper de lui », dit Thomas.

Elle hocha la tête.

Inquiète. Elle réfléchit quelques instants à ce mot.

Non. Si elle avait dû être inquiète, il aurait fallu qu'elle le soit dès le départ. Mais à l'époque, elle était trop occupée avec la maison et les enfants. Et quand elle s'était aperçue qu'elle avait des raisons de l'être, il était déjà trop tard et il n'y avait plus de place dans sa vie que pour le regret et la honte. Regret de s'être enfermée dans ce mariage et honte de ne pas être une bonne épouse pour son mari.

C'est cette honte qui l'avait poussée à aller s'asseoir à côté de Maja, alors qu'elle n'en avait nulle envie. Cette honte encore qui l'amenait à dévorer des sandwichs encore congelés, debout devant la porte ouverte de son frigo quand les enfants étaient à l'école.

Ils couchaient encore ensemble, certes, mais rarement. Dans le noir. Et en silence.

Et ce matin. Les enfants étaient déjà en classe. Vesa avait dormi à l'atelier. Quand elle lui avait apporté son café, elle l'avait trouvé assis au bord du lit dans son pyjama en flanelle. Pas rasé et les yeux cernés. Le visage soucieux. Ses longs doigts d'artiste posés sur ses genoux. Le sol autour du lit était jonché de livres. Des livres d'art à la reliure coûteuse sur papier glacé. Des ouvrages sur la peinture d'icônes. De minces livres de poche publiés par leur propre maison d'édition, aussi. Au début, Vesa se chargeait lui-même d'illustrer les couvertures, mais, un jour, il y avait renoncé, arguant que cela lui prenait trop de temps.

Elle avait posé par terre le plateau avec le café et les tartines et elle était montée sur le lit, s'était agenouillée dans son dos, les cuisses serrées autour de ses hanches. Elle avait ouvert sa robe de chambre et appuyé ses seins et sa joue contre le dos de son mari. Elle avait caressé doucement ses épaules dures.

« Astrid. »

Il n'avait rien dit d'autre. Juste son prénom. Mal à l'aise et désolé. La voix chargée d'excuses et de culpabilité.

Elle s'était enfuie dans la cuisine, avait allumé la radio et le lave-vaisselle. Pris leur chien Baloo sur ses genoux et pleuré des larmes amères dans son pelage.

Thomas Söderberg se pencha vers les trois femmes et leur demanda tout bas :

« Des nouvelles de Sanna ? »

Astrid, Maja et Karin secouèrent la tête.

« Je serais toi, je poserais la question à Curt Bäckström, suggéra Astrid. Il n'arrête pas de lui courir après. »

Les trois femmes se retournèrent en même temps. Maja fut la première à apercevoir Curt. Elle lui fit un signe de la main. À contrecœur, il se leva et vint les rejoindre.

Karin le regarda s'approcher. Il avait toujours l'air tellement angoissé. Il marchait d'un pas hésitant, presque en crabe. Comme s'il craignait de paraître agressif en arrivant de face. Il les regardait du coin de l'œil, baissant aussitôt les yeux quand on essayait de croiser son regard.

« Est-ce que tu sais où est Sanna ? » lui demanda Thomas Söderberg.

Curt secoua la tête. Et par acquit de conscience, il répondit aussi oralement :

« Non. »

De toute évidence, il mentait. Il y avait de la crainte dans ses yeux. Et de la détermination, aussi. Il n'avait visiblement pas l'intention de lâcher le morceau.

Comme un chien qui a trouvé un os dans les bois, songea Karin.

Curt les regardait par en dessous. Courbant l'échine. Comme s'il s'attendait à ce que soudain, Thomas crie « lâche ! » en lui donnant un coup sur le museau.

Thomas avait l'air mal à l'aise. Il se tortillait sous le regard curieux des trois femmes.

« Je voulais simplement m'assurer qu'elle va bien, dit-il. Je ne voudrais pas qu'il lui arrive malheur à elle aussi. »

Curt hocha la tête et il se tourna vers les rangées de chaises qui commençaient à se remplir de fidèles. Il leva la bible qu'il tenait à la main et la pressa contre sa poitrine.

« Je voudrais témoigner, dit-il à voix basse. Dieu souhaite s'exprimer à travers moi. »

Thomas Söderberg acquiesça.

« Si tu vois Sanna, sois gentil de lui dire que j'aimerais savoir ce qu'elle devient », dit-il.

Astrid leva les yeux vers Thomas Söderberg.

Et toi, si tu vois Dieu, pensa-t-elle, dis-Lui que j'essaye tous les jours d'avoir de Ses nouvelles.

Me Måns Wenngren, le patron de Rebecka Martinsson, rentra chez lui tellement tard qu'on aurait pu dire qu'il était tôt. Il avait passé la soirée au *Sophie's* à payer des verres à deux jeunes femmes, en compagnie d'un client du cabinet, associé d'une start-up récemment introduite en Bourse, spécialisée dans l'informatique industrielle. Contrairement aux clients accusés de détournements de fonds et de fraude fiscale qui avaient rarement envie de vider des verres au pub avec leur avocat et préféraient boire seuls chez eux, ceux-là étaient reconnaissants pour chaque couronne qu'on parvenait à sortir de leur assiette fiscale et le travail devenait une véritable partie de plaisir.

Après la fermeture du *Sophie's*, Måns avait fait visiter son élégant bureau à la jeune Marika qu'il avait ensuite mise dans un taxi avec un petit billet dans la main, avant d'en héler un deuxième pour lui.

En pénétrant dans son appartement sombre de Floragatan, il se fit comme chaque jour la réflexion qu'il serait temps pour lui de s'installer dans quelque chose de plus petit. Cet endroit était tellement lugubre qu'il n'y avait rien d'étonnant à ce qu'il se sente… D'ailleurs, comment se sentait-il ?

Il jeta son manteau en cachemire gris sur un fauteuil et alluma toutes les lampes qu'il rencontra sur son chemin jusqu'au salon. Comme il rentrait rarement avant onze heures du soir, il enregistrait toujours les informations pour les regarder en différé. Il alluma la télévision et démarra le replay. Pendant le générique des actualités de TV4, il alla dans la cuisine et ouvrit le réfrigérateur.

Ritva avait fait les courses. Parfait. Entretenir son appartement et veiller à ce que son frigo contienne toujours des produits frais devait être la plus facile de ses tâches professionnelles. Il ne mettait jamais le moindre désordre, à l'exception des rares fois où il invitait du monde. La plupart du temps, Ritva remplaçait des aliments auxquels il n'avait pas touché par d'autres auxquels il ne toucherait probablement pas non plus. Il supposait qu'elle les rapportait chez elle pour les consommer avec sa famille avant qu'ils soient périmés. Cet arrangement lui convenait parfaitement. Il prit du lait et but directement à la brique en tendant l'oreille vers le séjour. Le meurtre de Viktor Strandgård était la grande nouvelle du jour.

C'était à cause de cela que Rebecka était partie pour Kiruna, bien sûr ! se dit Måns Wenngren en retournant dans le salon. Il s'enfonça dans le canapé devant la télé, le carton de lait à la main.

« *La nuit dernière, le corps sans vie de Viktor Strandgård, plus connu sous le nom du "pèlerin du paradis", a été retrouvé dans le fameux temple de cristal, à Kiruna* », annonça la présentatrice.

C'était une femme entre deux âges, élégante, qui avait été mariée à une époque avec un de ses amis.

« Santé, Beata ! » dit Måns en levant la brique de lait vers l'écran.

« *Selon une source bien informée au sein de la police, ce serait la sœur de Viktor Strandgård qui aurait découvert le corps et, toujours selon la même source, la victime aurait été tuée avec une grande sauvagerie* », poursuivit Beata.

« Allez, enchaîne, Beata, tout ça, on le sait déjà », dit Måns.

Måns réalisa soudain à quel point il était saoul. Il avait la tête lourde et les idées embrouillées. Il se promit d'aller se doucher dès la fin de l'énoncé des nouvelles.

Les informations furent suivies d'un reportage. Une voix masculine parlait en off sur des images vidéo. D'abord, il y eut un panoramique bleu pâle de l'impressionnant temple de cristal en haut de sa colline enneigée. Puis des images de policiers fouillant les alentours. Le réalisateur avait ensuite intégré des plans d'une réunion de chants de louanges ainsi qu'un panégyrique de Viktor Strandgård.

« *Ce drame a évidemment provoqué de fortes réactions dans la ville de Kiruna*, reprit le reporter, *et l'émotion est encore montée d'un cran ce soir, lorsque la sœur de la victime, Sanna Strandgård, accompagnée par son avocate, s'est présentée au commissariat de Kiruna, afin d'y être entendue par la police.* »

On voyait maintenant à l'écran un parking couvert de neige. Deux femmes sortaient d'une Audi rouge et une jeune reporter se précipitait vers elles, essoufflée. La chevelure rousse de la journaliste émergeait de son bonnet, aussi fournie que la queue d'un goupil. On aurait dit une version plus jeune et plus dynamique de Claire Vikholm[1].

1. Actrice suédoise.

Il faisait nuit, mais on devinait en arrière-plan une façade en briques d'un rouge triste. Sans doute le commissariat. L'une des femmes qui étaient sorties de la voiture avait la tête baissée et on ne voyait d'elle qu'un long manteau en peau de mouton et un bonnet assorti, enfoncé sur ses yeux. L'autre était Rebecka Martinsson. Måns augmenta le son et se pencha en avant sur le canapé.

« Eh ben, merde alors ! » s'exclama-t-il.

Rebecka lui avait dit qu'elle partait là-bas parce qu'elle connaissait la famille de la victime. La journaliste devait faire erreur en disant qu'elle était l'avocate de la sœur.

Il observa le visage fermé de Rebecka, alors qu'elle se dirigeait d'un pas rapide vers l'entrée du commissariat, tenant fermement par les épaules l'autre femme qui devait être la sœur de Viktor Strandgård. De sa main libre, elle tentait de repousser la femme au micro qui trottinait à côté d'elles.

« Est-il exact qu'on lui a arraché les yeux ? demanda la femme reporter avec un accent de Luleå à couper au couteau. Comment vous sentez-vous, Sanna ? continua-t-elle devant l'absence de réponse. Est-il vrai que vous aviez vos enfants avec vous quand vous l'avez découvert ? »

Lorsque Rebecka et Sanna arrivèrent devant l'entrée du commissariat, la renarde vint littéralement leur bloquer le passage.

Pour qui est-ce que tu te prends, ma pauvre fille ? soupira Måns. Tu te crois aux États-Unis ou quoi ? Je te rappelle que tu es en Laponie, là !

« Pensez-vous qu'il puisse s'agir d'un sacrifice rituel ? » demanda la rouquine.

Le caméraman zooma sur ses joues rougies par l'excitation puis panota sur les profils de Rebecka Martinsson et de Sanna Strandgård en gros plan. Effrayée, Sanna se cacha le visage. Les yeux gris pâle de Rebecka fixèrent d'abord l'objectif, puis elle regarda la reporter droit dans les yeux.

« Écartez-vous de mon chemin », lui ordonna-t-elle d'un ton glacial.

Les mots et l'expression de Rebecka firent remonter un souvenir désagréable à l'esprit de Måns. C'était à la fête de Noël du cabinet il y a deux ans. Ce soir-là, il avait essayé de parler avec elle et de se montrer aimable et elle l'avait regardé avec mépris. Et si la mémoire ne lui faisait pas défaut, c'était exactement les mots qu'elle lui avait dits ce soir-là. Et sur le même ton : « Écartez-vous de mon chemin. »

Après cet épisode, craignant qu'elle se sente mal à l'aise en sa présence et qu'elle lui donne sa démission, il avait pris ses distances avec elle. Et en même temps, il ne voulait pas qu'elle se fasse des idées. Si elle ne voulait pas, tant pis, il n'en ferait pas une maladie.

À l'écran, les choses s'étaient accélérées. Måns mit l'enregistrement sur pause, il recula de quelques images et se repassa la scène, avec plus d'attention. Rebecka levait le bras pour dégager le passage et brusquement, la journaliste disparaissait de l'écran. Rebecka et Sanna Strandgård l'enjambaient plus ou moins et elles entraient dans le commissariat. Immédiatement après, on entendait la voix furieuse de la femme reporter qui criait :

« Aïe ! mon bras, putain, tu as filmé ça, j'espère ! »

La présentatrice du journal de TV4 reprit son commentaire en voix off.

« *L'avocate qui accompagne Sanna Strandgård travaille pour le célèbre cabinet Meijer & Ditzinger. Nous n'avons pas encore pu obtenir de commentaires de sa part sur l'épisode survenu plus tôt dans la soirée.* »

Choqué, Måns vit apparaître à l'écran une image d'archives de la façade de sa société. Il appuya à nouveau sur pause.

« Encore heureux ! » s'exclama-t-il en se levant si brusquement du canapé qu'il renversa du lait sur sa chemise et son pantalon.

Qu'est-ce qu'elle foutait, bon Dieu ! Est-ce qu'elle avait réellement décidé de représenter cette Sanna Strandgård à l'insu du cabinet ? Il devait y avoir un malentendu. Elle ne pouvait pas manquer de jugement à ce point ?

Il prit son téléphone et composa un numéro. Pas de réponse. Il pinça la racine de son nez entre le pouce et l'index et essaya de réfléchir. Puis, tout en composant un deuxième numéro de téléphone, il se rendit dans l'entrée pour chercher son ordinateur portable. Pas de réponse non plus. Il était à bout de souffle et en nage. Il posa l'ordinateur sur la table du salon et redémarra la vidéo sur l'écran plat du téléviseur. À présent, on voyait le substitut du procureur, Carl von Post, paradant devant le temple de cristal.

« Merde », jura Måns, tandis qu'il essayait d'allumer l'ordinateur portable en tenant son téléphone coincé entre l'épaule et l'oreille.

Ses mains tremblaient et ses gestes étaient maladroits.

Il mit ses oreillettes pour pouvoir téléphoner tout en tapant sur l'ordi. Mais quel que soit le numéro qu'il composait, personne ne décrochait à l'autre bout. Les lignes des associés avaient dû être en surchauffe depuis la diffusion de ce reportage au journal de vingt heures. Ils devaient tous se demander pourquoi l'une de ses assistantes en droit fiscal assommait les journalistes en direct, là-haut, dans le Grand Nord. Il jeta un coup d'œil à sa messagerie pour constater qu'il avait effectivement reçu quinze appels en absence.

Le regard droit dans la caméra, Carl von Post faisait état des progrès de l'enquête. Måns l'écouta débiter les poncifs habituels : la police frappait à toutes les portes en quête de renseignements, elle interrogeait sans relâche les membres de la communauté et on était toujours à la recherche de l'arme du crime. Le substitut était habillé avec élégance dans un manteau de laine gris avec gants et écharpe assortis.

« Quel dandy, ce type ! » grogna Måns avec mépris, sans réaliser qu'il s'habillait à peu près comme lui.

Enfin, quelqu'un répondit. Au bout du fil résonna la voix mécontente du mari de l'une des associées du cabinet. Divorcée, elle avait épousé un homme beaucoup plus jeune qu'elle qui profitait éhontément des revenus confortables de son épouse pour faire des études ou autres activités peu rémunératrices.

Et en plus, le type se permet de faire la gueule, songea Måns.

Quand il lui passa sa collègue, la conversation fut brève.

« Il fallait bien qu'on se parle à un moment donné, dit-il, énervé. Comment ça, on est au milieu de la nuit ? » Il jeta un coup d'œil à sa Breitling. Quatre heures et quart. « Bon, d'accord, dit-il. Voyons-nous à sept heures, si tu préfères. Rendez-vous pour un petit déjeuner. Je vais essayer de joindre les autres. »

Après avoir raccroché, il envoya un mail à Rebecka Martinsson. Elle n'avait pas répondu au téléphone non plus. Puis il referma l'ordinateur portable et sentit en se levant que son pantalon lui collait aux jambes. Il baissa les yeux et découvrit la tache de lait.

« Quelle emmerdeuse, grogna-t-il en enlevant son pantalon. Quelle foutue emmerdeuse ! »

PUIS VINRENT LE SOIR ET LE MATIN DU DEUXIÈME JOUR

À l'heure entre chien et loup, l'inspectrice Anna-Maria Mella dort d'un sommeil agité. Les nuages ont envahi le ciel et il fait noir dans la chambre. On dirait que Dieu en personne recouvre la ville de sa main comme un enfant capture une mouche. Ils sont tous prisonniers de la partie qui vient de commencer.

Anna-Maria secoue la tête pour se débarrasser des voix et des visages qui l'accompagnent dans son sommeil. Le bébé, contrarié, lui donne des coups de pied.

Dans son rêve, le procureur Carl von Post se penche au-dessus de Sanna, essayant de lui soutirer des réponses qu'elle ne connaît pas. Il insiste et menace d'interroger ses filles si elle ne répond pas à ses questions. Plus il l'interroge, plus elle se tait. Pour finir, elle ne se souvient plus de rien du tout.

« Qu'est-ce que vous faisiez dans ce temple au milieu de la nuit ? Qu'est-ce qui vous a poussée à aller là-bas ? Vous devez bien vous rappeler quelque chose ? Avez-vous vu quelqu'un d'autre quand vous êtes entrée ? Vous vous souvenez que vous avez appelé la police, n'est-ce pas ? Étiez-vous en colère contre votre frère ? »

Sanna plonge son visage entre ses mains.

« J'ai oublié. Je ne sais pas. Son spectre est venu me visiter pendant la nuit. Je l'ai vu près de mon lit.

Il avait l'air triste. Quand il est reparti, j'ai su qu'il était arrivé quelque chose…

— Quand il est reparti ! »

Le procureur a l'air de ne pas savoir s'il doit éclater de rire ou la gifler.

« Attendez une minute, vous êtes en train de me dire que vous avez reçu la visite d'un fantôme et que vous avez compris qu'il était arrivé quelque chose à votre frère ? »

Anna-Maria gémit si fort qu'elle réveille son mari Robert. Il se redresse sur un coude et lui caresse les cheveux.

« Chut, Mia-Mia, tout va bien », la rassure-t-il. Il répète son nom, plusieurs fois, caresse ses cheveux couleur paille jusqu'à ce qu'enfin elle prenne une longue inspiration et se détende. Les traits de son visage s'apaisent et elle cesse de gémir. Lorsque son épouse a entièrement retrouvé son calme, Robert se rendort.

Les gens qui connaissent von Post doivent se dire que le substitut du procureur passe une excellente nuit. Que, rassasié d'attention et de rêves de gloire présente et à venir, il dort comme un ange.

Mais von Post aussi a un sommeil troublé. Il serre si fort les mâchoires qu'il grince des dents. Mais il faut dire que von Post ne dort jamais très bien. Et contrairement à ce qu'on pourrait croire, les événements de cette journée n'ont pas contribué à y remédier.

Quant à Rebecka Martinsson, elle dort profondément dans l'alcôve de ses grands-parents. Son souffle est profond et régulier. Tjapp ne s'est pas fait prier pour venir se coucher à côté d'elle et Rebecka a les bras enroulés autour du corps chaud de la chienne et le nez plongé dans son pelage noir et laineux. Ici, pas un bruit venant du monde extérieur. Ni voiture ni avion. Aucun noctambule se croyant seul au monde, pas de pluie hivernale frappant contre les vitres. Dans la chambre, Lova rêve tout haut, blottie contre Sanna. La maison grince et craque un peu, comme si elle se retournait dans son hibernation.

Mardi 18 février

Tjapp réveilla Rebecka un peu avant six heures en lui poussant la joue du bout de son museau.

« Salut, Beauté, murmura Rebecka, qu'est-ce que tu veux ? J'ai droit au bisou du matin ? »

Elle chercha à tâtons l'interrupteur et alluma la lampe. La chienne sauta du lit et courut à la porte en deux bonds. Elle jappa, puis retourna auprès de Rebecka et pressa à nouveau sa truffe contre son visage.

« C'est bon, j'ai compris. »

Rebecka s'assit au bord du lit, enveloppée dans la couverture. Il faisait à nouveau froid dans la cuisine.

Grand-mère est partout dans cette maison, se dit-elle. Il n'est pas si loin le temps où je dormais avec elle dans cette alcôve et où elle me laissait rester au chaud, sous la couette, pendant qu'elle se levait pour allumer la cuisinière et préparer le café.

Elle revoyait Theresia Martinsson roulant sa cigarette matinale devant la table pliante. Sa grand-mère utilisait du simple papier journal à la place du papier à rouler qu'on trouve dans le commerce, trop onéreux à son goût. Elle déchirait une page du *Courrier du Norbotten* de la veille et, soigneusement, elle arrachait la marge. Le large morceau de papier vierge de toute encre d'imprimerie convenait parfaitement pour cet usage. Elle y étalait une pincée de tabac et roulait une mince cigarette entre le pouce et l'index. Quand Rebecka ouvrait les yeux, sa grand-mère était déjà habillée dans sa blouse écossaise noire et bleue en nylon et ses cheveux argentés soigneusement rangés sous sa coiffe. Dans l'étable, les vaches l'appelaient. « Hé, *pikku-piika*, disait-elle en riant. Tu es réveillée ? »

Pikku-piika. Petite fille.

Tjapp se mit à aboyer.

« Ça va, j'arrive, dit Rebecka à la chienne impatiente. Laisse-moi juste allumer la cuisinière. »

Elle avait dormi avec des chaussettes en laine et, toujours emmitouflée dans sa couverture, elle alla ouvrir la trappe en fonte de la vieille cuisinière. Tjapp s'assit sagement devant la porte et attendit. De temps en temps, elle émettait un petit jappement pour ne pas qu'on l'oublie.

Avec la hachette, Rebecka tailla d'abord quelques copeaux dans une bûchette posée à côté du fourneau. Elle les posa sur une poignée d'écorce de bouleau, puis trois petites bûches de pin par-dessus et alluma. Le feu prit rapidement. Pour finir, elle rajouta un morceau de bouleau qui brûlerait plus longtemps que le pin et referma la trappe.

Je devrais penser à ma grand-mère plus souvent, songea-t-elle. Quel est l'imbécile qui a prétendu qu'il valait mieux s'en tenir au présent ? J'ai plein de pièces dans ma mémoire dans lesquelles habite toujours ma grand-mère. Je devrais prendre plus souvent le temps d'y aller pour passer du temps avec elle. Pour ce que le présent a à offrir, franchement !

Tjapp poussa un bref aboiement et exécuta une pirouette sur le tapis de chiffon. Rebecka s'habilla. Ses vêtements étaient glacés et elle les enfila avec des gestes rapides et saccadés. Elle glissa ses pieds dans une paire de grosses bottines qui attendaient dans le vestibule.

« Je te préviens, on ne va pas traîner », lança-t-elle à Tjapp.

Elle alluma la lumière du porche et celle de l'étable.

Le temps s'était un peu radouci. Le thermomètre annonçait quinze degrés en dessous de zéro et le ciel était aplati sur la terre, étouffant la lumière des corps célestes. Tjapp alla s'accroupir un peu plus loin pendant que Rebecka regardait autour d'elle, surprise. La neige avait été déblayée de la porte d'entrée jusqu'à l'étable et amassée le long des murs de la maison pour l'isoler du froid.

Qui a bien pu faire ça ? se demanda Rebecka. Est-ce que ça pourrait être Sivving Fjällborg ? Est-ce qu'il continue d'entretenir la ferme bien que grand-mère ne soit plus là ? Il ne doit pas avoir loin de soixante-dix ans, à présent.

Malgré l'obscurité, elle essaya d'apercevoir la maison de Sivving de l'autre côté de la route. Quand il ferait un peu plus clair, elle irait vérifier si son nom était toujours sur la boîte aux lettres.

Elle fit le tour de l'étable. L'éclairage extérieur faisait scintiller les roses de givre sur les fenêtres à petits carreaux. Contre l'un des murs s'appuyait la serre de sa grand-mère. Plusieurs carreaux cassés fixaient Rebecka avec un air de reproche.

Tu devrais être ici, disaient-ils. Tu devrais t'occuper de la maison et du jardin. Regarde ces enduits qui cloquent, imagine l'état de la toiture sous la neige. Les plaques de fibrociment doivent être fissurées et disjointes. Ta grand-mère qui était si soigneuse. Et si travailleuse.

Comme si elle avait deviné ses pensées moroses, Tjapp retraversa la cour au galop et elle vint tourner autour des jambes de Rebecka en aboyant gaiement.

« Chut, la gronda celle-ci en éclatant de rire. Tu vas réveiller tout le quartier. »

Aussitôt un aboiement retentit. La chienne dressa l'oreille, attentive.

« N'y pense même pas », la prévint Rebecka.

Elle se dit qu'elle aurait peut-être dû prendre une laisse.

Tjapp lui jeta un regard affectueux et décida que, après tout, Rebecka ferait l'affaire. Elle plongea la truffe dans la neige fraîche et légère comme du duvet, la ressortit aussitôt et secoua sa jolie tête. Puis elle invita Rebecka à se joindre à elle, frappant le sol de ses deux pattes avant puis s'aplatissant, le poitrail par terre et l'arrière-train levé.

Allez, viens, disaient ses yeux noirs et luisants.

« Tu vas voir, toi ! » s'écria Rebecka joyeusement en s'élançant brusquement vers la chienne.

Une seconde plus tard, elle se retrouvait les quatre fers en l'air. Tjapp l'avait renversée avant de repartir en trombe, de faire brusquement demi-tour et de venir se camper devant sa victime, sa longue langue pendant hors de sa gueule de bonne chienne satisfaite, l'exhortant dans son langage à se relever et à reprendre le combat. Rebecka éclata de rire, se remit sur ses pieds et grimpa sur une congère derrière Tjapp. Toutes les deux s'enfoncèrent d'un bon mètre dans la neige vierge.

Au bout de dix minutes, à bout de souffle, perchée au sommet de la congère, les joues écarlates, les vêtements couverts de neige, Rebecka gémit :

« OK, j'abandonne. »

Quand elles retournèrent dans la maison, Sanna était levée et elle avait préparé le café. Rebecka se déshabilla. La neige sur sa doudoune s'était mise à fondre et les vêtements qu'elle portait en dessous étaient trempés de sueur. Dans un tiroir, elle dénicha un vieux t-shirt, un sweat Helly Hansen et un caleçon long ayant appartenu à son oncle Affe.

« Sexy, commenta Sanna en pouffant de rire. Ça fait plaisir de te voir t'adapter aussi rapidement à la mode locale.

— Tenue traditionnelle gällivaroise, une valeur sûre, plaisanta Rebecka en remuant les fesses, agitant l'excès de tissu pendant sur son derrière comme la peau sur le cul d'un éléphant.

— Mon Dieu, ce que tu es maigre ! » s'exclama Sanna.

Rebecka cessa aussitôt son twerk et elle alla se verser une tasse de café, tournant démonstrativement le dos à son amie.

« Et tu as l'air complètement desséchée, poursuivit Sanna. Tu devrais manger plus et boire de l'eau. »

Sa voix était douce et son inquiétude semblait sincère.

Enfin, devant le silence obstiné de Rebecka, elle crut bon d'ajouter :

« Heureusement pour certaines d'entre nous que les hommes préfèrent les femmes avec des formes, parce que, moi, j'aimerais bien être aussi mince que toi. »

Quelle chance j'ai, songea Rebecka, sarcastique, que Sanna Strandgård me trouve jolie.

Son silence déconcertait Sanna et la rendait volubile.

« Écoute-moi un peu, je suis une vraie mère poule. Bientôt, je vais te demander si tu prends bien tes compléments vitaminés.

— Ça t'ennuie si je mets les infos ? » la coupa Rebecka.

Sans attendre la réponse, elle alla allumer le minuscule poste de télévision. L'image était brouillée. L'antenne était sans doute couverte de neige.

La première information concernait un détournement de fonds européens puis, sans transition, la présentatrice enchaîna avec le meurtre de Viktor Strandgård. Le reporter expliqua en voix off que la chasse au meurtrier se poursuivait par le travail d'enquête habituel et que la police n'avait pas encore de suspect. Les images se succédèrent. Des policiers et des chiens fouillant les alentours du temple de cristal à la recherche de l'arme du crime. Le substitut du procureur, Carl von Post, parlait d'enquête de voisinage et de porte-à-porte, d'audition des membres de la communauté et des fidèles. Puis l'Audi rouge que Rebecka avait louée à l'aéroport apparut à l'écran.

« Oh non ! » s'écria Sanna en posant brutalement sa tasse de café sur la table.

« *La sœur de Viktor Strandgård, qui avait découvert le corps, a été interrogée par la police après une arrivée quelque peu agitée au commissariat de Kiruna.* »

L'incident était diffusé dans son intégralité, hormis le fait que, dans la version matinale, la bande-son avait été entièrement effacée à l'exception du : « Écartez-vous de mon chemin » de Rebecka qui, lui, était parfaitement audible. Juste avant que la présentatrice des infos ne passe le relais à celle de la météo, la voix off précisa que la journaliste de TV4 avait porté plainte contre l'avocate pour coups et blessures.

« On n'entend pas ce qu'elle dit, alors, on ne se rend pas du tout compte à quel point cette femme était agressive et avec quel acharnement elle nous poursuivait ! » s'exclama Sanna.

Rebecka ressentit tout à coup une violente brûlure à l'estomac.

« Ça va ? » s'inquiéta Sanna, la voyant poser la main sur son ventre et faire une grimace.

Qu'est-ce qu'elle veut que je réponde à ça ? songea Rebecka en s'écroulant sur une chaise. Que je risque de me faire virer ? Qu'ils vont me mettre au placard jusqu'à ce que je donne moi-même ma démission ? Alors qu'elle vient de perdre son frère ! Il faut que j'essaye de l'interroger à nouveau sur Viktor. Il faut que je lui demande si elle se sent capable d'en parler maintenant. Mais à vrai dire, je n'ai aucune envie de me laisser entraîner dans sa vie à nouveau ni de l'aider à résoudre ses problèmes. J'ai envie de rentrer chez moi, de m'asseoir devant mon ordinateur et de rédiger un rapport d'enquête qui traiterait des prélèvements de cotisations sociales sur les pensions de retraite.

« À ton avis, que lui est-il arrivé, Sanna ? finit-elle par lui demander. À Viktor, je veux dire. Tu m'as dit qu'il avait été tué avec une violence incroyable. Qui a pu faire une chose pareille ? »

Sanna était si mal à l'aise qu'elle ne tenait pas en place.

« Je ne sais pas. D'ailleurs, c'est aussi ce que j'ai dit à la police. Vraiment, je n'en sais rien.

— Tu n'as pas eu peur quand tu l'as vu ?

— Je ne pensais pas à ça.

— Tu pensais à quoi, alors ?

— Je ne sais pas, répondit Sanna en posant ses mains sur sa tête comme pour se consoler toute seule. Je crois que j'ai crié, mais je n'en suis même pas sûre.

— Tu as dit à la police que c'était lui qui t'avait réveillée et que c'était pour ça que tu étais allée là-bas. »

Sanna leva la tête et regarda Rebecka droit dans les yeux.

« Cela te surprend réellement ? Depuis quand est-ce que tu crois que tout s'arrête parce que les organes d'une personne ont cessé de fonctionner ? Je l'ai vu debout à côté de mon lit, Rebecka. Il avait l'air terriblement malheureux. Il ne s'agissait pas seulement d'une détresse physique, si tu vois ce que je veux dire. J'ai tout de suite compris qu'il lui était arrivé quelque chose. »

Non, cela ne me surprend pas, songea Rebecka. Sanna a toujours été médium. Elle était capable de mettre le café en route un quart d'heure avant l'arrivée de quelqu'un qui passait la voir à l'improviste. « Viktor arrive », disait-elle, par exemple. Et elle ne se trompait jamais.

« Et à part ça ? insista Rebecka.

— S'il te plaît, la supplia Sanna, je n'ai vraiment pas envie d'en parler. Je n'ose pas. C'est trop tôt. Il va falloir que je tienne le coup. Pour les filles. Je te remercie d'être venue. Malgré ton travail. Je sais que ta carrière compte beaucoup pour toi et que tu es pleine d'ambition, mais ne crois pas pour autant que nous nous soyons éloignées. Je pense très souvent à toi, tu sais. Cela me rend forte de te savoir là-bas. »

Rebecka changea de position sur sa chaise, gênée.

Arrête, nous ne sommes pas amies, songea-t-elle. Jadis, j'attachais beaucoup d'importance à ce qu'elle pensait de moi. J'aimais qu'elle me dise que je comptais dans sa vie. Mais plus maintenant. Maintenant, elle me donne le sentiment qu'elle est en train de tisser sa toile autour de moi.

Tjapp fut la première à entendre le bruit du scooter et ce fut elle qui interrompit leur conversation en se mettant à grogner. Elle dressa les oreilles et tourna la tête vers la fenêtre.

« Tu attends de la visite ? » demanda Rebecka.

Elle n'arrivait pas à déterminer exactement d'où venait le bruit, mais elle avait l'impression que le moteur du scooter tournait au ralenti et que son pilote s'était arrêté à quelques pas de la maison. Sanna appuya son front contre la vitre et posa ses mains en œillères pour tenter de voir autre chose que son propre reflet.

« Oh non, s'exclama-t-elle avec un petit rire légèrement embarrassé, c'est Curt Bäckström. C'est lui qui nous a déposées ici. Je crois qu'il est un peu amoureux de moi. Mais ça ne me dérange pas, parce qu'il est assez mignon. Il ressemble un peu à Elvis Presley. Peut-être qu'il te plairait.

— Je t'en prie ! rétorqua Rebecka, agacée.

— Quoi ? Qu'est-ce que j'ai fait ?

— Ce que tu fais depuis que je te connais. Attirer tout un tas de pauvres types dans tes filets et essayer de me les refiler ensuite. Merci, mais non merci.

— Excuse-moi, dit Sanna, l'air vexé. Je suis désolée que mes fréquentations ne soient pas à la hauteur des critères de mademoiselle. Et qu'est-ce qui te permet de dire que c'est un pauvre type, alors que tu ne le connais pas ? »

Rebecka s'approcha de la fenêtre et essaya à son tour de voir dans la cour.

« Regarde-le ! Il est là, au milieu de la nuit, assis sur sa motoneige, en train de surveiller la maison dans laquelle tu te trouves, sans oser venir frapper à la porte.

— Je n'y peux rien si les hommes s'attachent à moi. Mais peut-être que toi aussi, tu penses que je suis une pute. C'est l'avis de Thomas, comme tu sais.

— Ce n'est pas ce que j'ai dit. Je te demande simplement de t'abstenir de faire des commentaires sur mon physique et d'arrêter de vouloir me refiler tes miettes. »

Rebecka saisit la poignée de son sac de voyage et elle se précipita dans les toilettes. Elle claqua la porte si fort que le petit cœur en bois sur lequel il était écrit : « *C'est là* » continua de se balancer pendant plusieurs secondes.

« Dis-lui de monter ! cria-t-elle à travers la porte. Il ne va pas rester là dans le froid, comme un chien abandonné. »

Après tout, ce n'est plus mon problème, se dit-elle en s'enfermant dans la salle d'eau. Mais c'est vrai que du temps où Sanna et moi partagions le même appartement, ses tenues provocantes et les innombrables garçons qui tombaient amoureux d'elle choquaient Thomas Söderberg et qu'il considérait qu'elle était sous ma responsabilité.

« J'aimerais que tu parles à Sanna de sa façon de s'habiller », dit Thomas à Rebecka.

Il n'est pas content. Elle le sent dans chaque fibre de son être et ce sentiment l'écrase. Quand Thomas lui sourit, le ciel s'ouvre et elle sent l'amour de Dieu, bien qu'elle n'entende pas sa voix. Mais quand Thomas la regarde d'un air déçu, la lumière s'éteint en elle, et elle a l'impression qu'elle n'est plus qu'une coquille vide.

« J'ai essayé, se défend-elle. Je lui ai dit de faire attention quand elle choisit ses vêtements. De ne pas porter des corsages si décolletés. De mettre un soutien-gorge et des jupes plus longues. Et quand je le lui dis, elle a l'air de m'écouter, mais ensuite… c'est comme si elle ne se rendait pas compte quand elle choisit ses habits le matin. Si je ne suis pas là pour la surveiller, elle oublie mes consignes. Ensuite, on la rencontre en ville et elle a l'air d'une… »

Elle hésite et n'a pas le courage d'employer le mot « putain ». Thomas n'aimerait pas entendre ce mot dans sa bouche.

« … Elle a l'air de je ne sais quoi, reprend-elle. Et quand je lui demande si elle se rend compte de la façon dont elle est habillée, elle baisse les yeux sur sa tenue, puis elle me regarde, l'air étonné. Je crois qu'elle ne le fait pas exprès.

— Je me fiche de savoir si elle le fait exprès ou pas, dit Thomas Söderberg avec colère. Tant qu'elle ne s'habillera pas de manière décente, je ne pourrai pas la laisser jouer un rôle important dans notre communauté. Comment pourrais-je la laisser témoigner ou chanter dans le chœur ou appeler à la prière en sachant que quatre-vingt-dix pour cent des hommes qui l'écoutent regardent ses tétons pointer sous son chemisier et s'imaginent en train de lui mettre la main entre les cuisses. »

Il se tait et regarde dehors. Ils sont dans la salle de prières de l'Église de la Mission intérieure, une pièce attenante au temple lui-même. La lumière puissante des premiers jours du printemps tombe à travers les hautes fenêtres étroites. Le temple est installé dans un immeuble dessiné par Ralph Erskine[1]*, un bâtiment en béton brun que les habitants de Kiruna ont baptisé la tabatière. Et en conséquence, l'Église libre qui s'y réunit est connue sous le nom de « la chique de Dieu ». Rebecka préférait ce lieu quand il était encore sobre et spartiate. Il lui faisait penser à un couvent avec ses murs bruts, ses sols en béton et ses bancs en bois inconfortables. Mais Thomas Söderberg a fait déposer la chaire en dur et à la place, il a fait mettre une chaire mobile, en bois. Il en a profité pour faire poser du plancher partout, arguant que c'est moins déprimant. Désormais, l'Église de la Mission intérieure ressemble à toutes les autres Églises libres du pays.*

1. Éminent architecte anglais (1914-2005), mort à Drottningeholm, en Suède. Socialiste convaincu, il fut très influencé par le fonctionnalisme suédois.

Thomas lève les yeux vers la grande tache d'humidité au plafond. Elle réapparaît tous les ans au printemps, quand la neige commence à fondre sur le toit.

C'est à sa façon de se taire et d'éviter son regard que Rebecka comprend. Thomas Söderberg en veut à Sanna de le tenter de la sorte. Il fait partie des hommes qui rêvent de mettre leur main dans sa culotte et…

La colère éclot dans sa poitrine, telle une rose incandescente.

Maudite soit cette fille, peste Rebecka intérieurement. Sale petite allumeuse.

Elle sait qu'il n'est pas facile d'être pasteur. La tentation guette Thomas d'innombrables manières. Le diable adorerait le voir tomber. Et le sexe est son point faible. Il en a parlé ouvertement aux jeunes du groupe d'étude biblique.

Elle se souvient lui avoir un jour entendu raconter qu'il avait reçu la visite de deux anges sous l'apparence de deux créatures de sexe féminin. Il avait été irrésistiblement attiré par l'une d'elles et elle s'en était aperçue.

« C'est la pire chose qui puisse arriver, avait dit l'ange déguisé en femme, je deviendrai aussitôt l'inverse de ce que je suis. D'ange de lumière, je deviendrai ange de la nuit. »

Sanna frappa discrètement à la porte de la salle d'eau.

« Rebecka, appela-t-elle. Je vais aller dire à Curt de monter, mais je préférerais que tu sortes de la salle de bains. Je ne veux pas être seule avec lui et puis les filles dorment encore, alors… »

Quand Rebecka revint, Curt Bäckström buvait son café à la table de la cuisine, le mug serré entre ses deux mains. Il le soulevait doucement de la table en penchant la tête afin de ne pas avoir trop de trajet à faire pour y tremper les lèvres. Il avait gardé ses bottes aux pieds et s'était contenté de baisser le haut de sa combinaison qui pendait autour de sa taille. Il surveilla l'arrivée de Rebecka du coin de l'œil et la salua sans la regarder dans les yeux.

Je me demande où elle voit une ressemblance avec Elvis, songea Rebecka. Évidemment, il a deux yeux et un nez au milieu de la figure. Ah, peut-être les cheveux. Et son air affligé.

Curt avait des cheveux noirs et ondulés. Sa grosse chapka en peau était enfoncée sur sa tête et collée à son front. Les coins de ses yeux tombaient légèrement.

« Waouh ! s'écria Sanna en la voyant. Tu es magnifique. C'est incroyable ! On dirait que tu as attrapé un truc au hasard dans le placard. C'est un simple jean avec un pull-over, mais on voit tout de suite que ce sont des vêtements de luxe. Oh, pardon ! dit-elle ensuite en mettant la main devant sa bouche pour cacher un sourire gêné. Tu m'avais demandé de ne plus faire de commentaires sur ton apparence.

— Bon, ben, comme je te disais, je venais juste pour voir comment tu allais », dit Curt à Sanna.

Il repoussa son mug de quelques centimètres pour montrer qu'il était sur le départ.

« Je vais bien, merci, répondit Sanna. Enfin, à peu près. Heureusement que Rebecka est là pour me soutenir. Si elle n'était pas venue avec moi voir les flics, je ne crois pas que j'aurais eu le courage d'y aller. »

Sa main se posa sur le bras de Rebecka en une caresse de gratitude.

Rebecka vit le visage de Curt se crisper. Brusquement, il recula sa chaise et se leva.

C'est bien, Sanna, songea Rebecka. Fais-lui bien remarquer comme je suis bien habillée. Et quel extraordinaire soutien j'ai été pour toi. Et surtout, touche-moi pour qu'il comprenne à quel point nous sommes proches. Comme ça, tu fais d'une pierre deux coups. Tu le repousses et c'est à moi qu'il en veut. Comme si j'étais le fou qu'on place devant une reine menacée sur un échiquier. Mais je ne suis pas ton foutu bouclier, Sanna. Le fou rend son tablier.

Rebecka posa sa main sur l'épaule de Curt.

« S'il te plaît, rassieds-toi, Curt. Tiens compagnie à Sanna. Elle va vous sortir du pain, du jambon et du fromage pour le petit déjeuner. Il faut que j'aille dans la voiture chercher mon téléphone et mon ordinateur. Je vais aller m'asseoir en bas pour passer quelques coups de fil et envoyer quelques mails. »

Sanna la regarda sortir de la pièce avec une expression indéfinissable. Rebecka enfila les bottines restées dans le vestibule. Elles étaient humides, mais ce n'était pas très grave puisqu'elle allait juste faire un tour dans la voiture. Curt et Sanna avaient repris leur conversation à voix basse dans la cuisine.

« Tu as l'air fatigué, dit Sanna.

— J'ai passé une partie de la nuit à prier, répondit Curt. Nous avons organisé un roulement au temple, pour qu'il y ait constamment quelqu'un là-bas. Tu devrais y aller. Tu n'as qu'à t'inscrire pour une demi-heure. Thomas Söderberg a demandé où tu étais.

— Tu ne lui as pas dit, j'espère ?

— Non, bien sûr que non. Mais je trouve que tu as tort de t'éloigner de la communauté en ce moment, alors que c'est exactement l'inverse que tu devrais faire dans cette situation. Et puis, qu'est-ce que tu es venue faire ici ? Tu ne serais pas mieux chez toi ? »

Sanna poussa un long soupir.

« Je ne sais plus à qui je peux faire confiance, en ce moment. Il faut que tu me promettes de ne dire à personne où je suis.

— Je ne dirai rien. Et tu sais que s'il y a une personne sur qui tu peux compter, c'est moi. »

Rebecka revint sur le pas de la porte au moment où Curt prenait les mains de Sanna dans les siennes.

« Mes clés, dit Rebecka. Je ne trouve ni les clés de la voiture, ni celles de la maison. J'ai dû les perdre en jouant avec Tjapp. »

Rebecka, Sanna et Curt entreprirent de chercher le trousseau de clés à la lumière des lampes de poche. Le jour n'était pas levé et les faisceaux des torches dansaient dans la cour, sur les congères et dans les traces laissées dans la neige par Rebecka et Tjapp.

« C'est sans espoir, soupira Sanna en creusant au hasard à l'endroit où elle était. Les clés, ça s'enfonce énormément quand la neige n'est pas tassée. »

Tjapp se plaça à côté de Rebecka et se mit à creuser comme une folle. Elle finit par trouver un bâton et partit ventre à terre, son bout de bois entre les dents.

« Quant à elle, ce n'est pas la peine de compter sur son aide, dit Sanna en suivant des yeux la chienne qui au bout de quelques mètres avait été engloutie par l'obscurité. Sans compter qu'elle a pu les ramasser et les lâcher un peu plus loin en trouvant autre chose de plus intéressant.

— Vous feriez aussi bien de retourner à l'intérieur tous les deux, dit Rebecka à Curt en s'efforçant de cacher son irritation. Les filles risquent de se réveiller et je ne vais bientôt plus pouvoir faire la différence entre mes traces et les vôtres. »

Elle avait les pieds mouillés et complètement glacés.

« Non, je n'ai pas envie de rentrer, s'insurgea Sanna. Je veux t'aider à chercher tes clés. Je suis sûre qu'on va les retrouver. Elles sont forcément quelque part. »

Curt était le seul à être de bonne humeur. L'exercice et l'air froid l'avaient sorti de sa torpeur et l'obscurité semblait lui faire oublier sa timidité.

« C'était incroyable, cette nuit ! dit-il à Sanna avec enthousiasme. Dieu n'a pas cessé de me rappeler Sa puissance. J'ai eu un sentiment de plénitude extraordinaire. Il faut que tu y ailles. J'ai senti Sa force m'envahir pendant que je priais. Je parlais en langues de manière complètement fluide. Je dansais en esprit. Parfois, je m'asseyais et je me mettais à lire les passages de la Bible que Dieu voulait me faire lire. Et c'était chaque fois des promesses pour l'avenir. Il m'a inondé de promesses.

— Vous devriez prier pour que je retrouve mes clés, grommela Rebecka.

— On aurait dit qu'Il me marquait les yeux au rayon laser avec certaines paroles bibliques, poursuivit Curt, imperturbable. Pour qu'ensuite je puisse les transmettre. Ésaïe 43, 19 : "Je vais réaliser une chose nouvelle qui est prête à éclore, ne la reconnaîtrez-vous pas ? J'ouvrirai un chemin à travers le désert et je ferai jaillir des fleuves dans la steppe[1]."

— Tu n'as qu'à prier toi-même puisque ce sont tes clés », dit Sanna à Rebecka.

1. Sauf indication contraire, les citations bibliques sont données dans la traduction de la Bible du Semeur (dir. Alfred Kue, 1992).

Rebecka rit d'un rire qui ressemblait plutôt à un renâclement.

« Ésaïe 48, 6, continua de prêcher Curt. “Tu as bien entendu, regarde de tes yeux : Tout s'est réalisé. N'allez-vous pas l'annoncer, vous aussi ? Maintenant, je t'annonce des choses nouvelles, cachées, que tu ne connais pas.” »

Sanna se redressa et dirigea le faisceau de sa lampe torche droit dans les yeux de Rebecka.

« Tu as entendu ce que je t'ai dit ? demanda-t-elle avec le plus grand sérieux. Pourquoi ne pries-tu pas toi-même pour retrouver tes clés ? »

Rebecka leva la main pour se protéger de la lumière qui l'éblouissait.

« Arrête avec ça ! aboya-t-elle.

— Je crois que Dieu a voulu me montrer tous les passages du Nouveau Testament qui conseillent de ne pas mettre du vin nouveau dans de vieilles outres, expliqua Curt à Tjapp, qui, debout à ses pieds, semblait être la seule à écouter ce qu'il disait. Parce qu'elles risquent d'éclater. Et aussi tous ceux où il dit qu'il ne faut pas coudre une pièce d'étoffe neuve sur un vieux vêtement parce que le morceau ajouté tire sur le vêtement et le déchire davantage.

— Si tu veux qu'on prie pour trouver tes clés, on va le faire, dit Sanna en maintenant le faisceau dirigé sur la figure de Rebecka. Mais tu dois cesser de croire que Dieu préférera écouter nos prières, à Curt et à moi, que les tiennes. Je ne te laisserai pas fouler aux pieds le sang du Christ.

— Je t'ai dit d'arrêter avec ça », répéta Rebecka, furibonde, en dirigeant à son tour sa torche vers le visage de Sanna.

Curt se tut et il les regarda toutes les deux.

« Curt, dit Rebecka sans détourner les yeux du faisceau aveuglant de la lampe de Sanna, est-ce que tu crois, toi, que Dieu entend les prières de tous les hommes de la même façon ?

— Oui, je pense qu'il n'y a rien à redire sur Ses capacités auditives, mais, parfois, certaines choses viennent s'opposer à ce que Sa volonté soit faite et dans ces cas-là, on peut avoir l'impression qu'Il entend mal.

— Tu veux dire par exemple que si quelqu'un ne vit pas exactement selon Ses préceptes, Il n'aidera pas cette personne de la même manière ?

— C'est ça.

— Cela voudrait dire qu'on met les œuvres au-dessus de la foi, alors ! Et qu'il n'y a pas de place en ce monde pour la miséricorde ! Et à votre avis, Dieu, qu'est-ce qu'Il en pense de cette règle qui dit qu'on doit "prier et lire la Bible une heure par jour pour une foi véritable" ? Pour ma part, je lis la Bible et je prie quand j'ai besoin de Lui. Et je suis sûre qu'Il m'aime quand même ! Pourquoi en serait-il autrement ? Il paraît aussi qu'il faut vivre selon Sa volonté. Eh bien, moi, je pense que vivre en respectant la volonté de Dieu, c'est tout le but de l'existence et pas seulement un moyen de décrocher le jackpot à la machine à vœux. »

Curt ne fit pas de commentaires.

« Excuse-moi, Sanna, dit finalement Rebecka en abaissant sa torche la première. Je n'avais pas l'intention de déclencher une discussion sur la foi chrétienne. Surtout pas avec toi.

— Parce que tu sais que je gagne toujours », rétorqua Sanna avec un sourire dans la voix, baissant elle aussi sa lampe.

Puis elles restèrent sans rien dire, les yeux fixés sur le halo de leurs torches dans la neige.

« Cette histoire de clés me met tellement en colère, dit Rebecka au bout d'un moment. Saleté de chienne ! Tout est ta faute. »

Tjapp aboya pour marquer son accord.

« Mais non, ne l'écoute pas, dit Sanna en mettant ses bras autour du cou de Tjapp. Tu n'es pas du tout une saleté de chienne. Tu es la plus jolie et la plus merveilleuse chienne du monde entier. Et je t'aime énormément. »

Elle la serra dans ses bras et, pour répondre à son élan de tendresse, Tjapp essaya de lécher Sanna au coin des lèvres.

Curt les regardait avec envie.

« C'est une voiture de location, n'est-ce pas ? demanda-t-il. Si tu veux, je peux aller en ville récupérer une clé de rechange. »

Il s'adressait à Sanna, mais c'était comme si elle ne l'entendait plus. Elle était complètement absorbée par Tjapp.

« J'apprécierais beaucoup », répondit Rebecka, sachant qu'elle était la première intéressée.

Comme si tu en avais quelque chose à faire de ce que j'apprécie ou pas, songeait-elle en regardant les épaules basses du jeune homme qui contemplait patiemment le dos de Sanna en attendant qu'elle daigne lui accorder son attention.

Sivving Fjällborg, pensa-t-elle ensuite. Il a un double de la clé de la maison. Enfin, il en avait un. Il faut que j'aille le voir.

À sept heures et quart, Rebecka entra chez Sivving Fjällborg sans sonner, comme elle l'avait toujours fait du temps de sa grand-mère. Toutes ses fenêtres étaient sombres et elle en avait déduit qu'il devait encore dormir. Tant pis. Elle alluma la lumière dans le vestibule. Un petit paillasson était posé sur le linoléum brun du sol et elle s'essuya les pieds. Elle avait de la neige sur ses bottes également, mais elle aurait beau faire, elle était déjà trempée jusqu'aux os. Face à elle commençait l'escalier conduisant au premier étage et sous cet escalier, la porte vert foncé donnant sur la chaufferie. Étrangement, la porte qui donnait également sur cette entrée était fermée à clé. Elle appela en levant la tête vers le premier étage, plongé dans l'obscurité.

« Il y a quelqu'un ? »

Un aboiement sourd résonna dans la cave, suivi par la voix puissante de Sivving.

« Tais-toi, Bella ! Assis ! Une seconde, j'arrive ! »

Un bruit de pas résonna sur les marches venant du sous-sol, puis la porte s'ouvrit et Sivving apparut. Ses cheveux étaient devenus entièrement blancs et s'étaient quelque peu raréfiés sur le haut du crâne, mais, à part ça, il n'avait pas du tout changé. Ses sourcils étaient toujours levés très haut sur son front, comme s'il s'attendait constamment à avoir une surprise ou à recevoir une bonne nouvelle. Il portait un pantalon de treillis et une chemise en flanelle à carreaux rouges et blancs qu'il parvenait tout juste à fermer sur un ventre proéminent. Le cuir de la ceinture marron qui retenait son pantalon était patiné par les années.

« Mais qui vois-je là ? Est-ce que ce ne serait pas ma petite Rebecka ? s'exclama-t-il, le visage fendu par un large sourire. Bella, viens ! » lança-t-il par-dessus son épaule.

Une seconde plus tard, une chienne Drahthaar déboula en haut de l'escalier.

« Salut, dit Rebecka en riant de plaisir. C'est toi qui as une si grosse voix ?

— Elle aboie comme un mâle, confirma Sivving. Mais ça fait fuir les démarcheurs à domicile, alors je ne vais pas m'en plaindre. Entre ! »

Il ouvrit la porte de la cuisine et alluma la lumière. Elle était d'une propreté impeccable et sentait un peu le renfermé.

« Assieds-toi », dit Sivving en désignant la banquette à dossier.

Rebecka lui exposa la raison de sa visite et, tandis que Sivving partait chercher le double des clés, elle regarda autour d'elle dans la pièce. Le tapis à rayures vertes et blanches était posé bien droit sur le parquet en pin. Il n'y avait pas de toile cirée sur la table mais une nappe en lin bien repassée et, au milieu, un petit vase en cuivre martelé contenant un bouquet de fleurs séchées, jaune et blanc. La pièce ouvrait sur trois côtés et, par la fenêtre qui se trouvait derrière elle, on pouvait voir la maison de sa grand-mère. À condition qu'il fasse jour, évidemment. Pour l'instant, on n'y voyait que le reflet du luminaire en pin suspendu au plafond.

Après lui avoir donné la clé, Sivving alla s'asseoir en face de Rebecka. Assis tout au bord d'une chaise rouge capitonnée, son vieil ami ne semblait pas très à l'aise dans sa propre cuisine. Bella tournait en rond comme une âme en peine et elle ne semblait pas réussir à se calmer.

« Ça fait un bail, plaisanta Sivving en observant Rebecka avec attention. J'allais prendre un café. Tu en veux un ?

— Avec plaisir », dit Rebecka en se faisant un rapide programme dans sa tête.

Sa valise serait prête en cinq minutes. Ensuite, il lui faudrait moins d'une demi-heure pour ranger la maison. Si Curt revenait à temps avec la clé de la voiture, elle devait pouvoir attraper l'avion de dix heures et demie.

« Viens avec moi », dit Sivving en se levant.

Il sortit de la cuisine et repartit vers la cave, Bella sur ses talons. Rebecka les suivit.

Une atmosphère nettement plus chaleureuse régnait dans la chaufferie. Un lit était appuyé contre un mur et Bella alla aussitôt se coucher sur sa couverture, posée à côté. Ses gamelles d'eau et de nourriture scintillaient de propreté. Il y avait une petite commode devant le cumulus d'eau chaude et une plaque de cuisson électrique sur une table à rabat.

« Tu n'as qu'à prendre ça », dit Sivving à Rebecka en désignant un petit tabouret.

Il prit une petite cafetière de forestier et deux mugs sur une étagère. L'odeur de café fraîchement moulu sortant de sa boîte se mélangea aux odeurs de chien, de cave et de lessive. Sur un fil à linge pendaient deux caleçons longs, deux chemises en flanelle et un t-shirt portant une marque de transporteur.

« Désolé, dit Sivving avec un petit signe de tête vers les caleçons. Je ne m'attendais pas à avoir du monde.

— Je ne comprends pas, dit Rebecka, surprise. Tu dors ici ?

— Eh oui, comme tu vois, répliqua Sivving en se frottant les poils de barbe d'une main et en mesurant soigneusement de l'autre la dose de café qu'il versait dans la cafetière. Tu sais que Maj-Lis est décédée il y a deux ans ? »

Rebecka marmonna quelques mots de condoléances.

« Elle avait un cancer de l'estomac. Ils ont ouvert, mais il n'y avait plus rien d'autre à faire que de refermer et d'attendre. Ensuite, la maison est devenue beaucoup trop grande pour moi. Qu'est-ce que tu voulais que je fasse ? Les gosses ne vivaient plus là depuis longtemps et quand Maj-Lis… Bref, j'ai commencé par ne plus utiliser le premier étage. La cuisine et la petite chambre du rez-de-chaussée étaient largement suffisantes pour moi tout seul. Au bout d'un moment, je me suis rendu compte que Bella et moi ne nous servions que de la cuisine. Alors, j'ai mis la télé dans la cuisine et dormi dans l'alcôve. Et j'ai arrêté de me servir de la petite chambre.

— Et pour finir, tu t'es installé au sous-sol.

— Ça me fait moins de ménage. J'avais déjà la machine à laver et la douche en bas. J'ai juste eu à m'acheter ce petit réfrigérateur. Il est bien assez grand pour moi. »

Il montra un petit frigo coincé dans l'angle de la chaufferie, sur lequel il avait posé un égouttoir à vaisselle.

« Et que disent Lena et… »

Rebecka chercha dans sa mémoire le nom du fils de Sivving.

« … Mats.

— Pardon, son nom m'était complètement sorti de la tête.

— Le café est prêt. Lena râle et fait des histoires. Elle croit que son vieux père est devenu fou. Quand elle vient me voir avec les enfants, ils cavalent dans toute la maison. Mais ça ne me dérange pas, au contraire. S'ils ne venaient pas de temps en temps, je ferais aussi bien de vendre. Lena habite à Gällivare, maintenant, et elle a trois garçons. Eux aussi ont grandi et ils vivent de leur côté, à présent. Par contre, ils adorent la pêche et ils viennent souvent taquiner le poisson avec moi, au printemps. Lait ? Sucre ?

— Noir, merci.

— Mats est divorcé, mais il a deux enfants. Robin et Julia. Ils viennent pour les fêtes et ce genre de choses. Et toi, Rebecka, où en es-tu ? Tu as un mari ? Des enfants ? »

Rebecka plongea le nez dans le café trop chaud. Il fit du bien à ses pieds glacés.

« Non, ni l'un, ni l'autre.

— J'imagine que personne n'ose t'approcher.

— Pourquoi tu dis ça ? demanda Rebecka en riant.

— Ton caractère, ma fille, répliqua Sivving en se levant pour prendre un sachet de biscuits à la cannelle sur l'étagère. Tu as toujours eu la tête un peu près du bonnet. Tiens, prends un gâteau. Je me rappelle encore le jour où tu as mis le feu dans le fossé. Tu étais haute comme trois pommes, à l'époque. Quand nous sommes arrivés en courant, ta grand-mère et moi, tu nous as stoppés en levant la main comme un agent de police. Tu as crié : “N’approchez pas”, d’une voix autoritaire, et nom de Dieu ce que tu as pu être en rogne quand nous avons éteint le feu. Tu avais décidé de faire griller du poisson. » Sivving rit tellement à ce souvenir qu’il dut essuyer une larme. « Ou la fois où tu as jeté une pierre à la tête d’Éric parce que les garçons ne voulaient pas te laisser monter sur leur radeau, continua Sivving en se tapant sur le ventre de rire.

— Il y a prescription pour la totalité de ces délits, argua Rebecka, amusée, en donnant un morceau de son gâteau à Bella. C’est toi qui t’es occupé de la ferme ?

— Oui. Je trouve qu’Inga-Lill et Affe ont mieux à faire quand ils viennent. Et j’ai besoin de faire de l’exercice. »

Il tapota son ventre proéminent.

« Vous êtes là ? » cria Sanna du haut de l’escalier.

Bella se leva et se mit à aboyer.

« On est en bas ! répondit Rebecka.

— Salut ! dit Sanna en descendant. Tout va bien, ne t’inquiète pas. J’aime les chiens », dit-elle à Sivving qui retenait Bella par son collier.

Elle s’accroupit devant la chienne et la laissa se familiariser avec son visage. Sivving avait l’air grave tout à coup.

« Sanna Strandgård, dit-il. J’ai appris par le journal ce qui était arrivé à ton frère. Ça m’a secoué. Je suis désolé.

— Merci, dit Sanna qui faillit tomber sous les assauts d’amitié de la chienne. Je venais te dire que Curt a appelé, Rebecka. Il arrive avec la clé. »

Sivving se leva.

« Café ? »

Sanna acquiesça et lui prit des mains le mug en céramique épaisse au bord orné d'une guirlande de fleurs jaunes et brunes. Il tendit vers elle le sachet de biscuits et l'incita à les tremper.

« Ils sont délicieux, dit Rebecka, c'est toi qui les as faits ? »

Sivving grogna, légèrement embarrassé. Rebecka aurait juré qu'il avait rougi.

« Non, c'est Mary Kuoppa. Elle ne supporte pas l'idée qu'il puisse y avoir un frigo dans le village qui ne soit pas rempli de bons biscuits pour le café. »

Sa façon de prononcer le prénom Mary fit rire Rebecka. Il le prononçait avec un *a* ouvert et un *y* suédois, c'est-à-dire un *u*. Ça donnait Maru.

« Elle doit s'appeler Mary à l'anglaise, non ? demanda Sanna en riant elle aussi.

— À l'époque, notre instituteur, qui était très fier de parler une langue étrangère, faisait la même erreur que vous, raconta Sivving en époussetant quelques miettes sur la nappe que Bella s'empressa de venir lécher sous la table. Mais quand il disait : "*Mèèèri*", Maru se contentait de regarder dehors sans se retourner en faisant comme si elle ne comprenait pas que c'était à elle qu'il s'adressait. »

Cette fois, il avait prononcé le prénom en bêlant et Rebecka et Sanna pouffèrent de rire comme des collégiennes. Toutes les tensions qu'il y avait eu entre elles avaient fondu comme neige au soleil.

Je l'aime bien, malgré tout, songea Rebecka.

« Il n'y avait pas aussi quelqu'un dans le village qui s'appelait Slark en hommage à l'idole de ses parents, Slark Gabble, le personnage de bande dessinée ? demanda-t-elle.

— Tu dois confondre avec un autre village. Il n'y a jamais eu de Slark ici. En revanche, ta grand-mère avait une amie dans sa jeunesse qui n'a pas eu de chance. Elle était tellement petite à la naissance que ses parents ont eu peur qu'elle ne survive pas, alors, ils ont demandé à l'instituteur de la baptiser en urgence. L'instituteur en question s'appelait Fredrik quelque chose. Finalement, la gosse a survécu et les parents ont voulu qu'elle soit baptisée à nouveau par un vrai pasteur. Mais ce pasteur ne parlait que le suédois et les pauvres parents ne comprenaient que le finnois tornédalien[1]. Le pasteur a pris l'enfant dans ses bras et il a demandé aux parents comment ils voulaient l'appeler. Eux ont cru qu'il leur demandait qui avait procédé à ce baptême en urgence, alors ils ont répondu : "*Feki se kasti*", c'est-à-dire "Fredrik l'a baptisée". Très bien, a dit le pasteur en écrivant Fekisekasti dans le registre de l'Église. Et vous savez le respect qu'on avait pour les pasteurs en ce temps-là ! Les parents n'ont rien osé dire et la pauvre fille a dû garder le prénom de Fekisekasti toute son existence. »

Rebecka regarda sa montre. Curt était sûrement revenu, à présent. Elle savait qu'elle était très en retard mais se dit qu'elle allait quand même essayer d'attraper cet avion.

« Merci pour le café, dit-elle en se levant.

1. Dialecte.

— Tu t'en vas déjà ? demanda Sivving. C'était court comme visite.

— Oui. Je suis arrivée hier et je repars aujourd'hui, dit Rebecka en haussant les épaules, comme pour s'excuser.

— Tu sais ce que c'est, dit Sanna à Sivving. Elle est devenue une de ces carriéristes qui passent leur temps à courir. »

Rebecka enfila ses gants avec des gestes brusques.

« En même temps, ce n'était pas vraiment un voyage d'agrément. J'accrocherai la clé là où on la mettait d'habitude, d'accord ? poursuivit-elle, s'adressant à Sivving.

— Il faut que tu reviennes au début du printemps, lui dit-il. Tu pourrais aller faire un tour dans la vieille cabane de Jiekajärvi. Tu te souviens du temps où nous y allions ensemble ? Ton grand-père et moi prenions le scooter. Toi, ta grand-mère, Maj-Lis et les enfants faisiez tout le chemin à skis.

— Ça me plairait bien », dit Rebecka, se rendant compte en le disant qu'elle le pensait réellement.

La cabane, songea-t-elle. Le seul endroit où sa grand-mère acceptait de ne rien faire. Une fois que les baies ramassées dans la journée avaient été nettoyées. Ou que la perdrix des neiges tuée avait été plumée et vidée.

Rebecka revit sa grand-mère lisant une nouvelle dans son magazine *Hemmets Journal* pendant qu'elle jouait au jeu de Uno ou au Ludo avec son grand-père. Il faisait tellement humide dans la maison quand elle était vide, que le jeu de cartes avait doublé d'épaisseur et que le plateau en carton du jeu de Ludo était si gondolé que les pions ne tenaient plus debout. Mais ça n'avait aucune importance.

Le bonheur de s'endormir pendant que les adultes bavardaient à table juste à côté. Ou de sombrer dans le pays des rêves, bien au chaud près de la cheminée, en écoutant sa grand-mère faire la vaisselle dans la grande bassine rouge en plastique.

« J'ai été très content de te revoir, même si c'était bref, dit Sivving, l'arrachant à ses pensées. N'est-ce pas, Bella, que c'était amusant de la voir ? »

Rebecka raccompagna Sanna et les filles chez elle et alla se garer sur le parking devant le petit immeuble. À vrai dire, elle aurait préféré reprendre la route aussitôt après les avoir déposées. Leur dire au revoir sans sortir de la voiture lui paraissait une bonne solution. Dans un espace exigu, il était malcommode de s'embrasser, surtout avec une ceinture de sécurité. Et dans une voiture, on pouvait prendre congé sans se promettre de se revoir bientôt et sans éprouver le besoin de se dire qu'il ne faudrait pas laisser passer autant de temps avant la prochaine fois. On se contentait de petites phrases sans conséquence, comme : « N'oublie pas ton sac, pense à prendre ta valise dans le coffre » ou : « Tu es sûre de n'avoir rien oublié ? » Ensuite, quand le claquement de la portière avait coupé net toutes les phrases qu'on n'avait pas dites, on pouvait agiter la main et enfoncer la pédale d'accélérateur sans avoir un goût amer dans la bouche. On évitait de rester là à piétiner comme une idiote pendant que les pensées tournaient dans notre tête comme un essaim de moustiques tandis qu'on cherchait les mots adéquats. Non, pas de ça. Elle allait rester tranquillement dans la voiture. Et garder sa ceinture de sécurité attachée.

Mais Sanna bondit de la voiture sans dire un mot, Tjapp la suivit et Rebecka se sentit obligée de descendre elle aussi. Elle remonta le col de son manteau qui ne lui apporta aucune protection contre le froid qui s'insinuait sous l'étoffe et lui pinçait les lobes des oreilles comme si on y avait accroché deux pinces à linge. Elle leva les yeux vers l'appartement de Sanna. Elle habitait un petit immeuble avec un bardage en bois de couleur verte et un toit en tôle ondulée rouge. Personne n'avait pris la peine de déblayer la neige dans la cour depuis un moment. Les quelques voitures stationnées sur le parking avaient creusé de profonds sillons. Une vieille Dodge hibernait sous un épais manteau blanc. Pourvu que j'arrive à ressortir, se dit Rebecka. Le bâtiment appartenait à la LKAB, mais comme les appartements étaient loués à des gens qui ne travaillaient pas pour la compagnie minière, la société faisait des économies en ne dégageant pas la cour aussi souvent qu'elle l'aurait dû. Si on voulait prendre sa voiture le matin, il fallait pelleter la neige soi-même.

Sara et Lova étaient toujours assises sur la banquette arrière. Elles étaient absorbées par un jeu de mains compliqué dans lequel intervenaient aussi les coudes. Sara le maîtrisait à la perfection, mais Lova avait du mal à suivre et s'emmêlait dans les gestes. Alors, les deux sœurs éclataient de rire et reprenaient depuis le début.

Tjapp tournait dans la cour comme une tornade, s'arrêtant de temps en temps pour prendre les dernières nouvelles du quartier avec sa petite truffe noire. Faisant plusieurs fois le tour de deux véhicules inconnus ; déchiffrant avec un intérêt manifeste le haïku jaune d'or tracé sur le tapis immaculé par le chien du voisin ; suivant la trace rectiligne d'une souris qui avait disparu sous le perron où elle ne pouvait pas la suivre.

Sanna releva la tête et huma l'air.

« Ça sent la neige. Il va neiger. Beaucoup », dit-elle en se tournant vers Rebecka.

Elle ressemble tellement à Viktor, se dit cette dernière avec un pincement au cœur.

La peau bleutée tant elle était translucide, tendue sur les pommettes hautes. Celles de Sanna un peu plus rondes que celles de son frère. Comme des joues d'enfant.

Et sa façon de se tenir. Exactement comme Viktor. La tête légèrement penchée d'un côté ou de l'autre, comme si leur cou, trop frêle, peinait à soutenir son poids.

« Bon, il va falloir que j'y aille », dit Rebecka qui ne savait pas comment prendre congé.

Sanna ne répondit pas, elle s'était accroupie par terre et appelait la chienne.

« Ici, ma belle ! Allez, viens mon petit troll ! »

Tjapp rappliqua comme une fusée noire sur la neige.

On dirait une illustration dans un livre de contes, songea Rebecka. L'adorable chienne noire avec des flocons blancs dans sa fourrure. Sanna en créature surnaturelle de la forêt avec son long manteau et son bonnet gris en peau de mouton, enfoncé sur son opulente chevelure.

Il y avait quelque chose chez Sanna qui lui conférait cet exceptionnel talent qu'elle avait avec les animaux. D'une certaine manière, elle et Tjapp étaient pareilles. La pauvre chienne avait été maltraitée et négligée pendant des années, mais, aujourd'hui, il n'y avait plus trace chez elle de ses malheurs passés. Ils avaient glissé sur elle comme la pluie sur les plumes d'un canard et avaient été remplacés par la joie de tremper son museau dans la neige fraîche ou d'aboyer sur un écureuil effrayé, réfugié au sommet d'un sapin. Quant à Sanna, elle venait de retrouver son frère, découpé en morceaux dans un temple. Et elle jouait dans la neige, insouciante.

Je ne l'ai pas vue pleurer une seule fois, songea Rebecka. Rien ne l'atteint. Ni le malheur ni les gens. Pas même ses propres enfants. Mais ce n'est plus mon problème. Je n'ai pas de dette envers elle. Je vais m'en aller et plus jamais je ne penserai à elle, ni à ses enfants, ni à son frère, ni à cette mine qu'on appelle une ville.

Elle alla ouvrir la portière arrière de la voiture.

« Il va falloir que vous sortiez, maintenant, les filles. J'ai un avion à prendre.

« Salut ! » lança-t-elle alors qu'elles étaient déjà en haut des marches du perron et entraient dans l'immeuble.

Lova se retourna et agita la main. Sara fit celle qui n'avait rien entendu.

Elle refoula son sentiment d'abandon en voyant la doudoune rouge de Sara disparaître à l'intérieur. Une image de l'époque où elle habitait avec Sanna et Sara s'alluma dans un recoin sombre de sa mémoire. La petite Sara assise sur ses genoux, elle en train de lui lire les aventures de Petter et ses quatre chèvres[1]. Sa joue contre les cheveux soyeux de l'enfant. Le petit index de Sara posé sur l'image.

1. Livre pour enfants écrit et illustré par Einar Norelius (1953).

C'est comme ça, songea Rebecka. Moi, je me rappellerai toujours ces moments. Elle les a oubliés depuis longtemps.

Soudain, Sanna fut près d'elle. Jouer avec Tjapp avait fait éclore deux roses pâles sur ses joues bleues.

« Il faut que tu manges quelque chose avant de partir.

— Mon avion est dans une demi-heure… répondit Rebecka en secouant la tête.

— Il y a d'autres vols, insista Sanna. Je n'ai même pas eu le temps de te remercier d'être venue. Je ne sais pas ce que j'aurais fait si tu…

— Tout va bien, dit Rebecka avec un sourire. Il faut vraiment que j'y aille. »

Elle tendit la main à Sanna pour lui dire au revoir et son sourire resta figé sur son visage.

Le message était on ne peut plus clair, mais ce n'est qu'en retirant son gant que Rebecka s'en rendit compte. Sanna baissa les yeux et regarda sa main sans la prendre.

Merde, se dit Rebecka.

« Nous étions comme des sœurs, toi et moi, dit Sanna sans relever les yeux. Et maintenant j'ai perdu et mon frère et ma sœur. » Elle émit un rire amer qui ressemblait à un sanglot. « Le Seigneur donne et le Seigneur reprend. Loué soit le nom du Seigneur. »

Rebecka résista à l'impulsion soudaine de prendre Sanna dans ses bras pour la consoler.

Ne joue pas à ça avec moi, songea-t-elle, fâchée, en retirant sa main. Il y a des choses qui ne peuvent pas être réparées. Et surtout pas en trois minutes, alors qu'on est en train de se quitter dans une cour glaciale.

Elle avait de nouveau froid aux pieds. Le cuir de ses bottes de ville était beaucoup trop mince. Tout à l'heure, elle avait mal aux orteils. Maintenant, elle ne les sentait plus. Elle essaya de les remuer pour les réveiller.

« Je t'appelle quand j'arrive, dit-elle en montant dans la voiture.

— C'est ça », répliqua Sanna, indifférente, en se tournant vers Tjapp qui s'accroupissait dans la neige.

Ou dans un an, songea Rebecka en tournant la clé de contact.

En levant les yeux pour regarder dans le rétroviseur, elle aperçut Sara et Lova qui étaient revenues sur le pas de la porte.

Quelque chose dans leur regard lui donna l'impression que le sol tanguait sous les roues de l'Audi.

Mais non, tout va bien. Il n'y a aucun problème. Va-t'en, maintenant, dépêche-toi !

Mais son pied refusait de lâcher l'embrayage et d'appuyer sur la pédale d'accélérateur. Elle coupa le moteur et continua d'observer les deux petites filles sur le perron. Vit leurs yeux écarquillés et leurs lèvres qui remuaient et criaient à Sanna des mots que Rebecka n'entendait pas. Vit leurs index pointés vers le sommet de l'escalier. Vit leurs bras retomber et un individu sortir à son tour de l'immeuble.

Le policier en uniforme rejoignit Sanna dans la cour en quelques foulées. Rebecka n'entendit pas ce qu'il lui disait.

Elle consulta sa montre. Il était exclu d'attraper cet avion, à présent. Et elle ne pouvait pas partir maintenant. Elle poussa un long soupir et descendit de voiture.

S'approcha lentement de Sanna et du policier. Les filles étaient restées sur le perron, appuyées à la rambarde qui elle aussi était couverte d'une épaisse couche de neige.

Sara regarda Sanna et le policier tour à tour. Lova mangeait des morceaux de neige restés collés à ses moufles.

« Pourquoi une perquisition ? »

En entendant le timbre de la voix de Sanna, Tjapp leva la truffe vers sa maîtresse, inquiète.

« Vous ne pouvez pas entrer chez moi comme ça ? Si ? »

Le « si » s'adressait à Rebecka.

À ce moment, le substitut du procureur, Carl von Post, apparut à son tour sur le perron. Deux policiers en civil l'accompagnaient. Rebecka reconnut la petite femme au visage chevalin – comment s'appelait-elle déjà ? Ah oui, Mella – et le type à la moustache d'éléphant de mer. Elle pensait que ce style de moustache avait disparu depuis les années soixante-dix, on aurait dit qu'il s'était collé un écureuil mort sous le nez.

Carl von Post marcha droit sur Sanna. Il tenait à la main un sac en plastique, dont il tira un deuxième sachet, transparent celui-là et qui contenait un couteau d'environ vingt centimètres avec un manche d'un noir brillant et une lame légèrement courbe.

« Sanna Strandgård, dit-il, brandissant le couteau sous le nez de Sanna. Ce couteau vient d'être retrouvé à votre domicile. Le reconnaissez-vous ?

— Non, répondit Sanna. C'est un couteau de chasse et je ne chasse pas. »

Sara et Lova étaient venues auprès de leur mère. Lova tirait Sanna par la manche, essayant d'attirer son attention.

« Maman, pleurnichait-elle.

— Une seconde, ma puce », répondit Sanna, distraitement.

Sara se serra si fort contre sa mère qu'elle faillit la déséquilibrer. Sanna recula d'un petit pas. Du haut de ses onze ans, la petite fille suivait des yeux les gestes du procureur, cherchant à comprendre ce qui se passait entre ces grandes personnes à l'air si sérieux qui entouraient sa maman.

« Vous en êtes sûre ? insista von Post. Regardez-le bien », insista-t-il.

Le froid faisait crépiter le sac en plastique tandis qu'il lui montrait le couteau sous tous les angles, d'abord la lame, d'un côté, puis de l'autre et enfin le manche.

« Oui, j'en suis sûre, répondit Sanna en s'écartant du couteau qu'elle évita ensuite de regarder.

— On peut peut-être attendre un peu pour interroger Mlle Strandgård, suggéra Anna-Maria Mella à von Post avec un coup d'œil discret vers les deux enfants qui s'accrochaient à Sanna.

— Maman, maman, maman, répétait Lova en tirant sur la manche de Sanna. J'ai envie de faire pipi.

— J'ai froid, gémit Sara. Je veux rentrer. »

Tjapp tournait nerveusement entre les jambes de Sanna.

Une autre image dans le livre de contes. La créature des bois a été capturée par les villageois. Ils l'ont encerclée et la tiennent par les bras et par la queue.

« Vous rangez bien vos torchons et vos draps dans les tiroirs qui sont sous l'alcôve dans votre cuisine, n'est-ce pas ? Est-ce que vous avez aussi l'habitude d'y ranger des couteaux ?

— Patiente un peu, ma puce, dit Sanna à Sara qui tirait sur son manteau.

— J'ai envie de faire pipi, répéta Lova. Je vais faire dans ma culotte.

— Vous allez répondre, oui ou non ? » s'énervait von Post.

Anna-Maria Mella et Sven-Erik Stålnacke échangèrent un regard derrière le dos du magistrat.

« Non, dit enfin Sanna d'une voix tendue. Je ne range pas de couteaux dans le tiroir de l'alcôve.

— Et ceci ? poursuivit von Post, implacable, en sortant un deuxième sachet en plastique transparent du sac. Vous le reconnaissez ? »

Le sachet contenait une bible avec une reliure en cuir brun patiné. Elle avait jadis été dorée sur tranche, mais il ne restait pas grand-chose de la dorure à présent. Les pages du livre étaient souillées par d'innombrables manipulations. Toutes sortes de marque-pages y étaient glissés : cartes postales, cordons tressés, coupures de journaux.

Avec une longue plainte, Sanna s'assit dans la neige et elle resta sans bouger.

« Il y a écrit *Viktor Strandgård* à l'intérieur de la couverture, continua Carl von Post, impitoyable. Pouvez-vous me confirmer que c'est sa bible et m'expliquer pourquoi elle se trouvait dans le tiroir de votre alcôve ? Ne l'emportait-il pas partout avec lui ?

Et ne l'avait-il pas sur lui au temple, le dernier soir de sa vie ?

— Non, non, non », gémit Sanna, enfouissant son visage entre ses mains.

Lova essaya d'écarter les mains de sa mère pour voir ses yeux et, comme elle n'y parvenait pas, elle fondit en larmes.

« Maman, je veux rentrer à la maison, sanglotait-elle, inconsolable.

— Levez-vous, lui ordonna von Post, avec dureté. Vous êtes placée en garde à vue. Vous êtes soupçonnée d'avoir tué votre frère, Viktor Strandgård. »

Sara leva la tête vers le procureur et lui hurla sauvagement :

« Laissez-la tranquille !

— Vous ne pouvez pas emmener ces enfants ailleurs ? » dit von Post avec impatience à l'agent Tommy Rantakyrö.

Tommy avança d'un pas timide vers Sanna, mais, en un bond, Tjapp vint se placer devant sa maîtresse. Elle fit le dos rond, coucha les oreilles et montra ses deux canines pointues avec un grognement sourd. Tommy Rantakyrö recula.

« Bon, ça suffit maintenant, dit tout à coup Rebecka à Carl von Post. Je désire porter plainte », ajouta-t-elle, s'adressant cette fois à Anna-Maria Mella qui était en train d'inspecter les maisons alentour.

À toutes les fenêtres, cachés derrière leurs rideaux, les voisins suivaient la scène avec curiosité.

« Pardon ? » s'offusqua von Post. Il poussa un soupir excédé. « Si vous voulez. Vous pouvez même nous suivre au poste tout de suite. On en profitera pour vous interroger à la suite d'une accusation pour coups et blessures déposée contre vous par une reporter régionale de TV4. »

Anna-Maria posa la main sur le bras de von Post pour attirer son attention.

« Nous avons du public, dit-elle. Ce ne serait pas du meilleur effet, je pense, s'il prenait l'envie à quelqu'un d'appeler la presse et de nous accuser de brutalité policière et tout le tralala. Je peux me tromper, mais il me semble que le vieux monsieur qui habite cet appartement en haut à gauche est en train de nous filmer. » Elle leva le bras et désigna une fenêtre de l'immeuble. « Je suggère que Sven-Erik et moi retournions au poste, histoire de ne pas donner l'impression qu'il y a une véritable armée, ici. Nous pourrions nous occuper d'appeler la police scientifique. Je suppose que vous voulez relever les empreintes dans l'appartement ? »

Une expression de dégoût plissa la lèvre supérieure de von Post. Il tendit le cou pour essayer de voir à travers la fenêtre ce que lui montrait l'inspectrice, mais ne vit qu'une obscurité totale. Puis il réalisa avec un sentiment de malaise qu'il était peut-être en train de regarder tout droit dans l'objectif d'une caméra et détourna rapidement les yeux. La dernière chose dont il avait envie était de s'attirer les foudres des médias pour violence policière.

« Non, je veux parler moi-même à la police scientifique. Je vous charge d'embarquer Sanna Strandgård au poste et de mettre les scellés sur son appartement. » Puis, se retournant vers Sanna, avant de monter dans sa Volvo Cross-Country, il lui lança : « Je n'en ai pas fini avec vous ! »

Rebecka nota l'expression d'Anna-Maria Mella tandis qu'elle regardait s'éloigner la voiture de von Post.

Ça alors ! se dit-elle, étonnée. Face de jument a réussi à leurrer le substitut du procureur. Elle voulait se débarrasser de lui… Elle est sacrément maligne.

Le calme était revenu dans la cour. Les bras ballants, Tommy Rantakyrö attendait un signe d'Anna-Maria ou de Sven-Erik. Sara et Lova, à genoux dans la neige, embrassaient leur maman toujours assise par terre. Tjapp s'était couchée à côté d'elles et faisait claquer ses mâchoires en attrapant des flocons de neige. Rebecka se baissa pour la caresser et elle remua la queue comme pour dire que tout allait bien. Sven-Erik consulta Anna-Maria du regard.

« Tommy, dit-elle, rompant le silence. Est-ce que tu pourrais aller sécuriser l'appartement avec Olsson ? En particulier le robinet de la cuisine. Personne ne doit s'en servir avant l'arrivée des techniciens.

— Bonjour, dit doucement Sven-Erik à Sanna. Nous sommes absolument désolés de cet incident, mais la situation étant ce qu'elle est, vous allez être obligée de nous accompagner au poste.

— Est-ce que vous avez quelqu'un qui pourrait s'occuper des enfants ? lui demanda Anna-Maria.

— Non, répondit Sanna en levant la tête. Je voudrais parler à mon avocate, Rebecka Martinsson. »

Rebecka poussa un soupir.

« Je ne suis pas ton avocate, Sanna…

— Je veux te parler quand même. »

Sven-Erik Stålnacke regarda sa collègue d'un air indécis.

« Je ne sais pas si… commença-t-il.

— Oh, je vous en prie ! intervint Rebecka. Elle est en garde à vue. Pas mise en examen et écrouée. Elle a le droit de s'entretenir avec moi. Vous pouvez écouter notre conversation, si vous voulez. Nous n'allons rien nous dire qui doive rester secret. »

Lova chuchota à l'oreille de Sanna en pleurnichant.

« Qu'est-ce que tu dis, mon amour ?

— J'ai fait pipi dans ma culotte », répéta Lova en geignant.

Tous les regards se tournèrent vers la fillette. Effectivement, une tache sombre maculait le fond de son vieux jean.

« La petite a besoin d'un pantalon sec, fit remarquer Rebecka à Anna-Maria Mella.

— Écoutez, les filles, dit Anna-Maria, s'adressant à Lova et à Sara. Voici ce qu'on va faire. On va monter ensemble chercher un autre pantalon pour Lova et ensuite on reviendra auprès de votre maman. Elle n'ira nulle part tant que vous ne serez pas revenues. Je vous le promets.

— Allez, faites ce que la dame vous dit, mes courageuses petites fleurs d'églantier. Prenez des vêtements pour moi aussi. Et de la nourriture pour Tjapp.

— Je suis désolée, fit Anna-Maria à Sanna. On ne peut pas toucher à vos affaires. Et tout ce que vous avez sur vous va devoir partir au laboratoire à Linköping.

— D'accord, intervint Rebecka. Je te trouverai des affaires, Sanna, OK ? »

Les petites retournèrent dans l'immeuble en compagnie d'Anna-Maria. Sven-Erik, accroupi à quelques mètres de Sanna et de Rebecka, jouait avec Tjapp. Ils avaient l'air de bien s'entendre.

« Je ne peux pas t'aider, Sanna, dit Rebecka. Je suis avocate fiscaliste, je ne m'occupe pas d'affaires pénales. Mais si tu as besoin d'un avocat pour te défendre, je peux te trouver quelqu'un de bien.

— Mais tu ne comprends donc pas ? grommela Sanna. Il faut que ce soit toi. Si tu ne veux pas me représenter, je ne veux personne d'autre et je m'en remettrai à la grâce de Dieu.

— Arrête de dire des bêtises !

— Non, toi, arrête, s'énerva Sanna. J'ai besoin de toi, Rebecka. Et mes enfants ont besoin de toi. Je me fiche de ce que tu penses de moi, mais là, je te demande de m'aider. Qu'est-ce que tu veux que je fasse ? Que je me mette à genoux ? Que je te supplie au nom de notre amitié passée ? Il faut que ce soit toi.

— Pourquoi dis-tu que tes enfants ont besoin de moi ? »

Sanna s'accrocha des deux mains au revers du manteau de Rebecka.

« Papa et maman vont me les prendre, dit-elle, désespérée. Il ne faut pas que cela arrive. Tu comprends ? Je ne laisse même pas les filles passer cinq minutes avec eux. Et là, je ne pourrai pas les en empêcher. Mais toi, oui. S'il te plaît. Si tu ne le fais pas pour moi, fais-le pour Sara. »

Ses parents. Des images et des souvenirs se bousculent dans la mémoire de Rebecka, luttant pour se frayer un chemin jusqu'à la surface. Le papa de Sanna.

Un homme élégant. Propre sur lui. Des manières onctueuses qui lui valent une grande popularité dans la faune politique locale. Rebecka l'a même vu s'exprimer dans les médias nationaux, une fois ou deux. Aux prochaines élections parlementaires, il serait sans doute en bonne position d'éligibilité sur la liste du parti chrétien-démocrate. Mais elle sait que sous son air sympathique se cache un homme de pouvoir implacable. Le pasteur Thomas Söderberg le consultait avec respect et allégeance sur de nombreux sujets concernant la communauté. Rebecka se souvient aussi avec un certain malaise que Sanna lui avait raconté jadis que son père tuait systématiquement ses animaux de compagnie. Elle avait dit cela sans s'attarder sur le sujet, comme si l'incident concernait quelqu'un d'autre. Il le faisait toujours sans la prévenir. Chiens, chats, oiseaux. Elle n'avait même pas eu le droit de garder l'aquarium que lui avait donné son institutrice en primaire. Sa mère, une femme complètement soumise, justifiait les actes de son mari en expliquant à Sanna qu'il faisait cela parce qu'elle était allergique. D'autres fois, elle lui disait que c'était parce qu'elle avait mal travaillé à l'école. Mais la plupart du temps, il le faisait sans que personne lui donne la moindre explication. Et une loi tacite lui interdisait de poser des questions à haute voix. Les soirs où Sara ne voulait pas dormir, Rebecka se rappelle avoir entendu Sanna dire à sa fille : « Jamais je ne serai comme eux. Jamais je ne te laisserai toute seule dans le noir en fermant la porte à clé de l'extérieur. »

« Il faut que j'en parle à mon patron, dit Rebecka.

— Alors, tu restes ? dit Sanna, pleine d'espoir.

— Pour le moment », répondit Rebecka avec une boule dans la gorge.

Le visage de Sanna se détendit.

« C'est tout ce que je te demande, dit-elle. Il ne devrait pas y en avoir pour très longtemps, puisque je suis innocente. Tu ne crois pas que c'est moi qui l'ai tué, n'est-ce pas ? »

L'image de Sanna marchant dans la nuit sous la lumière des réverbères, un couteau ensanglanté à la main, s'imposa à l'esprit de Rebecka.

Mais pourquoi serait-elle retournée là-bas ensuite ? se dit-elle. Pourquoi aurait-elle emmené Lova et Sara au temple pour le « retrouver » ?

« Bien sûr que non », répondit-elle.

Numéro d'affaire, nombre d'heures. Numéro d'affaire, nombre d'heures. Numéro d'affaire, nombre d'heures.

Dans son bureau au cabinet Meijer & Ditzinger, Maria Taube faisait le compte de ses heures de travail. Un résultat plutôt satisfaisant, constata-t-elle en regardant le chiffre en bas de la colonne. Quarante-deux heures. Elle savait pertinemment qu'il en fallait plus pour contenter Måns, mais au moins, il ne serait pas mécontent. Elle avait travaillé plus de soixante-dix heures la semaine précédente pour arriver à ce nombre d'heures facturées. Elle ferma les yeux un instant et appuya la tête contre le dossier du fauteuil. La ceinture de sa jupe lui serrait le ventre.

Il faut que je refasse du sport, se dit-elle. Je m'empâte à rester assise derrière ce bureau à grignoter des saletés en guise de consolation. Nous sommes mardi matin. Mardi, mercredi, jeudi et vendredi. Encore quatre jours à tirer avant qu'on soit samedi. Samedi, je vais faire du sport. Et dormir. Et retirer cette foutue veste et me coucher tôt.

La pluie tambourinait contre la vitre avec sa musique soporifique. Mais alors que son corps allait se relâcher, que ses muscles commençaient à se détendre et son esprit à se reposer, le téléphone sonna. Elle eut littéralement l'impression d'être réveillée par un coup de pied dans la figure, se redressa brusquement et prit l'appel de Rebecka Martinsson.

« Salut, ma belle ! lança-t-elle de sa voix claire. Attends une seconde. » Elle fit rouler le fauteuil de bureau jusqu'à la porte du couloir et la ferma d'un coup de pied. « Enfin, tu donnes de tes nouvelles ! dit-elle en reprenant le téléphone. Je n'ai pas arrêté de t'appeler.

— Je sais, répondit Rebecka. J'ai vu que j'avais des centaines de messages, mais je t'avoue que je ne les ai pas écoutés. Mon téléphone était resté dans la voiture et les clés… enfin, bref… Je ne suis pas sûre d'avoir envie d'entendre un concert de reproches. J'imagine que Måns Wenngren doit être fou de rage ?

— Je ne vais pas te mentir, il n'est pas content. Les associés se sont réunis ce matin de bonne heure pour une assemblée générale extraordinaire à cause de ce qui est passé aux infos. Ils n'étaient pas ravis d'entendre TV4 parler en voix off d'avocats irascibles, sur des images du cabinet. Je ne te cache pas qu'il y a un peu d'effervescence ici, aujourd'hui. »

Rebecka posa son front sur le volant et inspira profondément. Elle avait une boule dans la gorge qui l'empêchait de parler. Tjapp, Sara et Lova jouaient dans la cour avec un tapis accroché sur un fil à linge pour y être battu. Elle espérait qu'il appartenait à Sanna et pas à un autre locataire de l'immeuble.

« OK, dit-elle au bout d'un moment. Est-ce que cela vaut la peine que j'essaye de parler à Måns ou bien est-ce qu'il attend simplement ma lettre de démission ?

— Mais non ! Bien sûr qu'il faut que tu lui parles. Si j'ai bien compris, la majorité des associés étaient plutôt d'avis de trouver un moyen de se débarrasser de toi, mais c'est une option que Måns n'avait pas envisagée une seconde. J'ai donc le plaisir de t'annoncer que tu as toujours un emploi.

— Récurer les toilettes et servir le café ?

— En string ! Non, sérieusement, Måns a vraiment pris ta défense. Mais j'imagine qu'il s'agit d'un malentendu. Tu n'as pas vraiment prétendu être l'avocate de la sœur du "pèlerin du paradis", si ? Tu l'accompagnais juste à titre amical, n'est-ce pas ?

— Oui, mais là, il vient de se passer un truc et… »

Rebecka frotta la vitre couverte de buée pour surveiller Sara et Lova qui discutaient à présent, assises sur un tas de neige. Tjapp avait disparu. Où la chienne était-elle allée se fourrer ?

« Il faut que je parle à Måns, dit-elle. Je n'ai pas beaucoup de temps. Tu peux me le passer, s'il te plaît ?

— OK, mais surtout, tu ne sais rien de cette réunion.

— Non, bien sûr que non. Mais toi, comment es-tu au courant ?

— Je l'ai su par Sonja. Elle y était. »

Sonja Berg était la secrétaire qui avait passé le plus d'années chez Meijer & Ditzinger. L'une de ses principales qualités était sa discrétion. C'était une tombe sur les affaires en cours. Nombreux étaient ceux qui avaient tenté de lui soutirer une information et tous s'étaient heurtés à un mélange de réticence, d'agacement et à ce talent si exceptionnel qui consiste à laisser croire qu'on ne comprend rien à ce que cherche à savoir son interlocuteur. Quand une réunion confidentielle devait avoir lieu, par exemple en cas de fusion/acquisition de sociétés, c'était toujours à elle qu'on demandait de prendre des notes et de rédiger le procès-verbal.

« Tu m'étonneras toujours ! dit Rebecka. Tu serais capable de presser un caillou et d'en faire couler de l'eau.

— Presser un caillou, c'est le b.a.-ba. Faire parler Sonja, c'est le niveau supérieur. Mais soit dit en passant, pour ce qui est d'accomplir l'impossible, tu n'es pas la dernière. Je serais curieuse de savoir ce que tu as fait à Måns. Tu as lobotomisé une poupée vaudoue, ou quoi ? Si j'avais tabassé à coups de pied une journaliste devant les caméras de télévision, je serais ligotée dans sa salle de torture en train de vivre les dernières douloureuses heures de mon existence. »

Rebecka ricana.

« J'ai bien peur que travailler pour lui désormais ne ressemble un peu à ça. Tu me le passes ?

— Pas de problème, mais je te préviens, ce n'est pas parce qu'il t'a défendue qu'il est de bonne humeur. »

Rebecka baissa la vitre de la voiture et appela les filles.

« Sara ! Lova ! Vous savez où est Tjapp ? Essayez de la retrouver et jouez à un endroit où je peux vous voir ! On va s'en aller bientôt. » Elle reprit sa conversation au téléphone. « Est-ce qu'il lui arrive d'être de bonne humeur ?

— Qui ça ? s'enquit la voix froide de Måns Wenngren.

— Ah, bonjour ! dit Rebecka, s'efforçant de se ressaisir. Euh, c'est Rebecka à l'appareil.

— Hum », fit-il simplement.

Elle entendait son énervement à sa façon de respirer, vite, et par le nez. Manifestement, il n'avait pas l'intention de lui rendre la tâche facile.

« Je voulais juste te dire que ce n'est pas moi qui leur ai dit que j'étais l'avocate de Sanna Strandgård. C'était un malentendu.

— Je vois, dit Måns, sèchement. C'est tout ?

— Non… »

Allez, songea Rebecka en rassemblant son courage. Fonce. Dis ce que tu as à dire et raccroche. De toute façon, rien de ce que tu diras ne pourra aggraver ton cas.

« La police a trouvé un couteau et la bible de Viktor Strandgård au domicile de Sanna Strandgård. Ils l'ont mise en garde à vue et elle est soupçonnée d'être l'auteure du meurtre de son frère. Ils viennent de l'emmener. Je suis devant chez elle où ils sont en train de mettre les scellés. Je dois aller conduire ses filles à l'école. » Le souffle agacé au bout du fil cessa et Rebecka s'autorisa une petite pause avant de poursuivre. « Elle veut que j'assure sa défense. Elle refuse que ce soit quelqu'un d'autre et je ne peux pas la laisser tomber. Je t'annonce donc que je reste ici jusqu'à nouvel ordre.

— Tu as un sacré culot, rugit Måns Wenngren. Tu fais les choses derrière mon dos, tu nous ridiculises devant les médias et tu acceptes un travail juridique pour ton propre compte ! Tu n'es pas sans savoir que c'est de la concurrence déloyale et un motif de licenciement ?

— Tu te trompes, Måns, je vais travailler pour le compte du cabinet ! rétorqua vivement Rebecka. La seule chose que je ne fais pas, c'est d'attendre ton aval. Je ne peux plus me rétracter, maintenant. Et je sais que je vais y arriver. Ça ne peut pas être si compliqué ! Je devrai assister à quelques interrogatoires, mais je doute qu'il y en ait tant que ça. Elle ne sait rien et ne se souvient de rien. Ils ont découvert l'arme du crime, en admettant que ce soit bien ce couteau, ainsi que la bible de Viktor dans son appartement. Elle se trouvait dans le temple à peu près au moment où le crime a eu lieu. Peter Althin[1] lui-même n'arriverait pas à la faire libérer lors de l'audience préliminaire et si elle devait être inculpée – ce qui m'étonnerait beaucoup –, j'espère que l'un de nos avocats pénalistes, Bengt-Olov Falk ou Göran Carlström, viendra me donner un coup de main à ce moment-là. L'affaire devrait faire couler beaucoup d'encre et cela ne ferait pas de mal à notre branche pénale d'avoir un peu de publicité. Je suis bien placée pour savoir que c'est notre branche commerciale et fiscale qui fait rentrer de l'argent dans les caisses. Rien de tel qu'un grand procès médiatique pour faire parler de Meijer & Ditzinger.

— Je te remercie, dit Måns, sarcastique. Je sais que je peux compter sur toi pour ce qui est de nous faire de la pub ! Enfin, Rebecka ! Pourquoi ne m'as-tu pas appelé immédiatement après avoir donné des coups de pied à cette journaliste ?

1. Avocat et homme politique suédois.

— Je ne lui ai pas donné de coups de pied, se défendit Rebecka. J'ai voulu l'écarter de mon passage et elle a trébuché…

— Je n'ai pas terminé, l'interrompit Måns froidement. Ce matin, j'ai gaspillé une heure et demie de mon temps précieux, dans une réunion à ton sujet et, si on m'avait écouté, je serais en train de te demander ta démission, mais tu as de la chance, il y avait parmi les associés des personnes plus indulgentes que moi. »

Rebecka ignora son mensonge et poursuivit.

« J'ai besoin d'un coup de main avec cette journaliste. Tu veux bien appeler la rédaction de TV4 et la convaincre de retirer sa plainte ? »

Måns éclata de rire.

« Tu me prends pour qui ? Don Corleone ? »

Rebecka essuya à nouveau la vitre.

« J'aurai essayé, rétorqua-t-elle. Bon, il faut que je te laisse. Je dois m'occuper des filles de Sanna et la plus jeune est en train de se déshabiller entièrement.

— Eh bien, laisse-la faire. Nous n'avons pas encore terminé, dit Måns, très agacé.

— Je te rappellerai plus tard, ou je t'enverrai un mail. Elles sont dehors et il fait un froid de gueux. Je n'ai pas envie d'avoir sur les bras une gamine de quatre ans avec une bronchite. Salut. »

Elle raccrocha avant qu'il ait eu le temps d'ajouter quelque chose.

Il ne m'a pas interdit de le faire, songea-t-elle, soulagée. Il ne s'est pas opposé à ce que je continue et je n'ai pas perdu mon boulot. Je me demande comment j'ai fait pour m'en tirer à aussi bon compte.

Puis, elle se rappela qu'elle devait s'occuper des enfants et bondit de la voiture.

« Qu'est-ce que vous êtes en train de faire ? » cria-t-elle.

Lova avait retiré son manteau, ses moufles et ses deux pull-overs. Elle était en larmes, plantée dans la neige avec son bonnet sur la tête et avec seulement un petit maillot de corps en coton sur elle. Tjapp la regardait d'un air inquiet.

« Sara dit que j'ai l'air d'une idiote avec le pull que tu m'as prêté, dit Lova en sanglotant. Elle m'a dit que tout le monde allait se moquer de moi à la maternelle.

— Rhabille-toi immédiatement », lui ordonna sèchement Rebecka.

Elle la saisit par le bras et lui remit ses pull-overs de force. La petite fille était inconsolable.

« Mais c'est vrai, insista Sara, impitoyable. Elle a l'air débile. Un jour, il y a une fille qui est arrivée à l'école avec un pull comme ça. Les garçons l'ont attrapée, ils lui ont plongé la tête dans les toilettes et ils ont tiré la chasse. Elle a failli se noyer.

— Je ne veux pas que les garçons me mettent la tête dans les toilettes ! hurla Lova.

— Montez dans la voiture, dit Rebecka, furieuse. Je vous emmène à l'école.

— Tu ne peux pas nous obliger, cria Sara. Tu n'es pas notre mère !

— On parie ? » railla Rebecka en prenant les deux filles à bras-le-corps et en les chargeant sur la banquette arrière.

Tjapp sauta dans la voiture également et elle se mit à tourner nerveusement sur le siège avant de trouver sa place.

« J'ai faim, pleurnicha Lova.

— Moi aussi ! brailla Sara. On n'a pas pris de petit déjeuner et c'est de la maltraitance. Donne-moi ton téléphone, je vais appeler mon grand-père. »

Elle prit le téléphone des mains de Rebecka.

« C'est hors de question ! répliqua Rebecka en lui reprenant brutalement le portable avant de bondir hors de la voiture et de rouvrir la portière à l'arrière. Sortez ! » ordonna-t-elle, traînant Sara et Lova dehors et les jetant dans la neige.

Les deux fillettes ne pipaient plus mot et elles la regardaient, complètement médusées.

« C'est vrai, dit Rebecka en s'efforçant de maîtriser sa voix. Je ne suis pas votre mère. Mais Sanna m'a demandé de prendre soin de vous et c'est comme ça, que cela nous plaise ou pas. Alors, je vous propose un marché. D'abord, on va aller à la cafétéria en face de l'arrêt d'autobus pour prendre un petit déjeuner. Vous pourrez manger tout ce que vous voudrez parce qu'on a toutes eu une matinée éprouvante. Ensuite, on ira acheter de nouveaux habits pour Lova et pour Sanna, aussi. Vous allez m'aider à choisir quelque chose de joli. Allez, montez dans la voiture, maintenant. »

Sara regardait le bout de ses après-skis sans rien dire. Après un instant de réflexion, elle haussa les épaules et retourna s'asseoir dans la voiture. Lova la suivit et sa grande sœur l'aida à attacher sa ceinture.

Tjapp lécha quelques larmes salées sur le visage de Lova.

Rebecka démarra la voiture et sortit en marche arrière de la cour.

Mon Dieu, pria-t-elle pour la première fois depuis des années. Mon Dieu, ne m'abandonnez pas.

Les maisons de briques rouges de Gasellvägen ressemblaient à des Lego bien rangés de part et d'autre de la rue. Buissons couverts de neige, congères et rideaux de cuisine masquaient la partie inférieure des fenêtres, protégeant les résidents des regards indiscrets.

Et cette famille-là doit en avoir particulièrement besoin, songea Anna-Maria Mella quand elle et Sven-Erik Stålnacke descendirent de voiture devant le numéro 35.

« On a presque l'impression de sentir les regards des voisins sur notre nuque, dit Sven-Erik, comme s'il avait lu dans ses pensées. Qu'est-ce que les parents de Sanna et de Viktor Strandgård vont avoir d'intéressant à raconter, à ton avis ?

— On verra bien. Hier, ils ne voulaient même pas nous rencontrer. Évidemment, maintenant qu'ils ont appris que leur fille avait été arrêtée, c'est eux qui nous ont appelés pour nous demander de venir. »

Ils tapèrent des pieds pour enlever la neige de leurs chaussures et sonnèrent à la porte.

Olof Strandgård vint leur ouvrir. Civil et courtois, il les pria d'entrer, leur serra la main, prit leurs manteaux et alla même les suspendre sur le portemanteau. L'homme avait passé la cinquantaine, mais il n'en avait pas l'embonpoint.

Je parie qu'il a une salle de sport au sous-sol avec un rameur et des haltères, songea Anna-Maria.

« Gardez-les, je vous en prie », s'écria Olof Strandgård en voyant Sven-Erik Stålnacke se baisser pour retirer ses chaussures.

Anna-Maria nota les pantoufles bien cirées que portait Olof Strandgård.

Le maître de maison les conduisit dans le salon. Un côté de la pièce était aménagé en salle à manger de style gustavien. Deux chandeliers en argent et un vase Ulrica Hydman Vallien[1] se reflétaient dans l'acajou sombre de la table. Un lustre en cristal plus contemporain pendait au plafond. L'autre côté de la salle de séjour était meublé d'un canapé d'angle moelleux en cuir beige et d'un fauteuil assorti, posés de part et d'autre d'une table basse avec un plateau en verre fumé et des pieds métalliques. Tout était parfaitement rangé et exempt du moindre grain de poussière.

Kristina Strandgård était affalée plus qu'elle n'était assise dans le fauteuil. Elle salua distraitement les deux policiers et ne se leva pas.

Elle avait la même chevelure blond pâle et abondante que ses enfants, mais les siens étaient coupés en un carré long suivant la ligne de la mâchoire.

Anna-Maria songea qu'elle avait dû être une jolie fille avant qu'une terrible lassitude plonge ses griffes en elle. Elle se fit également la réflexion que cet état semblait ancien et pas uniquement lié aux événements récents.

---

1. Artiste suédoise (1938-2018), spécialisée dans la peinture décorative.

Olof Strandgård se pencha vers son épouse. Sa voix était douce, mais son sourire n'allait pas jusqu'aux yeux quand il lui dit :

« Je pense que nous devrions laisser le fauteuil à l'inspectrice Mella. »

Kristina Strandgård se leva comme si quelque chose l'avait piquée.

« Ah, oui, bien sûr, excusez-moi. »

Elle sourit, gênée, et resta un instant plantée là, avec l'air d'avoir oublié où elle se trouvait et ce qu'elle était supposée faire. Puis, brusquement, elle sembla revenir dans le présent et alla s'écrouler sur le canapé à côté de Sven-Erik.

Anna-Maria s'installa avec peine dans le fauteuil proposé. Il était beaucoup trop profond et son dossier trop incliné pour être confortable. Le bébé lui comprimait le diaphragme et elle eut aussitôt des douleurs dans le dos et une remontée acide.

« Puis-je vous offrir quelque chose ? Café ? Thé ? Un verre d'eau ? » proposa Olof Strandgård.

Sa femme bondit à nouveau sur ses pieds.

« Oui, bien sûr, dit-elle avec un bref regard vers son mari. J'aurais dû vous poser la question… »

Sven-Erik et Anna-Maria refusèrent tous deux d'un geste et Kristina Strandgård se rassit, au bord du canapé cette fois, prête à se lever s'il devait de nouveau y avoir quelque chose.

Anna-Maria l'examina discrètement. Elle n'avait pas l'air d'une femme qui vient de perdre son enfant. Ses cheveux étaient fraîchement lavés et lissés. Elle portait un polo, une veste et un pantalon dans une belle harmonie de teintes sable et beiges. Ses yeux et sa bouche étaient soigneusement maquillés. Elle ne se tordait pas les mains de désespoir. La table devant elle n'était pas couverte de mouchoirs en papier roulés en boule. On aurait simplement dit qu'elle avait exclu le monde extérieur.

Non, se dit soudain Anna-Maria avec un profond sentiment de malaise. Ce n'est pas le monde qui l'a exclue, c'est elle-même qui s'est exclue du monde.

« Nous vous savons gré d'être venus aussi rapidement, dit Olof Strandgård. Nous venons d'apprendre que Sanna avait été arrêtée. Il s'agit évidemment d'une erreur. Mon épouse et moi sommes très inquiets.

— C'est bien compréhensible. Mais je propose que nous prenions les choses une par une. Nous allons d'abord vous poser quelques questions sur Viktor et ensuite nous parlerons de votre fille.

— Bien entendu », dit Olof Strandgård, dans un sourire figé.

Parfait, se dit Anna-Maria. Prends tout de suite les commandes, Sven-Erik, sinon nous allons ressortir d'ici sans rien savoir de plus que lorsque nous sommes entrés.

« Voulez-vous nous dire quel genre de garçon était Viktor ?

— En quoi sa personnalité pourrait-elle être utile à votre enquête ? répondit Olof Strandgård.

— C'est une question de routine, répliqua Sven-Erik calmement. Nous devons essayer de nous faire une idée plus précise de lui, parce que nous ne le connaissions pas de son vivant.

— Il était intelligent, dit le père avec gravité. Extrêmement intelligent. J'imagine que c'est ce que tous les parents se sentent obligés de dire de leurs enfants, mais si vous interrogez ses anciens professeurs, je pense qu'ils vous le confirmeront. Il avait les meilleures notes dans toutes les matières et il était extraordinairement doué pour la musique. Il faisait preuve d'une prodigieuse capacité de concentration. À l'école. Pendant ses cours de guitare. Après son accident, il a reporté toute cette concentration sur Dieu. » Il s'appuya contre le dossier du canapé et releva un peu la jambe droite de son pantalon avant de la croiser sur sa jambe gauche. « Dieu a appelé ce garçon avec beaucoup de force et il a tout abandonné dès le jour où il l'a entendu. Il a arrêté le lycée et la musique et a consacré sa vie à la prédication et à la prière. Il était convaincu que Kiruna entendrait l'appel de Dieu, mais aussi que cet Éveil à la foi devait passer par la fusion des diverses Églises libres de Kiruna. L'union fait la force, comme on dit. À cette époque, il n'y avait rien de commun entre l'Église pentecôtiste, la Mission intérieure et les baptistes, mais il était têtu. Il n'avait que dix-sept ans quand il a trouvé Dieu et malgré son jeune âge, c'est lui qui a réussi à convaincre les pasteurs Thomas Söderberg de la Mission intérieure, Vesa Larsson de l'Église pentecôtiste et Gunnar Isaksson de l'Église libre baptiste de se rencontrer et de prier ensemble. »

Anna-Maria changea de position dans le fauteuil. Elle était mal assise et l'enfant lui donnait des coups de pied dans la vessie.

« Il a senti cet appel dont vous parlez à la suite d'un accident, c'est bien ça ? demanda-t-elle.

— C'est exact. Il s'est fait renverser un jour où il faisait du vélo en plein hiver. Mais vous habitez Kiruna et vous devez en avoir entendu parler. Grâce à lui, la congrégation s'est élargie et nous avons pu bâtir le temple de cristal qui est devenu aussi célèbre que son aventure. Carola Häggkvist[1] y a donné son concert de Noël en décembre dernier.

— Comment vous entendiez-vous avec lui ? Vous étiez proches ? » demanda Sven-Erik.

Anna-Maria voyait que Sven-Erik s'efforçait d'englober chaque fois Kristina Strandgård dans ses questions, mais la pauvre femme restait impassible et fixait d'un regard vide le motif cachemire du papier peint.

« Nous sommes une famille très unie, répondit Olof Strandgård.

— Il avait des amis, ou des centres d'intérêt en dehors de la communauté religieuse ?

— Non. Comme je vous l'ai dit précédemment, il avait décidé de tourner le dos à tout et de consacrer toute sa vie à Dieu.

— Et cela ne vous inquiétait pas ? Je veux dire qu'il n'ait aucun loisir, qu'il ne s'intéresse pas aux filles et ce genre de choses ?

— Absolument pas. »

Le père éclata de rire comme si la question de Sven-Erik était la chose la plus ridicule qu'il ait jamais entendue.

« Qui étaient ses plus proches amis ? »

Sven-Erik leva les yeux vers les cadres accrochés aux murs. Au-dessus de la télévision se trouvait une

1. Chanteuse suédoise ayant remporté l'Eurovision en 1991.

grande photographie de Sanna et Viktor. Deux enfants avec de longs cheveux blonds. Les cheveux de Sanna bouclés comme ceux d'un ange. Ceux de son frère, raides comme une chute d'eau. Sanna devait être au début de l'adolescence. On voyait clairement le mal qu'elle se donnait pour ne pas sourire au photographe. Il y avait une expression de défi dans la moue qu'elle faisait. Viktor avait également un air sérieux, mais de manière plus naturelle. On aurait simplement dit qu'il pensait à autre chose et qu'il avait oublié où il se trouvait.

« Sanna avait treize ans sur cette photo et le garçon en avait dix, expliqua Olof en voyant que Sven-Erik regardait la photographie. On voit sur cette photo toute l'admiration qu'il avait pour sa sœur. Il a toujours voulu garder les cheveux longs, comme elle, et il criait comme un cochon qu'on égorge dès que sa mère avait le malheur d'approcher avec une paire de ciseaux. Ses camarades se moquaient de lui à l'école, mais il n'y a rien eu à faire, il tenait à les garder longs.

— Ses amis ? lui rappela Anna-Maria.

— J'ai tendance à penser que nous étions ses meilleurs amis. Sanna, sa mère et moi. Il était très proche de sa famille. Et il adorait les filles.

— Les filles de Sanna ?

— Oui.

— Kristina ? » dit Sven-Erik. La mère sursauta. Voyant son air perplexe, il reprit : « Est-ce que vous aimeriez ajouter quelque chose ? À propos de Viktor, précisa-t-il.

— Qu'est-ce que vous voulez que je vous dise ? demanda-t-elle, mal à l'aise, avec un regard vers son mari. Je crois que je n'ai rien à ajouter. La description qu'Olof en a faite est parfaite.

— Avez-vous conservé des photos de Viktor ? s'enquit Anna-Maria. Les journaux se sont beaucoup intéressés à lui. Vous avez peut-être découpé les articles ?

— Là, répondit Kristina Strandgård, le doigt tendu. Le gros album marron sur l'étagère du bas.

— Je peux vous l'emprunter ? demanda Anna-Maria en se levant pour aller le chercher. Je vous promets de vous le rendre rapidement. »

Elle le garda un instant à la main, avant de le poser devant elle sur la table. Elle avait hâte de remplacer dans sa tête l'image du corps blanc mutilé avec ses orbites vides.

« Pourriez-vous nous faire une liste des gens qui connaissaient Viktor ? demanda Sven-Erik. Nous aimerions les interroger.

— Elle risque d'être longue, rétorqua Olof Strandgård sans sourire. Toute la Suède le connaissait. Et même au-delà.

— Je parle de ceux qui le connaissaient personnellement, dit Sven-Erik, patiemment. Nous enverrons quelqu'un ce soir la chercher. Quand avez-vous vu votre fils vivant pour la dernière fois ?

— Dimanche soir, lors de la réunion de louanges en présence de la chorale.

— Le soir qui a précédé la nuit où il est mort, donc. Lui avez-vous parlé, à cette occasion ? »

Olof Strandgård secoua la tête d'un air désolé.

« Non, il était occupé.

— À quand remonte la dernière vraie conversation que vous avez eue avec lui ?

— À vendredi dernier, dans l'après-midi, deux jours avant que… » Le père s'interrompit et regarda sa femme. « … Tu lui avais préparé à manger, Kristina, c'était bien vendredi, n'est-ce pas ?

— Oui, répondit-elle. Avant la conférence des Miracles. Il avait tendance à oublier de manger et à penser aux autres avant de prendre soin de lui. Alors, nous sommes passés à son domicile pour remplir son frigo. Il me disait souvent que j'étais une vraie mère poule.

— Vous a-t-il semblé préoccupé par quelque chose ? demanda Sven-Erik. Avait-il l'air inquiet ?

— Non, répondit Olof.

— Apparemment, quand il est mort, il y avait un certain temps qu'il n'avait rien mangé, dit Anna-Maria. Est-ce que vous avez une explication à nous donner à ce sujet ? Pensez-vous qu'il avait simplement oublié de s'alimenter ?

— Je suppose qu'il faisait un jeûne », répondit le père.

Il va bientôt falloir que j'emprunte leurs toilettes, songea Anna-Maria.

« Un jeûne ? Pour quelle raison ?

— Eh bien, répondit Olof Strandgård. Il est dit dans la Bible que Jésus a jeûné quarante jours dans le désert et que le diable l'a soumis à la tentation avant qu'il arrive en Galilée où il rencontra ses premiers disciples. Et il est écrit aussi que dans les premières communautés, les apôtres priaient et jeûnaient avant de nommer les anciens et de les confier à Dieu. Dans l'Ancien Testament, Moïse et Élie avaient jeûné avant que Dieu se révèle à eux. Je suppose que le garçon sentait qu'il avait une tâche importante à accomplir à l'occasion de cette conférence et qu'il a utilisé le jeûne et la prière pour s'y préparer.

— C'est quoi, exactement, cette conférence ? s'enquit Sven-Erik.

— C'est un rassemblement sur trois jours qui a commencé vendredi et se termine dimanche soir. La journée se passe en réunions de travail par petits groupes et le soir tout le monde est réuni pour célébrer le culte. Il y est question, comme son nom l'indique, de miracles. Guérisons extraordinaires, prodiges, témoignages de prières entendues par le Tout-Puissant et autres manifestations de la prodigalité divine. Attendez-moi un instant, je reviens. »

Olof Strandgård se leva et il sortit de la pièce. Au bout de quelques secondes, il revint avec un dépliant très coloré sur papier glacé qu'il tendit à Sven-Erik. Sven-Erik se pencha vers Anna-Maria pour qu'elle puisse le voir également.

Sur les photos légèrement floutées, on pouvait voir une foule de gens béats, les mains levées. Sur l'une d'elles, une femme extatique soulevait son bébé à bout de bras. Sur une autre, on voyait Viktor Strandgård prier pour un homme agenouillé, les paumes tournées vers le ciel. Viktor avait l'index et le majeur posés sur le front du fidèle et les yeux clos. Le texte indiquait les thèmes des séminaires : « Tu as en toi la force de faire entendre tes prières », « Dieu a déjà vaincu ta maladie » et « Viens recevoir les présents que le ciel te réserve ». On lisait sur le prospectus que le soir, les participants pourraient danser, chanter et rire dans l'Esprit Saint et assister aux miracles de

Dieu dans leur vie et celle des autres. Tout cela pour la modique somme de quatre mille deux cents couronnes. Hébergement et nourriture en sus.

« Combien de personnes participent habituellement à cette manifestation ? demanda Sven-Erik.

— Je n'en connais pas le nombre exact, dit Olof d'une voix dans laquelle on décelait une certaine fierté, mais je dirais que cette année, ils sont environ deux mille. »

Anna-Maria vit Sven-Erik faire rapidement dans sa tête le calcul de ce que la manifestation avait rapporté à la communauté.

« Nous aurons besoin d'une liste des participants, dit Anna-Maria. À qui faut-il s'adresser ? »

Olof Strandgård lui donna un nom qu'elle inscrivit sur son bloc-notes. Sven-Erik se chargerait de demander à quelqu'un de comparer cette liste avec les registres des personnes fichées.

« Et avec Sanna ? demanda Anna-Maria.

— Pardon ? dit Olof Strandgård.

— Comment s'entendaient-ils ?

— Ils étaient frère et sœur.

— Cela ne veut rien dire », fit remarquer Anna-Maria.

Le père inspira longuement.

« Ils étaient les meilleurs amis du monde. Mais Sanna est fragile. Elle est hypersensible. Ma femme, le garçon et moi-même avons dû beaucoup nous occuper d'elle et des petites. »

Qu'est-ce qu'ils ont tous à vouloir la faire passer pour une femme fragile ? se dit Anna-Maria.

« Que voulez-vous dire par hypersensible ? demanda-t-elle, remarquant que Kristina se tournait imperceptiblement vers eux.

— C'est difficile à expliquer. Disons qu'elle a quelques difficultés à se comporter en adulte et à donner à ses filles un foyer stable. Elle est parfois incapable de s'occuper à la fois d'elle-même et de ses filles, n'est-ce pas, Kristina ?

— En effet, répondit son épouse, docile.

— Il lui est arrivé parfois de s'enfermer dans une pièce sombre et d'y rester pendant une semaine, poursuivit Olof Strandgård. De refuser de répondre quand on lui parlait. Dans ces cas-là, nous prenions soin des petites et le garçon allait nourrir Sanna à la petite cuillère comme un bébé. » Il s'interrompit et regarda longuement Anna-Maria. « Si elle n'avait pas eu le soutien de sa famille, il y a longtemps que les services sociaux lui auraient retiré la garde de ses filles », conclut-il avec gravité.

Je vois, monsieur Strandgård, que vous avez très envie de nous prouver à quel point Sanna est faible et compliquée. Mais pourquoi ? Une famille modèle comme la vôtre devrait au contraire faire profil bas sur ce type de problème, non ? songea Anna-Maria.

« Les filles n'ont pas de père ? » se renseigna-t-elle.

Olof Strandgård poussa un soupir.

« Si, bien sûr. Sanna n'avait que dix-sept ans quand elle a eu Sara. Et j'ai... » Il secoua la tête avec un profond regret à ce souvenir. « ... J'ai insisté pour qu'ils se marient. Je les ai obligés à “aller se présenter au roi”, comme on dit. Mais cet engagement n'a pas empêché le jeune homme en question d'abandonner femme et enfant quand Sara avait à peine un an. Quant à Lova, elle est le fruit d'un moment d'égarement.

— Comment s'appellent-ils ? Nous aimerions les interroger également, dit Sven-Erik.

— Bien entendu. Ronny Björnström, le père de Sara, habite à Narvik. D'après ce que nous savons. Il n'a pas de contact avec sa fille. Sammy Andersson, le père de Lova, est mort il y a deux ans, dans un tragique accident de scooter. Il a voulu traverser un lac au tout début du printemps et la glace a cédé. Une histoire effroyable. »

Bon, si je ne veux pas souiller ce joli fauteuil… se dit Anna-Maria en se levant avec difficulté.

« Excusez-moi, je vais avoir besoin d'utiliser… commença-t-elle.

— C'est la porte à droite de l'entrée », l'informa Olof Strandgård, se levant avec courtoisie jusqu'à ce qu'elle soit sortie de la pièce.

Les toilettes étaient aussi bien tenues que le reste de la maison et avaient une odeur fleurie d'origine artificielle provenant sans doute de l'un des vaporisateurs alignés sur l'étagère. Dans la cuvette pendait un petit récipient contenant un produit bleu qui s'écoulait quand on tirait la chasse.

Il faut que tout soit bien propre, pensa Anna-Maria en retournant vers le séjour.

« Nous sommes très inquiets, je vous l'avoue, de savoir nos petites-filles sous la garde de Rebecka Martinsson, dit Olof Strandgård quand elle fut à nouveau assise dans le fauteuil. Elles doivent être choquées et affolées par ce qui s'est passé. Elles ont besoin de calme et d'un environnement rassurant.

— Je crains qu'il n'y ait rien que la police puisse faire dans ce domaine, rétorqua Anna-Maria. Si votre fille souhaite que ce soit Rebecka Martinsson qui…

— Mais puisque je vous dis que Sanna n'est pas fiable ! Sans ma femme et moi, il y a longtemps qu'on lui aurait enlevé ses enfants.

— Ce qui n'est pas non plus du ressort de la police, répondit Anna-Maria d'un ton neutre. Les organismes compétents pour retirer la garde des enfants à leurs parents déficients sont les services sociaux et le juge des tutelles.

— J'en conclus que nous ne pouvons donc espérer aucune aide de la police. Eh bien, si cela s'avère nécessaire, je ferai appel aux services sociaux. »

La voix d'Olof Strandgård avait maintenant perdu toute son onctuosité.

« Vous ne comprenez donc pas ! s'écria tout à coup Kristina Strandgård. Rebecka a déjà essayé de détruire notre famille par le passé. Elle va tout faire pour monter les filles contre nous. Comme elle l'a fait avec Sanna, à l'époque. »

Elle avait prononcé la fin de sa phrase en se tournant vers son mari, mais Olof Strandgård regardait par la fenêtre, figé, les mâchoires serrées, les poings serrés.

« Que voulez-vous dire par : "Comme elle l'a fait avec Sanna, à l'époque" ? demanda Sven-Erik, doucement.

— Quand Sara avait trois ou quatre ans, Sanna et Rebecka partageaient un appartement, reprit Kristina Strandgård nerveusement. Elle a tenté de diviser notre famille. Et elle est une ennemie pour notre communauté et l'œuvre de Dieu dans cette ville. Vous comprenez maintenant pourquoi nous sommes bouleversés de savoir nos petites-filles à sa merci ?

— Je comprends, dit Sven-Erik d'un ton compatissant. Mais de quelle façon Rebecka Martinsson a-t-elle essayé de diviser votre famille et en quoi a-t-elle contrecarré l'œuvre de votre Église ?

— En… »

Son mari se retourna et d'un regard, il la fit taire.

« Je vous écoute, tenta Sven-Erik, mais le visage de Kristina Strandgård s'était pétrifié et son regard ne quittait plus la surface lisse de la table en verre.

— Ce n'est pas ma faute », dit-elle au bout d'un moment d'une voix brisée. Elle répéta cette phrase plusieurs fois, les yeux rivés sur la table, n'osant pas croiser le regard de son mari. « Ce n'est pas ma faute, ce n'est pas ma faute. »

Est-ce qu'elle s'excuse auprès de son mari ou bien est-ce qu'elle l'accuse, au contraire ? se demanda Anna-Maria.

Olof Strandgård redevint l'être attentionné et doux qu'il était à leur arrivée. Il posa tendrement la main sur le bras de son épouse et se leva.

« Je pense que nous avons présumé de nos forces », dit-il aux deux inspecteurs, signifiant ainsi que la visite était terminée.

Alors que Sven-Erik Stålnacke et Anna-Maria Mella sortaient de la maison, les portières de deux voitures garées dans la rue s'ouvrirent simultanément et deux reporters armés de micros protégés par d'épaisses chaussettes en laine s'élancèrent vers eux, suivis par un caméraman.

« Anders Grape, de l'antenne locale de Sveriges Radio, se présenta le premier. Vous avez arrêté la sœur du "pèlerin du paradis". Pouvez-vous nous en dire plus sur cette arrestation ?

— Lena Westerber, TV3, lança la journaliste qui traînait son caméraman derrière elle. Vous étiez les premiers sur les lieux du crime, pouvez-vous nous décrire ce que vous avez vu ? »

Sven-Erik et Anna-Maria ne répondirent pas, montèrent dans la voiture et s'en allèrent.

« Ils ont dû soudoyer les voisins pour être prévenus de notre arrivée, dit Anna-Maria en voyant dans le rétroviseur les journalistes sonner sans vergogne à la porte du couple Strandgård.

— Je plains cette pauvre femme, dit Sven-Erik après avoir tourné dans Bävervägen. Cet Olof Strandgård est un monstre totalement dépourvu de compassion.

— Tu as remarqué qu'il n'a jamais prononcé le prénom de son fils ? Chaque fois qu'il le mentionnait, c'était par "il" ou bien "le garçon".

— Il faudra qu'on retourne la voir un jour où il ne sera pas là, suggéra Sven-Erik, pensif.

— Tu iras. Tu sais y faire avec les femmes.

— Pourquoi tant de belles femmes en sont-elles réduites à vivre de cette façon ? Elles se marient avec un con et finissent par se retrouver prisonnières dans leur propre maison après que les enfants ont quitté le nid.

— Il n’y a pas que les jolies femmes qui en arrivent là, rétorqua sa collègue sèchement. C’est juste qu’on ne plaint que les belles.

— Tu fais quoi, maintenant ? lui demanda Sven-Erik pour changer de sujet.

— Je vais éplucher l’album de photos et visionner les vidéos. »

Elle regarda par la fenêtre. Le ciel était gris et bas. En cette saison, quand les nuages occultaient les rares rayons du soleil, toutes les couleurs disparaissaient du paysage et la ville se mettait à ressembler à une photo en noir et blanc.

« Non, mais ce n'est pas sérieux ! » s'exclama Rebecka en jetant un coup d'œil à l'intérieur de la cellule, alors que le gardien faisait sortir Sanna Strandgård dans le couloir.

La cellule était une pièce exiguë avec des murs peints d'une couleur beige indéfinissable, mouchetée de taches noires et blanches. Elle ne contenait pas le moindre meuble, seulement un mince matelas en mousse plastifié, posé à même le sol et protégé par un drap jetable en papier. La fenêtre en briques de verre donnait sur la façade borgne d'un immeuble bardé de tôles vertes. Il flottait dans le local une odeur rance de vieil ivrogne et de saleté.

Les deux femmes furent conduites dans une pièce percée d'une unique fenêtre, dont le mobilier était composé d'une table et de trois chaises. Pendant que Rebecka et Sanna prenaient place autour de la table, le gardien fouilla les sacs de vêtements et divers articles de toilette que Rebecka avait apportés.

« Je suis très contente qu'ils me gardent ici, s'empressa de dire Sanna. J'espère qu'ils ne me transféreront pas à la maison d'arrêt de Luleå. À cause des filles. Il faut que je puisse les voir. Ils ont des cellules meublées, ici, mais elles étaient toutes occupées, alors, pour l'instant, je vais devoir me contenter de la cellule de dégrisement. Elle est drôlement pratique, je trouve ! Si quelqu'un a vomi, ou quelque chose comme ça, ils ont juste à passer le jet d'eau pour nettoyer. Il faudrait pouvoir faire la même chose à la maison. Un bon coup de jet et le nettoyage du vendredi serait terminé en une minute. D'après Anna-Maria Mella – tu sais, cette femme policier qui est toute petite et très enceinte –, il y a une autre cellule qui va se libérer bientôt. Elle est claire cette prison, hein ? Et tu as vu ? De la fenêtre du couloir, on aperçoit la mine et le glacier de Kebnekaise.

— Oui, j'ai vu, répondit Rebecka. On va faire venir Martin Timell[1] et bientôt, on y aura installé un couple avec trois enfants. »

Le gardien rendit les sacs à Rebecka avec un hochement de tête et il sortit du parloir. Rebecka les tendit à Sanna qui se mit à fouiller dedans comme un enfant le soir de Noël.

« Oh, que c'est beau ! s'exclama-t-elle, les joues roses de plaisir. Regarde ce pull-over ! Il est magnifique ! Quel dommage qu'il n'y ait pas un miroir, ici. »

Elle brandit sous le nez de Rebecka un pull-over rouge décolleté.

« C'est Sara qui l'a choisi », lui précisa cette dernière.

Sanna plongea à nouveau le nez dans les sacs.

« Et des sous-vêtements, et du gel douche, et du shampoing et tout ! Il faut que je te rembourse tout ça !

— Mais non, c'est cadeau, rétorqua Rebecka. Ne t'inquiète pas, ce n'était pas très cher. Nous sommes allées au Lindex.

---

1. Présentateur d'une émission de la télévision suédoise sur l'amélioration de l'habitat.

— Et tu m'as emprunté des livres à la bibliothèque. Et tu as acheté des bonbons.

— Je t'ai acheté une bible, aussi, dit Rebecka en désignant un petit sachet en papier. C'est une nouvelle traduction. Je sais que tu as une préférence pour celle de 1917, mais je suppose que tu la connais par cœur. Je me suis dit que cela pourrait être amusant de faire la comparaison. »

Sanna sortit le livre à la couverture rouge de son paquet et elle le tourna dans tous les sens avant de l'ouvrir au hasard et de feuilleter les pages au papier ultra fin.

« Merci, dit-elle. Quand la Commission biblique a publié sa traduction modifiée du Nouveau Testament, j'ai trouvé que la langue avait été dépouillée de toute poésie. Même si je trouve bizarre de lire une toute nouvelle version de la Bible, ce sera intéressant. C'est vrai qu'on s'habitue à la sienne avec ses passages soulignés et ses annotations. D'un autre côté, ça peut être utile de découvrir de nouvelles formulations et des pages sans marques. On doit lire avec un œil neuf, sans préjugés, j'imagine. »

Rebecka pensa à sa vieille bible. Elle ne l'avait sûrement pas jetée. Elle devait être dans un carton stocké dans le grenier de sa grand-mère. Une bible, c'est comme un vieux journal intime. Toutes ces cartes postales et toutes ces coupures de journaux qu'on rangeait entre les pages. Et tous ces passages qu'on soulignait en rouge et qui en disaient long sur votre état d'esprit du moment. C'est intime, une bible. Elle se rappelait certains passages relevés dans des moments très particuliers : « Comme le cerf se languit du point d'eau, mon âme se languit de toi, mon Dieu » « En ce jour de peine, je cherche le Seigneur, ma main se tend dans la nuit, inlassablement, mon âme est inconsolable »[1].

« Ça s'est bien passé avec les filles, aujourd'hui ? demanda Sanna, l'interrompant dans ses pensées.

— En fin de compte, oui, répondit Rebecka, sans s'étendre sur le sujet. J'ai fini par réussir à les emmener à l'école et à la maternelle, en tout cas. »

Sanna referma la bible et se mit à se mordiller nerveusement la lèvre inférieure.

« Qu'est-ce qui se passe ? lui demanda Rebecka.

— Je pense à mon père et à ma mère. Ils vont vouloir aller les chercher à la sortie.

— C'est quoi le problème entre toi et tes parents ?

— Rien de nouveau. C'est juste que j'en ai assez d'être leur chose. Tu te souviens comment ils me traitaient quand Sara était petite ? »

Je me souviens, songea Rebecka.

Rebecka monte en courant l'escalier conduisant à l'appartement qu'elle partage avec Sanna. Elle est en retard. Elles auraient dû être à ce goûter d'anniversaire depuis dix minutes. Et c'était au moins à vingt minutes à pied. Sans doute plus, avec la neige. Sanna et Sara étaient peut-être parties sans elle.

Pourvu qu'elles soient déjà parties, se dit-elle en voyant que les chaussures d'hiver de Sara ne sont pas à leur place habituelle sur le palier. Au moins, comme ça, je n'aurai pas trop mauvaise conscience. Mais les après-skis de Sanna sont là. Avant d'ouvrir la porte,

1. Extraits des psaumes 42 et 77.

Rebecka prend une longue inspiration. Il va lui falloir du souffle pour débiter toutes les excuses et les explications qu'elle a déjà préparées dans sa tête.

Elle manque de trébucher sur Sanna dans le vestibule. Elle est assise par terre dans le noir, les bras autour de ses genoux, elle se balance d'avant en arrière comme pour se consoler. Comme si, par le rythme de ce balancement, elle allait éloigner ses idées noires. Rebecka met un long moment à l'atteindre. À la faire parler. À la faire pleurer aussi.

« C'est à cause de papa et maman, sanglote Sanna. Ils sont venus chercher Sara, comme ça, sans prévenir. J'ai eu beau leur dire qu'on était invitées à un anniversaire et qu'on avait prévu des tas de choses pendant le week-end, ils ne m'ont pas écoutée. Et ils l'ont emmenée. »

Puis elle se met en colère et tape sur le mur avec ses poings.

« Ils se fichent de ce que je veux, moi, hurle-t-elle. Ils se fichent de ce que je peux bien dire. Ils pensent que je leur appartiens. Que ma fille leur appartient. Tout comme mes chiens leur appartenaient. Laika que mon père a tuée, sans raison. Ils ont tellement peur de se retrouver seuls, tous les deux, en tête à tête, qu'ils… »

Elle se tait. Sa colère et ses pleurs se muent en un long gémissement. Elle laisse retomber ses mains en un geste d'impuissance.

« Ils me l'ont prise, comme ça. On avait dit qu'on ferait des biscuits aux épices, dimanche, toutes les trois.

— Chut, la console Rebecka en écartant les mèches de cheveux qui tombent sur son visage. Ça va s'arranger. Je te le promets. »

Du dos de la main, elle sèche les larmes de Sanna.

« Quelle mère suis-je donc ? murmure Sanna. Je ne sais même pas comment m'y prendre pour protéger mon propre enfant.

— Tu es une bonne mère, la console Rebecka. Ce sont tes parents qui se sont mal comportés, tu m'entends ? Pas toi.

— Je ne veux plus de ça, tu comprends ? Mon père qui entre chez moi avec son double des clés et prend ce qu'il veut. Mais qu'est-ce que j'aurais pu faire ? Je n'allais pas me mettre à crier et à tirer Sara par le bras pendant qu'il tirait en sens inverse. Elle aurait été terrifiée. Ma petite fille. »

L'image d'Olof Strandgård prend forme dans l'esprit de Rebecka. Sa voix grave et rassurante. Un homme qui n'a pas l'habitude qu'on le contrarie. Son sourire, constamment plaqué sur son visage, au-dessus de son col amidonné. Une épouse qui est juste là pour faire tapisserie.

Je vais tuer ce type.

« Viens », dit-elle à Sanna, sur un ton qui n'admet pas la discussion.

Et Sanna s'habille et la suit comme une enfant sage. Elle conduit la voiture là où Rebecka lui dit d'aller.

C'est Kristina Strandgård qui leur ouvre.

« Nous sommes venues chercher Sara, dit Rebecka. Elle est invitée à un goûter d'anniversaire et nous avons déjà quarante minutes de retard. »

Une expression de terreur passe fugitivement dans le regard de Kristina. Elle jette un coup d'œil derrière elle dans la maison, mais ne s'écarte pas pour les laisser entrer. Rebecka entend qu'ils ont du monde.

« Il était convenu que Sara passe le week-end avec nous, dit Kristina Strandgård en cherchant le regard de Sanna qui garde les yeux rivés au sol.

— D'après ce que j'ai compris, il n'était rien convenu du tout, réplique Rebecka, durement.

— Attendez-moi ici », répond Kristina en se mordillant nerveusement la lèvre.

Elle disparaît dans le salon et revient au bout de quelques instants en compagnie d'Olof Strandgård. Il ne sourit pas. Commence par fusiller Rebecka du regard. Puis il se retourne vers sa fille.

« Qu'est-ce que c'est que ces bêtises ? gronde-t-il. Je croyais que nous avions un accord, Sanna. Ce n'est pas bon pour Sara d'être trimballée d'un endroit à l'autre sans arrêt. Je suis très contrarié que tu lui fasses constamment payer le prix de tes crises. »

Les épaules de Sanna s'affaissent légèrement, mais elle garde obstinément les yeux baissés. La neige tombe sur ses cheveux et forment comme un casque de glace sur sa tête.

« Tu vas répondre quand on te parle ? Ou bien est-ce que tu es devenue incapable de montrer à ton père un minimum de respect ? » dit Olof Strandgård d'une voix sous contrôle.

Il a peur de faire un scandale devant ses invités, songe Rebecka.

Le cœur battant fort dans sa poitrine, elle s'avance d'un pas. Sa voix tremble un peu quand elle dit :

« Nous ne sommes pas là pour discuter. Maintenant, vous allez chercher Sara ou je vais me rendre au commissariat de police avec votre fille et porter plainte contre vous pour enlèvement d'enfant. Je jure sur

la Bible que je le ferai. Mais avant ça, je vais aller semer la zizanie dans votre salon et faire un scandale devant vos invités. Sara est la fille de Sanna et elle est venue la chercher. À vous de choisir. Ou vous nous l'amenez tout de suite ou c'est la police qui viendra la chercher. »

Kristina se cache nerveusement derrière le dos de son mari.

Olof Strandgård jauge Rebecka avec un sourire méprisant.

« Sanna, dit-il d'une voix sourde, incitative, sans quitter Rebecka des yeux. Sanna. »

Sanna regarde par terre. Imperceptiblement, elle secoue la tête.

Et c'est à ce moment que cela se produit. L'attitude d'Olof change brusquement. Il prend un air inquiet et douloureux.

« Entrez », dit-il en reculant dans le hall.

« Si c'était si important pour toi, il te suffisait de me le dire, dit Olof à Sanna qui est en train de mettre sa combinaison et ses bottes à sa fille. Je ne lis pas dans les pensées. Nous pensions que ça te ferait plaisir d'avoir un week-end tranquille, sans enfant. »

Sanna enfile son bonnet à Sara et elle attend en silence. Olof parle bas de peur que ses invités l'entendent.

« Tu n'avais pas besoin de venir te donner en spectacle et nous menacer, insiste-t-il.

— Ça ne te ressemble pas, Sanna », murmure Kristina.

Mais en parlant à sa fille, c'est Rebecka, appuyée contre la porte d'entrée, qu'elle regarde d'un air haineux.

« Demain, nous changerons la serrure », annonce Rebecka à sa colocataire tandis qu'elles marchent vers la voiture.

Sanna porte Sara dans ses bras en silence. Elle la serre contre elle comme si elle n'allait plus jamais la lâcher.

J'étais dans une rage ! se souvint Rebecka. Et cette colère que je ressentais n'était même pas la mienne. C'est Sanna qui aurait dû être en colère. Mais elle en était incapable. Nous avons effectivement changé la serrure, mais quinze jours plus tard, elle a donné un double de la nouvelle clé à ses parents.

Sanna tira sur sa manche pour la ramener à la réalité.

« Si on me met en prison, ils vont vouloir s'occuper des filles, dit-elle.

— Ne t'inquiète pas, lui répondit Rebecka distraitement. Je vais aller prévenir l'école.

— Pendant combien de temps devrai-je rester ici ? »

Rebecka haussa les épaules.

« Ils n'ont pas le droit de te maintenir en garde à vue plus de trois jours. Passé ce délai, le procureur doit demander ta mise en examen et il te faudra attendre quatre jours avant que cette inculpation prenne effet. Donc, pas avant samedi.

— Et ensuite, on me mettra en prison ?

— Je n'en sais rien, répondit Rebecka en se déplaçant sur sa chaise. Mais je t'avoue que ça m'ennuie qu'ils aient trouvé la bible de Viktor et ce couteau dans ton alcôve.

— N'importe qui a pu les placer là pendant que j'étais partie au temple. Tu sais que je ne verrouille jamais ma porte. »

Elle se tut. Se mit à tripoter nerveusement son nouveau pull-over.

« Et si c'était moi ? » dit-elle tout à coup.

Rebecka faillit s'étrangler. Elle eut soudain l'impression que l'air s'était raréfié dans la petite pièce. Elle avait du mal à respirer

« Pardon ?

— Comment puis-je être sûre que ce n'est pas moi ? pleurnicha Sanna en pressant les doigts contre ses yeux. Je dormais. Je ne sais pas ce qui s'est passé. Imagine que ce soit moi qui l'ai fait. Il faut que tu découvres la vérité.

— Excuse-moi, Sanna, mais ce que tu dis n'a aucun sens. Si tu dormais…

— Tu sais comment je suis ! J'oublie les choses. Tu te souviens, quand je me suis retrouvée enceinte de Sara. Je ne me souvenais même pas que j'avais fait l'amour avec Ronny. C'est lui qui me l'a raconté. Et aussi que c'était merveilleux. Encore aujourd'hui, je n'arrive pas à me le rappeler. Mais j'ai eu un bébé, alors, je suppose que c'est vraiment arrivé.

— OK, dit Rebecka très lentement. Alors, écoute-moi bien. Je ne crois pas que tu as tué Viktor. Avoir des trous de mémoire ne fait pas de toi une meurtrière. Donc, essayons de réfléchir. »

Sanna la regarda d'un air absent.

« Si ce n'est pas toi, continua-t-elle, c'est que, c'est quelqu'un d'autre qui a mis la bible et le couteau dans ton alcôve. Quelqu'un qui voulait te faire porter le chapeau. Quelqu'un qui sait que tu ne fermes jamais ta porte. Tu comprends ? Pas un passant quelconque.

— Il faut que tu découvres ce qui s'est passé, dit Sanna.

— C'est le travail de la police », répliqua Rebecka.

Elles restèrent l'une et l'autre sans rien dire jusqu'à ce que la porte s'ouvre et qu'un gardien jette un coup d'œil à l'intérieur. Ce n'était pas celui qui les avait amenées dans le parloir. Celui-là était grand et large d'épaules et il avait les cheveux coupés très court, comme un militaire. Pourtant, en le voyant, Rebecka trouva qu'il ressemblait à un enfant perdu. Il sourit à Rebecka d'un air gêné, puis tendit un sac en papier à Sanna.

« Excusez-moi de vous déranger, dit-il. Mais j'ai bientôt fini ma journée et je… enfin, je me suis dit que vous voudriez peut-être quelque chose à lire. Je vous ai aussi acheté un paquet de bonbons. »

Sanna sourit au gardien. Un grand sourire avec des yeux qui brillent. Puis elle baissa le regard, comme si elle aussi était gênée. Ses cils faisaient de l'ombre sur ses joues.

« Oh ! merci, dit-elle. Comme c'est gentil.

— Je vous en prie, dit le gardien en basculant le poids de son corps d'un pied sur l'autre. On a vite fait de s'ennuyer dans un endroit comme celui-ci. » Il se tut et comme aucune des deux jeunes femmes ne prenait la parole, il ajouta : « Bon, eh bien, je vais y aller, maintenant. »

Après son départ, Sanna regarda quel genre de bonbons il lui avait apportés.

« Je préfère ceux que tu m'as achetés », dit-elle.

Rebecka poussa un soupir de découragement.

« Tu n'es pas obligée de me dire que mes bonbons sont meilleurs.

— Mais c'est vrai. »

Après son entrevue avec Sanna, Rebecka se rendit au commissariat pour parler à Anna-Maria Mella. Elle trouva l'inspectrice dans une salle de réunion en train de dévorer une banane comme si quelqu'un avait voulu la lui voler. Trois trognons de pomme étaient alignés devant elle, sur la table de conférence. Dans un coin de la pièce se trouvait un moniteur sur lequel défilait la vidéo d'une messe au temple de cristal. L'inspectrice salua Rebecka, comme si elles se connaissaient depuis toujours.

« Tu veux un café ? lui demanda-t-elle. J'en ai mis en route, mais je ne sais pas pourquoi. En fait, j'ai arrêté d'en boire depuis que je… »

Elle montra son ventre sans terminer sa phrase.

Rebecka se figea. Les visages tremblotants sur l'écran du moniteur venaient brusquement de faire remonter le passé à la surface. Elle dut s'accrocher au chambranle pour ne pas tomber. Elle entendit la voix d'Anna-Maria, de très loin.

« Ça va ? Tu veux t'asseoir ? »

Sur la vidéo que visionnait l'inspectrice, on voyait Thomas Söderberg en train de parler à ses fidèles. Rebecka s'écroula sur une chaise. Elle sentait sur elle le regard intrigué d'Anna-Maria Mella.

« C'est un enregistrement du culte qui a eu lieu la veille du meurtre, lui expliqua-t-elle. Tu veux rester regarder un peu avec moi ? »

Rebecka acquiesça. Elle se dit qu'elle devrait donner une explication à son soudain malaise. Prétendre qu'elle n'avait rien mangé, ou ce genre d'excuse. Mais elle se tut.

Derrière Thomas Söderberg, on voyait le chœur de gospel au garde-à-vous. Certains chanteurs exprimaient leur assentiment à haute voix. La prédication était rythmée par les « alléluia » et les « amen » de l'auditoire.

Comme il a changé, se dit Rebecka. Jadis, il portait une chemise rayée à col Mao, achetée à la coopérative ouvrière, un jean et un gilet en cuir. Maintenant, on dirait un golden boy avec son costume Oscar Jacobson et ses lunettes à la mode. Et ses fidèles ont l'air de parvenus en vêtements H&M de contrefaçon.

« C'est un bon orateur, n'est-ce pas ? » commenta Anna-Maria.

Thomas Söderberg se mouvait avec décontraction, passant avec aisance de la plaisanterie à des sujets plus sérieux. Le thème du jour était la capacité de chacun à s'ouvrir aux dons spirituels. À la fin de son court sermon, il invita tout le monde à s'avancer et à se laisser pénétrer par l'Esprit saint.

« *Approche ! Nous allons prier pour toi* », dit-il, et comme s'ils n'attendaient que ce signal, Viktor Strandgård, les deux autres pasteurs de l'Église et plusieurs anciens de la communauté vinrent se placer à ses côtés.

« *Shabala Shala amen* », psalmodia le pasteur Gunnar Isaksson. Il s'avança vers l'assemblée, puis recula en agitant les mains. « *Viens, toi qui souffres, toi qui es malade. Ce n'est pas la volonté de Dieu que ta douleur perdure. Il y a quelqu'un ici qui est affecté par de fréquentes migraines. Le Seigneur te voit. Approche. L'une de nos sœurs, ici présente, a un problème d'ulcère à l'estomac. Approche, Dieu a décidé de mettre fin à ta souffrance. Tu n'as plus besoin désormais de prendre tes médicaments. Le Seigneur a neutralisé l'acide qui te ronge à l'intérieur. Approche et accepte le présent du Tout-Puissant. Alléluia !* »

Quelques minutes plus tard, une foule de croyants en extase se pressaient devant l'autel. Certains se couchaient à plat ventre sur le parquet. D'autres levaient leurs bras vers le plafond comme un champ d'herbes folles dans le vent. Ils priaient, riaient et pleuraient en même temps.

« Qu'est-ce qu'ils fabriquent ? demanda Anna-Maria Mella, incrédule.

— Ils succombent à la force de l'Esprit, répondit Rebecka. Ils chantent, parlent et dansent dans l'Esprit. Bientôt, certains se mettront à prophétiser, vous allez voir. Et les choristes vont les accompagner avec des chants de louanges. »

Le chœur se mit en effet à chanter et de plus en plus de gens se précipitèrent devant l'autel. Beaucoup paraissaient ivres.

La caméra zooma plusieurs fois sur Viktor Strandgård. Sa bible dans une main, il priait avec ferveur pour un homme obèse marchant avec des béquilles. Une femme derrière lui touchait ses cheveux blonds et priait aussi. On aurait dit qu'elle faisait le plein de grâce divine.

Puis il prit le micro.

« *Alors, de quoi allons-nous parler ?* » demanda-t-il à l'assemblée.

C'était sa façon à lui de prêcher. Il se préparait d'abord par la prière. Puis il demandait à son auditoire de quoi il souhaitait qu'il leur parle. Une grande partie de son prêche était une conversation avec ceux qui l'écoutaient. Cette façon de faire avait contribué à construire sa notoriété.

« *Parlez-nous du paradis !* cria quelqu'un dans la foule.

— *Que voulez-vous savoir sur le paradis ?* dit-il avec un sourire las. *Achetez plutôt mon livre et rentrez le lire chez vous. Allons, un autre sujet !*

— *Parlez-nous de la réussite !* dit un autre.

— *La réussite*, répéta Viktor. *Il n'y a pas de raccourci vers la réussite au royaume de Dieu. Pensez à Ananias et à Saphira. Et priez pour moi. Priez pour ce que mes yeux ont vu et pour ce qu'ils vont voir. Priez pour que la force de Dieu continue de s'écouler sur vous à travers moi.* »

« Je n'ai pas compris ce qu'il a dit juste avant : Ana… » Anna-Maria secoua la tête, agacée de ne pas se souvenir : « … Ah oui, Ana quelque chose et Saphira, c'était qui ?

— Ananias et Saphira. C'est dans les Actes des Apôtres[1], répondit Rebecka sans quitter l'écran des yeux. Ils avaient volé l'argent de leur communauté et Dieu les a tués pour les punir.

1. Actes des Apôtres 5, 1-11.

— Ah bon ! Je croyais qu'il n'y avait que dans l'Ancien Testament que Dieu s'amusait à foudroyer les humains. »

Rebecka secoua la tête en guise de réponse.

Viktor parla pendant un certain temps, puis la prière d'intercession reprit. Un homme d'environ vingt-cinq ans vêtu d'un sweat-shirt à capuche et d'un jean usé trop large qui lui descendait sur les hanches s'avança vers l'ange blond.

Rebecka reconnut Patrik Mattsson, surprise qu'il soit toujours à Kiruna.

Le jeune homme chercha à saisir les mains de Viktor et juste avant que la caméra se tourne vers le chœur, Rebecka vit que Viktor reculait et s'arrachait brusquement à son emprise.

Qu'est-ce qui vient de se passer, là ? Il y a un problème entre ces deux-là ? se demanda-t-elle.

Elle se tourna vers Anna-Maria pour voir si elle avait remarqué l'épisode, mais l'inspectrice était en train de fouiller dans un carton à ses pieds contenant d'autres cassettes vidéo.

« Voici la bande d'hier soir, dit-elle en émergeant de sous la table. Tu veux voir ? »

Sur l'enregistrement datant du soir qui suivait le meurtre, Thomas Söderberg officiait à nouveau. Les lattes du plancher sous ses pieds étaient brunies par le sang de Viktor et le sol était jonché de roses.

L'ambiance à l'intérieur du temple de cristal était à la fois recueillie et brûlante. Thomas Söderberg exhortait les membres de la communauté à s'armer en vue d'un combat spirituel.

« *Plus que jamais nous avons besoin de cette conférence des Miracles*, cria-t-il. *Satan ne doit pas gagner.* »

L'assemblée répondit par un concert d'« alléluia ».

« C'est incroyable ! » dit Rebecka, fascinée.

« *N'accordez pas votre confiance sans discernement*, proféra Thomas Söderberg. *Souvenez-vous des Écritures : "Celui qui n'est pas avec moi est contre moi."* »

« Il vient de les inciter à ne pas parler à la police, expliqua Rebecka. Il resserre les rangs au sein de la communauté. »

Anna-Maria regarda Rebecka bouche bée en pensant à ses collègues qui avaient passé la journée à essayer d'interroger les membres de l'Église de la Force originelle. Elle avait entendu plusieurs policiers se plaindre du mal qu'ils avaient eu à leur faire ouvrir leur porte.

La collecte commença pendant la prière d'intercession.

« *Si tu avais l'intention de donner dix couronnes, enveloppe-les dans un billet de cent couronnes !* » lança le pasteur Gunnar Isaksson.

Même Curt Bäckström prit la parole.

« *De quoi voulez-vous que nous parlions ?* » commença-t-il, imitant Viktor Strandgård.

Il est complètement fou, songea Rebecka.

Les gens avaient l'air mal à l'aise. Personne ne dit rien. Finalement, Thomas Söderberg vint à la rescousse.

« *Parlons de la puissance de la prière d'intercession* », dit-il.

Avec un signe de tête vers l'écran où Curt s'était mis à délivrer son enseignement à la foule, Anna-Maria dit à Rebecka :

« Il était au temple en train de prier pendant que nous interrogions les pasteurs. Je sais que tu as été membre de cette communauté par le passé. Tu connais les pasteurs qui la dirigent aujourd'hui et l'assemblée de fidèles ?

— Hum… oui », répondit Rebecka avec une réticence dans la voix visant à faire comprendre à l'inspectrice que c'était un sujet qu'elle ne désirait pas aborder.

J'en connais même certains au sens biblique du terme, songea-t-elle. Au même moment, l'image se resserra sur Thomas Söderberg dont les yeux fixant l'objectif semblaient la regarder, elle.

Assise sur le fauteuil réservé aux visiteurs dans le bureau de Thomas Söderberg, Rebecka pleure. C'est le moment des soldes de fin d'été et les rues grouillent de monde. Dans les vitrines des magasins fleurissent les pourcentages de rabais écrits à la main en chiffres rouge vif. Cette effervescence lui donne un sentiment de vide.

« Il ne m'aimait pas », se lamente-t-elle.

C'est de Dieu qu'elle parle.

« C'est comme si je n'étais que Sa belle-fille. Ou un enfant échangé à la naissance. »

Thomas Söderberg rit doucement et lui tend un nouveau mouchoir. Elle se mouche et renifle. Elle fait la moue comme une gamine alors qu'elle vient d'avoir dix-huit ans.

« Pourquoi est-ce que je n'arrive pas à entendre Sa voix ? pleurniche-t-elle. Toi, tu L'entends et tu Lui parles chaque jour. Sanna L'entend. Viktor L'a même rencontré…

— Viktor, c'est spécial, rétorque Thomas.

— Exactement, sanglote Rebecka. Moi aussi, j'aimerais bien me sentir un peu spéciale. »

Thomas Söderberg se tait un long moment, comme s'il cherchait les mots justes au fond de son cœur.

« C'est une question d'entraînement, Rebecka, dit-il enfin. Crois-moi. Au début, quand je croyais entendre sa voix, c'était seulement dans mon imagination. »

Il croise les mains devant sa poitrine et lève les yeux vers le plafond. D'une voix enfantine il dit :

« Dieu, est-ce que tu m'aimes ? »

Puis il répond à sa propre question avec une voix grave.

« Oui, Thomas, tu sais bien que je t'aime. Énormément. »

Rebecka rit à travers ses larmes. Elle rit presque un peu trop. Le rire déborde parce qu'elle a pleuré trop longtemps dans un vide facile à remplir avec un autre sentiment. Thomas se laisse emporter par son hilarité et rit avec elle. Puis, tout à coup, il redevient grave et la regarde au fond des yeux.

« Et je t'assure que tu es spéciale, Rebecka. Tu peux me croire. »

Alors, les larmes reviennent. Silencieusement, elles coulent sur les joues de Rebecka. Thomas tend la main et il les essuie. Il caresse ses lèvres avec la paume. Rebecka se fige. Pour ne pas lui faire peur et risquer qu'il s'arrête et s'enfuie, songera-t-elle plus tard.

L'autre main de Thomas Söderberg se tend vers elle. Avec son pouce, il essuie ses larmes et, de ses autres doigts, il agrippe ses cheveux. Rebecka sent son souffle, proche. Il coule sur son visage comme une douche tiède. Il sent le café amer mêlé à un parfum sucré de biscuit à la cannelle, et puis il y a l'odeur de sa peau qui n'appartient qu'à lui.

Ensuite, tout va très vite. La bouche de Thomas collée à la sienne, ses doigts emmêlés dans ses cheveux. Rebecka l'attrape par la nuque, essaye maladroitement de déboutonner sa chemise. Les mains de Thomas touchent à la hâte ses seins, puis tentent de se frayer un chemin sous sa jupe. Ils sont pressés. Se jettent l'un sur l'autre le plus vite possible avant que la raison ne les rattrape, avant que la honte ne s'invite.

Elle met les bras autour de son cou et il la soulève du fauteuil, l'assoit sur son bureau et remonte sa jupe dans le même mouvement. Elle veut se fondre en lui. Elle le presse contre elle. Il lui griffe la cuisse en lui arrachant son collant. Mais elle ne s'en aperçoit que plus tard. Il ne lui enlève pas sa culotte. Pas le temps. Il l'écarte de son sexe tout en déboutonnant sa braguette. Au-dessus de son épaule, elle voit la clé sur la porte. Se dit qu'ils devraient s'enfermer mais il est déjà en elle. La bouche ouverte de Rebecka est collée contre l'oreille de Thomas. Elle expire à chaque coup de boutoir. Elle s'accroche à lui comme un bébé chimpanzé à sa maman. Il jouit en silence et se fige dans une dernière crampe. Il se penche sur elle et elle doit se retenir au plateau de la table pour ne pas tomber.

Puis il se retire et recule. Il fait plusieurs pas en arrière jusqu'à aller cogner contre la porte. Il la regarde d'un œil vide et secoue la tête. Puis il va se poster devant la fenêtre en lui tournant le dos. Rebecka descend du bureau. Elle remonte son collant et rajuste sa jupe. Le dos de Thomas Söderberg est un mur.

« Pardon, dit-elle d'une toute petite voix. Je ne l'ai pas fait exprès.

— Va-t'en, s'il te plaît », dit-il d'une voix rauque.

Elle court pendant tout le chemin jusqu'à l'appartement qu'elle partage avec Sanna. Traverse les rues sans regarder ni à droite, ni à gauche. Ce sont les jours les plus froids du mois de janvier. Elle a mal à la gorge. Une substance gluante entre les cuisses.

La porte s'ouvrit brusquement et la silhouette contrariée du substitut von Post s'encadra sur le seuil.

« On peut savoir ce qui se passe ici ? » demanda-t-il. Comme personne ne répondait à sa question, il s'adressa à Anna-Maria : « Qu'est-ce que vous êtes en train de faire ? Vous visionnez des pièces du dossier d'instruction avec elle ? dit-il avec un mouvement de tête vers Rebecka.

— Il n'y a rien qui soit sous le sceau du secret, répondit tranquillement l'inspectrice Mella. On peut acheter ces bandes à la librairie de l'Église de la Force originelle. On bavardait un peu toutes les deux. Ce n'est pas interdit, je suppose ?

— Je vois, persifla von Post. Mais maintenant j'aimerais que vous bavardiez un peu avec moi ! Mon bureau ! Dans cinq minutes ! »

Il ressortit en claquant violemment la porte.

Les deux femmes échangèrent un regard.

« Ah, au fait, la journaliste qui t'avait accusée de coups et blessures a retiré sa plainte », dit Anna-Maria Mella.

Elle dit cela sur le ton de l'anecdote. Comme pour bien marquer qu'elle avait changé de sujet et que ce qu'elle était en train de dire n'avait rien à voir avec von Post. Mais le message était passé.

L'épisode l'avait mis hors de lui, évidemment.

« Elle a dit qu'elle avait trébuché et que tu n'avais jamais eu l'intention de la bousculer, continua Anna-Maria Mella en se levant lentement. Sur ce, il faut que j'y aille. Tu venais me voir pour quelque chose de précis ? »

Les pensées se bousculaient dans la tête de Rebecka. Elle pensait à Måns qui avait forcément dû parler à cette journaliste et à la bible de Viktor.

« La bible, dit-elle. La bible de Viktor Strandgård, elle est ici ?

— Non, le labo est encore dessus. Elle va rester encore un moment à Linköping, je pense. Pourquoi ?

— J'aimerais y jeter un coup d'œil, si c'est possible. Tu penses qu'ils pourraient me faire des copies ? Pas de toutes les pages, bien sûr, mais de celles sur lesquelles il y a des annotations. Et j'aurais également besoin de copies de tous les bouts de papier qui sont à l'intérieur, des marque-pages et ce genre de choses.

— D'accord, dit Anna-Maria en hochant la tête, pensive. Je suppose que cela ne devrait pas poser de problème. En contrepartie, je compte sur toi pour me donner des renseignements sur la communauté, à l'occasion, s'il me vient des questions.

— Tant qu'elles ne concernent pas Sanna », répondit Rebecka en jetant un coup d'œil à sa montre.

Il était temps d'aller chercher Sara et Lova. Elle prit congé d'Anna-Maria, mais avant de retourner à sa voiture, elle s'assit un instant sur le canapé de l'accueil, alluma son ordinateur, se connecta à sa boîte mail à l'aide de son téléphone portable et rédigea un courriel pour Maria Taube :

« Salut, Maria,

Je suis sûre que tu connais un inspecteur des impôts qui en pince pour toi. J'aurais besoin de renseignements sur certains contribuables ainsi que sur une association à but non lucratif. »

Elle expédia le mail et n'eut pas le temps d'éteindre son ordinateur que l'icône de sa boîte de réception lui signalait déjà une réponse.

« Salut, ma chérie. Je peux t'avoir tous les renseignements que tu veux, du moment qu'ils ne sont pas confidentiels. M. »

C'est justement là qu'est le problème, songea Rebecka, déçue, en désactivant le partage de connexion. Les informations non confidentielles, je suis capable de les trouver toute seule.

Elle venait de refermer son ordinateur quand son téléphone sonna. Elle vit que c'était Maria Taube qui l'appelait.

« Tu es moins intelligente que tu en as l'air, dit-elle.

— Hein ? répliqua Rebecka, surprise.

— Tu ne comprends pas que tous les mails qui arrivent à l'agence peuvent être contrôlés. Nos supérieurs hiérarchiques ont accès à tous les courriels entrants et sortants. Tu veux que les associés soient au courant que tu me demandes de glaner des informations confidentielles auprès du fisc ? Tu crois que moi j'ai envie qu'ils soient au courant ?

— Euh… non.

— Bon, alors, qu'est-ce que tu veux savoir ? »

Rebecka réfléchit un instant puis elle dicta à Maria ce qu'elle attendait d'elle.

« Demande à ton contact d'aller vérifier les comptes de l'Église de la Force originelle et ceux des pasteurs qui y travaillent. Thomas Söderberg, Vesa Larsson et Gunnar Isaksson. Dis-lui aussi de se renseigner sur Viktor Strandgård. Je voudrais jeter un coup d'œil à leurs mouvements financiers et à leurs résultats. Et j'aimerais aussi en savoir un peu plus sur la situation économique des pasteurs et de Viktor. Le montant de leurs salaires et qui les paye. Leurs biens immobiliers, mobiliers et tout le reste.

— OK, dit Maria en prenant des notes.

— Encore une chose. Est-ce que tu peux aller sur le registre du commerce et voir sous quelle forme a été constituée la communauté ? Sur le portable, ça prend un temps fou. Regarde si l'Église a des actions dans une société non cotée en Bourse ou des parts dans une quelconque société commerciale. Même chose pour les pasteurs et pour Viktor.

— Je peux savoir pourquoi ?

— Je ne sais pas, dit Rebecka. Une intuition. Autant que je m'occupe pendant que je tourne en rond ici.

— Comment les Anglo-Saxons appellent-ils ça, déjà ? *Shake the tree*, secouer l'arbre pour voir ce qui va tomber. C'est ça que tu essayes de faire ?

— On peut dire ça comme ça », répliqua Rebecka.

Dehors, la nuit commençait déjà à tomber. Rebecka fit sortir Tjapp de la voiture. La chienne se précipita sur un tas de neige et s'accroupit. La lumière du réverbère éclairait une forme blanche et rectangulaire, coincée sous l'essuie-glace de l'Audi. Rebecka pensa tout d'abord qu'elle avait une contravention, puis elle vit son nom, écrit en lettres majuscules au crayon sur une enveloppe. Elle fit monter Tjapp sur le siège avant, à la place du passager et attendit d'être assise au volant pour ouvrir l'enveloppe. Elle contenait une lettre griffonnée à la main d'une écriture maladroite. Comme si son auteur avait porté des gants ou écrit de la mauvaise main.

« Quand je dis au méchant : Méchant, tu mourras ! si tu ne parles pas pour détourner le méchant de sa voie, ce méchant mourra dans son iniquité, et je te redemanderai son SANG.

Mais si tu avertis le méchant pour le détourner de sa voie, et qu'il ne se détourne pas, il mourra dans son iniquité, et toi tu sauveras ton âme[1]*. »*

TU ES PRÉVENUE !

Rebecka sentit la peur lui nouer le ventre, les poils se dresser sur ses avant-bras, mais elle résista à l'envie

1. Ézéchiel 33, 8-9. Traduction Louis Segond.

de tourner la tête pour voir si on la surveillait. Elle froissa la lettre dans sa main jusqu'à en faire une toute petite boule qu'elle jeta sur le plancher de la voiture.

« Montre-toi, espèce de lâche », dit-elle à voix haute en sortant du parking.

Pendant tout le temps que dura le trajet jusqu'à l'école, elle ne put se débarrasser de l'impression qu'on la suivait.

La directrice de l'école primaire, de la maternelle et de la crèche de la Compagnie minière regardait Rebecka avec une animosité qu'elle ne cherchait pas à dissimuler. C'était une femme autoritaire d'une cinquantaine d'années. Ses cheveux épais, teints en noir corbeau, entouraient sa tête carrée comme un casque. Des lunettes en forme d'ailes de papillon pendaient à un cordon autour de son cou emmêlé avec un collier de cuir, de plumes et de perles en céramique.

« Je ne vois pas en quoi l'école pourrait vous aider dans cette situation, dit-elle en retirant un cheveu de son gilet bariolé.

— Je vous l'ai expliqué, dit Rebecka en s'efforçant de cacher son impatience. J'exige que le personnel de vos établissements ne laisse partir Sara et Lova avec personne d'autre que moi. »

La directrice sourit avec condescendance.

« Ainsi que je l'ai déjà dit à la mère des fillettes, Sanna Strandgård, nous ne souhaitons pas être mêlés à un éventuel désaccord familial. »

Rebecka se leva et se pencha au-dessus de la table.

« Je me fiche de savoir ce que vous souhaitez ou ne souhaitez pas. Il est de votre devoir en tant que chef d'établissement de veiller à ce que les enfants, qui sont sous votre responsabilité, soient en sécurité pendant les heures scolaires et jusqu'à ce qu'ils soient rendus à leurs parents ou à ceux qui en ont la garde. Si vous refusez de faire ce que je vous demande et que vous n'informez pas au plus tôt vos collaborateurs qu'ils ne doivent laisser partir Sara et Lova Strandgård qu'avec moi et avec personne d'autre, je peux vous assurer que vous serez épinglée dans les médias pour complicité d'abus de pouvoir sur mineur. Croyez-moi, ils vont adorer ça. Mon répondeur déborde de messages de journalistes qui désirent parler avec moi de Sanna Strandgård. »

Les mâchoires et les lèvres de la directrice se crispèrent.

« Ah, alors c'est comme ça qu'on devient quand on vit à Stockholm et qu'on travaille dans un grand cabinet d'avocats !

— Non, on devient comme ça quand on a affaire à des gens comme vous. »

Elles se regardèrent pendant un long moment sans rien dire, puis la directrice céda avec un haussement d'épaules.

« Comment voulez-vous qu'on sache ce qu'il convient de faire avec ces filles ? persifla-t-elle. Un jour, on doit les laisser aux parents ou au frère de Sanna Strandgård. Ensuite, pas plus tard que la semaine dernière, on voit la mère des petites débarquer ici comme une folle en disant qu'il ne faut les confier qu'à elle et elle seule et maintenant, tout à coup, c'est à vous qu'il faut les laisser. Vous avouerez que ce n'est pas simple !

— Sanna est venue vous dire la semaine dernière qu'elle seule pouvait venir prendre ses enfants ? demanda Rebecka. Elle vous a dit pourquoi ?

— Non, je n'en ai aucune idée. Ce que je sais, c'est que ses parents sont les gens les plus attentionnés qui soient. Ils ont toujours été là quand elle avait besoin d'eux.

— Ça, c'est vous qui le dites, rétorqua Rebecka, énervée. Bon, je vais chercher les filles. »

À six heures du soir, Rebecka était de retour dans la cuisine de la maison de sa grand-mère, à Kurravaara. Sivving, les manches retroussées, faisait griller des tranches de renne dans la lourde poêle noire en fonte. Quand les pommes de terre furent cuites, il les écrasa dans la casserole à l'aide du presse-purée électrique, y mélangeant du beurre, du lait et deux jaunes d'œufs. Puis il releva le tout avec du sel et du poivre. Sagement assises à ses pieds comme deux caniches de cirque, Tjapp et Bella surveillaient chacun de ses gestes, envoûtées par toutes ces bonnes odeurs. Couchées par terre sur un matelas, Lova et Sara regardaient *Bolibompa* à la télévision.

« J'ai apporté des vidéos si vous voulez, leur lança Sivving. J'ai *Le Roi Lion* et plein d'autres dessins animés. Ils sont dans le sac en plastique, là-bas. »

Rebecka feuilletait distraitement un vieux magazine féminin. Avec Sivving qui prenait ses aises, la cuisine était toute petite et pleine de vie. Quand, pour la deuxième fois de la journée, elle était venue chercher les clés, il leur avait demandé si elles avaient faim et avait proposé de leur préparer le repas. Les bûches craquaient et le feu crépitait dans la cheminée.

Il s'est passé quelque chose dans la famille Strandgård, songeait Rebecka. Demain, il va falloir que Sanna m'explique ce que c'est.

Elle observait Sara. Sivving n'avait pas l'air de remarquer son silence obstiné.

Je devrais peut-être arrêter de me donner autant de mal, se dit-elle. Elle préfère visiblement que je la laisse tranquille.

« Il faut bien les occuper, s'excusa le vieil homme avec un signe de tête en direction des fillettes. De nos jours, les enfants ne savent plus jouer dehors à force de passer leur temps sur les jeux vidéo. Tu te souviens de Manfred, de l'autre côté du fleuve ? Il m'a raconté la visite de ses petits-enfants, cet été. Il paraît qu'il a dû les forcer pour qu'ils aillent jouer dehors. "L'été, on n'a le droit de rester à l'intérieur que s'il pleut des cordes", il leur a dit. Et les gosses y sont allés. Mais ils ne savaient pas du tout quoi faire. Ils sont restés là, dans la cour, les bras ballants. À un moment, Manfred les a vus se mettre en cercle, les mains jointes. Alors, il est sorti et il leur a demandé à quoi ils jouaient. Tu sais ce qu'ils ont répondu ? Qu'ils étaient en train de prier pour qu'il pleuve. »

Il retira la poêle des plaques de la cuisinière.

« Voilà, c'est prêt ! À table ! »

Il apporta la viande, la purée de pommes de terre et un pot de confiture d'airelles maison.

« Bonté divine, quelle génération ! dit-il en riant. Manfred en était comme deux ronds de flan. »

Måns Wenngren était assis sur un tabouret dans l'entrée de son appartement en train d'écouter un message de Rebecka sur son répondeur. Il n'avait pas encore retiré son manteau ni allumé la lumière. Il se repassa le message trois fois de suite. Pour réécouter sa voix. Il la trouvait différente de celle qu'elle avait quand elle était au bureau. On aurait dit qu'elle avait cessé de la contrôler. Au cabinet, elle faisait toujours très attention. Elle ne laissait jamais sa voix révéler ses sentiments ni ce qui se passait vraiment dans sa tête.

« *Merci d'avoir arrangé cette histoire avec la rouquine de TV4*, disait-elle. *Dis donc, Don Corleone, tu n'as pas mis longtemps à déposer une tête de cheval sur son oreiller ! Mais tu as peut-être procédé autrement. J'oubliais que tu as d'autres méthodes... Mon téléphone est éteint ces jours-ci, à cause des journalistes justement. Ils n'arrêtent pas de m'appeler. Enfin, sache que j'écoute régulièrement mes messages et que je lis mes mails. Merci encore. Bonne nuit.* »

Il se demanda si elle était aussi différente physiquement. Si elle ressemblait à la Rebecka qu'il avait croisée un jour dans le hall d'accueil, à cinq heures du matin. Il sortait d'une réunion qui avait duré toute la nuit et elle arrivait au bureau. Elle était venue à pied. Le vent l'avait décoiffée et une mèche de ses cheveux était restée collée à sa joue. La fraîcheur matinale avait rougi son visage, ses yeux brillaient et elle avait presque l'air heureux. Il se souvient de sa surprise et de sa gêne. Il avait essayé d'engager la conversation, mais elle s'était contentée de lui bafouiller quelques mots avant de le planter là et d'aller se cacher dans son bureau.

« Bonne nuit ! » lança-t-il dans le silence de son appartement.

PUIS VINRENT LE SOIR ET LE MATIN DU TROISIÈME JOUR

À trois heures et quart du matin, il se met à neiger. Doucement, d'abord, puis à gros flocons. Au-dessus des épais nuages, l'aurore boréale se démène comme un beau diable. Gesticule comme un ver. S'étire voluptueusement devant les constellations.

Dans le garage situé au sous-sol de leur maison, Kristina Strandgård est assise au volant de la Volvo gris métallisé de son mari. Elle n'a pas allumé la lumière. Seul le GPS de la voiture donne un peu de luminosité. Kristina porte sa robe de chambre en satin matelassé et ses mules. Elle a la main gauche posée sur ses genoux et dans sa main droite, elle serre la clé de contact. Elle a calfeutré la porte du garage avec des chiffons. La porte donnant dans la maison est fermée à clé, le moindre interstice a été recouvert de ruban adhésif, celui dont elle se sert pour marquer les produits qu'elle met à congeler.

Je devrais pleurer, songe-t-elle. Comme Rachel : « Un cri s'élève, longue plainte : c'est Rachel qui pleure ses enfants et ne veut pas être consolée, car ils ne sont plus[1]. » Mais je ne ressens rien. Tout mon corps est anesthésié. C'est moi la folle dans cette famille. Je ne l'avais pas compris jusqu'ici, mais en fait, c'est moi.

---

1. Matthieu 2, 18.

Elle insère la clé de contact. Et ses larmes ne coulent toujours pas.

Sanna Strandgård presse son front contre les briques de verre de la fenêtre. Elle regarde l'allée et les façades en tôle verte de Konduktörgatan. Viktor est debout dans la neige sous le faisceau du réverbère. Il est nu hormis les grandes ailes gris colombe dont il protège son corps. Les flocons tombent sur lui comme une pluie d'étoiles. Scintillent dans la lumière du réverbère. Ne fondent pas en touchant sa peau froide. Il lève les yeux vers Sanna.

« Je n'arrive pas à te pardonner, murmure-t-elle en dessinant des arabesques sur la vitre. Mais le pardon est un miracle qui naît dans le cœur des hommes. Et si tu me pardonnes, alors, peut-être… »

Elle ferme les yeux et Rebecka lui apparaît. Ses mains et ses bras sont couverts de sang jusqu'au coude. Elle les étend et pose une main protectrice sur la tête de Sara et l'autre sur celle de Lova.

Je suis désolée, Rebecka, songe Sanna. C'est toi qui vas devoir t'en charger.

Quand l'horloge de la mairie frappe les coups de cinq heures, Kristina Strandgård retire la clé du contact et elle sort de la voiture. Elle enlève les chiffons sous la porte du garage, arrache l'adhésif du cadre de la porte, le roule en boule et le fourre dans la poche de sa robe de chambre. Puis elle monte dans la cuisine et prépare la pâte à pain. Pense à verser des graines de lin dans le mélange, Olof a toujours eu l'intestin paresseux.

Mercredi 19 février

De bonne heure ce matin-là, le téléphone sonna chez Anna-Maria Mella.

« Laisse sonner », dit Robert d'un ton rogue.

Mais par la force de l'habitude, Anna-Maria avait déjà décroché.

C'était Sven-Erik Stålnacke.

« C'est moi, dit-il. Tu as l'air essoufflée.

— Je viens de monter l'escalier en courant.

— Tu as eu le temps de jeter un coup d'œil dehors ? Il est tombé des tonnes de neige cette nuit.

— Mmm…

— On a reçu les résultats du labo, dit Sven-Erik. Il n'y a pas d'empreinte sur le couteau parce qu'il a été lavé et essuyé. Mais c'est bien l'arme du crime. On a trouvé des traces du sang de Viktor Strandgård sur la garde. Et aussi dans l'évier de Sanna Strandgård. »

Anna-Maria accueillit l'information avec un claquement de langue pensif.

« Von Post est fou de rage. Il aurait voulu que nous ayons des preuves matérielles irréfutables. Il m'a appelé vers dix-sept heures trente pour que je lui sorte un mobile de mon chapeau et pour me rappeler qu'il était urgent de retrouver l'objet contondant qui a servi à assommer la victime.

— En même temps, il n'a pas tort, répliqua Anna-Maria.

— Tu crois qu'elle l'a fait ? demanda Sven-Erik.

— J'en serais extrêmement surprise. Mais je ne suis pas psychologue.

— Cette peste de von Post n'a pas l'intention de la lâcher, en tout cas.

— Et comment est-ce qu'il a l'intention de s'y prendre ?

— Je n'en sais rien, répondit Sven-Erik. Il va la réinterroger, je pense. Il parle de la transférer à la prison de Luleå dès qu'elle sera mise en examen.

— Merde. Il ne comprend pas qu'il n'a rien à gagner à lui faire peur ? Il faudrait faire venir un professionnel pour lui parler. Je vais essayer de passer un moment en tête à tête avec elle. Ça ne nous avancera à rien d'assister aux interrogatoires du substitut du procureur.

— Fais gaffe, la prévint Sven-Erik. Ça va chauffer si von Peste apprend que tu es allée l'interroger derrière son dos.

— Je trouverai un prétexte. Il vaut mieux que ce soit moi qui transgresse les règles plutôt que toi.

— Quand est-ce que tu seras là ? demanda Sven-Erik. Il y a un tas de documents qui sont arrivés de Linköping à ton intention. Les secrétaires ne savent plus où donner de la tête. Elles veulent savoir s'il faut tout enregistrer et elles font la gueule parce que le fax a été bloqué toute la matinée.

— Ce sont des photocopies de la bible de Viktor Strandgård. Tu peux leur dire qu'elles n'ont pas besoin d'y toucher.

— Alors, quand est-ce que tu viens ? insista Sven-Erik.

— Pas tout de suite, rétorqua Anna-Maria, vague. Il faut d'abord que Robert déneige la voiture et tout ça.

— OK, dit son collègue. À plus, alors. »

Il raccrocha.

« Bon, où en étions-nous ? dit Anna-Maria à Robert avec un regard coquin.

— Ici », répondit Robert avec un rire dans la voix.

Allongé nu sous elle, il posa les mains sur son énorme ventre et remonta lentement vers ses seins.

« On en était exactement ici, dit-il en dessinant des cercles autour des mamelons bruns avec ses doigts. Exactement ici. »

Armée d'un balai de bruyère, Rebecka Martinsson essayait de dégager l'Audi, garée dans la cour de sa grand-mère. Il avait beaucoup neigé pendant la nuit et c'était un travail pénible. Elle transpirait sous son bonnet. Le jour n'était pas levé et cela continuait à tomber. La route avait disparu sous un épais manteau blanc et il n'y avait aucune visibilité. Ça n'allait pas être une partie de plaisir de rejoindre la ville dans ces conditions. En admettant qu'elle réussisse à sortir de la cour. Sara et Lova la regardaient faire, le nez collé à la fenêtre de la cuisine. Il n'y avait aucune raison de les laisser se tremper dehors ou geler à l'intérieur de la voiture en attendant qu'elle ait terminé. Tjapp était partie faire un tour et elle ne l'avait pas vue depuis un petit moment. Le téléphone sonna. Rebecka mit son oreillette et répondit, agacée.

« Allô ! Rebecka Martinsson à l'appareil. »

Maria Taube répliqua gaiement.

« Allô, toi-même ! Je suis contente de t'avoir en direct. Je pensais tomber sur ton répondeur.

— Je viens d'appeler le voisin pour qu'il m'aide à sortir la voiture de la cour, pesta Rebecka. Je dois emmener les enfants à l'école et la neige ne s'arrête plus de tomber. Je ne vais jamais m'en sortir.

— “Je dois emmener les enfants à l’école”, singea Maria Taube. Vous êtes sûre que vous êtes bien Rebecka Martinsson ? J’ai eu l’impression d’avoir une jeune mère de famille stressée au bout du fil. Un pied au boulot, l’autre à la crèche et vivement vendredi qu’on puisse décompresser avec un paquet de chips et une bière en regardant *Incroyable Talent.* »

Rebecka rit de bon cœur. Tjapp et Bella arrivèrent tout à coup ventre à terre, faisant voler la neige autour d’elles. Bella en tête. La neige profonde était un plus gros handicap pour Tjapp qui avait les pattes plus courtes. Sivving devait être en chemin.

« J’ai les renseignements que tu m’as demandés à propos de cette communauté religieuse, dit Maria. Et j’ai promis à Johan Dahlström que je l’inviterais à dîner pour le remercier. Tu me dois une soirée au restaurant, à moins que tu n’aies une autre idée. Cela dit, j’irais bien faire la belle au Sturehof[1], histoire de me sentir un peu admirée le temps d’une soirée.

— Ça m’a l’air d’une bonne opération pour toi, dit Rebecka, essoufflée par l’effort. D’abord, ton Johan va insister pour que tu dînes avec lui en guise de rétribution pour service rendu, puis c’est moi qui vais t’emmener au restau pour te donner une occasion de t’épiler les jambes.

— D’abord, ce n’est pas “mon Johan” et ensuite j’attends l’expression de ta gratitude et quelques paroles aimables, sinon, je garde ces informations pour moi.

1. Célèbre restaurant de fruits de mer à Stockholm, situé sur le Stureplan.

— Gratitude et amabilité, d'accord, dit Rebecka, docile. Allez, raconte.

— D'accord. Alors, d'après lui, la communauté a simplement coché la case "revenus exceptionnels".

— Merde ! jura Rebecka.

— Je ne me suis jamais occupée d'associations ni de fondations. Qu'est-ce que cela signifie ?

— Cela signifie qu'il s'agit d'une association à but non lucratif qui n'est pas soumise à l'impôt sur le revenu, et qui n'est pas concernée par l'impôt sur la fortune. Cela veut dire aussi qu'elle ne fait pas de déclaration à l'administration fiscale et qu'elle n'est pas tenue de fournir un bilan. Il n'y a aucun moyen de contrôler ses revenus.

— En ce qui concerne Viktor Strandgård, il ne touchait qu'un modeste salaire de pasteur. Johan a vérifié deux années en arrière. Pas de revenu extérieur. Pas de fortune. Pas de biens, ni mobiliers, ni immobiliers. »

Rebecka vit Sivving arriver dans la cour. Il portait une toque de fourrure enfoncée sur les yeux et traînait une herse à neige derrière lui. Les chiennes étaient reparties en sens inverse pour l'accueillir et faisaient des bonds autour de lui pour l'inviter à jouer avec elles. Rebecka agita la main, mais il marchait les yeux au sol et ne remarqua pas son salut.

« Les pasteurs se payent chacun un salaire de quarante-cinq mille couronnes par mois.

— Cela paraît confortable pour un pasteur, dit Rebecka.

— Thomas Söderberg a un assez gros portefeuille d'actions, d'une valeur d'environ un demi-million. Et il est propriétaire d'un terrain à bâtir à Värmdö.

— Värmdö, sur l'archipel de Stockholm ?

— Oui, il l'a déclaré au fisc pour une valeur de quatre cent vingt mille couronnes. Mais en réalité, ce genre de parcelle n'a pas de prix. La maison de Vesa Larsson vaudrait un million deux cent mille. C'est une construction relativement récente. C'est le montant auquel elle a été estimée par le fisc lors d'un contrôle l'année dernière. Il doit un million à peu près à la banque, sans doute son emprunt immobilier.

— Et Gunnar Isaksson ?

— Rien de spécial. Quelques obligations d'État, un peu d'épargne.

— D'accord. Et l'Église de la Force originelle ? Elle possède une société commerciale ou quelque chose comme ça ? »

Sivving arriva brusquement derrière Rebecka.

« Bonjour, bonjour ! lança-t-il d'une voix tonitruante. Tu parles toute seule ?

— Une seconde », s'excusa Rebecka auprès de sa collègue.

Elle se tourna vers Sivving. On ne voyait qu'une toute petite partie de sa figure au-dessus de son écharpe et il y avait déjà un ou deux centimètres de neige sur sa toque.

« Je suis au téléphone, expliqua-t-elle à son vieux voisin en lui montrant le fil de son oreillette. Je n'arrive pas à dégager la voiture. J'ai essayé de démarrer, mais les roues se sont mises à patiner et je n'ai pas pu avancer d'un pouce.

— Tu parles au téléphone à travers un fil ? demanda-t-il. Dieu du ciel, bientôt, ils grefferont un téléphone dans le crâne des bébés à la naissance. Ne t'occupe pas de moi, continue ta conversation pendant que je déblaye. »

Il se mit à tirer la herse devant la voiture.

« Allô, dit Rebecka.

— Je suis toujours là, répondit Maria. La communauté n'a pas de biens, mais j'ai étendu ma recherche aux pasteurs et à leurs familles. Leurs femmes sont actionnaires d'une société commerciale. La SA Victory Print.

— Et tu t'es renseignée ?

— Non, mais n'importe qui a le droit de demander la valeur d'une entreprise. Je t'invite à aller toi-même faire une visite au centre des impôts. Je n'ai pas envie de refaire appel à Johan. Il n'était déjà pas très à l'aise avec le fait de demander des informations au Trésor public d'un autre comté.

— Merci beaucoup. Je te laisse. Il faut que j'aide Sivving avec la pelle. Je te rappelle.

— Fais attention à toi », dit Maria avant de raccrocher.

Lentement, la nuit s'en fut, relâchant son emprise sur Sanna Strandgård. Au travers de la fenêtre en briques de verre et sous la lourde porte en métal, elle céda la place au jour impitoyable. La lumière mettrait encore quelques heures à venir. La faible luminosité des réverbères pénétrait par la fenêtre, dessinant des ombres sur le plafond. Allongée sur le matelas trop mince, Sanna ne bougeait pas encore.

« Encore un peu », supplia-t-elle, mais le sommeil l'avait déjà désertée, la privant de sa clémence.

Son visage était engourdi. Elle sortit la main de la couverture et effleura sa bouche. Imagina que ses doigts étaient les cheveux de Sara. Eut presque la sensation que son nez humait la peau de Lova. Elle avait encore son odeur de bébé, même si elle commençait à être une grande fille. Le corps de Sanna se détendit et elle put s'échapper dans ses souvenirs. La chambre à coucher de l'appartement. Toutes les quatre, ensemble dans le grand lit, Lova, les bras autour de son cou. Sara, en chien de fusil dans son dos et Tjapp, couchée sur les pieds de Sara. Ses petites pattes noires qui galopaient dans son sommeil. Toutes ces sensations étaient tatouées sur sa peau, gravées au creux de ses mains et sur ses lèvres. Quoi qu'il arrive, son corps se souviendrait.

Rebecka, songea-t-elle. Je ne vais pas les perdre. Rebecka va tout arranger. Il ne faut pas que je pleure. Ça ne sert à rien.

Une heure plus tard, quelqu'un entrouvrit doucement la porte. La lumière inonda sa cellule et une voix murmura :

« Tu es réveillée ? »

C'était Anna-Maria Mella. La policière avec la longue natte et le gros ventre.

Sanna dit oui et Anna-Maria entra.

« Un petit déjeuner, ça te dit ? Du thé et des tartines ? »

Sanna accepta et Anna-Maria disparut en laissant la porte entrebâillée.

Dans le couloir, le gardien soupira, découragé :

« Enfin, Mella ! Tu es dingue ou quoi ? »

Anna-Maria répliqua :

« Oh, je t'en prie. Que veux-tu qu'elle fasse ? Tu crois vraiment qu'elle va sortir de sa cellule et faire sauter la porte de sécurité ? »

Elle doit être une bonne mère, songea Sanna. Le genre à laisser la porte entrouverte pour que ses enfants puissent l'entendre vaquer à ses occupations dans la cuisine. Le genre à laisser la lampe de chevet allumée si ses petits ont peur du noir.

Au bout d'un moment, Anna-Maria revint avec deux sandwichs au concombre et un mug de thé. Elle avait un dossier coincé sous le bras et referma la porte avec son pied. Le mug était légèrement ébréché et avait un jour appartenu à « la meilleure des grand-mères ».

« Waouh, merci ! dit Sanna en s'asseyant sur sa couchette. Je croyais qu'en prison on était au pain sec et à l'eau.

— Techniquement, c'est exactement ce que c'est : du pain et de l'eau, dit Anna-Maria en riant. Je peux m'asseoir ? »

Sanna l'invita d'un geste à prendre place près du lit et Anna-Maria s'assit après avoir posé le dossier à ses pieds.

« Il est descendu, dit Sanna entre deux gorgées de thé en regardant le ventre d'Anna-Maria. C'est pour bientôt.

— Oui », dit Anna-Maria, avec un sourire.

Elles laissèrent le temps s'écouler en silence. Sanna mangeait ses tartines, par petites bouchées. Le concombre croquait sous les dents. Anna-Maria regardait par la fenêtre la neige qui continuait de tomber dru.

« Le meurtre de ton frère a un caractère, comment dire, religieux, dit Anna-Maria, songeuse. Il m'a fait penser à une sorte de rituel. »

Sanna s'arrêta de mâcher. La bouchée gonfla dans sa bouche.

« L'énucléation des yeux, l'amputation des mains, les nombreux coups de couteau, poursuivit Anna-Maria. La façon dont était disposé son corps, au milieu de l'allée centrale du temple. Et l'absence de signe de lutte.

— Comme l'agneau du sacrifice, dit Sanna tout bas.

— Exactement, abonda Anna-Maria. En le voyant, j'ai pensé à l'expression biblique "œil pour œil, dent pour dent".

— C'est dans l'un des cinq livres de Moïse », dit Sanna en se penchant pour ramasser la bible posée à côté de sa couchette.

Elle chercha quelques instants, puis lut à haute voix : « Exode 21, 23-25 : “Mais s’il s’ensuit un dommage, tu feras payer vie pour vie, œil pour œil, dent pour dent, main pour main, pied pour pied…” » Elle fit une pause et lut un peu dans sa tête avant de poursuivre : « “… brûlure pour brûlure, blessure pour blessure, contusion pour contusion.”

— Qui avait des raisons de lui vouloir du mal ? » demanda Anna-Maria.

Sanna ne répondit pas et continua à feuilleter la bible, au hasard, semblait-il…

« Dans l’Ancien Testament, on trouve beaucoup d’yeux crevés, dit-elle. Les Philistins crèvent ceux de Samson. Nachasch l’Ammonite accepte de traiter avec les assiégés de Jabès à condition de crever l’œil droit à chacun d’entre eux[1]. »

Elle se tut parce que le gardien venait d’ouvrir grande la porte et d’entrer dans la cellule, Rebecka sur ses talons. De longues mèches de cheveux mouillés pendaient sur les épaules de Rebecka. Son mascara avait coulé et lui faisait des cernes noirs sous les yeux. Son nez rouge vif gouttait comme un robinet mal fermé.

« Bonjour ! lança-t-elle, de mauvaise humeur, aux deux femmes souriantes assises sur la couchette. Je ne veux aucun commentaire ! »

Le gardien retourna à sa place, et Rebecka resta debout sur le seuil de la pièce exiguë.

« Vous faites la prière du matin ? leur demanda-t-elle.

---

1. Respectivement dans Juges 16, 21 et 1 Samuel 11, 2.

— Nous parlions des yeux crevés dans la Bible, répondit Sanna.

— "Œil pour œil, dent pour dent", entre autres, ajouta Anna-Maria.

— Mmm, dit Rebecka. Il y a aussi ce passage dans les Évangiles qui dit : "Si c'est ton œil qui te fait tomber dans le péché", etc., c'est où, déjà ? »

Sanna tourna les pages du livre.

« Évangile selon Marc, dit-elle. Voilà, c'est ici, Marc 9, 43 et les versets suivants, jusqu'à… 48 : "Si ta main te fait tomber dans le péché, coupe-la ; car il vaut mieux pour toi entrer dans la vie avec une seule main que de garder les deux mains et d'être jeté en enfer dans le feu qui ne s'éteint jamais. Si ton pied te fait tomber dans le péché, coupe-le ; car il vaut mieux pour toi entrer dans la vie avec un seul pied que de garder les deux pieds et d'être jeté en enfer. Si c'est ton œil qui te fait tomber dans le péché, jette-le au loin ; car il vaut mieux pour toi entrer avec un seul œil dans le royaume de Dieu que de garder les deux yeux et d'être jeté en enfer, où le ver rongeur ne meurt point et où le feu ne s'éteint jamais."

— Quelle horreur ! s'exclama Anna-Maria.

— Qu'est-ce qui vous a fait penser à ça ? » demanda Rebecka en retirant son manteau.

Sanna posa la bible sur le lit.

« Anna-Maria trouve que le meurtre de Viktor ressemble à un sacrifice rituel. »

Un silence pesant emplit la cellule. Puis Rebecka dit froidement à Anna-Maria Mella qu'elle aurait préféré qu'elle n'évoque pas avec Sanna le meurtre de son frère sans qu'elle soit présente.

Anna-Maria se pencha en avant, avec difficulté, et ramassa le dossier. Puis elle se leva et regarda Rebecka sans ciller.

« Ce n'était pas mon intention, Rebecka. C'est venu comme ça, dans la conversation. Je vous accompagne au parloir. Tu demanderas au gardien de conduire Sanna à la douche quand vous aurez terminé. Je vous retrouve toutes les deux dans la salle d'interrogatoire dans quarante minutes. » Elle tendit le dossier à Rebecka. « Tiens, dit-elle avec un sourire pacificateur. Voici les copies de la bible de Viktor que tu voulais. J'espère sincèrement que nous allons pouvoir travailler agréablement ensemble. »

Un-zéro pour toi, songea Rebecka tandis qu'Anna-Maria les précédait pour les accompagner au parloir avocat.

Quand elles furent seules, Rebecka s'écroula sur une chaise tandis que Sanna se postait devant la fenêtre pour regarder tomber la neige.

« Qui a caché l'arme du crime dans ton appartement, à ton avis ?

— Je n'en ai aucune idée. Et je n'en sais pas plus maintenant que je n'en savais au départ. Je dormais. Je me suis réveillée. Viktor était à côté de mon lit. J'ai mis Lova dans le traîneau et pris Sara par la main pour aller au temple. Et il était là. »

Elles se turent. Rebecka ouvrit la chemise cartonnée qu'Anna-Maria lui avait confiée. Le premier document était une copie du verso d'une carte postale. Sans timbre. Rebecka reconnut aussitôt l'écriture. Un frisson la parcourut. C'était la même que celle du message qu'elle avait trouvé sur son pare-brise. Les mêmes pattes de mouche. Comme si l'auteur portait des gants ou s'il avait écrit de la mauvaise main. Elle lut le texte de la carte :

« Ce que nous avons fait n'est pas un crime aux yeux de Dieu. Je t'aime. »

« Qu'est-ce qui t'arrive ? » demanda Sanna en voyant Rebecka pâlir subitement.

Je ne peux pas lui parler du mot laissé sur ma voiture, se dit Rebecka. Cela l'inquiéterait. Elle aurait peur qu'il arrive quelque chose à ses filles.

« Rien, répondit-elle. Mais écoute ça. »

Elle lut la carte postale à haute voix.

« Qui l'aimait, Sanna ? »

Sanna baissa les yeux.

« Je ne sais pas. Tout le monde.

— Décidément, tu ne sais rien du tout », rétorqua Rebecka, agacée.

Elle était troublée. Quelque chose ne collait pas, mais elle n'arrivait pas à savoir quoi.

« Est-ce que vous étiez fâchés, Viktor et toi, au moment de sa mort ? demanda-t-elle. Pourquoi tes parents et lui n'avaient-ils plus le droit de venir chercher les filles à l'école ?

— Je te l'ai déjà expliqué, répliqua Sanna avec impatience. Si Viktor était venu les chercher, il les aurait laissées à papa et à maman. »

Rebecka se tourna vers la fenêtre sans faire de commentaires. Elle pensait à Patrik Mattsson. Sur l'enregistrement de la messe, on le voyait agripper les mains de Viktor. Et Viktor s'arrachait à son emprise.

« Il faut que j'aille me doucher, si je veux avoir le temps de le faire avant mon interrogatoire », dit Sanna.

Rebecka hocha distraitement la tête.

Il faut que je parle à Patrik Mattsson, songeait-elle.

Sanna l'interrompit dans ses pensées en venant lui caresser les cheveux.

« Je t'aime, Rebecka, lui dit-elle tendrement. Ma grande sœur préférée. »

C'est fou comme tout le monde s'aime dans le coin. Ils mentent, trahissent et sont prêts à s'entredévorer pour le petit déjeuner tellement ils s'aiment, songea Rebecka.

Rebecka et Sanna sont attablées dans la cuisine. Sara écoute Jojje Wadenius[1]*, couchée à plat ventre sur un pouf dans le séjour. Le matin, elle a ses habitudes. Son porridge et Jojje sur le pouf du salon. Dans la cuisine, la radio est allumée sur le canal 1. L'étoile de Noël est encore accrochée à la fenêtre bien qu'on soit déjà en février. Mais faire durer un peu Noël, ses décorations et ses bougies aide à supporter les derniers mois d'hiver en attendant le dégel. Encore en robe de chambre, Sanna beurre des tartines devant le plan de travail. La cafetière électrique émet un dernier glouglou et s'arrête. Le café est prêt. Elle le verse dans deux mugs qu'elle pose sur la table.*

Une nausée monte de l'estomac de Rebecka comme une vague d'équinoxe. Elle se lève et se précipite dans les toilettes. Le spasme est si violent qu'elle vomit une grande partie sur l'abattant et sur le carrelage.

Sanna la suit. Depuis le seuil de la salle de bains, elle regarde Rebecka d'un air inquiet. Avec le dos de

---

1. Musicien connu entre autres pour avoir joué avec le groupe américain Blood Sweat and Tears.

la main, Rebecka essuie un filet de bave et de vomi au coin de sa bouche. Elle se retourne vers Sanna et voit dans ses yeux qu'elle a compris.

« De qui est-il ? demande-t-elle. De Viktor ? Il a le droit de savoir. »

Elles sont retournées dans la cuisine. Sanna a vidé la cafetière dans l'évier.

« Je ne vois pas pourquoi ! » dit Rebecka avec violence.

Elle a l'impression d'être enfermée sous un globe de verre. Ça fait plusieurs jours qu'elle est dans cet état. Son corps se réveille avant elle le matin. Sa bouche s'ouvre, pour réclamer la brosse à dents. Ses mains font le lit. Ses jambes l'emmènent à l'école Hjalmar Lundbohm. Parfois, elle s'arrête au milieu de la rue en se demandant si on n'est pas samedi. Si elle est supposée aller à l'école ce jour-là. Le plus étrange est que ce sont ses jambes qui ont raison, chaque fois. Elles l'emmènent dans la bonne classe, le bon jour, à la bonne heure. Son corps s'en sort très bien sans elle. Elle évite de se rendre au temple. Prétend qu'elle a du travail ou la grippe et va se cacher dans la maison de sa grand-mère à Kurravaara. Thomas Söderberg ne prend pas de ses nouvelles et il ne l'appelle pas.

« Parce que c'est son enfant, répond Sanna. Il finira vite par le savoir. Dans quelques mois, ça va commencer à se voir, de toute façon.

— Non, répond Rebecka d'une voix mate. Ça ne se verra pas. »

Elle voit l'implication de ce qu'elle vient de dire apparaître petit à petit sur le visage de Sanna.

« Non, Rebecka. Pas ça », lui dit-elle en secouant la tête.

Les larmes lui montent aux yeux et Sanna prend la main de Rebecka, mais Rebecka se lève et elle va enfiler ses bottes et sa doudoune.

« Je t'aime, Rebecka, implore Sanna. Essaye de comprendre que c'est un don du ciel. Je t'aiderai à... »

Elle se tait en voyant le regard ironique de Rebecka.

« Je sais, dit-elle à voix basse. Tu trouves que j'ai déjà du mal à m'occuper de moi-même et de Sara. »

Sanna cache son visage entre ses mains et sanglote.

Rebecka se lève et quitte l'appartement. En elle, la colère gronde. Ses poings se serrent au fond des moufles. Elle a l'impression qu'elle pourrait tuer quelqu'un. N'importe qui.

Après le départ de Rebecka, Sanna passe un coup de téléphone. C'est Maja, la femme de Thomas Söderberg, qui répond.

Patrik Mattsson fut réveillé à onze heures et quart du matin par un bruit de clé dans la serrure de la porte de son appartement. Puis il entendit la voix de sa mère. Aussi fragile que la glace à l'automne. Pleine d'inquiétude. Elle cria son nom et il l'entendit traverser l'entrée et passer devant la salle de bains dans laquelle il se trouvait. Elle s'arrêta sur le seuil du séjour et appela à nouveau. Au bout d'un moment, elle vint frapper à la porte de la salle d'eau.

« Patrik ! Tu es là ? »

Je ne devrais pas répondre, songea-t-il.

Il bougea un peu et sentit la fraîcheur du carrelage sur sa joue. Il avait dû s'endormir, finalement. Par terre dans la salle de bains. Recroquevillé dans la position du fœtus. Tout habillé.

La voix de sa mère à nouveau. Ses phalanges frappant avec insistance contre la porte.

« Patrik, ouvre-moi, s'il te plaît. Est-ce que tu vas bien ? »

Non, il n'allait pas bien. Il n'irait plus jamais bien.

Ses lèvres articulèrent un prénom, mais aucun son ne sortit de sa bouche.

Viktor. Viktor. Viktor.

Elle secouait la poignée, à présent.

« Tu vas ouvrir cette porte maintenant, Patrik, sinon je vais devoir demander à la police de venir l'enfoncer. »

Et merde ! Il se redressa péniblement sur les genoux. Il avait un marteau piqueur dans la tête. La hanche douloureuse d'avoir reposé trop longtemps sur le carrelage inconfortable.

« J'arrive, coassa-t-il. Je… Je ne me sens pas très bien. Attends. »

Elle eut un mouvement de recul quand il sortit.

« Tu as une tête épouvantable. Tu es malade ?

— Oui, dit-il.

— Tu veux que j'appelle pour dire que tu ne viendras pas aujourd'hui ?

— Non, je vais y aller. »

Il regarda l'heure. Elle le suivit dans le séjour. Plusieurs pots de fleurs gisaient brisés sur le sol. Le tapis avait atterri dans un coin de la pièce. Le fauteuil était renversé.

« Que s'est-il passé, ici ? » lui demanda sa mère, d'une toute petite voix.

Il se tourna vers elle et la prit par les épaules.

« Ce n'est rien, maman, ne te fais pas de soucis, c'est moi qui ai fait ça. Mais tout va bien maintenant. »

Elle hocha la tête en guise de réponse, mais il vit bien qu'elle était au bord des larmes. Il lui tourna le dos.

« Allez, laisse-moi, maintenant, il faut que j'aille à la champignonnière.

— Je vais rester pour ranger un peu », dit sa mère derrière son dos en se penchant pour ramasser un verre qui traînait par terre.

Patrik Mattsson s'insurgea contre son éternelle sollicitude.

« Non, maman, je t'en prie. Ce n'est pas la peine.

— Je t'en supplie, laisse-moi faire », murmura-t-elle en essayant de croiser son regard. Elle se mordit les lèvres pour ne pas pleurer. « Je voudrais tellement que tu te confies à moi, poursuivit-elle. Si au moins tu voulais bien me laisser faire le ménage, je… » Elle déglutit. « … J'aurais l'impression de faire quelque chose pour toi. »

Il poussa un soupir et se força à la serrer brièvement dans ses bras.

« OK, dit-il. C'est gentil. »

Et il partit.

Il s'assit au volant de sa Golf et tourna la clé de contact. Fit vrombir le moteur pour couvrir le bruit de ses pensées.

Interdiction de pleurer, s'ordonna-t-il.

Il tourna le rétroviseur pour voir la tête qu'il avait. Ses yeux étaient gonflés. Ses cheveux ternes étaient plaqués sur sa tête. Il ricana. On aurait dit une quinte de toux tant son rire était sans joie. Il remit le miroir en place d'un mouvement brusque.

Je ne veux plus jamais penser à lui, se dit-il. Plus jamais de ma vie.

Il s'engagea sur Gruvvägen en crabe puis accéléra dans la côte jusqu'à l'intersection avec Lappgatan. Il conduisait au jugé, de mémoire, tant la neige rendait la visibilité mauvaise. On voyait que la route avait été dégagée le matin même, mais il avait continué à neiger et la couche fraîche cédait traîtreusement sous les pneus. Il accéléra encore. De temps en temps, l'absence d'adhérence l'envoyait sur la voie opposée. Il s'en fichait.

Il n'essaya même pas de s'arrêter au croisement. Du coin de l'œil, il nota la présence d'une femme sur un *spark* avec un jeune enfant dans son panier. Elle tira sa luge sur le trottoir en catastrophe et lui fit un doigt d'honneur. En passant devant la chapelle laestadienne[1], il sentit que la voiture réagissait différemment. Une circulation plus dense avait tassé la neige en creusant plusieurs pistes, mais la Golf suivit sa propre trajectoire. Plus tard, il ne se souviendrait plus comment il avait négocié le croisement entre Gruvvägen et Halmar Lundbohmsvägen. Il ne savait même plus s'il s'était arrêté au feu rouge.

Il passa devant le poste de garde de la mine et salua le gardien. Mais il était plongé dans son journal et ne leva même pas les yeux. Patrik s'arrêta devant la dernière barrière avant de descendre dans la mine. Il chercha une cigarette dans la poche de sa veste, mais il tremblait tellement que ses mains refusaient de lui obéir. Il sentait un grand vide à l'intérieur de lui mais ça, c'était une bonne chose. Il n'avait pas pensé à Viktor Strandgård une seule fois durant les cinq dernières minutes. Il prit plusieurs longues bouffées de sa cigarette.

Calme-toi, murmura-t-il, calme-toi.

Il se dit qu'il aurait dû rester chez lui. Et s'enfermer dans son appartement toute la journée. Mais s'il avait fait ça, il aurait sauté du balcon.

Tu parles ! songea-t-il avec un profond mépris envers lui-même. Tu ne le feras jamais. Casser des

---

1. Branche du protestantisme, créée par Lars Levi Laestadius (1800-1851), prédicateur suédois.

tasses et renverser des pots de fleurs, c'est tout ce dont tu es capable.

Il baissa sa vitre et tendit le bras pour insérer sa carte magnétique dans le lecteur. Soudain, une main se referma sur son poignet et il sursauta si violemment que la braise de sa cigarette tomba sur ses genoux. Il mit quelques secondes à comprendre qui lui avait attrapé le bras et son ventre se noua de peur. Puis un visage familier apparut.

« Rebecka Martinsson », s'exclama-t-il.

La neige tombait sur ses cheveux bruns, les flocons fondant sur son nez.

« J'ai besoin de te parler, lui dit-elle.

— Monte », répondit-il avec un signe de tête vers le siège passager.

Rebecka eut un instant d'hésitation. Elle songea au message que quelqu'un avait laissé sur son pare-brise. « *Tu vas mourir* », « *Tu es prévenue* ».

« Comme dit le King, *it's now or never* », dit Patrik Mattsson en se penchant au-dessus du siège pour lui ouvrir la portière.

Rebecka jeta un coup d'œil au chemin devant elle. Un trou noir disparaissant sous la terre.

« OK, mais j'ai la chienne dans la voiture. Il faut que je sois rentrée dans une heure, au plus tard. »

Elle contourna la voiture, s'assit à côté de Patrik Mattsson et claqua la portière.

Personne ne sait que je suis ici, songea-t-elle, tandis que Patrik Mattsson insérait sa carte magnétique et que la barrière se levait lentement.

Ils s'enfoncèrent dans la mine.

Des réflecteurs luisaient à intervalles réguliers sur les parois et l'obscurité se refermait derrière eux comme un rideau occultant.

Rebecka essaya d'engager la conversation. Mais c'était comme de traîner un chien rétif en laisse.

« J'ai les oreilles qui se bouchent. Comment ça se fait ?

— La différence d'altitude.

— On descend à combien ?

— 540 mètres.

— Alors, tu t'es mis à la culture des champignons, il paraît ? »

Pas de réponse.

« Je n'ai jamais mangé de shiitakés[1]. Tu travailles tout seul ?

— Non.

— Ah, vous êtes plusieurs ? Tes associés sont déjà sur place ? »

Pas de réponse, il roulait vite, descendant toujours plus profondément dans la terre.

Patrik Mattsson gara la Golf devant une sorte d'atelier souterrain, qui n'avait pas de porte, juste une grande ouverture dans la paroi. À l'intérieur circulaient des hommes en combinaison de travail, casque sur la tête et outils à la main. De gros marteaux piqueurs étaient posés les uns à côté des autres sur le sol, attendant sans doute d'être réparés.

« Par ici », dit Patrik en s'éloignant.

---

1. Espèce de champignons.

Rebecka lui emboîta le pas, regardant les ouvriers par-dessus son épaule, espérant que l'un d'eux allait se retourner et remarquer sa présence.

La paroi noire du socle cristallin se dressait de chaque côté. En plusieurs endroits, des rigoles d'eau coulaient sur la roche, lui donnant une teinte verdâtre.

« C'est le cuivre contenu dans la pierre qui s'oxyde au contact de l'eau », lui expliqua Patrik.

Il écrasa sa cigarette sous son pied et ouvrit une épaisse porte en acier dans le mur.

« Je croyais qu'on n'avait pas le droit de fumer dans la mine, dit Rebecka.

— Pourquoi est-ce qu'on n'aurait pas le droit de fumer ? Il n'y a pas de gaz, ni rien d'autre qui risque d'exploser. »

Elle rit.

« C'est pratique. Comme ça, tu peux venir te cacher ici pour fumer en douce. »

Il retint la lourde porte d'une main et tendit l'autre en un geste qui l'invitait à entrer la première.

« Je n'ai jamais compris l'interminable liste de péchés véniels dont s'encombrent les Églises dites libres, dit-elle, tournée vers lui pour ne pas l'avoir derrière elle en entrant. Tu ne fumeras point. Tu ne boiras pas d'alcool. Tu n'iras pas en discothèque. Où sont-elles allées chercher tous ces interdits ? Alors qu'elles mentionnent rarement d'autres péchés mentionnés dans la Bible, comme la gourmandise ou l'avarice. »

La porte se referma derrière eux. Patrik alluma la lumière. La pièce ressemblait à un grand bunker. À des rails accrochés au plafond pendait une série d'étagères sur lesquelles étaient posées des formes sous plastique ressemblant à de grosses saucisses ou à des bûches parfaitement cylindriques.

Rebecka demanda de quoi il s'agissait.

« C'est de la sciure d'aulne sous plastique. On y a injecté des spores de champignons. Après un certain temps, on retire le plastique et on tape doucement sur les blocs de bois. Les spores se mettent à pousser et au bout de cinq jours, on peut faire la récolte. »

Après avoir terminé son explication, Patrik disparut derrière une grande bâche en plastique à l'autre bout de la pièce. Au bout d'un moment, il revint avec plusieurs blocs de sciure couverts de champignons parfumés. Il les posa sur une table et, d'un geste sûr, il entreprit de cueillir les lentins[1] et de les jeter dans un carton. Une odeur de moisissure et de bois humide se répandit dans le local.

« Les conditions sont idéales à cette profondeur. Et l'éclairage est programmé pour s'adapter aux journées plus ou moins longues selon la saison. Mais assez bavardé, Rebecka, pourquoi es-tu là ?

— Pour te parler de Viktor. »

Il la regarda pendant quelques secondes avec un visage sans expression. Rebecka se dit qu'elle aurait dû s'habiller de façon plus décontractée, cela aurait facilité la communication entre eux. Là, ils n'étaient pas sur la même planète. Elle dans son foutu manteau de ville et ses gants de chevreau trop fins.

« Je me rappelle que, dans le temps, vous étiez proches, tous les deux, dit-elle.

— Oui.

---

1. Espèce de champignons.

— Comment était-il ? Je veux dire, quel homme est-il devenu après mon départ ? »

Le système d'humidification se mit en route avec un sifflement sourd derrière la bâche. Une bruine légère tomba du plafond et coula le long du plastique raide et transparent.

« Un homme parfait. Beau. Dévoué. Un orateur exceptionnel. Mais son Dieu n'était pas tendre. S'il avait vécu au Moyen Âge, il aurait sûrement pratiqué l'autoflagellation et il serait parti en pèlerinage dans des endroits saints, les pieds en sang. »

Il finit d'arracher les champignons du dernier bloc et les répartit soigneusement dans le carton.

« De quelle façon se flagellait-il, alors ? »

Patrik Mattsson répondit à la question de Rebecka sans interrompre son travail. On aurait dit qu'il s'adressait aux champignons qu'il était en train de manipuler avec précaution.

« Tu sais bien, il était du genre à renoncer à tout ce qui n'était pas Dieu. À n'écouter que de la musique religieuse pour être certain de ne pas subir l'influence de mauvais esprits. Je me souviens, à une époque, il rêvait d'avoir un chien. Mais un chien, ça prend du temps et son temps appartenait à Dieu, alors il a renoncé à ce projet. » Il soupira. « Il aurait mieux fait de le prendre, ce chien.

— Mais il était comment ? insista Rebecka.

— Je te l'ai dit, parfait. Tout le monde l'aimait.

— Et toi ? »

Patrik Mattsson ne répondit pas.

Je ne suis pas venue ici pour apprendre l'art de cultiver les champignons, songea Rebecka.

« Je crois que toi aussi, tu l'aimais », dit-elle.

Patrik inspira profondément par le nez, il pinça les lèvres et leva les yeux vers le plafond.

« C'était un menteur ! s'écria-t-il soudain avec colère. Mais c'est sans importance, maintenant. Et je suis content qu'il soit mort.

— Qu'est-ce que tu racontes ? Et pourquoi dis-tu que c'était un menteur ?

— Laisse tomber, Rebecka. Ne t'occupe pas de cette histoire.

— Est-ce toi qui lui as écrit un mot pour lui dire que tu l'aimais et que ce que vous aviez fait n'était pas un péché ? »

Patrik Mattsson cacha son visage entre ses mains en secouant la tête.

« Vous aviez une liaison ? »

Il se mit à pleurer.

« Demande à Vesa Larsson, dit-il, d'une voix encombrée de larmes. Demande-lui de te parler de la vie sexuelle de Viktor. »

Il se tut et fouilla dans ses poches pour y chercher un mouchoir. N'en trouvant pas, il s'essuya le nez avec le revers de sa manche. Rebecka fit un pas vers lui.

« Ne me touche pas ! » s'écria-t-il. Elle se figea. « Tu sais ce que tu me demandes ? Toi qui t'es contentée de partir quand ça a commencé à devenir difficile.

— Oui », murmura-t-elle.

Ses mains s'élevèrent en un geste exaspéré.

« Tu ne comprends donc pas qu'avec ce que je sais j'ai le pouvoir de détruire la communauté ! Que si je parlais, il ne resterait plus que des cendres de l'Église de la Force originelle, du mouvement, de l'école et de… tout ! La commune va pouvoir faire une patinoire de hockey sur le site si je parle.

— La vérité te libérera. Ce n'est pas ce qui est écrit dans l'Évangile ? »

Il se tut un instant.

« Tu parles ! railla-t-il finalement. Tu es libre, toi ? »

Il regarda autour de lui, à la recherche de quelque chose. Un couteau ? se demanda Rebecka.

Il fit un geste, main levée, doigts écartés, qui semblait vouloir lui dire d'attendre. Puis il alla ouvrir une porte un peu plus loin et disparut. La porte se referma avec un claquement métallique. Et Rebecka se retrouva seule, dans le silence. Elle n'entendit plus que le bruit de l'arrosage derrière la tenture en plastique et le ronronnement des néons.

Une minute s'écoula. Elle pensa à cet homme qui s'était volatilisé à l'intérieur de cette mine dans les années soixante. Il y était descendu et il n'était plus jamais remonté. Sa voiture était encore garée sur le parking, mais lui n'était jamais revenu. Il avait disparu sans laisser de trace. Pas de cadavre. Rien.

Et Tjapp qui était restée dans la voiture sur la grande aire de stationnement… Pendant combien de temps survivrait-elle si Rebecka ne revenait pas ? Est-ce que quelqu'un passerait près de la voiture et l'entendrait aboyer ? Ou bien la chienne s'endormirait-elle sagement, pour ne plus se réveiller, tandis que la neige recouvrirait peu à peu la voiture ?

Elle s'approcha de la porte donnant sur le corridor de la mine et actionna la poignée. Elle fut soulagée de constater qu'elle n'était pas fermée à clé. Elle dut faire appel à tout son sang-froid pour ne pas retourner à l'atelier en courant. Sa peur s'évanouit en voyant les ouvriers qui s'y trouvaient toujours, en entendant le bruit de leurs outils et celui, caractéristique, de la tôle qu'on plie et façonne.

Un homme sortit de l'atelier en retirant son casque et se dirigea vers une voiture stationnée devant.

« Vous remontez ? lui demanda Rebecka.

— Et comment ! Je vous emmène ? »

Elle repartit avec le type de l'atelier. Elle sentait ses regards amusés et curieux. Il ne devait pas voir l'expression de son visage à cause de la pénombre.

« Alors, dit-il, vous venez souvent ici ? »

Rebecka remonta dans sa voiture toujours garée sur le parking devant la mine et vit tout de suite que Tjapp était très contrariée.

« Excuse-moi, ma belle, dit-elle avec une pointe de mauvaise conscience. On va aller chercher Sara et Lova, enfin dans pas très longtemps, et ensuite, je te promets qu'on ira faire une longue promenade. Je dois juste passer au centre des impôts avant pour vérifier un truc sur leurs ordinateurs, d'accord ? » Bravant la neige qui tombait toujours, elle se rendit au centre des impôts. « J'espère que tout cela sera bientôt fini, dit-elle à la chienne. Mais pour l'instant, je t'avoue que je n'y vois pas très clair. Cette histoire ne tient pas debout. »

Tjapp l'écoutait attentivement, assise à côté d'elle sur le siège avant. Elle inclinait la tête d'un air préoccupé et semblait comprendre chaque mot que lui disait Rebecka.

Elle me fait penser à Jussi, le chien de grand-mère, songea Rebecka. Elle a le même regard intelligent.

Jussi avait le droit de circuler librement dans les rues et Rebecka se souvient que les garçons du village s'arrêtaient souvent pour le caresser. « Il ne lui manque que la parole », disaient-ils.

« Ta maîtresse n'était pas très en forme, aujourd'hui, pendant son interrogatoire. Quand ils deviennent trop pressants avec elle, on dirait qu'elle rétrécit et que son esprit s'envole par la fenêtre. Elle a l'air absent et indifférent. Elle est en train de pousser à bout le substitut du procureur. »

Le Trésor public se trouvait dans le même bâtiment en briques que le commissariat de police. Rebecka se gara et inspecta nerveusement les alentours. Le malaise qu'elle avait ressenti en trouvant ce message sur son pare-brise refusait de la lâcher.

« J'en ai pour cinq minutes », dit-elle à Tjapp en verrouillant les portières.

Elle revint dix minutes plus tard, rangea quatre documents A4 dans la boîte à gants et gratta la chienne entre les oreilles.

« Ah, les salopards ! s'exclama-t-elle, triomphante. Maintenant, quand je leur poserai une question, ils auront intérêt à me répondre. Je suis désolée, Tjapp, il faut encore qu'on fasse un dernier truc avant d'aller chercher les filles. »

Elle se rendit au temple de cristal sur Sandstenberget et fit sortir Tjapp de la voiture.

J'aurais bien besoin de quelqu'un qui soit dans mon camp, songea-t-elle.

Son cœur s'accéléra lorsqu'elle s'approcha du bâtiment qui abritait la librairie et la cafétéria. Le risque de tomber sur une connaissance était relativement important. Elle espérait au moins que ce ne serait pas l'un des pasteurs ou des anciens.

Ça m'est égal, après tout, essaya-t-elle de se convaincre. De toute façon, il faudra bien que je les rencontre tôt ou tard.

Tjapp courait d'un réverbère à l'autre, reniflant de-ci, de-là. Manifestement, beaucoup de ses congénères de sexe mâle étaient passés par ici.

La librairie était déserte, à l'exception de la jeune fille derrière le comptoir. Rebecka ne l'avait jamais vue auparavant. Elle avait les cheveux courts et bouclés et portait autour du cou une croix sertie de perles en verre accrochée à une courte chaîne. Elle accueillit Rebecka avec un large sourire.

« N'hésitez pas à faire appel à moi si vous avez besoin d'un renseignement », récita-t-elle.

Elle donnait l'impression de vaguement reconnaître Rebecka, sans réussir toutefois à mettre un nom sur son visage.

C'est l'effet « Vu à la télé », songea Rebecka en saluant la jeune fille d'un hochement de tête. Elle ordonna à Tjapp de l'attendre devant la porte, brossa la neige de son manteau et se dirigea vers le rayonnage le plus proche.

Deux enceintes diffusaient du pop rock chrétien à un volume assez faible. Des suspensions en verre de chez Ikea pendaient au plafond et une série de spots éclairaient d'une lumière vive les étagères remplies de livres et de CD. Au centre de la pièce se trouvaient des présentoirs assez bas pour ne pas cacher la vue. Le regard de Rebecka se porta au-delà des portes vitrées séparant la librairie de la cafétéria. Le parquet en bois était sec. L'endroit n'avait accueilli aucun visiteur aux bottes couvertes de neige depuis plusieurs heures.

« C'est calme, dit-elle à la jeune fille derrière le comptoir.

— Ils sont tous en séminaire, répondit celle-ci. C'est la conférence des Miracles, en ce moment.

— La manifestation a lieu malgré le fait que Viktor Strandgård…

— Oui, répondit précipitamment la fille. Il aurait voulu qu'il en soit ainsi. Et Dieu le veut. Hier et avant-hier, nous avons reçu la visite de nombreux journalistes. Ils ont posé des tas de questions et acheté des livres et des enregistrements de culte. Mais c'est vrai qu'aujourd'hui, c'est plutôt calme. »

Rebecka venait de repérer l'étagère sur laquelle se trouvait le livre de Viktor, *Un aller-retour au paradis*. Il était disponible en anglais, en allemand et en français. Elle retourna l'ouvrage. « *Imprimé par SA Victory Print.* » Elle regarda le dos de plusieurs livres et publications dans la même section et vit qu'eux aussi étaient imprimés par la société Victory Print. Sur les cassettes vidéo, on pouvait lire : « *Tous droits réservés : SA Victory Print.* » Bingo !

Alors qu'elle venait de faire cette découverte, une voix résonna derrière elle, beaucoup trop fort.

« Rebecka Martinsson ! »

Elle se retourna et se trouva nez à nez avec le pasteur Gunnar Isaksson. L'homme semblait se tenir délibérément tout près d'elle. Son ventre proéminent était à deux doigts de la toucher.

Voilà un ventre magnifique et bien pratique, se dit Rebecka.

En éclaireur, il débordait de la ceinture et pénétrait dans l'espace privé des gens pendant que Gunnar

Isaksson restait à l'abri derrière lui, à distance raisonnable. Elle dut résister au réflexe de faire un pas en arrière.

J'ai supporté tes mains sur mon corps quand tu priais pour moi, jadis, se dit-elle. Alors, je ne vais pas reculer maintenant, même si tu envahis mon territoire.

« Salut, Gunnar, dit-elle avec légèreté.

— J'attendais ta visite, Rebecka, dit-il. Sachant que tu étais en ville, je pensais que tu te serais jointe à notre réunion du soir. »

Rebecka ne répondit pas. Du haut d'une affiche sur le mur, Viktor Strandgård les observait.

« Que penses-tu de la librairie ? poursuivit Gunnar Isaksson, le regard plein de fierté. Elle a été rénovée l'année dernière. Nous avons ouvert le mur du fond sur la cafétéria, pour que les gens puissent feuilleter un livre tout en se restaurant. C'est un endroit parfait pour décompresser, si ça te tente. J'ai proposé qu'on mette un panneau au-dessus du portemanteau qui dirait : "*Laissez votre bon sens au vestiaire*." »

Rebecka observa son interlocuteur. Le succès lui avait été profitable. Son ventre était plus gros. Sa chemise de grande marque, sa cravate coûteuse. Sa barbe et ses cheveux bien entretenus.

« Ce que je pense de la librairie ? Que la communauté aurait mieux fait de creuser des puits et de scolariser des enfants prostitués à la place. »

Gunnar Isaksson lui jeta un regard méprisant.

« Dieu ne s'occupe pas d'irrigation artificielle, dit-il en mettant l'accent sur le mot *Dieu*. Notre communauté a trouvé une source pour répandre sa Providence.

À travers nos prières, de nouvelles sources jailliront partout, dans le monde entier. »

Il jeta un coup d'œil vers la jeune fille derrière son comptoir pour s'assurer qu'il avait également son attention. Il était bien plus satisfaisant de remettre Rebecka à sa place devant témoins.

« Tout ceci, dit-il avec un effet de manches supposé englober l'Église de la Force originelle et tous les résultats obtenus par la communauté jusque-là, n'est qu'un début.

— Poudre aux yeux, répliqua Rebecka sèchement. Les pauvres vont sortir de leur pauvreté par la prière ? C'est ça que tu veux dire ? Jésus ne dit-il pas : “En vérité, je vous le dis, ce que vous n'avez pas fait pour les plus petits de mes frères, c'est pour moi que vous ne l'avez pas fait” ? Et rappelle-toi ce qui est arrivé à ceux qui avaient refusé d'aider les plus faibles. “Ceux-là iront dans le feu éternel où vivent le diable et ses anges tandis que les justes auront la vie éternelle.” »

Gunnar Isaksson devint rouge pivoine. Il se pencha vers elle, si près qu'elle sentit son haleine chaude sur son visage. Elle avait une odeur de menthe et d'orange.

« Tu penses faire encore partie des justes, Rebecka ? dit-il, sarcastique.

— Non, Gunnar, répondit Rebecka à voix basse. Mais peut-être devrais-tu te préparer à me tenir compagnie en enfer. » Avant qu'il ait eu le temps de riposter, elle continua : « Je vois que la société anonyme Victory Print imprime une grande partie de ce qui est vendu ici. Ta femme est actionnaire de cette société, n'est-ce pas ?

— C'est exact, dit Gunnar Isaksson, sur ses gardes.

— Je me suis renseignée auprès du centre des impôts. L'État a fait à cette société commerciale d'énormes remboursements de TVA. La seule explication que je puisse trouver à cela est qu'elle a dû faire d'importants investissements. Comment les a-t-elle financés ? Ton épouse a de gros revenus ? Je crois me souvenir qu'elle était professeur des écoles ?

— De quel droit viens-tu fouiner dans les affaires de Victory Print ? rétorqua le pasteur, furieux.

— Je te signale que tout ce qui a trait à la fiscalité appartient au domaine public, répliqua Rebecka à haute voix. Et maintenant, j'aimerais te poser quelques questions : D'où vient l'argent qui a servi aux investissements réalisés par Victory Print ? Viktor avait-il un problème quelconque pendant la période qui a précédé sa mort ? Avait-il une liaison ? Avec un homme de la communauté, par exemple ? »

Gunnar Isaksson recula d'un pas et il la regarda avec un profond dégoût. Il leva son bras et pointa l'index vers la porte.

« Sors d'ici ! » rugit-il.

La fille derrière le comptoir sursauta violemment et elle les regarda d'un air effrayé. Tjapp, sagement couchée devant l'entrée, bondit sur ses pattes et se mit à aboyer.

Le pasteur Isaksson fit un pas menaçant vers Rebecka et elle fut contrainte de battre en retraite.

« Comment oses-tu venir ici tenter de t'élever contre le travail de Dieu et de ceux qui le servent ?

tonna-t-il. Au nom de Jésus, Son fils, je m'insurge contre tes manigances. Tu entends ce que je te dis ? Sors d'ici ! »

Rebecka quitta la librairie d'un pas rapide. Elle sentait son cœur battre jusque dans sa gorge. Tjapp marchait sur ses talons.

La nuit, bleu marine, tombait sur la maison de grand-mère. Assise sur un *spark*, Rebecka regardait Lova et Tjapp jouer dans la neige. À l'intérieur, Sara lisait, couchée sur son lit. Quand Rebecka lui avait proposé de sortir, elle n'avait même pas pris la peine de répondre. Elle lui avait claqué la porte au nez et le sommier avait protesté bruyamment quand elle s'était jetée sur le lit.

« Regarde-moi, Rebecka ! » cria Lova. Perchée sur le toit du cellier qui, heureusement, n'était pas très haut, la fillette se mit dos au vide et elle se jeta en arrière. Puis elle resta couchée dans la neige et agita les bras et les jambes pour dessiner un ange.

Elles jouaient dehors depuis bientôt une heure. Elles avaient eu le temps de creuser un circuit qui passait sous le tas de neige amassé au pied de la grange, faisait une boucle autour de trois grands bouleaux, montait sur le toit du cellier, obligeait à marcher en équilibre le long du faîtage puis redescendait jusqu'au sol pour revenir au point de départ. Lova avait décrété que la dernière partie devait se faire en marche arrière dans la neige profonde. À présent, elle était occupée à délimiter le tracé avec des branches de sapin. Le problème étant que Tjapp avait décidé de contribuer à l'effort collectif en ramassant les branches au fur et à mesure et de les emporter dans des cachettes secrètes que les lampes de l'entrée et de la grange n'éclairaient pas.

« Arrête ! cria Lova, essoufflée, à la chienne qui venait de voler un nouveau trophée et s'enfuyait, enchantée.

— Un bon chocolat avec des tartines, ça te dirait ? » tenta Rebecka pour la troisième fois.

Faire passer le chemin sous la congère lui avait valu une belle suée. Elle ne transpirait plus, mais commençait à avoir froid et, à présent, elle avait envie de rentrer. Il neigeait toujours.

Mais Lova n'était pas du tout d'accord. Elle avait besoin de Rebecka pour la chronométrer.

« D'accord, mais tout de suite, alors. Tant pis pour les branches, tu t'en passeras. Tu connais le parcours, puisque c'est toi qui l'as dessiné. »

Courir dans la neige fraîche se révéla une gageure. Le parcours du combattant se réduisit finalement à deux tours des bouleaux et la petite fille dut renoncer à terminer à reculons. En atteignant la ligne d'arrivée, elle s'écroula, épuisée, dans les bras de Rebecka.

« Record du monde ! s'exclama celle-ci.

— À toi, maintenant.

— Dans tes rêves. Peut-être demain. Maintenant, on rentre. En avant, marche !

— Tjapp ! » appela Lova tandis qu'elles marchaient vers la maison.

Mais la chienne n'était nulle part.

« Rentre, maintenant ! dit Rebecka, je vais continuer à l'appeler. Et va mettre ton pyjama et de grosses chaussettes ! » cria-t-elle dans le dos de la petite fille qui avait commencé à monter l'escalier.

Avant de fermer la porte d'entrée, Lova appela la chienne une dernière fois.

« Tjapp ! »

Sa voix ne portait pas à plus de quelques mètres. La neige étouffait tous les sons et alors qu'elle tendait l'oreille dans l'obscurité, Rebecka trouva ce silence angoissant. Elle dut rassembler tout son courage pour appeler à nouveau. Elle n'aimait pas du tout se trouver là, éclairée par la lumière du perron à hurler dans le noir en direction de la forêt muette.

« Tjapp, viens, ma fille. Tjaaapp ! »

Sale chienne. Elle redescendit une marche du perron en se disant qu'elle allait refaire le tour de la ferme, mais elle y renonça.

Arrête tes enfantillages, se reprocha-t-elle. N'empêche qu'elle n'osa ni redescendre du perron, ni continuer à appeler. Elle ne parvenait pas à oublier le message coincé sous son essuie-glace. Le mot SANG inscrit en grandes lettres nerveuses. Elle pensa à Viktor. Et aux enfants, seules dans la maison. Elle remonta l'escalier du perron à reculons, incapable soudain de tourner le dos à tous ces dangers inconnus qui rôdaient dehors. Quand elle fut rentrée dans la maison, elle ferma la porte à clé. Elle monta en courant à l'étage, s'arrêta dans le vestibule et téléphona à Sivving. Cinq minutes plus tard elle redescendit lui ouvrir.

« Elle doit être en chaleur, dit le vieil homme. Rassure-toi, il ne lui arrivera rien, rien de déplaisant en tout cas, ajouta-t-il avec un sourire au coin des yeux.

— Mais il fait tellement froid, dit Rebecka.

— Si elle a trop froid, elle rentrera à la maison.

— Je suppose que tu as raison, soupira Rebecka. C'est juste que j'ai un peu peur ici sans elle. » Elle hésita un instant puis dit : « Je voudrais te montrer quelque chose. Attends-moi ici, je ne veux pas que les filles voient ça. »

Elle courut chercher dans la voiture le billet trouvé sur son pare-brise.

Une grosse ride barra le front de Sivving tandis qu'il lisait.

« Tu l'as montré à la police ?

— Non. Que veux-tu qu'ils fassent ?

— Je n'en sais rien. Envoyer quelqu'un pour assurer ta protection. »

Rebecka haussa les épaules.

« Pour un truc comme ça ? Tu rigoles. Ils n'ont pas les moyens. Mais il y a autre chose, aussi. »

Elle lui parla de la carte postale qui se trouvait à l'intérieur de la bible de Viktor.

« Imaginons que celui qui a écrit cette carte soit quelqu'un qui l'aimait.

— Oui ?

— La personne a écrit : "*Ce que nous avons fait n'est pas un péché aux yeux du Seigneur*." Ce que je veux dire, c'est que je n'ai jamais vu Viktor avec une femme. Et il est possible que… Enfin, peut-être que quelqu'un l'aimait et que cette personne n'en avait pas le droit. Peut-être qu'à présent cette personne me menace, parce qu'elle se sent elle-même menacée.

— Ce serait un homme ?

— Exactement. C'est une chose que la communauté n'accepterait jamais. On le jetterait dehors comme un malpropre. En admettant que ce soit le cas et que Viktor ait eu l'intention de le garder pour lui, je n'ai pas envie de le trahir et d'en informer la police inutilement. Imagine que la presse s'empare de l'histoire ! »

Sivving poussa un grognement et passa la main sur son crâne, soucieux.

« Je n'aime pas ça, dit-il. Et s'il t'arrivait quelque chose ?

— Il ne m'arrivera rien. Mais j'avoue que je m'inquiète pour Tjapp.

— Tu veux que Bella et moi, nous venions dormir ici cette nuit ? »

Rebecka secoua la tête.

« Allez, elle va bientôt revenir, dit Sivving, rassurant. Je vais faire un tour avec Bella. Je vais continuer à l'appeler. »

Mais Sivving se trompe. Tjapp ne reviendra pas. Elle est couchée sur un tapis de chiffons dans le coffre d'une voiture. On lui a enroulé du ruban adhésif argent autour du museau. On lui a ligoté les pattes à l'aide du même adhésif. Elle a le cœur qui bat à toute vitesse dans son étroit poitrail et ses yeux écarquillés scrutent l'obscurité. Elle gratte et griffe le plancher de sa prison et frappe la tête contre les parois de la malle dans sa tentative désespérée de se débarrasser du scotch qui lui immobilise la mâchoire. Elle a une dent cassée, les morceaux d'émail et le sang coulent dans sa gorge. Comment cette chienne a-t-elle pu se laisser prendre aussi facilement ? Elle que son précédent maître ne cessait de maltraiter. Pourquoi n'a-t-elle pas reconnu le mal quand elle l'a rencontré ? Parce qu'elle a la capacité à oublier. Comme sa maîtresse. Elle oublie. Elle plonge son museau dans la neige fraîche et fait la fête au premier venu. Parce qu'il se penche et tend la main vers elle. Et maintenant, elle est couchée là.

PUIS VINRENT LE SOIR ET LE MATIN DU QUATRIÈME JOUR

L'avocat Måns Wenngren se réveille en sursaut. Son cœur bat dans sa poitrine, tel un poing rageur. Il a du mal à respirer. À tâtons, il cherche la lampe de chevet et fait la lumière, il est trois heures vingt. Comment dormir quand on a un festival de films d'horreur dans la tête ? Dans son premier cauchemar, il y avait une voiture qui tombait à travers la glace sur le fjord devant sa maison de campagne. Et lui, sur la plage, les bras ballants, la regardait sombrer, impuissant. À travers la lunette arrière, il voyait le visage pâle et terrorisé de Rebecka. La dernière fois qu'il avait réussi à s'endormir, la même Rebecka était venue le rejoindre dans son sommeil et l'avait enlacé. Il avait lentement caressé son dos, remontant vers sa tête où ses mains s'étaient plongées dans une matière fluide et chaude, mais ce n'était pas ses cheveux. La nuque de Rebecka avait été emportée par une balle.

Il s'assied et s'adosse à la tête de lit. Sa vie était différente, avant. Ses fils et son travail lui prenaient tout son temps. Il dormait peu, mais, au moins, il dormait vraiment. À présent, l'état dans lequel il est lorsqu'il rentre aux petites heures du matin n'a pas grand-chose à voir avec le sommeil. Il sombre dans une inconscience sans rêves. Cette nuit, il était sobre en allant se coucher, et voilà ce qui arrive. Il n'a pas arrêté de se réveiller, la panique pulsant dans ses veines, suant comme un cochon.

Un silence de mort règne dans son appartement. Il n'entend que le bruit de sa respiration et le ronronnement de la VMC. Les autres bruits viennent de l'extérieur. Le bourdonnement de la minuterie dans la cage d'escalier, le pas rapide et entraîné du livreur de journaux. Deux marches à la fois en montant et trois en redescendant. Quelques voitures et quelques promeneurs insomniaques dans la rue. Jadis, la nuit, il pouvait entendre la respiration courte et saccadée de Lill-Johan, le souffle étouffé de Calle sous sa pile de doudous, et les ronflements de Madeleine, aussi, quand elle était enrhumée. Peu à peu le silence s'était installé, les enfants avaient déménagé, l'un après l'autre. Ensuite, Madeleine s'était presque arrêtée de respirer, faisant semblant de dormir quand il rentrait tard.

Bon. C'est sans espoir. Il se lève, va mettre un vieux Clint Eastwood dans le magnétoscope et se sert un whisky. Qui sait, peut-être parviendra-t-il à s'assoupir dans son fauteuil ?

La neige continue de tomber sur les contreforts de la montagne. À Kurravaara, voitures et cabanes disparaissent peu à peu sous une épaisse couverture blanche. Dans l'alcôve de la maison de sa grand-mère, Rebecka ne dort pas.

Je devrais sortir et me lancer à la recherche de la chienne. Elle est peut-être dehors en train de se geler les pattes.

Rebecka ne parvient pas à trouver le sommeil. Elle ferme les yeux, se tourne et se retourne, se couche sur le côté, se remet sur le dos. Son esprit est parfaitement clair même si son corps est las.

Cette histoire de couteau la trouble. Pourquoi l'a-t-on rincé ? Si quelqu'un avait voulu rejeter la faute sur Sanna en le cachant sous son lit, pourquoi laver la lame ? Il aurait fallu nettoyer le manche et laisser le sang sur la lame. À présent, il y avait un risque que l'arme ne soit pas reliée au crime. Elle sent que quelque chose lui échappe. Comme dans ces images formées d'une multitude de points dont le sujet ne vous apparaît qu'au bout d'un moment. Là, c'est pareil. Tous les points sont présents. Il faut simplement qu'elle réussisse à distinguer le motif qui les relie entre eux.

Elle allume la lampe de chevet et se lève en prenant soin de ne pas faire de bruit. La banquette craque malgré tout. Elle tend l'oreille pour s'assurer qu'elle n'a pas réveillé les enfants. Enfonce ses pieds dans les chaussures glacées et sort sur le perron pour appeler Tjapp.

Longtemps, elle reste dehors sous la neige, appelant une chienne qui ne vient pas.

Quand Rebecka rentre dans la maison, elle trouve Sara debout au milieu de la cuisine. Elle se tourne vers Rebecka, dans un mouvement un peu raide. Elle a l'air si petite dans son grand pull-over en laine et ses caleçons longs, beaucoup trop grands.

« Qu'est-ce qui t'arrive ? Tu as fait un mauvais rêve ? »

Alors, elle s'aperçoit que Sara pleure. Un terrible chagrin la secoue, elle est pleine de sanglots réprimés. Le corps de la petite fille tressaute. Sa mâchoire inférieure claque comme celle d'une marionnette en bois.

« Qu'y a-t-il, Sara ? demande à nouveau Rebecka en se débarrassant rapidement de ses bottines. C'est à cause de Tjapp ? »

Sara ne répond pas. Ses traits sont déformés par la douleur. Enfin, les bras de la fillette se lèvent, se tendent légèrement vers elle, comme pour l'embrasser.

Rebecka la soulève. Elle n'oppose aucune résistance. C'est un tout petit enfant que Rebecka serre contre elle. Pas une préadolescente. Juste une petite fille. Et elle est si légère. Rebecka l'allonge dans l'alcôve de la cuisine et vient se coucher tout contre elle. Elle étreint le corps raide de Sara, tendu par ces pleurs qui ne veulent pas sortir. Jusqu'à ce qu'elles s'endorment toutes les deux.

Rebecka se réveille à nouveau vers cinq heures du matin en entendant les pieds nus de Lova sur le parquet. Rebecka sent qu'elle se glisse derrière elle, se colle contre son dos, glisse sa main sous son pull-over et se rendort.

Il fait chaud comme dans un four sous les nombreuses couvertures, mais Rebecka ne bouge pas d'un cil jusqu'à la fin de la nuit.

Jeudi 20 février

À cinq heures et demie du matin, Manne décida de réveiller son maître, Sven-Erik Stålnacke. Le chat se mit à déambuler sur le corps endormi, poussant de temps à autre un miaulement déchirant. Voyant que ses efforts étaient vains, il s'approcha du visage de Sven-Erik et posa doucement une patte sur sa joue. Mais Sven-Erik continua de dormir. Alors, Manne posa sa patte sur le crâne de son maître, sortant ses griffes juste assez pour qu'elles accrochent le cuir chevelu. Sven-Erik ouvrit aussitôt les yeux et détacha délicatement les pattes griffues de sa tête avant de caresser le dos tigré avec amour.

« Alors, petit saligaud, lui dit-il affectueusement, tu penses qu'il est temps que je me lève, c'est ça ? »

Manne émit un long miaulement, sauta du lit et sortit de la chambre. Sven-Erik l'entendit galoper jusqu'à la porte d'entrée et se remettre à miauler.

« C'est bon, j'arrive. »

Il avait récupéré Manne quand sa fille était partie s'installer à Luleå avec son compagnon. « Il est habitué à la liberté, avait-elle argué. Il serait malheureux dans un appartement en ville. Il est comme toi, papa.

Il a besoin d'avoir de la forêt autour de lui pour survivre. »

Sven-Erik se leva et alla ouvrir la porte au chat. Mais Manne n'eut qu'à pointer le nez dehors et voir la neige pour faire demi-tour. L'homme referma la porte et l'animal poussa un miaulement contrarié.

« Qu'est-ce que tu veux que j'y fasse ? lui demanda Sven-Erik. Je n'y peux rien, moi, s'il neige et s'il fait un temps à ne pas mettre un chat dehors. Alors, tu sors ou tu restes là, mais tu te tais ! »

Il alla dans la cuisine et prit une boîte de nourriture pour chat dans le placard. Manne l'encouragea bruyamment de cette initiative, tournant autour de ses jambes jusqu'à ce que sa gamelle soit pleine. Puis Sven-Erik alla se préparer du café et la cafetière se mit rapidement à gargouiller. Quand Anna-Maria l'appela, il venait tout juste de planter ses dents dans une tartine.

« Écoute un peu ça, dit-elle, déjà en pleine action. J'ai vu Sanna Strandgård hier matin. Nous trouvons toutes les deux que ce meurtre ressemble étonnamment à un sacrifice rituel et nous avons discuté des endroits dans la Bible où il est question de mains tranchées, d'yeux crevés et de ce genre de trucs.

— Hum, hum », répondit Sven-Erik, la bouche pleine.

Anna-Maria poursuivit :

« Sanna a lu à haute voix le chapitre 9 versets 43 à 48 dans l'Évangile de Marc : "Si ta main te fait tomber dans le péché, coupe-la ; car il vaut mieux pour toi entrer dans la vie avec une seule main que de garder les deux mains et d'être jeté en enfer dans le feu qui ne s'éteint jamais. Si ton pied te fait tomber dans le péché, coupe-le ; car il vaut mieux pour toi entrer dans la vie avec un seul pied que de garder les deux pieds et d'être jeté en enfer. Si c'est ton œil qui te fait tomber dans le péché, jette-le au loin ; car il vaut mieux pour toi entrer avec un seul œil dans le royaume de Dieu que de garder les deux yeux et d'être jeté en enfer, où le ver rongeur ne meurt point et où le feu ne s'éteint jamais."

— Je vois, commenta Sven-Erik, se sentant très fatigué, tout à coup.

— Mais elle ne m'a pas lu ce qui précède ! continua Anna-Maria, très excitée. Dans le verset 42 du chapitre 9, il est écrit ceci : "Mais si quelqu'un devait faire tomber dans le péché l'un de ces petits qui croient en moi, il vaudrait bien mieux pour lui qu'on lui attache au cou une de ces pierres de meule que font tourner les ânes, et qu'on le jette dans le lac." »

Sven-Erik coinça le téléphone entre l'oreille et l'épaule et se baissa pour prendre le chat qui se frottait contre ses jambes.

« Il y a des passages équivalents dans les Évangiles selon Luc et selon Matthieu, continua Anna-Maria. Dans Matthieu, Jésus dit que les anges de Dieu au ciel voient constamment la face de son Père. Et quand j'ai vérifié dans la vieille bible que j'avais du temps de ma confirmation, j'ai vu dans mes notes que cela signifie que les enfants sont plus que quiconque sous la protection de Dieu. Dans les anciennes croyances juives, chaque enfant avait son propre ange qui intercédait pour lui auprès du Seigneur. Seuls les plus haut placés avaient accès directement au trône de Dieu.

— Alors, tu penses qu'on l'a tué parce qu'il avait fait tomber dans le péché l'un de ces petits, dit Sven-Erik, songeur. Tu penses qu'il a… »

Il se tut et sentit une nausée l'envahir parce qu'il était allé au bout de sa pensée.

« … Enfin je veux dire, avec les filles de Sanna.

— Sinon, pourquoi aurait-elle omis de me lire le début du passage ? Quoi qu'il en soit, von Post a raison. Il faut interroger les enfants de Sanna Strandgård. Elle avait peut-être de très bonnes raisons de haïr son frère. Nous devons contacter le centre de psychiatrie infantile. Ils nous enverront quelqu'un qui nous aidera à interroger les gamines. »

Après avoir raccroché, Sven-Erik resta un long moment assis à la table de sa cuisine, Manne sur ses genoux. Non, pitié, se dit-il. Pas ça.

À huit heures et quart le lendemain matin, Rebecka téléphona au secrétariat de l'Église de la Force originelle. Ce fut Ann-Gull Kyrö, la secrétaire des pasteurs, qui prit son appel. Elle venait de déposer les enfants à l'école et retournait à sa voiture. Quand elle demanda à parler à Thomas Söderberg, elle entendit la femme au bout du fil marquer un temps.

« Je suis désolée, dit-elle au bout de la demi-seconde qu'il lui fallut pour se ressaisir. Il est en réunion avec Gunnar Isaksson et je ne peux pas le déranger.

— Peut-être pourrais-je parler à Vesa Larsson ?

— Il est souffrant et n'est pas joignable aujourd'hui.

— Alors, j'aimerais laisser un message à l'intention de Thomas Söderberg. Pouvez-vous le prier de me rappeler au…

— Je regrette, l'interrompit Ann-Gull poliment, mais pendant la conférence des Miracles, les pasteurs sont débordés et ils n'ont pas le temps de rappeler les gens qui cherchent à les joindre.

— Écoutez, insista Rebecka. Je suis l'avocate de Sanna Strandgård et… »

Son interlocutrice la coupa à nouveau. Le ton courtois avait pris une note plus tranchante.

« Je sais qui vous êtes, Rebecka Martinsson, déclara-t-elle. Mais comme je vous l'ai dit, les pasteurs n'auront pas de temps à vous accorder avant la fin de la conférence. »

Rebecka serra les poings.

« Vous pouvez dire à ces messieurs qu'ils ne vont pas se débarrasser de moi comme ça, rétorqua-t-elle, furieuse. Je…

— Je ne leur dirai rien du tout, la coupa Ann-Gull Kyrö. Et je ne vous conseille pas de me menacer, Rebecka Martinsson. Je vais raccrocher maintenant. Alors, au revoir. »

Rebecka arracha son oreillette et l'enfonça dans la poche de son manteau. Elle était revenue à sa voiture. Elle leva le visage vers le ciel et laissa les flocons de neige se poser sur ses joues. Au bout de quelques secondes, elle était trempée et glacée.

Salopards, songea-t-elle. Ne comptez pas sur moi pour fuir comme un chien qui a peur des coups. Vous allez me parler de Viktor. Vous croyez que je n'ai aucune carte en main pour vous faire du tort. Mais vous vous trompez. Vous allez voir ce que vous allez voir.

Thomas Söderberg habitait avec sa femme Maja et leurs deux filles dans un immeuble du centre-ville, en face du magasin de vêtements Centrum. En montant au dernier étage, Rebecka écoutait le bruit de ses pas résonner sur les marches en pierre brune incrustées de coquillages fossilisés. Une plaque en laiton était fixée sur chaque porte avec le nom des résidents gravé en italique et l'immeuble était tellement silencieux qu'on ne pouvait pas s'empêcher d'imaginer, derrière chacune d'entre elles, une personne âgée, l'oreille collée au battant, s'interrogeant sur l'identité de ce visiteur bruyant.

Allons, se dit Rebecka pour se donner du courage. Cela ne sert à rien de changer d'avis maintenant. Au point où tu en es, il n'y a plus qu'à aller jusqu'au bout. Comme chez le dentiste. Tu ouvres la bouche et tu attends que ça se passe. Elle sonna à la porte des Söderberg. L'espace d'un instant, elle espéra ne pas tomber sur Thomas et résista à l'impulsion de dévaler l'escalier en sens inverse.

Mais ce fut Magdalena, la sœur de Maja Söderberg, qui la reçut.

« Rebecka », dit-elle simplement.

Elle n'avait pas l'air surpris. Au point que Rebecka se demanda si on attendait sa visite. Peut-être Thomas avait-il demandé à sa belle-sœur de prendre un congé exceptionnel parce qu'il avait besoin d'un chien de garde pour sa petite famille. Magdalena n'avait guère changé. Elle avait la même coupe au carré fonctionnelle qu'il y a dix ans et portait un jean démodé, rentré dans une longue paire de chaussettes en laine.

Elle est fidèle à elle-même, en tout cas, songea Rebecka. S'il y en a une qui se fout des signes extérieurs de réussite et qu'on ne verra jamais se tordre les chevilles dans une paire d'escarpins à talon, c'est bien Magdalena. Si elle était née au XIXe siècle, elle serait le genre de sainte à descendre le fleuve en barque pour soigner les gens dans les villages reculés, dans son uniforme d'infirmière empesé, sa sacoche remplie d'énormes seringues.

« Je suis venue voir Maja, dit-elle.

— Maja et toi n'avez rien à vous dire », répliqua Magdalena, une main sur la poignée et l'autre contre le chambranle pour empêcher Rebecka de passer.

Rebecka éleva le ton pour qu'on puisse l'entendre à l'intérieur de l'appartement.

« Va lui dire que j'ai des questions à lui poser à propos de Victory Print. Je voudrais lui laisser une chance de me convaincre de ne pas aller voir la police.

— Je vais refermer cette porte, maintenant », rétorqua Magdalena, hargneuse.

Rebecka posa la main dans l'encadrement.

« Il faudra me casser les doigts, dit-elle, si fort que sa voix se répercuta sur les murs de la cage d'escalier. Allez, Magdalena. Va demander à Maja si elle est bien certaine de ne pas vouloir me parler. Dis-lui que cela concerne ses actions dans la société.

— Je ferme, menaça Magdalena en tirant légèrement la porte vers elle comme si elle prenait de l'élan pour la claquer. Si ta main est encore là, tant pis pour toi. »

Tu ne feras jamais cela parce que tu es infirmière, songea Rebecka.

Rebecka feuillette un magazine. C'est un numéro de l'année précédente, mais cela n'a aucune importance. Elle ne lit pas vraiment. Au bout d'un moment l'infirmière qui l'a reçue à son arrivée revient dans la pièce en refermant la porte derrière elle. Elle s'appelle Rosita.

« Vous êtes enceinte, Rebecka, dit Rosita. Et si vous êtes certaine de ne pas vouloir garder cet enfant, il faut que nous prenions rendez-vous pour un curetage. »

Un curetage. Ils vont cureter Johanna.

La rencontre se produit au moment où elle s'en va. Elle croise Magdalena dans le hall d'accueil. Magdalena s'arrête pour lui dire bonjour. Rebecka s'arrête également et lui rend son salut. Magdalena demande à Rebecka si elle viendra au cours de conduite, le jeudi suivant, et Rebecka se tortille en cherchant des excuses. Magdalena ne demande pas à Rebecka ce qu'elle est venue faire à l'hôpital. C'est comme ça que Rebecka comprend que Magdalena a compris. Ce sont les choses que nous ne disons pas qui nous trahissent.

« Fais-la entrer avant qu'elle ameute tous les voisins. »

Maja venait de rejoindre Magdalena à la porte. Les années avaient creusé deux rides profondes autour de sa bouche. Les rides se creusèrent encore tandis qu'elle regardait Rebecka.

« Ce n'est pas la peine de retirer ton manteau, dit Maja. Tu ne restes pas. »

Elles s'assirent dans la cuisine, une pièce spacieuse avec un mobilier blanc tout neuf et un îlot de cuisson. Rebecka se demanda si les enfants étaient à l'école. Rachel devait être entrée au collège et Anna en primaire. Le temps avait passé ici aussi.

« Tu veux que je fasse du thé ? proposa Magdalena, se relevant.

— Non, merci », répondit Maja.

Magdalena se rassit sur sa chaise. Ses mains s'agitèrent sur la nappe pour en chasser quelques miettes invisibles.

Pauvre fille, se dit Rebecka. Tu ne crois pas qu'il serait temps pour toi de construire ta propre vie plutôt que de te greffer sur celle des autres ?

Maja fixait Rebecka d'un regard dur.

« Qu'est-ce que tu me veux ? demanda-t-elle.

— Je voudrais te poser des questions sur Viktor. Il…

— Il y a une minute, tu faisais un scandale sur notre palier en parlant de Victory Print. Qu'est-ce que tu avais à me dire à ce sujet ? »

Rebecka inspira à fond.

« Je voulais te faire part de ce que je crois avoir compris. Et te donner la possibilité de me dire si je me trompe. »

Maja expira de l'air par son nez avec un haussement d'épaules.

« D'après les documents de l'administration fiscale que j'ai eus entre les mains, commença Rebecka, la

SA Victory Print aurait bénéficié d'importants remboursements de TVA de la part du Trésor public. Ce qui laisserait à penser que la société a fait des investissements importants.

— Et alors, c'est interdit ? » rétorqua Maja d'une voix sifflante.

Rebecka regarda froidement les deux sœurs assises face à elle.

« Au regard de l'administration fiscale, l'Église de la Force originelle est une association à but non lucratif. Elle est à ce titre exonérée d'impôt sur le revenu ainsi que de taxe sur la valeur ajoutée. Ce qui est évidemment très avantageux pour elle, puisque j'imagine qu'elle gagne beaucoup d'argent. Les bénéfices sur les ventes des supports imprimés et des vidéos doivent à eux seuls représenter des sommes astronomiques. Elle n'a aucune dépense de frais de traduction puisque les gens font ce travail bénévolement à titre de service rendu à Dieu. Elle ne paye aucunes royalties aux auteurs, en tout cas pas à Viktor, ce qui signifie que l'intégralité des bénéfices reste dans les caisses de la communauté. »

Rebecka fit une pause. Maja ne la quittait pas des yeux. Son visage était figé comme un masque d'argile. Magdalena était tournée vers la fenêtre derrière laquelle, posée sur une branche de pin, une mésange picorait un morceau d'écorce. Rebecka reprit :

« Le problème, c'est qu'une association exonérée d'impôts n'a pas le droit de déduire ses charges. Et encore moins de récupérer de TVA. Alors, qu'est-ce qu'on fait dans ces cas-là ? Une méthode très futée consiste à créer une société et à facturer à celle-ci des charges et des dépenses susceptibles de générer un remboursement de TVA. Un jour, l'Église de la Force originelle se rend compte qu'il lui reviendrait moins cher d'imprimer elle-même les livres et les publications et de faire elle-même les copies de ses films vidéo, alors elle crée une société anonyme dont les actionnaires déclarées ne sont autres que les épouses des pasteurs. La société commerciale en question achète tout le matériel nécessaire à son fonctionnement. Un matériel qui coûte beaucoup d'argent. Sauf que vingt pour cent de la somme déboursée est remboursée par l'État. Ce qui fait plein de sous qui tombent directement dans la poche des familles des pasteurs. La société vend ses services à la communauté, à un prix défiant toute concurrence et ressort un déficit comptable. Ce qui est formidable puisqu'il n'y a aucun bénéfice à déclarer ! Et il y a une autre chose aussi qui est formidable. Pendant les cinq premières années d'exercice, les actionnaires peuvent déduire jusqu'à cent mille couronnes de ces déficits de leurs revenus imposables. J'ai vu par exemple que toi, Maja, tu as été exonérée d'impôt à la fois cette année et l'année dernière. Quant aux épouses de Vesa Larsson et de Gunnar Isaksson, elles n'avaient qu'un tout petit revenu imposable au départ. Alors, ce que je suis venue te dire, c'est que je crois que vous vous êtes servis des déficits de la société pour faire disparaître vos salaires comme par magie et éviter de payer des impôts.

— Tu as absolument raison, dit Maja, agacée. Et c'est parfaitement légal. Je ne comprends pas ce que tu cherches à faire, Rebecka. Il me semble que tu es bien placée pour savoir qu'il y a quelque chose qui s'appelle la gestion fiscale…

— Laisse-moi finir, la coupa Rebecka. Je pense que la société commerciale a vendu des services à la communauté à prix cassé et créé artificiellement des déficits. J'aimerais bien savoir aussi d'où venait l'argent qui a servi aux investissements. À ma connaissance, aucun des actionnaires n'avait de fortune personnelle. Vous avez pu faire un gros emprunt à la banque, mais j'en doute, vu que je n'ai vu aucun débit dans la rubrique capital. Je pense plutôt que l'argent pour ces investissements vient des membres de la communauté et que ces dons n'ont jamais été déclarés. Et là, on ne parle plus de gestion fiscale. Là, on parle de fraude. Et je suis bien placée pour savoir que si les autorités compétentes venaient mettre leur nez dans vos comptes, il se passerait la chose suivante : si vous ne pouvez pas expliquer la provenance de l'argent qui a servi aux investissements, vous devrez payer l'impôt sur les sociétés vu que les cadeaux reçus de la communauté auraient dû figurer dans la colonne des recettes. » Rebecka se pencha en avant et regarda Maja Söderberg droit dans les yeux. « Tu comprends, Maja, normalement, vous auriez dû restituer à l'État environ cinquante pour cent de tout ce que vous ont versé les membres de la communauté. À quoi il faudra ajouter les charges sociales et les pénalités de retard. Pour toi, ce sera la faillite et tu auras le contrôleur des impôts aux fesses pour le restant de tes jours. Sans compter le temps que tu vas devoir passer en prison. Notre système pénal n'est pas tendre envers le crime financier.

Et s'il est prouvé que les pasteurs sont derrière la fraude, ce que je crois, Thomas sera reconnu coupable d'escroquerie, d'abus de biens sociaux et de je ne sais quoi encore. Il sera accusé d'avoir détourné l'argent de la communauté pour l'investir dans la société de sa femme. Si lui aussi va en prison, que vont devenir les enfants ? Ils auront le droit de vous rendre visite en prison, bien sûr. Des rencontres de quelques heures, le week-end, dans un parloir exigu. Et quand vous ressortirez, où trouverez-vous du travail ? »

Maja regardait Rebecka, bouche bée.

« Qu'est-ce que tu me veux ? Tu viens ici chez moi, avec tes suppositions et tes menaces. Tu me menaces, moi. Tu menaces ma famille. Mes enfants. »

Elle se tut et mit la main sur sa bouche comme pour s'empêcher d'en dire plus.

« Si c'est une vengeance que tu cherches, Rebecka, alors venge-toi sur moi, dit Magdalena.

— Allez au diable, toutes les deux ! » cracha Rebecka, tandis que les deux sœurs se ratatinaient sous son blasphème.

Ce qui ne fit qu'attiser sa colère.

« Bien sûr que j'ai toutes les raisons de vouloir me venger, dit-elle. Mais ce n'est pas pour ça que je suis là. »

Rebecka est seule à la maison quand on sonne. Elle va ouvrir la porte et se trouve nez à nez avec Thomas Söderberg. Mais il n'est pas seul. Maja et Magdalena l'accompagnent.

Rebecka comprend tout à coup pourquoi Sanna était si pressée de partir. Et pourquoi elle a insisté pour que Rebecka reste à la maison étudier. Sanna savait qu'ils viendraient.

Plus tard, Rebecka regretterait de les avoir laissés entrer. Elle aurait dû claquer la porte au nez de ces monstres bien-pensants. Elle sait pourquoi ils sont là, bien sûr. Elle le lit sur leurs visages. Elle le devine à l'expression grave et préoccupée de Thomas. Aux lèvres pincées de Maja. Et au regard fuyant de Magdalena.

Ils ne veulent rien boire. Un peu plus tard, Thomas changera d'avis et réclamera un verre d'eau. Pendant la conversation qui va suivre, il s'interrompra plusieurs fois pour boire.

Ils vont dans le séjour et Thomas prend les commandes. Il prie Rebecka de s'asseoir dans le fauteuil en osier et installe sa femme et sa belle-sœur chacune à un bout du canapé d'angle. Quant à lui, il se cale dans l'angle du deuxième sofa. De manière à pouvoir les observer toutes les trois en même temps. À l'endroit où elle est assise, Rebecka est obligée de tourner la tête pour voir les deux femmes.

Thomas Söderberg n'y va pas par quatre chemins.

« Magdalena t'a croisée à l'hôpital, dit-il en regardant Rebecka droit dans les yeux. Elle m'a également informé de la raison pour laquelle tu y étais. Nous sommes venus pour essayer de te convaincre de ne pas le faire. »

Devant le silence de Rebecka, il poursuit.

« Je comprends que, pour toi, ce soit une décision lourde à porter, mais tu dois penser à l'enfant. Tu as une vie en toi, Rebecka. Tu n'as pas le droit de la

supprimer. Maja et moi en avons parlé et elle m'a pardonné. »

Il s'arrête de parler et pose sur sa femme un regard empli d'amour et de gratitude.

« Nous nous occuperons de l'enfant, reprend-il. Nous désirons l'adopter. Tu comprends, Rebecka ? Il aurait la même place dans notre famille que Rachel et Anna. Il serait leur petit frère. »

Maja lui jette un bref regard.

« Si c'est un garçon, évidemment. »

Après un nouveau silence, il demande :

« Qu'en dis-tu, Rebecka ? »

Rebecka quitte des yeux le plateau de la table basse et regarde froidement Magdalena.

« Ce que j'en dis ? répond-elle en secouant lentement la tête.

— Oui, je sais, dit Magdalena. J'ai regardé ton dossier et violé le secret médical. Tu es libre, bien sûr, de me dénoncer au conseil d'administration de l'hôpital.

— Parfois, on doit choisir entre la volonté du prince et celle de Dieu, intervient Thomas. J'ai promis à Magdalena que tu comprendrais. N'est-ce pas, Rebecka ? Ou bien as-tu l'intention de porter plainte contre elle ? »

Rebecka secoue la tête. Magdalena a l'air rassuré. Elle sourit presque. Maja ne sourit pas. Elle regarde Rebecka d'un œil noir. Rebecka sent la nausée monter. Il faut qu'elle mange quelque chose, en général elle se sent mieux ensuite.

Est-ce que je vais laisser cette femme prendre soin de mon enfant ? songe Rebecka.

« Qu'en dis-tu, Rebecka ? répète Thomas. Puis-je repartir d'ici avec la promesse que tu vas annuler ton rendez-vous à l'hôpital ? »

La nausée arrive. Elle monte de son ventre à l'allure d'un cheval au galop. Rebecka se cogne le genou contre la table en se levant du fauteuil en osier pour courir aux toilettes. Elle les entend se lever dans le salon et s'enferme à clé.

Un instant plus tard, ils sont tous les trois derrière la porte. Ils frappent. Prennent de ses nouvelles et lui demandent d'ouvrir. Elle ne les écoute plus. Ses jambes cèdent sous son poids et elle s'écroule sur le siège des W.-C.

Pour commencer, leurs voix sont inquiètes. Ils la supplient de ressortir de la salle de bains. Même Maja est appelée en renfort.

« Je t'ai pardonnée, Rebecka, dit-elle. Nous voulons seulement t'aider. »

Rebecka ne répond pas. Elle ouvre à fond les robinets. L'eau coule dans la baignoire à grand fracas. Thomas est d'abord agacé, puis il se met en colère.

« Ouvre ! ordonne-t-il en cognant à la porte. C'est mon enfant, Rebecka. Tu n'as aucun droit, tu m'entends ? Je ne te laisserai pas tuer mon enfant. Ouvre, avant que je défonce cette porte. »

Les deux femmes tentent de le calmer. Elles parviennent à l'entraîner avec elles. Enfin, Rebecka entend la porte d'entrée se refermer et leurs pas dans l'escalier. Elle s'enfonce dans l'eau de la baignoire et ferme les yeux.

Beaucoup plus tard, la porte d'entrée s'ouvre à nouveau. Sanna revient. L'eau du bain a refroidi depuis longtemps. Rebecka sort de la baignoire et la rejoint dans la cuisine.

« Tu le savais », dit-elle à Sanna.

Sanna la regarde d'un air contrit.

« Tu me pardonnes ? dit-elle. J'ai fait ça parce que je t'aime, tu comprends ? »

« Pourquoi es-tu là ? demanda Maja.

— Je veux savoir pourquoi Viktor est mort, dit Rebecka avec dureté. On soupçonne Sanna d'être responsable du meurtre, elle a été arrêtée et tout le monde a l'air de s'en foutre. La communauté danse, chante, se réunit pour ses cultes et refuse de travailler avec la police.

— Je ne sais rien de cette histoire ! s'écria Maja. Tu crois que c'est moi qui l'ai tué ? Ou Thomas ? Tu crois que nous lui avons arraché les yeux et tranché les mains ? Tu es folle ?

— Je n'en sais rien, répondit Rebecka. Est-ce que Thomas est sorti la nuit où Viktor a été assassiné ?

— Tu vas arrêter tes insinuations, maintenant ! s'insurgea Magdalena.

— Viktor n'était pas dans son état normal depuis quelque temps. Il semble qu'il se soit disputé avec Sanna. Patrik Mattsson était en colère contre lui. Je veux savoir pourquoi. Avait-il une liaison avec un membre de la communauté ? Avec un homme, peut-être ? Est-ce pour cela que tout le monde marche sur des œufs dans la maison de Dieu ? »

Maja Söderberg se leva.

« Tu écoutes quand on te parle ? hurla-t-elle. Je n'en ai aucune idée ! Thomas était le guide spirituel de Viktor. Et il ne révélera jamais la moindre confidence qu'il ait pu entendre dans l'exercice de sa fonction de pasteur. Ni à moi ni à la police.

— Viktor est mort ! cracha Rebecka. Il se fiche complètement de savoir si Thomas trahit ses secrets. Je crois que vous en savez beaucoup plus que vous ne le dites. Et je suis prête à aller voir la police avec ce que moi, je sais. Ce sera intéressant de voir ce qui ressortira de l'enquête préliminaire. »

Maja la regarda, incrédule.

« Tu es vraiment folle, s'exclama-t-elle. Pourquoi est-ce que tu me hais ? Tu pensais qu'il allait nous quitter, moi et les filles, pour toi, c'est ça ? »

Rebecka se leva, lasse.

« Je ne te hais pas, dit-elle. J'ai pitié de toi. Je n'ai jamais pensé qu'il te quitterait. Je n'ai jamais cru que j'étais la seule et je regrette que tu aies appris ce qui s'était passé. Mais entre nous, Maja, tu crois vraiment qu'il n'y en pas eu d'autres ? »

Maja faillit tomber de sa chaise. Elle tendit un index menaçant vers Rebecka.

« Toi ! grinça-t-elle entre ses dents. Sors de ma maison ! Sale infanticide ! »

Magdalena suivit Rebecka jusqu'à la porte.

« Ne fais pas ça, Rebecka, la supplia-t-elle. Ne dis rien à la police. À quoi cela servirait-il ? Pense aux enfants.

— Alors, aidez-moi, rétorqua Rebecka. Sanna est sur le point d'être envoyée en prison et personne ne lève le petit doigt. Et tu me demandes de me taire ? »

Magdalena poussa Rebecka sur le palier et referma la porte derrière elles.

« Tu as raison, dit-elle à voix basse. Viktor avait un problème ces derniers temps. Il avait changé. Il était devenu agressif.

— Comment ça ? demanda Rebecka en appuyant sur l'interrupteur pour allumer la lumière.

— Dans sa façon d'être et dans sa manière de s'adresser aux fidèles. C'est difficile de mettre le doigt sur quelque chose de précis. Il était devenu irascible, il ne tenait pas en place. Il priait la nuit, au temple et il voulait tout le temps rester seul. Il n'était pas comme ça avant. Avant, cela ne le dérangeait pas que l'on se joigne à lui dans la prière. Dernièrement, il s'est mis à jeûner et à prier nuit et jour. Il avait une mine épouvantable. »

Ça, c'est vrai, songea Rebecka en se rappelant la tête qu'il avait sur la vidéo. Les yeux profondément enfoncés dans les orbites. Tendu.

« Pourquoi jeûnait-il, à ton avis ? » demanda-t-elle.

Magdalena haussa les épaules.

« Je ne sais pas. On dit que certains démons ne peuvent être chassés que par le jeûne et la prière. Mais je me demande si quelqu'un savait réellement ce qu'il traversait. Pas Thomas, en tout cas. Depuis quelque temps, il y avait une certaine tension entre eux.

— Ah bon ? Pour quelle raison ? Tu as une idée ?

— Rien qui justifie que Thomas assassine Viktor, répliqua Magdalena. Honnêtement, Rebecka, tu ne penses pas vraiment ça ? Viktor ne s'éloignait pas seulement de Thomas. Il prenait des distances avec tout le monde. Il faut que tu laisses Thomas et Maja tranquilles. Ils n'ont rien à t'apprendre.

— Alors, qui va répondre à mes questions ? » demanda Rebecka.

Comme Magdalena ne répondait pas, elle poursuivit :

« Vesa Larsson, peut-être ? »

En sortant de l'immeuble, la première pensée de Rebecka fut d'ouvrir la portière de sa voiture pour faire descendre la chienne. Puis elle se rappela que Tjapp avait disparu. Et s'il lui était arrivé malheur ? Elle s'imagina son cadavre gelé dans la neige. Ses yeux crevés par les corbeaux et son ventre ouvert après qu'un renard eut mangé les meilleurs morceaux de ses entrailles.

Il faut que je le dise à Sanna, songea-t-elle en sentant son cœur gonfler dans sa poitrine.

Un couple marchant côte à côte sur le trottoir et poussant un landau passa devant elle. La fille était toute jeune. Vingt ans à peine. Rebecka remarqua qu'elle regardait ses bottes avec envie. Pour retourner à l'endroit où elle avait garé l'Audi, elle passa devant l'ancien Palladium. Les sculptures de glace exposées lors du festival de la neige qui avait lieu chaque année fin janvier étaient encore là. À l'entrée de Geologgatan, trois blocs en béton de cinquante centimètres de haut empêchaient l'accès de la rue aux véhicules. Ils étaient recouverts de petites huppes de neige.

Elle n'aima pas s'asseoir dans la voiture vide et réalisa qu'elle s'était déjà habituée à la présence d'une chienne et de deux enfants.

Arrête, se dit-elle, se moquant d'elle-même.

Elle regarda l'heure. Il était déjà midi et demi. Dans deux heures, elle irait chercher Sara et Lova. Elle leur avait promis de les emmener à la piscine cet après-midi. Il fallait qu'elle mange quelque chose. Ce matin, elle avait préparé un chocolat chaud et des tartines pour les filles, mais elle s'était contentée de vider deux mugs de café. Il fallait aussi qu'elle trouve le temps de rendre visite à Vesa Larsson. Et de travailler un peu. Elle sentit son estomac se nouer à l'idée qu'elle n'avait pas terminé de rédiger son mémoire sur la nouvelle réglementation fiscale pour les PME.

Elle fit une courte halte pour s'acheter un cookie au chocolat, une banane et un Coca. Devant le restaurant *Svarta Björn*, les gros titres de la presse à scandale annonçaient : « Viktor Strandgård tué par des satanistes. » Au-dessus de la révélation-choc, on pouvait lire en tout petits caractères : *« Un membre anonyme de l'Église de la Force originelle révèle que... »*

« Comme elle est froide, cette main », dit la femme en prenant son argent.

Sa grande main sèche et chaude se referma un instant sur les doigts de Rebecka et les serra.

Rebecka lui sourit, surprise.

J'ai perdu l'habitude de communiquer avec de parfaits étrangers, se dit-elle.

La voiture avait eu le temps de se refroidir. Elle était glaciale. Elle éplucha la banane et la dévora à grosses bouchées. Elle pensa à l'épicière. La cinquantaine, des bras puissants et une poitrine opulente dans un gilet en mohair. Une coupe de cheveux et une permanente passées de mode depuis les années quatre-vingt. Un regard gentil. Puis elle pensa à Sara et à Lova.

À leurs petits corps qui devenaient si chauds dans le sommeil. Et elle pensa à Tjapp. Tjapp avec ses yeux bridés lapons et son pelage noir et laineux. Soudain, le chagrin la submergea. Elle leva les yeux vers le plafond de l'Audi et essuya une larme qui perlait au bord de ses cils, pour éviter de faire couler son mascara.

Arrête maintenant ! se tança-t-elle, faisant un énorme effort de volonté pour se ressaisir, puis elle démarra le moteur.

Tjapp est couchée dans le noir. Puis un hayon s'ouvre au-dessus d'elle et elle est éblouie par la lumière d'une torche. Son cœur se serre de terreur, mais elle ne tente pas de résister quand deux mains la saisissent avec dureté et la soulèvent. La déshydratation l'a rendue passive et soumise. Elle va même jusqu'à tendre la gorge à l'homme qui la sort du coffre de sa voiture. Elle courbe l'échine autant qu'elle le peut avec ses pattes ligotées et son nez muselé de ruban adhésif. Elle a beau montrer sa gorge et rentrer sa queue sous son ventre, cela ne lui sera d'aucun secours. Car son bourreau est sans pitié.

La maison d'architecte flambant neuve du pasteur Vesa Larsson était située derrière l'université populaire. Rebecka se gara contre le trottoir et leva la tête vers l'imposante bâtisse. Blanche et parfaitement cubique, elle se fondait dans le paysage. Sans ses huisseries aux lumineuses couleurs rouge vif, jaune et bleue, par temps de neige, on aurait facilement pu passer devant sans la remarquer. L'architecte avait visiblement voulu s'inspirer des couleurs traditionnelles des Saames et de la blancheur de la montagne en hiver.

Astrid, la femme de Vesa Larsson, lui ouvrit la porte. Derrière elle, un jeune berger Shetland aboyait comme un fou. Astrid fronça les sourcils et une expression d'animosité figea ses traits lorsqu'elle reconnut Rebecka.

« Qu'est-ce que tu viens faire ici ? » demanda-t-elle.

Elle devait avoir pris quinze kilos depuis la dernière fois qu'elles s'étaient vues. Ses cheveux étaient rassemblés en un chignon négligé et elle portait un pantalon de jogging et un sweat-shirt délavé. Rebecka vit la façon dont elle jaugeait en un coup d'œil son long manteau en poil de chameau, son châle soyeux de marque et l'Audi neuve garée dans la rue. Un sentiment de haine traversa son regard.

J'étais sûre qu'elle se laisserait aller aussitôt qu'ils auraient eu leur premier enfant, songea Rebecka méchamment.

Dans le temps, Astrid était un peu ronde, mais elle était mignonne. Comme ces chérubins assis sur leur nuage qu'on voyait sur les marque-pages des missels. Et Vesa Larsson était à l'époque le pasteur célibataire le plus convoité par les jolies filles en mal d'époux de l'Église pentecôtiste.

Quel soulagement de ne plus être obligée de faire semblant d'aimer tout le monde, songea Rebecka. Je n'ai jamais pu la blairer, en réalité.

« Je viens voir Vesa », dit Rebecka, entrant dans la maison sans qu'Astrid l'y ait invitée.

Le chien recula, lâchement, tout en continuant à aboyer à se casser la voix. On aurait dit qu'il avait une bronchite.

La maison n'avait pas de porche et pas non plus d'entrée. Le rez-de-chaussée n'était composé que d'une immense pièce à vivre et, de l'endroit où elle se trouvait, Rebecka pouvait voir la cuisine, la salle à manger, le coin salon installé devant une grande cheminée ouverte et une impressionnante baie vitrée donnant sur le ciel enneigé. Par temps clair, on devait voir à la fois Vittangivaara, Luossavaara et, plus loin, le temple de cristal sur la colline de Sandstensberget.

« Il est là ? » s'enquit Rebecka sans crier mais d'une voix assez forte pour couvrir les aboiements du chien.

Astrid renâcla en guise de réponse.

« Oui, il est là. Mais tais-toi donc ! »

La dernière partie de la phrase s'adressait au chien qui continuait d'aboyer furieusement. Astrid plongea la main dans sa poche et en sortit une poignée de bonbons pour chien d'une couleur brun-rouge qu'elle jeta négligemment par terre. Il se tut enfin et se jeta sur les friandises.

Rebecka suspendit sa veste au portemanteau et fourra son bonnet et ses gants dans une poche. Ils seraient encore trempés au moment de les remettre, mais tant pis. Astrid ouvrit la bouche comme si elle allait protester, mais elle se tut.

« Je ne sais pas s'il acceptera de te recevoir, dit-elle avec humeur. Il a la grippe.

— Et moi, je ne repartirai pas avant de l'avoir vu, répliqua Rebecka calmement. C'est important. »

Le chien, qui avait fini de manger les friandises, vint se frotter contre la jambe de sa maîtresse en reprenant ses aboiements hystériques.

« Ça suffit maintenant, Baloo, gronda Astrid sans conviction. Je ne suis pas une chienne. »

Elle essaya de décrocher le chien, mais il poursuivit son chevauchement frénétique.

C'est un véritable tyran, ce cabot, songea Rebecka.

« Je parle sérieusement, Astrid, dit-elle. Si tu veux que je m'en aille, il faudra appeler la police, parce que j'ai fermement l'intention d'aller faire la sieste sur ton canapé jusqu'à ce qu'il accepte de répondre à mes questions. »

La femme du pasteur baissa les bras. Elle ne pouvait pas lutter à la fois contre le chien et contre Rebecka.

« Il est dans l'atelier, dit-elle. En haut de l'escalier, première porte à gauche. »

Rebecka gravit l'escalier en cinq longues foulées.

« Frappe avant d'entrer », lui cria Astrid.

Vesa Larsson était assis devant un grand poêle blanc, sur un tabouret recouvert d'une peau de mouton. Un carreau de faïence au centre du poêle portait l'inscription « Le Seigneur est mon berger », en lettres élégantes couleur feuille de bouleau. C'était joli. C'était sans doute Vesa Larsson lui-même qui l'avait fait. Il n'était pas encore habillé et elle le trouva en pyjama de flanelle avec une robe de chambre en éponge par-dessus. Il posa sur Rebecka un regard torve. Son visage était grisâtre et mangé par une barbe de plusieurs jours.

Il ne va pas bien, certes, mais ce n'est pas la grippe, songea-t-elle en le regardant.

« Alors, tu es venue me menacer ? dit-il. Rentre chez toi, Rebecka. Laisse tomber cette affaire. »

Tiens, tiens, songea Rebecka. Ils l'ont déjà appelé pour le prévenir.

« Bel atelier, dit-elle au lieu de répondre.

— Mmm, grogna-t-il. L'architecte a failli faire une attaque quand je lui ai dit que je voulais du parquet brut. Il m'a dit qu'il serait fichu en un rien de temps à cause des taches d'encre et de peinture. Mais il n'avait pas compris que c'était exactement ce que je souhaitais. Qu'il prenne petit à petit la patine du processus de création. »

La pièce était immense. Malgré le temps couvert, la lumière du jour pénétrait à flots par ses immenses fenêtres. L'aménagement était élégamment dépouillé. Devant la baie vitrée se trouvait un chevalet sur lequel était posée une toile recouverte d'un drap. À première vue, il n'y avait pas la moindre tache de peinture sur le parquet. Ça changeait de l'époque où il peignait dans la cave minuscule de l'Église pentecôtiste, où les feuilles de dessin traînaient partout par terre et où on osait à peine bouger de peur de renverser les innombrables bocaux remplis de térébenthine et de pinceaux. Elle se souvint de l'odeur de solvant qui lui faisait tourner la tête. Ici, la seule chose qu'on sentait, c'était une faible odeur de fumée venant du poêle. Vesa Larsson remarqua son regard scrutateur avec un sourire ironique.

« Oui, je sais. Un jour, on a enfin l'atelier que tout le monde rêverait d'avoir… » Il ponctua sa remarque par un haussement d'épaules. « Mon père faisait de la peinture à l'huile, poursuivit-il. Il peignait des aurores boréales, la vallée en auge de Lapporten et son chalet de Merasjärvi. Il ne s'en lassait jamais. Il passait son temps à boire avec ses copains et il a toujours refusé de faire un vrai travail. Quand il était saoul, il me donnait quelques tapes sur la tête et prenait ses compagnons à partie : "Le petit croit qu'il va devenir chauffeur de poids lourds ou un autre métier de ce genre, mais moi, je lui dis qu'on n'échappe pas à l'art." Aujourd'hui, je t'avoue que je me trouve un peu pathétique avec mes rêves d'artiste et je me dis que mon père se trompait. Pour moi, ça n'a pas été très difficile d'échapper à l'art. »

Il se regardèrent pendant un moment sans rien dire. Sans le savoir, ils pensaient tous deux aux cheveux de l'autre. Ils se disaient l'un et l'autre que leurs cheveux étaient plus beaux avant. Quand ils les laissaient pousser librement et qu'ils n'avaient jamais vu les ciseaux d'un coiffeur.

« Jolie vue », dit Rebecka. Elle ajouta : « Enfin peut-être pas là tout de suite. »

Tout ce qu'on voyait pour le moment, c'était un rideau de neige tombant sans interruption.

« Pourquoi pas ? rétorqua Vesa Larsson. Moi, je trouve au contraire que c'est en ce moment que la vue est la plus belle. Tout est plus beau, l'hiver, sous la neige. Plus simple. Et puis, il y a moins de détails à restituer sur la toile. Moins de couleurs. Moins de parfums. Les journées sont plus courtes. L'esprit se repose.

— Quel était le problème avec Viktor ? » demanda Rebecka.

Vesa Larsson secoua la tête.

« Qu'est-ce que Sanna t'a raconté ?

— Rien, répondit Rebecka.

— Comment ça, rien ? répliqua Vesa Larsson, soupçonneux.

— Personne ne me dit rien, dit Rebecka, en colère. Mais je ne crois pas que ce soit elle qui l'ait tué. Elle est un peu sur une autre planète, quelquefois, mais elle ne peut pas avoir fait ça. »

Vesa regarda la neige tomber sans rien dire.

« Pourquoi Patrik Mattsson m'a-t-il conseillé de venir t'interroger sur les préférences sexuelles de Viktor ? » demanda Rebecka. Voyant que Vesa Larsson ne répondait pas, elle poursuivit : « Tu avais une liaison avec lui ? C'est toi qui lui as écrit la carte postale que j'ai retrouvée dans sa bible ? »

C'est toi qui as laissé une lettre de menace sur ma voiture ? songea-t-elle.

Vesa Larsson répondit sans la regarder.

« Je ne m'abaisserai pas à répondre à ça.

— Non, bien sûr que non, dit-elle avec dureté. Je vais finir par croire que c'est vous, les pasteurs, qui l'avez tué. Parce qu'il voulait dénoncer vos magouilles. Ou parce qu'il menaçait de parler à ta femme de ce qu'il y avait entre vous. »

Vesa Larsson cacha son visage entre ses mains.

« Ce n'est pas moi, marmonna-t-il. Je ne l'ai pas tué. »

Je les traque, je les accuse les uns après les autres, mais, en réalité, je tourne en rond, songea Rebecka.

Elle pressa le poing contre son front, comme si cela devait l'aider à faire naître une pensée cohérente dans sa tête.

« Je ne comprends pas, dit-elle. Pourquoi est-ce que vous refusez de me parler ? Pourquoi quelqu'un a caché ce couteau dans l'alcôve de Sanna ? »

Vesa Larsson se tourna brusquement vers elle et la regarda d'un air effrayé.

« De quoi est-ce que tu parles ? Quel couteau ? »

Rebecka s'en voulut d'avoir été trop bavarde.

« La police ne l'a pas dit aux journalistes, mais elle a trouvé l'arme du crime dans l'appartement de Sanna. Sous la banquette de sa cuisine. »

Vesa Larsson la fixa d'un air atterré.

« Oh, mon Dieu, dit-il. Mon Dieu !

— Quoi ? »

Le visage du pasteur se figea.

« J'ai déjà rompu une fois de trop le secret lié à ma fonction, dit-il.

— On s'en fout de ça ! s'écria Rebecka. Viktor est mort. Là où il est, il n'en a rien à faire.

— Sanna est encore en vie, elle.

— OK ! éclata Rebecka. Alors, ne me dis rien ! Mais je te préviens que je continuerai à fouiller jusqu'à ce que je découvre la vérité. Je vais commencer par votre communauté et vos combines financières. Ensuite, je découvrirai qui était amoureux de Viktor. Quant à Sanna, j'ai l'intention d'aller lui tirer les vers du nez dès cet après-midi. »

Vesa Larsson la regarda d'un air malheureux.

« Tu ne veux pas laisser tomber, Rebecka ? Rentre chez toi. Ne les laisse pas se servir de toi.

— Qu'est-ce que tu veux dire ? »

Il secoua la tête d'un air découragé.

« Bon, fais ce que tu penses devoir faire, alors. Mais sache que tu ne pourras rien me prendre que je n'aie déjà perdu.

— Allez tous au diable ! », lança Rebecka d'une voix morne.

Elle n'avait même plus la force de mettre de la passion dans sa malédiction.

« Que celui qui n'a jamais péché… » rétorqua Vesa Larsson.

Il a raison. Je suis une meurtrière. Une infanticide.

Rebecka coupe du bois dans le hangar de sa grand-mère. Non, couper est un verbe trop faible. Elle choisit les bûches les plus grosses et les plus lourdes et elle les fend dans une sorte de transe. Abat violemment la hache dans le bois réticent. La lève à nouveau avec la bûche plantée sur la lame et la rabat brutalement sur le billot. La force et le poids font entrer la hache dans la bûche comme un coin. À ce moment-là, elle peut gueuler et jurer. La bûche se fend en deux. Elle recoupe chaque moitié en deux puis pose une nouvelle bûche sur le billot. La sueur coule dans son dos. Ses épaules et ses bras sont douloureux, mais elle n'économise pas ses efforts. Avec un peu de chance, le bébé s'en ira tout seul. Personne ne lui a interdit de couper du bois. Si ça se passe comme ça, Thomas pourra sans doute dire que Dieu n'a pas voulu qu'elle vienne au monde.

Qu'il vienne au monde, corrige-t-elle. L'enfant. Mais au fond d'elle, elle sait déjà que c'est une fille. Johanna.

En entendant la voix de Viktor derrière elle et en se repassant le film dans sa tête, elle réalise qu'il doit être là depuis un certain temps et qu'il a prononcé son nom plusieurs fois sans qu'elle l'entende.

C'est étrange de le voir assis là, sur cette chaise en bois délabrée, qui n'a même plus de dossier et qu'on aurait dû jeter au feu depuis longtemps.

« Qui te l'a dit ? demande Rebecka.

— Sanna, répond-il. Elle m'a dit aussi que ça te mettrait très en colère. »

Rebecka hausse les épaules. Elle est trop fatiguée pour se fâcher.

« Qui d'autre est au courant ? »

Cette fois, c'est au tour de Viktor de hausser les épaules. La nouvelle a déjà fait le tour de la communauté. Évidemment. Qu'est-ce qu'elle croyait ? Il porte son vieux blouson en daim acheté dans une friperie et une interminable écharpe qu'a dû lui tricoter l'une de ses nombreuses admiratrices. Ses cheveux sont séparés par une raie bien nette et rentrés dans son col.

« Épouse-moi », dit-il.

Rebecka le regarde, interloquée.

« Tu es devenu fou ?

— Je t'aime, réplique-t-il. J'aime cet enfant que tu portes. »

Ça sent la sciure et le bois. Dehors, elle entend les gouttes de pluie tomber du toit. Elle a la gorge serrée par les pleurs qui refusent de sortir. Ça fait mal.

« Tu m'aimes comme tu aimes tes frères et tes sœurs, tes amis et tes ennemis. »

L'amour de Dieu. Le même pour tout le monde. Distribué sous vide et sans discernement à toutes les personnes qui le désirent. C'est peut-être tout ce que Rebecka mérite. Elle devrait peut-être s'en contenter.

Il a l'air si las.

Où es-tu, Viktor ? songe-t-elle. Depuis que tu as fait ce voyage auprès de Dieu, il y a tant de gens qui te vénèrent.

« Je ne t'abandonnerai jamais, tu le sais, n'est-ce pas ?

— Tu ne comprends pas qu'à la seconde où je dirai oui tu m'auras déjà abandonnée », dit Rebecka.

À présent ses larmes coulent sur ses joues et de son nez sans qu'elle puisse les retenir.

À six heures et demie du soir, Rebecka arriva au commissariat en compagnie de Sara et Lova. Elles avaient passé tout l'après-midi à la piscine.

Quand Sanna entra au parloir, elle regarda Rebecka comme si elle l'accusait de lui avoir volé quelque chose.

« C'est maintenant que vous arrivez ? Je commençais à croire que vous m'aviez oubliée. »

Les filles enlevèrent leurs manteaux et grimpèrent chacune sur une chaise. Lova rit en voyant les mèches de cheveux gelées qui dépassaient de son bonnet.

« Regarde, maman », dit-elle en secouant la tête. Les petites stalactites de glace s'entrechoquèrent avec un tintement mat. « En revenant de la piscine, on a mangé des saucisses et de la purée, continua Lova. Et puis une glace. Et samedi, je vais jouer avec Ida. Hein, c'est vrai, Rebecka ?

— Ida est une petite fille de son âge que Lova a rencontrée à la piscine », expliqua Rebecka.

Sanna la regardait avec un drôle d'air et Rebecka s'abstint de raconter que la maman de la fameuse Ida était une ancienne camarade de classe à elle.

Pourquoi ai-je le sentiment de devoir justifier tous mes faits et gestes ? songea-t-elle, contrariée. Je n'ai rien fait de mal.

« J'ai sauté du troisième plongeoir, raconta Sara en allant s'asseoir sur les genoux de Sanna. C'est Rebecka qui m'a appris comment faire.

— Ah ! » commenta Sanna, indifférente à présent.

Elle était déjà ailleurs. On aurait dit que seule son enveloppe corporelle était encore sur cette chaise dans ce parloir. Elle ne réagit même pas quand Sanna et Lova lui annoncèrent que Tjapp avait disparu. Quand elles s'aperçurent qu'elle ne les écoutait plus, les filles commencèrent à se dissiper. Rebecka ne savait pas quoi faire. Lova était montée sur sa chaise et elle sautait sur place en criant :

« Samedi, je vais jouer avec Ida ! Samedi, je vais jouer avec Ida ! »

Elle bondissait comme un petit diable monté sur ressort, *hop*, *hop*, *hop*, sans s'arrêter. Plusieurs fois, elle faillit tomber et Rebecka commença à s'inquiéter. Si elle tombait, elle risquait de se cogner la tête sur le rebord de la fenêtre en béton et elle se ferait très mal. Sanna ne semblait pas s'en rendre compte.

Il ne faut pas que je m'en mêle, se disait Rebecka, cherchant à se convaincre.

Finalement, ce fut Sara qui prit sa petite sœur par le bras et qui se fâcha contre elle.

« Arrête de faire ça ! »

Mais Lova se dégagea de son emprise et se remit à sauter, imperméable aux remontrances de sa sœur.

« Tu es triste, maman ? » demanda Sara au bout d'un moment en passant ses bras autour du cou de Sanna.

Sanna caressa les cheveux blonds et brillants de sa fille. Retraça la raie avec ses doigts et coinça derrière ses oreilles les mèches qui lui tombaient sur la figure.

« Oui, répondit-elle tout bas en évitant de croiser le regard de Rebecka. Je suis triste. Je vais peut-être aller en prison bientôt, et si cela arrive, je ne pourrai plus être votre maman. C'est pour ça que je suis triste. »

Sara devint toute pâle. Ses yeux s'écarquillèrent de terreur.

« Mais tu vas revenir, hein, maman ? »

Sanna la prit par le menton et elle dit à sa fille en la regardant droit dans les yeux :

« Pas si je suis condamnée, Sara. S'ils me jugent coupable, je passerai ma vie en prison. Et si je ressors un jour, tu seras devenue grande et tu n'auras plus besoin d'une maman. Ou bien je tomberai malade, je mourrai en prison et je ne reviendrai plus jamais. »

Elle ajouta cette dernière phrase sur le ton de la plaisanterie. Mais son rire sonnait faux.

Les lèvres de Sara se serrèrent jusqu'à ne plus former qu'un trait extrêmement mince.

« Et qui est-ce qui va s'occuper de nous, alors ? » demanda-t-elle tout bas.

Puis, brusquement, elle se mit à crier contre sa petite sœur qui était encore en train de sauter sur sa chaise comme une folle.

« Je t'ai dit d'ARRÊTER, tu m'entends ? »

Lova cessa aussitôt ses acrobaties et s'assit sagement, trois doigts enfoncés dans la bouche.

Rebecka fusilla Sanna du regard.

« Sanna est triste », dit-elle à Lova qui regardait sa mère et sa sœur tétanisée. Puis elle se tourna vers Sara et poursuivit : « C'est pour ça qu'elle dit toutes ces choses. Je vous promets qu'elle n'ira pas en prison et qu'elle sera très bientôt de retour à la maison. »

Elle regretta ses mots avant même d'avoir terminé sa phrase. Comment pouvait-elle promettre une chose pareille ?

Quand il fut temps de partir, Rebecka demanda aux filles d'aller l'attendre dans la voiture. Elle serrait les dents pour contenir sa rage.

« Comment oses-tu ? feula-t-elle. Elles sont allées à la piscine et elles étaient presque heureuses l'espace d'un moment et il a fallu que tu… » Elle se tut parce qu'elle ne trouvait pas les mots justes. « J'ai parlé à Maja, à Magdalena et à Vesa, aujourd'hui. Je sais que Viktor avait un problème. Et tu connais la nature de ce problème. Alors, maintenant, Sanna, tu vas parler. Je t'écoute. »

Sanna resta silencieuse. Appuyée au mur vert menthe, le visage fermé, elle mordillait l'ongle de son pouce déjà rongé jusqu'à la chair.

« Tu vas me le dire, oui ou non ? insista Rebecka, menaçante. Qu'est-ce qui n'allait pas, chez lui ? Vesa m'a dit qu'il ne voulait pas trahir un secret que tu lui avais confié. »

Sanna continua de se taire et de ronger l'ongle de son pouce, mordant ses envies jusqu'au sang. Rebecka commençait à transpirer dans son manteau. Elle avait envie d'attraper Sanna par les cheveux et de lui frapper la tête contre le mur en béton. Comme le faisait Ronny Björnström, le papa de Sara. Jusqu'à ce qu'il comprenne que cela ne servait à rien et qu'il décide de ficher le camp.

Mais les filles l'attendaient dans la voiture et Rebecka se souvint que Lova n'avait pas pris ses moufles.

« Va te faire foutre », dit-elle au bout d'un moment avant de tourner les talons et de partir.

Sanna n'est plus dans sa cellule. Elle a traversé le plafond et elle s'est échappée. Elle s'est faufilée entre les atomes et les molécules de ciment et elle a rejoint le ciel étoilé au-dessus des nuages de neige. Elle a oublié le parloir. Oublié ses enfants. Elle est redevenue une petite fille. Et Dieu est comme une mère qui la prend dans ses bras et la hisse vers la lumière, si vite qu'elle en a des papillons dans le ventre. Mais elle ne craint rien parce que Dieu la tient bien. Il ne la laissera pas tomber. Dieu ne laisse pas tomber ses enfants. Sanna a confiance. Elle ne tombera pas.

Devant le grand miroir du salon, Curt Bäckström contemple son corps nu dans l'éclairage magique d'une vingtaine de bougies et des petites lampes dont il a couvert les abat-jours d'un voilage rouge. Des tentures noires punaisées aux fenêtres le protègent des regards indiscrets.

L'appartement est meublé de façon pour le moins spartiate. Il n'a ni radio, ni télévision, ni four à micro-ondes. Il fut un temps où les rayons et les ondes le rendaient fou. Il avait l'impression d'entendre au milieu de la nuit des voix sortant des appareils éteints. À présent, ils ne l'affectent plus et il a rebranché le réfrigérateur et le congélateur. La radio et le téléviseur ne lui manquent pas. On n'y entend que des inepties profanes. Des messages du diable diffusés vingt-quatre heures sur vingt-quatre.

Il se rend compte qu'il a changé. Il a grandi d'au moins dix centimètres ces derniers jours. Ses cheveux poussent à une vitesse extraordinaire et bientôt il pourra se faire un catogan sur la nuque. Il se coiffe désormais en faisant une raie au milieu. Il se penche vers la glace. Sa ressemblance avec Viktor Strandgård est frappante.

Il s'efforce pendant quelques secondes de retrouver sa propre image. L'image de celui qu'il était avant.

Il y a peut-être quelque chose dans les yeux, mais non, l'impression disparaît aussitôt. Le reflet dans le miroir devient flou. Il s'est métamorphosé.

Il se tord les mains et les tend vers la glace. Dans la lumière rouge des lampes, il voit du sang et de l'huile suinter des plaies de ses paumes.

Sanna devrait être ici en ce moment. Elle devrait être agenouillée devant lui en train de récupérer dans un petit flacon l'huile qui coule de ses mains.

Il la convoque en pensée. La voit retirer lentement le bouchon de liège de la bouteille d'un vert iridescent. Elle le regarde avec intensité et ses lèvres forment le mot « *Rabbuni*[1] ».

Il a douté parfois. Était-il vraiment l'élu ? Était-il apte à contenir toute la puissance de Dieu ? Sa dernière garde de nuit au temple avait été si éprouvante. Tous ces gens qui caquetaient et se trémoussaient comme des poules pendant que lui se fondait progressivement en Dieu. Pendant que les mots entraient en lui : Ceci est mon CORPS. Ceci est mon SANG. Il était retourné s'asseoir en titubant et en se bouchant les oreilles. Il n'entendait plus le chœur. Ses mains étaient emplies d'une telle force qu'elles avaient commencé à gonfler. La peau de ses doigts tendue comme un ballon de baudruche. L'épiderme lisse et livide. Il avait eu peur de le voir éclater comme la peau des saucisses restées trop longtemps dans une casserole d'eau bouillante.

Le lendemain, il s'était acheté une paire de gants. Il avait pris la plus grande taille qu'il ait pu trouver. Il sera obligé de les porter de temps en temps, à

1. « Maître » en hébreu.

l'intérieur, pour l'instant. En attendant que le monde soit prêt à VOIR.

Au moment de payer les gants, il avait eu une impression très désagréable. La dame derrière la caisse lui souriait, mais il avait depuis longtemps le don de voir l'âme des gens et, lorsqu'elle lui avait rendu sa monnaie, il l'avait vue se transformer sous ses yeux. Ses dents étaient devenues jaunes, ses yeux s'étaient révulsés dans leurs orbites et ils avaient pris l'apparence opaque du verre dépoli. Les ongles rouges, au bout des doigts qui tenaient la pièce, s'étaient allongés et transformés en griffes crochues.

Il l'avait attendue derrière la boutique pendant plusieurs heures. Mais ensuite, on l'avait averti qu'il n'avait pas besoin de la tuer et qu'il devait économiser ses forces pour une mission plus importante.

Curt entre dans la salle de bains. Dans la lueur des bougies, de la vapeur monte de la baignoire et vient déposer des gouttelettes sur la faïence blanche. L'air est lourd de l'odeur cuivrée du sang et des forts effluves de laine mouillée.

Le corps décapité de Tjapp est suspendu au séchoir à linge en métal plastifié blanc, ses pattes arrière solidement attachées aux cordes. Son sang s'écoule lentement dans l'eau. La tête est posée par terre à côté de la baignoire, le museau toujours entouré de chatterton gris argent.

En plongeant son corps dans l'eau écarlate, Curt se sent aussitôt imprégné par les qualités de l'animal. Ses jambes s'agitent, elles sont devenues nerveuses et rapides. Il serait capable de sortir de cette baignoire et de battre le record du monde du cent mètres.

Il sent la présence de Sanna. Voit ses lèvres effleurer les oreilles de la chienne. À présent, ce sont ses oreilles à lui qu'elles touchent et dans lesquelles elle murmure : *Je t'aime.*

Il lui a déjà pris son lapin, son chat et ses deux gerbilles. Et son amour pour lui a grandi.

Il boit l'eau rouge à grandes gorgées. Ses mains se mettent à trembler, il ne les contrôle plus, comme chaque fois que Dieu prend le pouvoir sur lui.

Dieu lève la main de Curt vers le fil à linge et il lui plonge l'index dans le sang comme dans un encrier. Puis il conduit son doigt vers le mur et lui dicte un prénom qu'il trace en grandes lettres nerveuses sur les carreaux blancs. Puis ces mots :

« *LA GARCE DOIT MOURIR.* »

PUIS VINRENT LE SOIR ET LE MATIN
DU CINQUIÈME JOUR

Maja Söderberg est assise à la table de sa cuisine au milieu de la nuit. Enfin, assise, c'est beaucoup dire. Elle est affalée sur la table. La joue appuyée sur une main, elle fixe les motifs du papier peint qui grandissent et rapetissent, pâlissent et disparaissent, puis réapparaissent. Devant elle, il y a une bouteille de vodka. Elle n'a pas l'habitude de boire et ça n'a pas été facile d'avaler une telle quantité d'alcool. Mais elle y est parvenue. Au début, l'alcool l'a fait pleurer. Mais maintenant, elle va mieux. Maintenant, elle ne sent plus rien.

Elle reconnaît le pas de Thomas dans l'escalier. Il rentre tard à cause de la conférence des Miracles. Les gens se rassemblent pour assister au culte, et, ensuite, ils vont à la cafétéria tous ensemble pour bavarder. Et puis, il y a toujours quelques esprits enflammés qui restent pour prier jusque tard dans la nuit. Il est important que Thomas soit présent. Elle le comprend parfaitement. Maja est très compréhensive.

Elle entend qu'il marche sur la pointe des pieds pour ne pas déranger les voisins au milieu de la nuit. C'est un homme si attentionné. Envers les voisins.

Le bruit feutré des pas de Thomas réveille sa colère.

« Chut ! » dit-elle.

Mais la colère refuse de se rendormir. Elle est vive et tire sur sa chaîne. Libère-moi, quémande-t-elle en grognant comme un animal. Libère-moi et je le tue.

Maintenant, Thomas est là, planté devant elle. La bouche ouverte et les yeux écarquillés d'horreur. Il a l'air ridicule. Trois orifices béants sous une chapka en fourrure. Elle le regarde avec un sourire ironique. Met la main sur sa bouche pour vérifier. Ah oui, c'est bien ça, sa bouche est bien là, en bas de son visage, étirée d'un seul côté. Comment ce sourire est-il arrivé là ? Elle se le demande.

« Qu'est-ce que tu fabriques ? » lui demande-t-il.

Ce qu'elle fait ? Il ne voit pas ce qu'elle fait ? Elle se bourre la gueule, pardi. Elle est allée à pied jusqu'à Systembolaget[1] et elle a dépensé tout l'argent du ménage pour acheter de l'alcool.

Il l'inonde de questions et de reproches, à présent. Où sont les enfants ? Est-ce qu'elle réalise que tout se sait dans cette ville ? Depuis le temps, elle a dû s'en rendre compte. Comment va-t-il expliquer aux gens que sa femme a acheté de l'alcool à Systembolaget ?

Alors, elle rugit. L'engourdissement de sa bouche et de son cerveau cède brusquement.

« Ferme ta gueule, salopard, hurle-t-elle. Rebecka est passée ici. Tu entends ? Et je vais aller en prison. »

Il lui dit de se calmer. S'inquiète à nouveau de ce que vont penser les voisins. Lui rappelle qu'ils forment une équipe, qu'ils sont une famille. Qu'ils vont

---

1. Chaîne de magasins de vins et de spiritueux appartenant à l'État suédois qui détient le monopole des ventes au détail de boissons alcoolisées.

s'en sortir ensemble. Mais elle ne peut plus s'arrêter de crier à présent. Des mots d'insultes et des malédictions que jamais, de sa vie entière, elle n'a osé prononcer se déversent de sa bouche comme un torrent de lave :

« Salaud ! Espèce d'immonde porc hypocrite ! »

Beaucoup plus tard, quand il est sûr que Maja dort comme une souche, Thomas va passer un coup de fil.

« Je t'appelle à propos de Rebecka, dit-il à son interlocuteur. Ça ne peut plus durer. »

Vendredi 21 février

Il s'était arrêté de neiger et le vent s'était levé. Un vent violent, cruel et glacial soufflait sur les routes et dans les bois. Il soulevait la neige fraîche, l'emportait et transformait tout le paysage en un gros édredon blanc sans relief. Le train qui emmenait d'habitude les passagers du matin à Luleå était resté plusieurs heures en gare et la neige que les gens avaient dégagée de leurs allées reprenait sa place initiale et bloquait la porte de leur garage. Le vent s'insinuait entre les maisons dans sa quête de poudreuse, et dans le col des livreurs de journaux qui faisaient leur tournée en jurant.

Bravant les éléments, Rebecka Martinsson essayait d'arriver jusqu'à la maison de Sivving. La nuque ployée comme un taureau qui charge, les épaules courbées pour donner moins de prise au vent, aveuglée par les rafales de neige. Elle portait d'un côté Lova, posée sur sa hanche comme un panier de linge et tenait dans l'autre main son petit sac à dos rose en jean.

« Je peux marcher toute seule, pleurnicha Lova.

— Je sais, ma puce, dit Rebecka. Mais on n'a pas le temps. Ça ira plus vite si je te porte. »

Elle abaissa la poignée de la porte de Sivving avec son coude et posa Lova par terre dans l'entrée.

« Hello ! » cria-t-elle.

Aussitôt, Bella lui répondit par un aboiement joyeux.

Sivving apparut dans l'encadrement de la porte du sous-sol.

« C'est gentil d'avoir accepté de t'occuper d'elle, dit Rebecka, essoufflée, tout en essayant de retirer ses bottes à Lova sans avoir défait les lacets. Quels imbéciles ! Tu ne crois pas qu'ils auraient pu me prévenir hier, quand je suis venue la chercher ? »

Quand elle était arrivée à la maternelle ce matin, on lui avait annoncé que le personnel était en formation et qu'on n'accueillait aucun enfant ce jour-là. Il restait une heure avant l'audience préliminaire et elle était vraiment pressée. Bientôt le vent aurait poussé une telle quantité de neige devant ses roues qu'elle ne pourrait plus repartir. Et là, évidemment, elle n'aurait plus aucune chance d'arriver à l'heure.

Elle essaya de défaire les lacets, mais en aidant sa petite sœur à se chausser ce matin, Sara avait fait un double nœud.

« Laisse, je vais le faire, lui proposa Sivving. Tu n'as pas le temps. »

Il s'assit sur une chaise en bois, qui disparut littéralement sous son impressionnante corpulence, et prit la petite fille sur ses genoux. Patiemment, il entreprit de délacer ses après-skis.

Rebecka le remercia du regard. Elle était en nage d'avoir couru entre la maternelle et la voiture, puis entre la voiture et la maison de Sivving. Son chemisier lui collait à la peau, mais ce n'était même pas la peine de penser à passer se changer. Il ne lui restait plus qu'une demi-heure pour arriver à temps.

« Tu vas rester sagement avec Sivving et je reviendrai te chercher dès que j'ai fini, d'accord ? » dit-elle à Lova.

Lova hocha la tête et leva les yeux vers Sivving qu'elle voyait par en dessous.

« Pourquoi est-ce que tu t'appelles Sivving ? lui demanda-t-elle. C'est un drôle de nom.

— Oui, tu as raison, répliqua Sivving en riant. D'ailleurs, en vrai, je m'appelle Erik. »

Rebecka oublia qu'elle était pressée et lui demanda, curieuse :

« Quoi ? Tu ne t'appelles pas Sivving ? Alors, pourquoi est-ce qu'on t'appelle comme ça ?

— Tu ne te souviens pas ? dit-il en souriant. C'est à cause de ma mère. Tu sais que je suis diplômé de l'École royale polytechnique de Stockholm en génie civil et géologie ? Après mes études, je suis revenu au village parce qu'on m'avait proposé un emploi à la compagnie minière. Ma mère était dans tous ses états. Elle était extrêmement fière de moi. Quand elle m'avait envoyé à la capitale pour étudier, les voisins en avaient fait des gorges chaudes. En ce temps-là, il n'y avait que les riches qui faisaient ce genre de choses et les gens du village ne se privaient pas de dire qu'elle pétait plus haut que son cul. » Il eut un petit sourire amusé et poursuivit : « Bref, j'ai loué une chambre à Arent Grapegatan et quand ma mère m'a ouvert une ligne de téléphone, elle n'a pas pu s'empêcher d'inscrire mon titre devant mon nom, ce qui fait qu'il s'est aussi retrouvé dans l'annuaire. Civ.ing. pour : *Ing*énieur du Génie *Civ*il. Je te laisse imaginer les gens d'ici, au début : "Mais ne serait-ce pas notre Civ.ing en personne qui nous fait l'honneur de sa visite ?" Et puis, avec le temps, tout le monde a oublié pourquoi on m'appelait comme ça et c'est resté. Et je m'y suis habitué. Même ma femme m'appelait comme ça. Je croyais t'avoir déjà raconté cette histoire. »

Rebecka en était bouche bée.

« Ça alors !

— Dis donc, toi, je croyais que tu étais pressée ? »

Elle sursauta et fila précipitamment.

« Ne va pas te tuer, lui cria-t-il pour couvrir le bruit du vent.

— Évite de me mettre ce genre d'idée dans la tête », répondit-elle en se précipitant vers sa voiture.

Mon Dieu quelle tête ! songea-t-elle en se regardant dans le rétroviseur, tandis que la voiture zigzaguait sur la route sinueuse en direction de la ville. Si seulement j'avais une demi-heure devant moi pour prendre une douche et mettre d'autres vêtements. Elle avait fait la route si souvent maintenant qu'elle la connaissait par cœur et n'avait plus besoin de se concentrer. Elle laissa son esprit divaguer.

Rebecka est couchée dans un lit d'hôpital, les mains pressées sur son ventre.

Ce n'était pas si terrible, finalement, se dit-elle. Et au moins, maintenant, c'est terminé.

Des étrangers vêtus de blanc qui la manipulent avec des gestes doux et impersonnels. (« Bonjour, Rebecka, je vais placer une intraveineuse dans votre bras pour la perfusion, d'accord ? » Un morceau de gaze fraîche sur la peau, les doigts de l'infirmière sont froids, peut-être a-t-elle pris une petite minute pour aller fumer une cigarette sur la terrasse afin de profiter d'un rayon de soleil printanier. « Attention, ça va piquer un peu, voilà, c'est terminé. »)

De son lit d'hôpital, elle avait regardé la lumière couler sur la neige, illuminant le paysage d'une clarté presque insupportable. Une sensation de bien-être lui avait inondé le corps, passant dans son bras à travers un tuyau en caoutchouc. Tous ses problèmes et son chagrin l'avaient peu à peu abandonnée et on avait poussé son lit jusqu'à une salle d'opération.

Ça s'est passé hier matin. À présent, elle est dans ce lit avec une douleur lancinante dans le bas-ventre. Elle a pris plusieurs cachets de paracétamol, mais ils ne lui font aucun effet. Elle a tellement froid. Elle va prendre une douche. Ça va la réchauffer. Peut-être que cela calmera aussi ses crampes.

Dans la douche, du sang coagulé coule de son entre-jambe. Elle le regarde avec effroi.

Elle doit retourner à l'hôpital. On lui remet une perfusion dans le bras et on la garde pour la nuit.

« Ne t'inquiète pas, ce n'est pas grave, la rassure une infirmière en voyant le visage crispé de Rebecka. Il arrive qu'un avortement provoque une infection. Ce n'est pas un problème d'hygiène et ce n'est pas non plus ta faute. On t'a donné un antibiotique qui va arranger ça. »

Rebecka voudrait sourire, mais ne parvient à produire qu'une vague grimace.

Ce n'est pas un châtiment. Ce n'est pas comme ça que ça marche. Dieu n'est pas en train de la punir pour ce qu'elle a fait ou, du moins, elle essaye de s'en convaincre.

Le vendredi 21 février à dix heures vingt-cinq, et sur la base d'éléments tangibles, Sanna Strandgård fut mise en examen pour le meurtre de son frère, Viktor Strandgård. La presse écrite et la télévision se jetèrent sur cette information comme une bande de renards affamés. Le substitut du procureur, Carl von Post, s'adressa aux médias et le hall du tribunal s'illumina de flashs et de spots.

Rebecka était restée avec Sanna dans une petite pièce jouxtant la salle d'audience. Deux gardiens attendaient pour la ramener au commissariat dans un véhicule réservé aux transferts de prisonniers.

« Nous allons évidemment faire appel », dit Rebecka.

Sanna entortillait distraitement une mèche de cheveux entre le pouce et l'index.

« Tu as remarqué que le jeune greffier n'arrêtait pas de me regarder ?

— Tu veux que je fasse appel ou pas ?

— Il me regardait comme si on se connaissait, alors que c'était la première fois de ma vie que je le voyais. »

Rebecka referma violemment le dossier.

« Sanna ! Tu es accusée de meurtre. Tout le monde dans ce tribunal avait les yeux rivés sur toi. Je fais appel oui ou non ?

— Oui, oui, bien sûr, répondit-elle, puis elle s'adressa aux gardiens : On y va ? »

Quand ils furent partis, Rebecka resta longuement les yeux fixés sur la porte donnant sur le parking. Au bout d'un moment, celle qui conduisait à la salle d'audience s'ouvrit derrière elle et, en se retournant, elle croisa le regard interrogateur d'Anna-Maria Mella.

« Comment ça va ?

— Comme ci, comme ça, avoua Rebecka avec une grimace. Et toi ?

— Comme ci, comme ça. »

Anna-Maria s'écroula sur une chaise. Elle baissa la fermeture Éclair d'une gigantesque parka en duvet et libéra son ventre. Puis elle arracha de sa tête son bonnet plus gris que blanc, sans prendre la peine d'arranger ses cheveux ensuite.

« Je t'avoue que j'ai hâte de redevenir un être humain.

— C'est quoi, pour toi, un être humain ? demanda Rebecka avec un petit sourire.

— Quelqu'un qui peut sentir et boire du café comme tout le monde », répondit Anna-Maria gaiement.

Un jeune homme d'une vingtaine d'années apparut sur le seuil, un bloc-notes à la main.

« Rebecka Martinsson ? s'enquit-il. Vous auriez une minute à m'accorder ?

— Tout à l'heure », répondit Anna-Maria Mella à sa place, gentiment.

Elle se leva et alla fermer la porte. Elle revint s'asseoir et annonça de but en blanc :

« Nous allons interroger les filles de Sanna.

— Tu plaisantes, j'espère ? s'exclama Rebecka, suffoquée. Elles ne savent rien du tout. Elles dormaient au fond de leur lit quand on l'a tué. Vous allez laisser ce… von Post employer ses méthodes d'interrogatoire machistes envers deux petites filles de onze et quatre ans ? Qui va prendre soin d'elles ensuite ? Toi, peut-être ? »

Anna-Maria se pencha en arrière contre le dossier de sa chaise en pressant la main droite sous ses côtes.

« Je comprends que tu aies été choquée de la manière dont il a parlé à Sanna…

— Oui, franchement, pas toi ?

— … Mais je ferai en sorte que l'interrogatoire des filles se passe le mieux possible. Nous allons faire venir une spécialiste en psychologie infantile.

— Pourquoi ? demanda Rebecka. Pourquoi voulez-vous les interroger ?

— Parce que nous ne pouvons pas faire autrement. On a trouvé l'arme du crime chez Sanna, mais il n'y aucune preuve scientifique permettant de la relier à elle. La deuxième arme n'ayant jamais été retrouvée, nous n'avons que des indices. Sanna a dit à la police que Sara était avec elle quand elle a découvert Viktor et que Lova dormait dans la luge. Les filles ont pu voir quelque chose d'important.

— Tu veux dire qu'elles ont pu voir leur mère tuer leur oncle ?

— Quoi qu'il en soit, nous avons besoin de nouveaux éléments pour pouvoir exclure cette hypothèse de l'enquête, répliqua Anna-Maria sèchement.

— Alors, je veux être présente.

— Bien entendu, dit Anna-Maria, conciliante. Je vais retourner au commissariat et dire à Sanna ce qu'il en est. Je dois dire que je l'ai trouvée étonnamment maîtresse d'elle-même.

— Elle n'était même pas là, rétorqua Rebecka avec un long soupir.

— C'est difficile de se faire une idée de ce qu'elle traverse en ce moment. Nous ne sommes pas dans sa tête.

— Non », dit Rebecka.

Ils se sont réunis chez Gunnar Isaksson. Les pasteurs, les anciens et Rebecka. Rebecka arrive la dernière, alors qu'elle a dix minutes d'avance. Les conversations s'interrompent quand Gunnar lui ouvre la porte.

Ni Karin, la femme de Gunnar, ni les enfants ne sont présents. Deux grands thermos sont posés sur la table. Un avec du café, l'autre avec de l'eau chaude pour le thé. Sur un plat en argent sont disposés des biscuits et des petits pains recouverts d'une serviette en tissu à carreaux jaunes et blancs. Karin a aussi sorti des tasses, des assiettes et des cuillères. Elle a même versé le lait dans une petite carafe. Mais ils mangeront plus tard. D'abord, il faut qu'ils parlent.

« Tu te demandes sans doute pourquoi nous t'avons demandé de venir. »

C'est Frans Zachrisson qui ouvre le bal. Il fait partie des anciens. D'habitude, il la regarde à peine. Il n'aime ni Rebecka ni Sanna. Mais aujourd'hui, son regard est doux et préoccupé. Sa voix est amicale et pleine de compassion. Et cela terrifie Rebecka. Elle ne répond pas mais s'assied quand il l'y invite.

La plupart des anciens l'observent avec gravité. Ils ont la cinquantaine et au-delà. Vesa Larsson et Thomas Söderberg sont les plus jeunes dans la pièce. Ils ont tous les deux une petite trentaine d'années.

Vesa Larsson garde le regard fixé sur la table. Thomas Söderberg est penché en avant sur sa chaise, les coudes appuyés sur les genoux. Son front repose sur ses mains jointes et il ferme les yeux.

« Thomas nous a donné sa démission, dit Frans Zachrisson. Après ce qui s'est passé, il estime qu'il ne peut plus continuer à remplir sa tâche de pasteur dans la même paroisse que toi, Rebecka. »

Les anciens acquiescent et Frans Zachrisson poursuit :

« Ce qui est arrivé est grave. Mais je crois aussi au pardon. À celui de Dieu et à celui des hommes. Je sais que Dieu a pardonné à Thomas et moi, je lui ai pardonné. Nous l'avons tous fait. »

Il marque une pause. Se demande peut-être s'il doit également évoquer le pardon de Rebecka. Mais c'est une autre histoire. Elle a avorté, malgré la proposition désintéressée de Thomas Söderberg. Et elle ne montre aucun signe de remords. Peut-il y avoir pardon sans remords ?

Rebecka voudrait lever les yeux et regarder Frans Zachrisson, mais elle n'y arrive pas. Ils sont trop nombreux. Ils sont trop forts.

« Nous avons essayé de convaincre Thomas de revenir sur sa décision de démissionner, mais il a refusé. Il ne voit pas comment il pourrait continuer à travailler avec, sous les yeux, le rappel quotidien de la faute qu'il a commise… »

Il se tait à nouveau et le pasteur Gunnar Isaksson en profite pour dire quelques mots. Rebecka l'observe du coin de l'œil. Gunnar est tranquillement assis au fond du canapé en cuir. Son regard est presque amusé. On dirait qu'il va tout à coup tendre sa petite main boulotte, l'attraper et la manger tout cru. Elle comprend qu'il se réjouit de voir Thomas Söderberg en difficulté. Thomas est un homme beaucoup trop intelligent et raffiné à son goût. Il parle le grec ancien et met constamment un point d'honneur à rappeler ce qui est écrit dans le texte original. Il a étudié la théologie à l'université, alors que Gunnar n'est jamais allé au-delà du collège. Depuis quelques jours, il discute avec les anciens du moment d'égarement de Thomas Söderberg et Rebecka se dit qu'il a dû boire du petit-lait.

Gunnar Isaksson avoue qu'il lui est arrivé d'être soumis à la tentation, mais que c'est justement dans ces moments-là que le rapport de chaque individu avec Dieu est mis à l'épreuve. Il raconte que lorsque les anciens lui ont demandé s'il accordait toujours sa confiance à Thomas Söderberg, il a eu besoin d'un moment de réflexion avant de répondre par l'affirmative parce qu'il tenait à être sûr que sa réponse lui était inspirée par Dieu. Il espérait sincèrement que Rebecka comprendrait que c'était le cas.

« Nous pensons que Dieu a de grands projets pour la ville de Kiruna, intervient Alf Hedman, un autre des anciens, et nous croyons que Thomas a un rôle important à jouer dans ce contexte. »

Rebecka sait parfaitement pourquoi ils l'ont convoquée. Thomas ne peut pas rester membre de cette communauté si elle en fait partie, car sa présence sera un rappel quotidien de sa faute. Et tout le monde souhaite que Thomas reste. Elle satisfait aussitôt à leur demande.

« Thomas n'aura pas besoin de partir, dit-elle. Je souhaitais de toute façon quitter la communauté, car j'ai l'intention de m'installer à Uppsala pour y faire des études. »

Ils la félicitent de sa décision. Elle trouvera d'ailleurs à Uppsala une très bonne communauté religieuse qui sera sans doute ravie de l'accueillir.

À présent, ils vont prier pour elle. On demande à Thomas et à Rebecka de s'asseoir sur deux chaises, côte à côte. Ils forment un cercle, posent leurs mains sur les deux pécheurs et se mettent à prier. Bientôt, leur glossolalie s'élève et s'envole pour monter au ciel.

Rebecka sent leurs mains ramper sur elle comme autant d'insectes. Elles sont partout à la fois. Braises incandescentes qui brûlent sa peau à travers les vêtements. Son âme sort de son corps. Elle a la nausée. Elle sent qu'elle va vomir. Mais elle ne peut pas. Elle est prisonnière de ces hommes qui la touchent. Pour se défendre, elle ne trouve qu'un seul moyen. Elle ouvre les yeux. On doit fermer les yeux quand on est l'objet d'une prière d'intercession. S'ouvrir. De l'intérieur vers le haut. Mais Rebecka garde les yeux ouverts. Elle s'accroche à la réalité en fixant une tache presque invisible sur sa jupe.

« Tu restes manger un bout », propose Gunnar quand la séance est terminée.

Et elle accepte, docile. Les pasteurs et les anciens se jettent allègrement sur la collation préparée par

Karin. À l'exception de Thomas qui s'en va aussitôt après la prière d'intercession. Les autres parlent de la pluie et du beau temps et des diverses réunions qui doivent avoir lieu pendant les fêtes de Pâques.

Personne n'adresse la parole à Rebecka. C'est comme si elle n'était pas là. Elle mange une pâtisserie à la noix de coco sèche et farineuse. Elle doit boire de longues gorgées de thé pour réussir à l'avaler. Quand elle a fini, elle pose sa tasse, marmonne un au revoir et se sauve comme une voleuse.

Anna-Maria Mella rentra chez elle en soufflant comme un bœuf. L'allée était à nouveau enneigée et elle avait dû laisser sa voiture devant la grille.

Avec son pied, elle dégagea la neige amassée sur le perron et dut tirer sur la porte de toutes ses forces pour l'ouvrir. Elle appela son mari.

« Robert ! »

Pas de réponse. Il y avait de la musique à fond dans la chambre de Marcus. Ce n'était pas la peine de lui demander d'aller déblayer. Elle aurait aussi vite fait de le faire elle-même. Mais elle était trop fatiguée. De la neige fraîche avait déjà eu le temps de s'accumuler sur le seuil et, cette fois, elle dut claquer la porte pour réussir à la fermer. Robert devait être parti en visite quelque part avec Jenny et Petter. Peut-être chez sa mère.

Marcus avait invité des copains à la maison. Sans doute des garçons de son équipe de hockey en salle. Son sac de *bandy*[1] traînait au milieu de l'entrée dans une grande flaque de neige fondue, à côté de deux autres qu'elle ne connaissait pas. Elle enjamba les crosses de hockey, emporta les sacs trempés dans la salle de bains et sortit la tenue de sport de Marcus.

1. Hockey sur glace en plein air.

Puis elle retourna dans l'entrée pour essuyer le sol et rangea soigneusement chaussures et crosses près de la porte.

En chemin vers la buanderie avec les vêtements de sport humides de Marcus, elle passa devant la cuisine. Une bouteille de lait ouverte et une boîte de Nesquik étaient restées sur la table. Depuis ce matin ? se demanda-t-elle. Ou bien était-ce Marcus et ses camarades qui avaient mangé en rentrant de l'entraînement ? Elle secoua doucement la bouteille en plastique et en renifla le contenu. Il était encore bon. Elle le remit au réfrigérateur. Jeta un regard las sur l'évier encombré de vaisselle et continua son chemin vers la cave. Deux caisses de bananes pleines de décorations de Noël attendaient toujours derrière la porte du sous-sol que quelqu'un veuille bien les ranger. Robert avait pourtant promis de s'en occuper.

Elle descendit à la cave, poussant du pied le linge sale qu'on s'était contenté de jeter dans l'escalier. Arrivée en bas, elle se baissa pour les ramasser et les porta dans la lingerie en exhalant un profond soupir. Il y avait une éternité qu'elle n'avait pas trouvé le courage de repasser, plier et ranger le linge. Une montagne de repassage aussi haute que le mont Tolpagorni s'entassait sur la table. Des tas de vêtements sales jonchaient le sol devant la machine à laver. Des moutons de poussière la narguaient dans tous les coins de la lingerie. Énormes et parfaitement indifférents à sa présence. Des traces de crasse humide souillaient la grille d'évacuation.

Je m'occuperai de tout ça pendant mon congé maternité, se dit-elle.

Elle jeta dans le lave-linge un lot de chaussettes blanches, de sous-vêtements, de draps et de serviettes. Régla la température sur soixante degrés et tourna le bouton sur coton. La machine démarra avec un bourdonnement poussif et Anna-Maria attendit le *clic* habituel, comme une sorte de code en morse signalant le moment où le programme démarre, suivi par le bruit de l'eau qui s'écoule dans le tambour. Mais cette fois, il ne se passa rien de tout cela. La machine continua simplement son bourdonnement monotone.

« Allez ! » l'encouragea-t-elle avec un coup de poing énergique sur son capot.

Pitié, pas un nouveau lave-linge, il y en avait pour des milliers de couronnes.

La machine râlait comme si elle était à l'article de la mort. Anna-Maria l'arrêta et tapa dessus à nouveau. Tenta de la mettre en marche sur un autre programme de lavage. Finit par la rouer de coups de pied. Et fondit en larmes.

Quand Robert descendit dans la buanderie une heure plus tard, il la trouva assise devant la table en train de plier du linge comme une forcenée, les larmes ruisselant sur ses joues.

« Qu'est-ce qui t'arrive, Mia-Mia ?

— Laisse-moi tranquille ! » répliqua-t-elle, mauvaise.

Mais dès qu'il la prit dans ses bras, elle se mit à sangloter contre son épaule et à lui raconter ses soucis de lave-linge.

« Et puis c'est tellement le bazar partout, renifla-t-elle. À la minute où j'entre dans la maison, je commence à déprimer en voyant tout ce qu'il y a à faire. Et puis il y a ça… »

Elle sortit du panier de repassage une grenouillère à rayures bleues et blanches en taille zéro à trois mois. La couleur bleue n'était plus qu'un souvenir et le tissu peluchait pour avoir été lavé trop souvent.

« Le pauvre gosse va porter toute sa vie les vêtements usés jusqu'à la corde qu'il aura hérités de ses aînés. Tout le monde va se moquer de lui à l'école. »

Robert rit dans ses cheveux. Cette grossesse s'était passée sans trop de drames, finalement. Il se souvenait que ça avait été bien pire quand elle attendait Petter.

« Et puis il y a le boulot, aussi, poursuivit-elle. On nous a apporté la liste des participants à la conférence des Miracles et les collègues et moi devions éplucher leurs profils tous ensemble. Mais Sanna Strandgård a été mise en examen aujourd'hui et von Post veut que tous les effectifs se concentrent sur elle. Alors, évidemment, j'ai dû promettre à Sven-Erik que je m'en chargerais puisque, officiellement, je ne travaille pas sur l'enquête. Mais je ne vois pas comment je vais trouver le temps de tout faire.

— Viens avec moi dans la cuisine, lui dit Robert. Je vais faire du thé. »

Attablée en face de Robert, Anna-Maria tournait distraitement sa cuillère dans son mug, regardant le miel fondre lentement dans la camomille. Robert épluchait une pomme, la coupait en petits morceaux et les lui tendait un par un. Elle les fourrait dans sa bouche sans y prêter attention.

« Tout va s'arranger, tu verras, dit-il.

— Rien ne va s'arranger.

— Alors, nous partirons, toi, moi et le bébé. Nous quitterons cette maison en foutoir. Les enfants se débrouilleront pendant quelque temps et quand ce ne sera plus le cas, les services sociaux les récupéreront et ils les placeront dans de bonnes familles d'accueil. »

Anna-Maria éclata de rire et se moucha bruyamment dans un morceau d'essuie-tout.

« Ou alors on pourrait demander à ma mère de venir s'installer ici, dit Robert.

— Jamais.

— Elle ferait le ménage. »

Anna-Maria rit à nouveau.

« Hors de question.

— Elle viderait le lave-vaisselle. Elle repasserait mes chaussettes. Elle te donnerait plein de bons conseils. »

Robert se leva et jeta les épluchures de pomme dans l'évier.

Il ne pourrait pas les jeter tout de suite dans la poubelle ? songea Anna-Maria avec lassitude.

« Je propose qu'on aille avec les mômes acheter des pizzas, dit-il. On te déposera au commissariat et tu pourras commencer à regarder ta liste de miraculés. Ça t'avancera un peu pour demain. »

Quand Sara et Rebecka revinrent dans la cuisine de Sivving le vendredi après-midi, Lova et le vieil homme étaient occupés à farter des skis. Sivving approchait un bloc de paraffine blanche d'un petit fer à repasser de voyage et laissait tomber la substance fondue goutte après goutte sur les semelles des skis fixés sur une table de fartage. Puis il l'étalait délicatement à l'aide du fer à repasser.

Tel un chirurgien en pleine opération, il posa le fer et tendit la main vers son assistante sans la regarder.

« Grattoir », dit-il.

Lova lui donna l'outil demandé.

« On farte des skis, expliqua Lova à sa grande sœur, tandis que Sivving rabotait l'excédent de fart, faisant tomber par terre de petits copeaux blancs.

— Bah, oui, je vois bien », rétorqua Sara en allant s'accroupir pour caresser Bella, couchée sur un tapis de chiffon devant la fenêtre.

La queue de la chienne se mit à tambouriner gaiement sur la porte du meuble de cuisine.

« Je vois que vous avez réintégré la cuisine, dit Rebecka à Sivving.

— Oui. Le fartage est une activité qui demande de la place. Je crois qu'il vaut mieux que tu ailles dire bonjour à Bella avant qu'elle commence à s'exciter. Je lui ai ordonné de rester couchée là-bas pour éviter qu'elle fasse tomber les skis ou qu'elle mette des copeaux partout. » Puis il ajouta : « Lova, repasse-moi la paraffine de glisse, s'il te plaît. » Il reprit le fer sur la paillasse de l'évier et étala une nouvelle couche de paraffine fondue sur les skis. « Bon, ma poulette, maintenant tu peux prendre tes skis et mettre une couche de fart bleu. »

Rebecka alla gratter affectueusement Bella sous la gorge.

« Vous avez faim ? demanda Sivving. J'ai des petits pains à la cannelle et du lait. »

Rebecka et Sara allèrent s'installer côte à côte sur la banquette avec chacune son verre de lait en attendant le *pling* du micro-ondes.

« Tu vas faire du ski ? demanda Rebecka.

— Non, pas moi, vous. La tempête devrait s'arrêter demain. Je me suis dit qu'on pourrait se rendre en scooter à la cabane de Jiekajärvi en longeant le fleuve. Une fois là-bas, vous pourriez faire une balade à skis. Ça fait un moment que tu n'y es pas allée. »

Rebecka sortit les petits pains du micro-ondes et les posa à même la table en pin. Ils étaient trop chauds, mais si appétissants que Sara et elle se jetèrent dessus, en arrachant de petits morceaux pour les tremper dans le lait froid. Lova continua, imperturbable, à frotter les semelles des petits skis.

« J'aurais bien aimé retourner à Jiekajärvi, mais je travaille demain aussi », dit Rebecka qui avait du mal à garder les yeux ouverts.

Une migraine lui taraudait l'arcade sourcilière. Elle pressa la racine de son nez entre le pouce et l'index. Sivving qui la surveillait du coin de l'œil vit qu'elle avait laissé la moitié de sa brioche à côté de son verre de lait. Il donna à Lova le pain de fart et lui montra comment s'en servir.

« Tu sais, Rebecka, je trouve que tu devrais monter t'allonger un peu. Les filles et moi allons emmener Bella faire un tour et ensuite, nous préparerons quelque chose à dîner. »

Rebecka ne se fit pas prier et gagna la chambre du premier. Le lit de Sivving et Maj-Lis attendait, prêt et vide dans la pièce silencieuse avec ses montants en bois tourné si patiné par les années qu'il donnait envie de les caresser. Les nuages bas absorbaient la faible lumière du jour et la pièce était plongée dans la pénombre. Elle s'allongea et s'enveloppa dans le plaid en laine plié au pied du lit. Elle était épuisée, elle avait froid et mal à la tête, mais elle était beaucoup trop soucieuse pour pouvoir se détendre. Elle prit son portable et écouta ses messages. Le premier était de Måns Wenngren.

« *Je n'ai pas eu besoin d'avoir recours à la menace*, disait-il de sa voix traînante. *J'ai simplement promis à la journaliste que je lui donnerais l'exclusivité sur l'histoire si elle acceptait de retirer sa plainte.* »

« Quelle histoire ? » dit Rebecka, agacée, comme s'il avait pu l'entendre. Elle s'attendait à ce qu'il ajoute quelque chose, mais le message de Måns était terminé et une voix impersonnelle annonçait l'heure à laquelle avait été laissé le message suivant.

Qu'est-ce que tu croyais ? se dit Rebecka, se moquant de sa propre naïveté. Qu'il allait papoter tranquillement tout seul sur le répondeur ?

Le message suivant était de Sanna.

« *Salut*, disait-elle d'une voix sèche. *Je viens d'apprendre par Anna-Maria Mella que les filles vont être interrogées. En présence d'une psychologue et tout ça. C'est hors de question et je suis surprise que tu n'aies pas jugé bon de m'en informer. Je regrette que nous ne nous soyons pas mieux comprises et j'ai décidé que mon père et ma mère s'occuperont de Sara et de Lova jusqu'à nouvel ordre.* »

Rebecka éteignit le portable, sans écouter les autres messages. Puis on frappa à la porte et Sivving glissa la tête dans la chambre.

Le vieil homme la découvrit assise sur le lit, en train de fixer son téléphone éteint.

« Tu ne veux pas que je te donne un vrai doudou à la place de ce truc-là ? Ça va te faire du bien, je crois, d'aller faire un tour à Jiekajärvi. Il n'y a aucun réseau, là-bas, et tu vas pouvoir laisser le portable ici, parce qu'il ne te servira à rien. Je venais juste pour te dire que le dîner sera prêt dans une heure et que je viendrai te réveiller à ce moment-là. Alors, maintenant, dors. »

Rebecka leva les yeux.

« Ne t'en va pas, s'il te plaît. Parle-moi de ma grand-mère. »

Sivving alla chercher une deuxième couverture dans le placard et l'étendit sur Rebecka. Il lui prit le téléphone des mains et le posa sur la table de nuit.

« Les gens d'ici n'ont jamais pensé qu'Albert, ton grand-père, se marierait un jour. Quand il était en visite chez les gens, il restait toujours assis dans un coin, taiseux, son bonnet entre les mains. Il était le seul de la fratrie à être demeuré à la ferme avec le vieux. Et le vieil Emil, le père de ton grand-père, avait un sacré caractère, tu peux me croire. Il nous terrifiait, nous, les jeunes. Je me souviens d'un jour où il nous a surpris en train de jouer au poker dans la gravière, j'ai cru qu'il allait m'arracher l'oreille. C'était un Laestadien convaincu. Bref. Un jour, Albert s'est rendu à un enterrement à Junosuando et, quand il est revenu, il y avait quelque chose de changé en lui. Il était toujours aussi peu loquace, mais on aurait dit qu'il souriait intérieurement, si tu vois ce que je veux dire. Il venait de rencontrer ta grand-mère. Cet été-là, il est allé plusieurs fois rendre visite à sa famille qui habitait Kuoksu, à une cinquantaine de kilomètres de Junosuando. Emil était fou de rage qu'il parte en pleine moisson. Alors, c'est elle qui a fini par venir le voir ici. Et tu sais comment était Theresia. Quand il s'agissait de mettre la main à la pâte, elle ne craignait personne. Quoi qu'il en soit, je ne sais pas exactement comment c'est arrivé, mais un jour ils se sont retrouvés, elle et le vieux, à faucher chacun une moitié de la vieille pâture pour les moutons, tu sais, le pré qui se trouve entre le champ de pommes de terre et la rivière. On aurait dit un pari. Je m'en souviens comme si c'était hier. C'était à la fin de l'été, les moustiques étaient arrivés et il était bientôt l'heure du dîner, alors, ils y allaient de bon cœur. Nous les garçons, on les regardait faire. Isak, le frère d'Emil, était là aussi. Lui, tu ne l'as pas connu, je crois. Et c'est bien dommage. Emil et Theresia travaillaient sans rien dire, chacun avec sa faux. Nous aussi, nous nous taisions. On n'entendait plus que le bruit des insectes et le chant des hirondelles quand vient le soir.

— Elle a gagné ?

— Non, quand même pas, mais d'une certaine manière, Emil n'a pas gagné non plus. Il a fini le premier, mais ta grand-mère n'était pas très loin derrière. Alors, Isak s'est frotté la barbe et il a dit : "Mon pauvre Emil, il va falloir lâcher le bélier dans ta moitié." Emil avait certes actionné sa faux comme un beau diable, mais son travail n'était pas très soigné. Par contre, dans la moitié de prairie de ta grand-mère, on aurait dit qu'elle y était allée au coupe-ongle. Voilà, maintenant, tu sais comment elle a fait pour gagner le respect de ton arrière-grand-père.

— Raconte encore.

— Une autre fois, dit Sivving en riant. Maintenant, tu dois dormir », répliqua-t-il en sortant de la chambre et en refermant la porte derrière lui.

Comment veut-il que je m'endorme, avec tout ça ? songeait Rebecka.

Elle avait le sentiment qu'Anna-Maria lui avait menti. En tout cas, par omission. Et pourquoi Sanna avait-elle tellement peur qu'on interroge les filles ? Était-ce pour les mêmes raisons qu'elle ? Parce qu'elle n'avait aucune confiance en von Post ? Ou bien était-ce la présence de cette psychologue qui la dérangeait ? Pourquoi quelqu'un avait-il écrit une carte postale à Viktor pour lui dire que ce qu'ils avaient fait n'était pas un péché aux yeux du Seigneur ? Pourquoi cette même personne avait-elle laissé une lettre de menace sur le pare-brise de Rebecka ? Et d'ailleurs, était-ce une menace ou une mise en garde ? Elle essaya de se rappeler les mots exacts.

« Je ne vais jamais réussir à dormir », soupira-t-elle en levant les yeux au plafond.

L'instant d'après, elle dormait profondément.

Elle fut réveillée par une idée qui lui avait traversé l'esprit dans son sommeil. Elle ouvrit grands les yeux dans le noir et resta immobile à contempler le plafond de peur que l'idée ne s'enfuie.

C'était quelque chose qu'avait dit Anna-Maria. « Nous ne disposons que d'indices. »

« Si l'on n'a que des indices, de quoi a-t-on besoin ? murmura-t-elle, questionnant le plafond au-dessus d'elle. De preuves bien sûr. Ou alors d'un mobile. Et quel genre de mobile espère-t-on découvrir en interrogeant les filles de Sanna ? »

La réponse à cette question tomba comme une pièce de monnaie dans une fontaine. Elle traversa l'eau et s'arrêta au fond. Les ronds qu'elle avait laissés à la surface disparurent petit à petit et tout devint limpide.

Viktor et les filles. Rebecka s'insurgea contre cette idée. C'était impossible. Et en même temps, c'était effroyablement plausible.

Elle se rappela son arrivée à Kurravaara. De Lova et de la chienne couvertes de mousse de savon noir. Sanna ne lui avait-elle pas dit ce jour-là que Lova faisait souvent ce genre de choses ? N'était-ce pas le comportement typique d'une enfant qui a subi…

Elle n'eut pas le courage d'aller au bout de sa pensée.

Elle pensa à Sanna. Sanna avec sa façon provocante de s'habiller. Et son père si imposant.

Comment cela a-t-il pu m'échapper ? La famille. Le secret de famille. Ça ne peut pas être ça… Mais ça se tient.

D'un autre côté, Sanna n'avait pas pu tuer Viktor. Elle n'y serait pas arrivée, quand bien même elle l'aurait voulu.

Elle se souvint du jour où Sanna avait acheté un grille-pain défectueux. Elle n'avait même pas osé le rapporter. Si Rebecka ne l'avait pas fait pour elle, elle n'aurait pas eu le courage de se plaindre et elle l'aurait gardé.

Elle s'assit dans le lit et réfléchit. Si Sanna refusait que ses filles soient interrogées, leurs grands-parents étaient sans doute déjà en route pour venir les chercher. Ils avaient probablement déjà essayé de frapper à la porte de la maison de sa grand-mère. Et ils ne tarderaient pas à venir ici.

Elle essaya d'appeler Anna-Maria Mella et finit par la joindre sur sa ligne fixe au commissariat. Elle semblait fatiguée.

« Je ne peux pas t'expliquer au téléphone, dit Rebecka, mais si tu veux toujours interroger les petites, je peux te les amener demain. Parce que ensuite, cela risque de devenir plus compliqué pour vous. »

Si Anna-Maria avait des questions, elle les garda pour elle.

« Très bien, dit-elle simplement. Je vais organiser ça. »

Elles prirent rendez-vous pour le lendemain et Rebecka s'engagea à amener les filles.

Ça, c'est fait, songea Rebecka en se levant. Je suis désolée, Sanna, je n'écouterai pas mes messages avant demain après-midi. Et donc, je ne suis pas censée être au courant que tu souhaites que tes parents viennent chercher tes filles.

Il fallait qu'elle disparaisse de la circulation jusqu'au lendemain. Elle ne pouvait donc pas rester ici.

Au commissariat, Anna-Maria était en train de comparer les photos des participants à la conférence avec les fichiers de la police. Le couloir devant son bureau était plongé dans l'obscurité. À portée de main sur la table, un carton graisseux contenant une pizza au thon froide, à moitié consommée. Un grand nombre de participants à ce colloque étaient connus des services de police, soit parce qu'ils avaient déjà été condamnés, soit parce qu'ils avaient été interrogés comme suspects, soit parce qu'ils étaient fichés pour une autre raison. Il s'agissait principalement d'affaires de drogue, d'agressions ou de vols.

Des drogués et des petits délinquants repentis, résuma Anna-Maria pour elle-même.

Elle avait relevé les noms et les numéros de Sécurité sociale de certains individus qui lui avaient paru dignes d'intérêt.

Alors qu'elle s'apprêtait à appeler Robert pour qu'il vienne la chercher, elle tomba sur une fiche qui faisait état d'un meurtre. L'individu avait été condamné au tribunal de Gävle douze ans auparavant puis avait fait un long séjour dans un hôpital psychiatrique de haute sécurité. Il n'avait jamais eu affaire à la police depuis lors.

Bon, songea-t-elle. Reste à savoir s'il a participé à la conférence, parce qu'il était en permission, ou s'il a été libéré. Il faut que je lui parle, en tout cas.

Elle appela chez elle. Marcus répondit. Manifestement déçu que ce ne soit que sa mère.

« Préviens papa que je vais finir tard », lui dit-elle.

Rebecka descendit dans la cuisine. Sivving mettait la table pour le dîner. Il avait sorti les mêmes verres Duralex, les mêmes couverts avec leur manche noir en bakélite et la même vaisselle de tous les jours décorée de fleurs jaunes que dans ses souvenirs d'enfant. Elle était venue si souvent dans cette cuisine pour bavarder avec Sivving et Maj-Lis.

« Aujourd'hui, ce sera boulettes de viande, annonça Sivving en la voyant.

— Je suis au bord de la crise d'inanition, dit Rebecka. Ça sent divinement bon.

— Deux tiers de viande de renne et un tiers de farce de porc.

— Où sont Sara et Lova ? »

Il fit un signe de tête en direction de la chambre du rez-de-chaussée.

« Au fait, dit Rebecka. Est-ce que je peux t'emprunter ton scooter et ta remorque ? Je vais devoir partir pour Jiekajärvi avec les filles dès ce soir. »

Sivving posa la casserole en fonte sur la table avec, en guise de dessous-de-plat, un torchon plié en quatre sur lequel étaient brodées en rouge les initiales de Maj-Lis au point de croix.

« Il y a un problème ? » demanda-t-il.

Rebecka acquiesça.

« Il n'y a rien de grave, mais nous ne pouvons pas rester ici. Si les parents de Sanna viennent te demander où nous sommes, tu n'auras qu'à dire que tu n'en sais rien.

— D'accord. J'ai des combinaisons pour toi et pour les enfants. Vous prendrez de quoi manger et du bois sec. Je vous rejoindrai demain matin avec Bella. Et maintenant, à table, je ne vous laisserai pas partir le ventre vide. »

Rebecka alla chercher les filles dans la grande chambre. Lova et Sara avaient étalé des feuilles de papier journal sur une table et, très concentrées, elles faisaient de la peinture sur cailloux. Au milieu de la table se trouvait un galet déjà peint dont elles se servaient comme modèle. Il était un peu plus grand que le poing d'un homme et représentait un chat roulé en boule avec de grands yeux turquoise.

« Mes petits-enfants s'amusaient à faire ça l'été dernier, lança Sivving depuis la cuisine. Je me suis dit que ça les occuperait. »

Au même moment, la chienne se mit à aboyer.

« Tais-toi, Bella, la réprimanda Sivving. Je ne comprends pas ce qu'elle a, dit-il à Rebecka. Elle a fait pareil il y a une demi-heure. Il doit y avoir un renard dehors, ou quelque chose comme ça. Elle ne t'a pas réveillée, au moins ? »

Rebecka secoua la tête.

« Regarde, Rebecka, je suis en train de peindre Tjapp ! s'écria Lova.

— C'est très joli, répondit Rebecka distraitement. Vous pourrez emporter les pierres et la peinture. Ce soir, on va faire un tour de scooter et on ira dormir dans la cabane de ma grand-mère. »

À dix-huit heures quinze, ce soir-là, Rebecka quitta la ferme de Sivving. Malgré sa cagoule et son bonnet en fourrure, elle n'arrivait presque pas à garder les yeux ouverts à cause de la neige qui lui cinglait le visage. En ajoutant à cela le reflet des phares du scooter, elle n'y voyait pas à plus de quelques mètres. Sara et Lova étaient couchées dans la remorque, bien emmitouflées dans des plaids et une peau de renne, avec le bois, les victuailles et leurs affaires. On voyait tout juste émerger le bout de leur nez.

Elle faillit s'arrêter chez sa grand-mère pour prendre les pyjamas des filles, mais préféra y renoncer, de crainte que les parents de Sanna arrivent au même moment. Il valait mieux ne pas traîner. Si elle parvenait à cacher les fillettes jusqu'au lendemain, elles auraient une chance d'être vues par cette psychologue. Ensuite, les services sociaux ou quelqu'un d'autre prendrait le relais. Mais au moins, elle aurait fait tout ce qu'elle pouvait.

Elle mit les gaz et descendit vers la rivière. Le vent effaçait les traces du scooter à mesure qu'elle roulait. L'obscurité se referma sur elles.

Dans la cuisine de la grand-mère, invisible comme une ombre, se tient Curt Bäckström. Appuyé contre le mur près de la fenêtre, il regarde les phares du scooter s'éloigner vers la rivière. Dans sa main droite, il tient un couteau. Avec l'index de sa main gauche, il caresse le fil de la lame pour s'assurer de son tranchant. Dans une poche de sa combinaison de scooter se trouvent trois grands sacs-poubelle noirs. Dans l'autre, la clé de la maison qu'il a volée dans la poche du manteau de Rebecka. Ça fait longtemps qu'il attend là dans le noir. Il ferme les yeux quelques instants. Ça fait du bien. Ses yeux sont secs et brûlants. Les renards ont leur tanière, les oiseaux, leur nid, mais le Fils de l'homme n'a pas d'endroit où reposer sa tête.

À vingt-deux heures quinze, Anna-Maria Mella prit l'autoroute en direction de Lombolo. Elle roulait trop vite. Chaque fois que la voiture dérapait sur la neige fraîche de la chaussée, Sven-Erik s'accrochait par réflexe au tableau de bord, mais ses gros gants n'avaient pas de prise.

Points lumineux à travers le rideau de neige, ils venaient de dépasser le supermarché. Stop avant le rond-point, les roues de la voiture patinèrent allègrement, tandis qu'Anna-Maria appuyait sur le champignon au lieu d'essayer de freiner. Sur leur droite, le bâtiment couleur aluminium de Rymdhuset, tel un vaisseau spatial échoué. Panneaux indicateurs rouge vif. Quartiers résidentiels, Stenvägen, Klippvägen, Blockvägen, allées soigneusement déblayées et mangeoires à oiseaux pleines de graines.

« Il s'appelle Curt Bäckström, dit Anna-Maria. Il a été condamné pour meurtre il y a douze ans et enfermé dans un hôpital psychiatrique de haute sécurité. Aucune arrestation depuis.

— D'accord. Et quel genre de meurtre avait-il commis ?

— Il avait poignardé son beau-père. Plusieurs coups de couteau. La mère était présente et elle a témoigné contre son fils. Elle a avoué lors du procès que le gamin lui faisait peur.

— Le gamin ?

— Il avait dix-neuf ans. Il a participé à la conférence en tant que voisin, car il habite ici, à Kiruna, dans le quartier de Lompis, résidence Tallplan, bâtiment 5B. J'ai parlé avec une collègue de Gävle qui connaît quelqu'un au greffe du tribunal. Elle y est passée en sortant du boulot et nous a faxé les minutes du procès. Ça fait du bien de tomber de temps en temps sur des gens avec qui on peut travailler. »

Elle se gara sur un parking bordé d'un côté par une série de garages fermés. La résidence consistait en un ensemble de maisons en bois de deux étages, datant des années soixante. Ils laissèrent la voiture et continuèrent leur chemin à pied. Bien qu'on fût vendredi soir, il n'y avait pas un chat dans la rue.

« Le tribunal a décidé de le libérer il y a deux ans, reprit Anna-Maria. Après sa sortie, il a été suivi par l'hôpital de jour de Gävle, il s'est présenté régulièrement pour recevoir ses injections et il a trouvé un travail. D'après l'état civil, il serait parti s'installer à Kiruna en janvier de l'année dernière. Mais d'après le centre médico-psychologique de Gällivare, il ne s'est jamais présenté à l'hôpital de Kiruna.

— Et…

— Et je n'en sais rien, moi, mais je suppose qu'il n'a pas pris les médicaments qu'il était censé prendre. Ça t'étonne ? Je veux dire, tu as vu comme moi les vidéos ! L'Église de la Force originelle n'arrête pas de leur dire : “Jetez vos médicaments à la poubelle ! Dieu est votre médecin !” »

Ils restèrent un instant devant l'immeuble de Curt Bäckström à observer les fenêtres. Deux appartements n'étaient pas éclairés. Sven-Erik posa la main sur la poignée. Anna-Maria baissa la voix.

« J'ai demandé au psychiatre de l'hôpital de jour ce qu'il arrivait à un patient qui cessait ses injections.

— Et…

— Et tu sais comment ils sont… Vous comprenez bien que je ne peux pas me prononcer sur un cas spécifique… bla, bla, bla… cela dépend des individus… mais, pour finir, j'ai quand même réussi à lui faire avouer que peut-être-éventuellement-il-était-possible-et-même-vraisemblable que son état ait pu se dégrader. Voire s'aggraver. Et devine ce qu'il m'a répondu quand je lui ai dit que c'était une communauté religieuse qui lui avait conseillé d'arrêter son traitement ? »

Sven-Erik haussa les épaules.

« Il a dit texto : "Les personnes psychologiquement fragiles sont souvent attirées par les Églises et par les sectes qui choisissent de préférence des individus fragiles afin de pouvoir prendre le pouvoir sur eux." »

Ils se turent. Anna-Maria remarqua que le vent avait déjà fait disparaître leurs traces.

« Bon, on y va ? » proposa-t-elle.

Sven-Erik ouvrit la porte et ils entrèrent dans le hall. Anna-Maria alla appuyer sur la minuterie. Sur un petit panneau à leur droite, ils purent lire que l'appartement de Curt Bäckström se trouvait au premier étage. Ils s'engagèrent dans la cage d'escalier. L'un et l'autre étaient souvent intervenus dans ce type d'immeuble à la suite de querelles de voisinage. Ils reconnurent l'odeur d'urine sous l'escalier, de détergent bon marché et de béton.

Ils sonnèrent à la porte, mais personne ne vint ouvrir. Ils collèrent l'oreille au battant, mais n'entendirent que la musique venant de l'appartement d'en face. Ils savaient qu'il n'y avait pas de lumière puisqu'ils l'avaient vu de la rue. Anna-Maria souleva le battant de la boîte aux lettres et essaya de voir à l'intérieur, mais il faisait trop noir.

« Tant pis, on reviendra », dit-elle.

PUIS VINRENT LE SOIR ET LE MATIN
DU SIXIÈME JOUR

Il est quatre heures vingt du matin. Rebecka est dans la cuisine de la cabane de Jiekajärvi, assise devant la minuscule table à rabat. Elle est tournée vers la fenêtre qui lui renvoie le reflet de ses grands yeux. Il pourrait parfaitement y avoir quelqu'un à l'extérieur en train de la regarder sans qu'elle s'en rende compte. Ce quelqu'un pourrait subitement presser son visage contre la vitre et il se fondrait avec son reflet à elle.

Arrête, se dit-elle. Il n'y a personne dehors. Qui aurait l'idée de venir ici en pleine nuit par cette tempête ?

Le feu crépite dans le poêle, le tirage de la cheminée produit une longue plainte monotone qu'accompagnent le hurlement du vent et le sifflement discret de la lampe à gaz. Elle se lève pour rajouter deux bûches. Par ce temps-là, il vaut mieux maintenir le poêle allumé, sous peine de se retrouver dans un froid glacial au matin.

Le vent violent parvient à s'infiltrer dans les fentes entre les rondins des murs et le long de l'encadrement de la vieille porte d'entrée ocre jaune. Jadis, avant la naissance de Rebecka, cette porte était celle de la porcherie. C'est sa grand-mère qui le lui a raconté. Et avant ça, elle était encore ailleurs. Elle est beaucoup trop belle et trop travaillée pour avoir été prévue pour la porcherie. Elle devait venir d'une maison d'habitation qui a été démolie. La maison n'existe plus, mais la porte a perduré.

Les éternels tapis de grand-mère s'entassent sur le plancher en plusieurs épaisseurs. Ils isolent la maison du froid. Les hautes congères que le vent a poussées contre les murs font également office d'isolation. Un tas de bois recouvert d'une bâche protège le mur, côté nord.

Un panier de bûches sèches est posé près du poêle, à côté d'un seau à cendres émaillé, avec une poignée en acier inoxydable. Étalés sur de vieux magazines, les cailloux peints par Sara et Lova représentant des chats sèchent à la chaleur du feu de bois. Le caillou de Lova ressemble à un chien, bien sûr. Il est roulé en boule, le nez entre les pattes et regarde fixement Rebecka. Au cas où la ressemblance ne serait pas flagrante, Lova a écrit Tjapp sur son dos peint en noir. À présent, les deux petites filles dorment dans le même lit, les doigts tachés de peinture, sous deux épaisseurs de couvertures remontées jusqu'aux oreilles. Avant de se coucher, elles ont aidé Rebecka à rouler les matelas pour en chasser l'air froid. Sara dort les lèvres entrouvertes et Lova s'est pelotonnée contre sa grande sœur, la tête sur son bras. Leurs joues sont écarlates. Rebecka retire une couverture et la pose sur le lit du haut.

Ce n'est pas à moi de m'occuper des filles de Sanna, se convainc-t-elle. À partir de demain, je ne pourrai plus rien faire pour elles.

Anna-Maria Mella est dans son lit, assise, deux gros oreillers calés sous les reins, sa lumière de chevet allumée. Robert dort à côté d'elle. Elle feuillette l'album que Kristina Strandgård a composé avec les coupures de presse et les photographies de son fils Viktor. Le bébé gigote dans son ventre.

« Du calme, voyou, dit-elle en appuyant sur la bosse qui doit être son pied. Tu n'as pas honte de rouer ta vieille mère de coups de pied. »

Elle s'arrête sur une photo de Viktor, assis sur les marches du temple de cristal en plein hiver. Il porte un bonnet vert absolument hideux. Ses longs cheveux blonds s'étalent sur son épaule gauche. Il présente son livre *Un aller-retour au paradis* devant l'objectif. Il sourit. Il a l'air détendu et sincère.

Est-ce qu'un garçon comme lui a pu faire quelque chose aux enfants de sa sœur ? se demande Anna-Maria. Ce n'est qu'un gamin.

Elle est inquiète à l'idée de la journée du lendemain et de l'interrogatoire des filles de Sanna Strandgård.

Toi, en tout cas, tu auras un gentil papa, songe-t-elle en pensant à l'enfant qu'elle porte en elle.

Soudain, elle est submergée par l'émotion en pensant à ce petit être. Déjà terminé et viable, avec ses dix doigts et ses dix orteils et sa personnalité à lui tout seul. Pourquoi faut-il qu'elle soit aussi sensible et pleurnicharde ? Elle ne peut pas regarder un dessin animé de Walt Disney sans pleurer devant les scènes tristes, alors qu'elle sait que tout finira par s'arranger. Il y a quatorze ans, c'était Marcus qui était dans son ventre, comment le temps a-t-il pu passer si vite ? Et Jenny ? et Petter ? Ils ont tellement grandi, eux aussi. Brusquement, elle a un sentiment de profonde gratitude.

Je n'ai vraiment pas à me plaindre, se dit-elle, s'adressant à elle ne sait qui, quelque part, dans l'univers infini. J'ai une famille merveilleuse et une belle vie qui m'a donné bien plus qu'on est en droit d'espérer.

« Merci », dit-elle, à haute voix dans la chambre.

Robert change de position, se couche sur le côté, s'enroule dans la couette, ce qui le fait ressembler à un chou farci.

« De rien », répond-il dans son sommeil.

Samedi 22 février

Rebecka ouvre le thermos, se verse une tasse de café et s'assied à la table de la cuisine.

Elle réfléchit. Est-ce que, si Viktor avait touché à ses filles, Sanna aurait pu se mettre suffisamment en colère pour le tuer ? Elle aurait pu aller le voir et…

Et quoi ? se dit-elle. Et elle a craqué, miraculeusement déniché un couteau de chasse dans sa poche et elle l'a tué après lui avoir assené un énorme coup sur la tête à l'aide d'un objet contondant que, par hasard, elle avait également sur elle ?

Non, cela n'avait aucun sens.

Et qui avait envoyé à Viktor la lettre qu'il gardait dans sa bible ? *« Ce que nous avons fait n'est pas un péché aux yeux du Seigneur. »*

Elle étale un vieux journal sur la table, ouvre les pots de peinture dont les filles se sont servies pour peindre les cailloux et dessine Sanna. Le portrait fait plutôt penser à une bonne femme en pain d'épices avec de longues boucles blondes. En dessous, elle écrit les prénoms de Sara et de Lova. À côté, elle fait le portrait de Viktor avec, sur sa tête, une auréole un peu de travers. Puis elle trace un trait entre les prénoms des filles et Viktor et un autre entre Viktor et Sanna.

Elle se dit ensuite que cette relation était rompue pour une raison ou pour une autre et elle raye les deux traits reliant Viktor avec Sanna et ses filles.

Elle s'assied au fond de la chaise et survole des yeux le mobilier spartiate de la cabane. Les lits superposés peints en vert, de fabrication maison, la petite table de cuisine avec ses quatre chaises en bois brut, le plan de travail avec sa bassine rouge en plastique en guise d'évier et le petit tabouret dans l'angle à côté de la porte.

Avant, quand cet endroit servait de cabane de chasse, l'oncle Affe posait toujours son fusil sur ce tabouret, appuyé contre le mur. Elle se souvient de l'expression désapprobatrice de son grand-père et la ride qui creusait son front en regardant le fusil. Lui rangeait toujours soigneusement son fusil dans son étui qu'il glissait ensuite sous le lit.

À présent, c'est la hache qui est posée sur ce tabouret et au-dessus, accrochée à un clou, la scie à main.

« Sanna », murmure Rebecka en baissant les yeux sur son dessin.

Elle gribouille des spirales et des étoiles au-dessus de la tête de la jeune femme.

Sanna la foldingue. Sanna qui n'a jamais su se débrouiller toute seule. Qui a toute sa vie été entourée de pauvres imbéciles qui étaient là pour l'aider et régler ses problèmes. Comme moi, par exemple. Elle n'a même pas eu besoin de me le demander. J'ai rappliqué aussitôt, comme un gentil toutou.

Elle efface les mains et les bras de Sanna avec de la peinture noire. Voilà, dit-elle, maintenant tu es réellement impuissante. Puis elle fait son propre portrait et écrit « *IMBÉCILE* » au-dessus.

Plus elle regarde son dessin, plus les choses deviennent limpides. Avec le bout du pinceau, tremblant légèrement, elle repasse le contour des personnages. Sanna ne sait rien faire toute seule. Elle n'a ni bras ni mains. Quand Sanna a besoin de quelque chose, elle fait appel à quelqu'un pour le faire à sa place. Rebecka Martinsson est le parfait exemple du genre d'imbéciles qui accourent aussitôt.

Admettons que Viktor s'en prenne aux enfants de Sanna…

… Et que cela la mette hors d'elle et qu'elle veuille le tuer. Que se passe-t-il ?

Quelqu'un d'autre se charge de tuer Viktor à sa place.

Est-ce que c'est ce qui s'est passé ? Oui, probablement.

La bible. L'assassin a caché la bible de Viktor chez Sanna, dans son alcôve.

Évidemment. Il ne l'a pas fait pour la piéger. C'était un cadeau. Le message, la carte postale rédigée d'une écriture maladroite était adressée à Sanna, pas à Viktor. *« Ce que nous avons fait n'est pas un péché aux yeux du Seigneur. »*

Qui ? écrit Rebecka. Elle dessine un cœur vide à côté du portrait de Sanna. Puis elle trace un point d'interrogation à l'intérieur du cœur.

Elle tend l'oreille. Elle a la vague impression d'entendre quelque chose. Un bruit qui ne devrait pas être là, un son qui n'appartient pas à la symphonie jouée par les éléments. Soudain, elle en est sûre, c'est le bruit d'un scooter.

Curt. Curt Bäckström assis sur son scooter devant les fenêtres de Sanna.

Elle se lève et regarde autour d'elle.

La hache, songe-t-elle, prise de panique. Je me défendrai avec la hache.

Le bruit s'est arrêté.

Tu as rêvé. Calme-toi, se rassure-t-elle. Assieds-toi. Tu es stressée, tu as peur et tu as cru entendre quelque chose. Tu t'es trompée, il n'y a rien dehors.

Elle s'assied à nouveau, mais ne peut s'empêcher de garder les yeux fixés sur la poignée de la porte. Elle devrait se lever et aller la fermer à clé.

Tu te fais des idées. Il n'y a personne, se répète-t-elle comme pour s'en convaincre.

Un instant plus tard, elle voit la poignée remuer et la porte tourner sur son axe. La porte s'ouvre. Le brame du vent entre dans la pièce en même temps qu'un torrent d'air glacé. Un homme en combinaison de scooter bleu marine déboule dans la pièce comme poussé par la tempête. Il referme la porte derrière lui. Tout d'abord, elle ne le reconnaît pas. Puis il retire sa capuche et sa cagoule.

Ce n'est pas Curt Bäckström, mais Vesa Larsson.

Anna-Maria Mella rêve. Elle se voit sauter d'une voiture de police et courir avec ses collègues sur l'autoroute E10 entre Kiruna et Gällivare vers un véhicule accidenté qui repose sur son toit à une dizaine de mètres de la chaussée. Elle n'avance pas. Ses collègues sont déjà arrivés près de l'épave et ils l'appellent.

« Dépêche-toi ! C'est toi qui as la scie. Il faut que nous les sortions de là ! »

Elle court toujours, la scie électrique à la main. Entend le cri déchirant d'une femme, quelque part.

Elle est enfin sur place. Elle démarre l'outil. La lame attaque la tôle avec un hurlement. Son regard tombe sur le siège baquet à l'arrière de la voiture. Elle ne peut pas voir s'il y a un enfant dedans. La scie fait un bruit d'enfer. Soudain, le bruit se transforme en un autre son assourdissant. Une sonnerie de téléphone.

Robert lui donne un coup de coude et se rendort aussitôt qu'elle a pris l'appel. C'est Sven-Erik.

« C'est moi, dit-il. Écoute, je suis retourné chez Curt Bäckström hier soir. Mais il n'est pas rentré chez lui de la nuit, ou en tout cas, il ne m'a pas ouvert.

— Mmm », grogne Anna-Maria.

Elle sent encore dans son corps le malaise du cauchemar qu'elle vient de faire. Jette un coup d'œil au réveil. Il est quatre heures trente-cinq. Elle se redresse en position assise et cale ses oreillers derrière son dos.

« Tu n'es pas allé là-bas tout seul, quand même ? dit-elle.

— Ne m'engueule pas, Mella, et écoute. Comme il n'avait pas l'air d'être chez lui ou qu'il ne voulait pas ouvrir la porte, je suis allé au temple de cristal pour voir si, par hasard, il n'y avait pas une réunion de prière ou un truc du genre qui aurait duré toute la nuit, mais il n'y avait personne. Alors, j'ai téléphoné aux pasteurs, d'abord à Thomas Söderberg, puis à Vesa Larsson et enfin à Gunnar Isaksson. Je me suis dit qu'ils devaient savoir où se trouvaient leurs brebis et qu'ils avaient peut-être une idée de l'endroit où Curt Bäckström passait ses nuits quand il ne rentrait pas chez lui.

— Et ?

— Ni Thomas Söderberg ni Vesa Larsson n'étaient à leur domicile. Leurs femmes m'ont répondu qu'ils devaient encore se trouver au temple à cause de cette fameuse conférence, mais je t'assure que l'endroit était désert, Anna-Maria. Enfin, peut-être qu'ils se terraient à l'intérieur dans le noir comme des souris effrayées, mais j'ai du mal à le croire. Le pasteur Gunnar Isaksson était chez lui. Il a décroché au bout de dix sonneries, à moitié endormi. »

Anna-Maria réfléchit. Elle a l'esprit embrumé et se sent vaguement nauséeuse.

« Je me demande si on a assez pour obtenir un mandat. Il faudrait qu'on entre chez ce Curt Bäckström. Appelle von Post et pose-lui la question. »

Sven-Erik pousse un soupir.

« Il est à fond sur Sanna Strandgård, argue-t-il. Et nous n'avons aucune preuve. Mais, franchement, j'ai un super mauvais feeling en ce qui concerne ce garçon. Je crois que je vais rentrer.

— Où ça ? Dans son appartement ? Ne fais pas ça.

— J'appelle le serrurier. Je connais bien le patron de Bennys Serrures & Alarmes. Si je lui dis de ne pas envoyer la facture au commissariat, il ne posera pas de question.

— Tu es dingue. »

Anna-Maria fait pivoter ses jambes et pose les pieds par terre.

« Attends-moi, dit-elle. J'arrive le plus vite possible. Mais il faut que Robert déblaye l'allée pour que je puisse sortir. »

« Tiens-toi tranquille, Rebecka, dit Vesa Larsson en guise de préambule. Nous voulons juste te parler. »

Sans la quitter des yeux, il cherche à tâtons la poignée de la porte derrière lui.

Nous ? songe-t-elle. Qui ça, nous ?

Elle comprend qu'il n'est pas venu seul et qu'il est simplement entré en éclaireur pour s'assurer qu'il n'y avait pas de danger.

Vesa Larsson tourne la poignée et deux autres hommes entrent et referment brutalement la porte derrière eux. Ils sont entièrement vêtus de noir. Pas un centimètre de peau n'est visible. Ils portent des cagoules et leurs yeux sont cachés derrière des lunettes de protection.

Rebecka tente de se lever de sa chaise, mais ses jambes sont toutes molles. D'ailleurs, tout son corps refuse de lui obéir. Ses poumons ont cessé de fonctionner. Le sang qui coule dans ses veines s'est subitement arrêté. Comme stoppé par un barrage au milieu d'un cours d'eau. Son estomac est dur comme une pierre.

Non, non, pas ça !

Le premier des deux nouveaux arrivants retire son bonnet dont s'échappent des boucles brunes. Elle reconnaît Curt Bäckström. Sa combinaison est d'un noir luisant. Ses pieds sont chaussés de vraies bottes de scooter des neiges avec des bouts renforcés. À son épaule pend un fusil de chasse à double canon. Ses narines et ses pupilles sont dilatées comme celles d'un cheval de guerre. Elle le regarde droit dans ses yeux brillants. Voit la fièvre qui brûle derrière son regard.

Méfie-toi de celui-là, se dit-elle.

Elle jette un rapide coup d'œil aux filles. Elles dorment profondément.

Elle devine qui est l'autre homme avant qu'il ait enlevé sa cagoule et ses lunettes. Quel que soit son accoutrement, elle le reconnaîtrait n'importe où. Thomas Söderberg. Sa façon de bouger. Cette capacité qu'il a de prendre possession des lieux.

On dirait presque qu'ils ont répété. Vesa Larsson et Curt Bäckström se postent de part et d'autre de la porte.

Vesa Larsson regarde au-delà de Rebecka. Ou plutôt, à travers elle. Son regard absent lui rappelle le visage de ces mamans qui font les courses accompagnées de leurs enfants. Elles ne cherchent plus à faire illusion ; elles ne prennent plus la peine de dissimuler leur lassitude. Elles poussent leur caddy entre les rayons comme des âmes en peine, sourdes aux pleurs ou aux jacassements de leur progéniture.

Thomas Söderberg avance d'un pas. Sans la regarder. Avec des mouvements lents et précis, il descend la fermeture Éclair de sa combinaison et sort ses lunettes d'une poche. Ce ne sont pas les mêmes que la dernière fois qu'elle l'a vu, mais c'est vrai que cela remonte à loin. Il examine les lieux tel un commandant de vaisseau dans un film de science-fiction, enregistre tout, les enfants, la hache dans le coin et elle, assise à la table de la cuisine. Puis il se détend. Ses épaules retombent. Ses mouvements se font plus doux, comme ceux d'un lion qui marche tranquillement dans la savane.

Et à ce moment-là seulement, il se tourne vers Rebecka.

« Est-ce que tu te souviens de ce jour de Pâques où tu nous as invités ici, Maja et moi ? lui demande-t-il. C'était dans une autre vie. J'ai cru qu'avec cette tempête et dans l'obscurité je ne réussirais pas à retrouver cet endroit. »

Rebecka l'observe. Il retire son bonnet et ses gants et les fourre dans les poches de la combinaison. Elle remarque qu'il a un peu moins de cheveux et que quelques mèches blanches sont apparues sur ses tempes, mais à part ça, il n'a pas changé. Comme si le temps n'avait pas de prise sur lui. Il a peut-être légèrement grossi, mais c'est difficile à dire.

Vesa Larsson s'appuie au chambranle. Il respire la bouche ouverte et tient son visage un peu levé comme s'il avait envie de vomir. Ses yeux vont de Curt à Thomas pour revenir à elle, mais à aucun moment il ne regarde les enfants.

Pourquoi ne regarde-t-il pas les enfants ?

Curt se balance doucement d'avant en arrière. Il regarde alternativement Thomas et Rebecka.

Que va-t-il se passer ? Curt va-t-il décrocher le fusil de son épaule, la mettre en joue et l'abattre ? *Bam*, terminé. Le néant. Elle doit gagner du temps. Il faut qu'elle sorte de son mutisme. Allez, Rebecka, réveille-toi. Pense à Sara et à Lova.

Elle prend appui sur la table et se lève de sa chaise.

« Assis ! » ordonne Thomas, et elle se rassied aussitôt, comme un chien qui craint le fouet.

Sara geint dans son sommeil, mais ne se réveille pas. Elle change de position et son souffle redevient paisible et profond.

« C'était donc toi ? coasse Rebecka. Mais pourquoi ?

— C'était la volonté de Dieu, Rebecka », réplique Thomas le plus sérieusement du monde.

Elle reconnaît le ton et l'attitude. Ce sont ceux qu'il adopte pour convaincre son auditoire. Il devient brusquement quelqu'un d'autre. On dirait un énorme rocher qui prendrait naissance dans le magma et émergerait soudain à la surface de la terre. Il n'est plus que gravité, force et puissance. Mêlées d'une profonde humilité devant Dieu.

Pourquoi lui joue-t-il cette comédie ? Mais non, elle n'est pas sa cible. C'est Curt. Il… manipule Curt.

« Et les enfants ? » demande-t-elle.

Thomas incline la tête. Il y a une note fragile dans sa voix. Une fêlure. On dirait qu'elle va se briser.

« Si tu ne… commence-t-il, je ne sais pas si je pourrai te pardonner un jour de m'obliger à faire ce que je vais faire dans un instant, Rebecka. »

Mû par un signal invisible, Curt retire le gant de sa main droite et il sort de la poche de sa combinaison un rouleau de ficelle de chanvre.

Combattant la boule qui lui obstrue la gorge, Rebecka s'adresse à lui :

« Je croyais que tu aimais Sanna, Curt. Comment peux-tu prétendre l'aimer et vouloir tuer ses enfants ? »

Curt ferme les yeux. Il continue de se balancer comme s'il ne l'entendait pas. Puis ses lèvres bougent

sans qu'il en sorte le moindre son et, pour finir, il répond :
« Ce sont des enfants de l'ombre, dit-il. Il faut les écarter. »

Il faut qu'elle le fasse parler. Pour gagner du temps. Elle réfléchit, vite. Il lui a tendu une perche, elle doit la saisir. Thomas ne semble pas vouloir le faire taire. Il a peur de lui.

« Des enfants de l'ombre ? Qu'est-ce que tu entends par là ? »

Elle a mis dans sa voix autant de douceur que possible. Elle penche la tête de côté, pose la joue dans sa main, le coude appuyé sur la table, imitant Sanna.

Carl répond sans la regarder, les yeux fixés sur la lampe à gaz. Comme s'il se parlait à lui-même ou s'adressait à une créature à l'intérieur de la flamme.

« J'ai le soleil dans le dos, explique-t-il. Mon ombre marche devant moi. Mais quand j'avance, elle doit s'effacer. Sanna aura d'autres enfants. Elle me donnera deux fils. »

Je vais vomir, songe Rebecka. Elle sent la viande de renne remonter dans son œsophage.

Elle se lève. Pâle comme la neige. Elle tient à peine debout. Son corps est si lourd. Il pèse plusieurs tonnes. Elle a l'impression que ses jambes vont se briser comme des allumettes.

En un instant, Curt est devant elle, les traits tordus par la fureur. Il lui hurle au visage, si fort qu'il doit reprendre son souffle entre chaque mot.

« On… t'a… dit… de… t'asseoir ! »

Un coup violent à l'estomac la plie en deux comme un canif. Ses jambes perdent les dernières forces qui leur restaient. Le sol se précipite vers son visage. Les tapis de sa grand-mère contre sa joue. Une douleur atroce dans son ventre. Quelque part au-dessus d'elle, très loin, des voix excitées qui sifflent et qui résonnent dans sa tête.

Il faut qu'elle dorme un peu. Juste un instant. Ensuite, elle rouvrira les yeux. Promis. Sara et Lova. Sara et Lova. Qui est-ce qui crie comme ça ? C'est la voix de Lova ? Juste un instant…

Benny, le serrurier, leur ouvre la porte de l'appartement de Curt Bäckström et il repart, sans poser de questions. Sven-Erik Stålnacke et Anna-Maria Mella restent un instant sur le palier obscur. Le seul éclairage est celui qui pénètre par la fenêtre sur cour. Il n'y a aucun bruit dans l'appartement. Ils échangent un regard et hochent la tête. Anna-Maria enlève la sécurité de son Sig-Sauer.

Sven-Erik entre le premier. Lance un prudent : « Il y a quelqu'un ? » Anna-Maria fait le guet devant la porte.

Je suis folle d'être ici, songe-t-elle.

Ses lombaires la font souffrir. Elle s'appuie contre le mur et respire. Et si Curt Bäckström se cachait dans le noir ? Il est peut-être mort. Ou tapi quelque part, aux aguets. Et si tout à coup il bondissait sur elle et la faisait tomber dans l'escalier ?

Sven-Erik allume la lumière dans l'entrée.

Elle se risque à l'intérieur. C'est un studio. Le vestibule donne directement dans le séjour qui sert aussi de chambre à coucher. C'est un drôle d'appartement. Est-ce qu'il y a vraiment quelqu'un qui habite ici ?

L'entrée est entièrement vide. Pas de commode avec le courrier du jour et l'incontournable tiroir plein de trucs et de bidules. Pas de paillasson. Pas de portemanteau avec des vêtements accrochés dessus. La pièce à vivre est déserte également. Enfin, presque. Il y a juste quelques lampes par terre et un grand miroir contre le mur. De lourdes tentures noires devant les fenêtres. Rien sur les rebords. Contre un mur, un lit en pin recouvert d'un couvre-lit bleu ciel en matière synthétique.

Sven-Erik sort de la cuisine. Il secoue la tête imperceptiblement. Leurs regards se croisent. Pleins de questions et de mauvais pressentiments. Il va ouvrir la porte de la salle de bains. L'interrupteur se trouve à l'intérieur. Il tend la main. Elle entend le *clic*, mais la lumière ne s'allume pas. Sven-Erik reste immobile sur le pas de la porte. De profil. Il sort son porte-clés qui sert également de petite lampe de poche. Anna-Maria suit des yeux le mince faisceau. Sven-Erik plisse les paupières pour mieux voir.

Peut-être perçoit-il du coin de l'œil un mouvement de sa part, car sa main se lève brusquement pour l'empêcher d'approcher. Il fait un pas à l'intérieur. Son autre pied s'attarde sur le seuil. À nouveau, elle sent une douleur et une tension dans le bas du dos. Elle ferme le poing et le presse contre ses reins.

Puis il ressort de la salle de bains. Précipitamment. La bouche ouverte. Les pupilles dilatées dans un visage de glace.

« Appelle, dit-il d'une voix rauque.

— Qui ça ? demande-t-elle.

— Tout le monde ! Réveille tout le monde, tout de suite ! »

Rebecka ouvre les yeux. Combien de temps s'est-il passé ? La figure de Thomas Söderberg flotte sous le plafond. On dirait une éclipse. Le visage est dans le noir et la lampe à gaz au-dessus de sa tête forme une auréole autour de ses boucles brunes.

Son ventre lui fait mal. Plus mal que tout à l'heure. Et à l'endroit de la douleur, en surface, sa main touche une substance tiède et humide. Du sang. Elle réalise avec effroi que Curt ne l'a pas seulement frappée.

Il l'a poignardée.

« Ce n'est pas ce qui était prévu, dit Thomas, mécontent. Maintenant, il va falloir réfléchir. »

Elle tourne la tête. Sara et Lova sont couchées tête-bêche sur le lit. Elles ont les mains attachées aux montants du lit avec de la ficelle. Des morceaux de tissu blanc dépassent de leur bouche. Le drap qu'ils ont déchiré pour les bâillonner traîne par terre. Leurs cages thoraciques montent et descendent à toute vitesse pour faire entrer suffisamment d'air par le nez.

Lova est enrhumée. Mais elle respire.

Calme-toi, maintenant. Elle respire. Bande de salauds.

« L'idée, au départ, dit Thomas Söderberg d'un air pensif, était de mettre le feu à la cabane et de te donner la clé de ton scooter pour te permettre de t'enfuir en chemise de nuit, ou en t-shirt. Tu aurais évidemment tenté ta chance, tout comme le ferait n'importe qui. Mais avec cette tempête et la température extérieure, je pense que tu n'aurais pas tenu cent mètres. Tu serais tombée et tu serais morte de froid en quelques minutes. Un simple accident dans les registres de la police. La cabane s'enflamme, tu es prise de panique, tu abandonnes les enfants et tu t'enfuis à moitié nue. Tu essayes de partir en scooter et tu meurs de froid au bout de quelques kilomètres. Pas d'enquête, pas de question. Maintenant, ça va être un peu plus compliqué.

— Vous avez l'intention de les brûler vives ? »

Thomas se mordille la lèvre inférieure et fait comme s'il n'avait pas entendu la question.

« Nous allons devoir t'emmener avec nous, dit-il au bout d'un moment. Même si ton corps brûlait dans l'incendie, le coup de couteau pourrait rester visible en cas d'autopsie. Je ne peux pas prendre ce risque. »

Il s'interrompt et tourne la tête vers la porte. Vesa Larsson vient d'entrer, un bidon d'essence en plastique rouge à la main.

« Pas d'essence, imbécile, dit-il, agacé. Aucun combustible et aucune substance chimique. Tous ces produits sont détectables par une expertise technologique. Nous allons mettre le feu aux rideaux et aux draps du lit. »

Il fait un signe de tête vers Rebecka.

« Elle vient avec nous, poursuit-il. Vous deux, allez mettre une bâche sur le scooter et le traîneau. »

Vesa Larsson ressort de la cabane, Curt le suit. Le vent hurle un instant et se tait quand ils referment la porte. Elle est seule avec lui, à présent. Son cœur s'accélère. Elle sait qu'elle doit faire vite. Sinon, son corps va la lâcher.

Elle se dit que Curt a peut-être laissé le fusil près de la porte, comme le faisait jadis l'oncle Affe. On ne manipule pas aisément une grande bâche dans la tempête avec une arme en bandoulière. Allez, Thomas, pousse-toi un peu pour que je puisse voir.

« Tu me surprends, Thomas, dit Rebecka. Je ne t'aurais pas cru capable d'une chose pareille. Les Écritures ne disent-elles pas : "Tu ne tueras point" ? »

Thomas soupire. Il s'accroupit devant Rebecka.

« La Bible est pleine d'exemples dans lesquels Dieu prend des vies, rétorque-t-il. Tu sais, Rebecka, Dieu Lui-même est parfois obligé de transgresser Ses propres lois. Et tu me connais bien. Je suis incapable de tuer et je le Lui ai dit. C'est pour ça qu'Il m'a envoyé Curt. C'était plus qu'un simple signe. J'étais contraint de Lui obéir. »

Il fait une pause pour essuyer son nez qui coule. Son visage est très rouge à cause de la chaleur du poêle. Il doit avoir terriblement chaud dans cette combinaison.

« Je n'ai pas le droit de te laisser détruire l'œuvre de Dieu. Les médias auraient transformé cette petite affaire financière en véritable scandale et c'en aurait été terminé de notre Église. Nous avons accompli de grandes choses à Kiruna et Dieu m'a fait comprendre que ce n'est que le commencement.

— Viktor t'avait menacé ?

— Viktor était devenu une menace pour tout le monde, à la fin. Y compris pour lui-même. Mais je sais qu'à présent il est auprès du Seigneur.

— Raconte-moi ce qui s'est passé. »

Thomas secoue la tête avec impatience.

« Ce n'est pas le moment et nous n'avons pas le temps, Rebecka.

— Et pourquoi les filles ?

— Parce qu'elles auraient des choses à dire sur leur oncle qui… bref. Viktor peut encore nous être utile. Son nom ne doit pas être traîné dans la boue. Sais-tu combien de personnes nous aidons chaque année, parce qu'elles ont des problèmes liés à la drogue ? Sais-tu combien d'enfants retrouvent un père ou une mère, perdus pour eux à cause de leur addiction ? Sais-tu combien retrouvent la foi ? Un travail. Une vie digne. Un mariage qui s'était brisé. Chaque nuit, Dieu me parle et Il me rappelle tout ce que nous avons accompli en Son nom. » Il tend la main vers elle. Caresse ses lèvres et son cou. « Je t'ai aimée comme j'aime ma propre fille et toi, tu as…

— Je sais, pleurniche-t-elle. Je te demande pardon. »

Il s'approche d'elle.

« Est-ce que tu m'aimes encore ? » lui demande-t-elle.

Le visage de Thomas se fige.

« Tu as tué mon enfant. »

L'homme qui n'avait que des filles. Et qui voulait un garçon.

« Je sais. Je pense à lui tous les jours. Mais ce n'était pas… »

Elle détourne la tête, a une quinte de toux et presse la main sur son ventre. Puis elle le regarde à nouveau.

Il est là. À trente centimètres. Elle vient d'apercevoir le caillou sur lequel Lova a peint Tjapp. Dès qu'il sera assez près. Saisir la pierre et frapper. Ne pas réfléchir. Ne pas hésiter. Saisir et frapper.

« Il y avait quelqu'un d'autre, tu sais. Tu n'étais pas… »

La voix de Rebecka n'est plus qu'un murmure épuisé. Thomas tend le cou vers elle. Comme un renard qui essaye de repérer un mulot sous la neige.

Les lèvres de Rebecka articulent des mots qu'il n'entend pas.

Il se penche, l'oreille contre sa bouche. Enfin. Ne pas hésiter, compter jusqu'à trois.

« Prie pour moi… » murmure-t-elle.

Un…

« … Tu n'étais pas le seul avec qui j'avais… »

Deux…

« Cet enfant n'était pas le tien. »

Trois !

Un court instant, il est pétrifié de stupeur, mais cela suffit. Le bras de Rebecka se tend tel un cobra, sa main se referme sur la pierre. Elle frappe de toutes ses forces, les yeux clos. En esprit, elle visualise la pierre qui traverse le crâne et poursuit sa trajectoire, loin, jusqu'à la route. Mais quand elle ouvre les yeux, elle voit qu'elle l'a encore dans sa main. Thomas est couché par terre près d'elle. Peut-être fait-il un vague geste pour se protéger la tête. Elle n'en est pas certaine. Déjà, elle s'est relevée sur ses genoux pour le frapper une deuxième fois. Et une troisième. À la tête, chaque fois.

Ça suffit. Il faut faire vite.

Elle lâche la pierre et tente de se mettre debout. Mais ses jambes décidément ne la portent plus. Alors, elle rampe jusqu'à la porte d'entrée. Le fusil de Curt est appuyé au mur à côté de la hache. Elle se traîne à genoux en s'aidant de sa main droite. Garde la gauche pressée contre son ventre.

Pourvu qu'elle arrive à temps. S'ils reviennent maintenant, c'est foutu.

Elle pose une main sur la crosse. Se redresse. Ses mains tremblent. Avec des gestes maladroits, elle casse l'arme pour vérifier qu'elle est chargée. Elle la referme et enlève la sécurité. Il faut qu'elle retourne au centre de la pièce. Des taches de sang grosses comme des pièces d'une couronne ont coulé de la plaie qui troue son ventre sur le tapis. Elle voit l'empreinte de sa main droite qui tenait la pierre.

S'ils font le tour de la maison, ils la verront par la fenêtre. Mais pourquoi se donneraient-ils cette peine ? Elle sent qu'elle va vomir. Il ne faut pas qu'elle vomisse. Comment va-t-elle trouver la force de tenir le fusil ?

Elle recule, se hisse jusqu'à la table avec sa main libre en poussant sur ses jambes, puis attrape la crosse du fusil et le tire derrière elle. Enfin, elle parvient à s'adosser contre un pied de la table. Elle remonte un peu les genoux, pose le fusil sur ses cuisses, le canon tourné vers la porte. Et elle attend.

« Restez calmes, dit-elle à Lova et à Sara sans se retourner. Fermez les yeux et ne dites pas un mot. »

Curt entre le premier. Derrière lui, elle distingue la silhouette de Vesa. Curt remarque tout de suite le fusil entre ses mains. Il fixe les trous noirs des canons juxtaposés braqués sur lui. Son expression se modifie en une fraction de seconde. Son agacement d'avoir dû se bagarrer avec la bâche raide par le gel dans le froid et le vent se mue en… non, ce n'est pas de la peur, c'est autre chose. D'abord, il se rend compte qu'il n'a pas le temps d'arriver jusqu'à elle avant qu'elle appuie sur la détente. Puis son regard devient terne. Inexpressif et insondable.

Elle ne réussit pas à lever le canon suffisamment haut et quand elle troue l'abdomen de Curt avec la première cartouche, elle sent que le recul lui a brisé une côte. Curt Bäckström s'écroule sur le pas de la porte. La neige s'engouffre dans la cabane.

Vesa est pétrifié. Il n'est plus qu'un cri enkysté dans un corps d'homme.

« Entre ! lui ordonne-t-elle, l'arme pointée sur lui. Porte-le à l'intérieur et assieds-toi ! »

Il obéit, s'accroupit contre la porte.

« Assis, j'ai dit. Sur ton cul ! »

Il obtempère. Il est engoncé dans sa combinaison. Dans cette position, il ne pourra pas se relever rapidement. Il croise les mains derrière la nuque sans qu'elle le lui ait demandé. Curt est couché sur le sol entre eux. Dans le silence qui a suivi le moment où Vesa a refermé la porte, ils écoutent tous les deux sa respiration sifflante. Il n'en a plus pour longtemps.

Rebecka appuie sa tête contre le pied de la table. Terriblement lasse.

« Maintenant, Vesa, tu vas tout me raconter. Tant que tu continueras à parler et à me dire la vérité, je te laisserai en vie. »

« Sanna Strandgård est venue me voir un jour, commence-t-il d'une voix rauque. Elle se noyait littéralement dans ses larmes. Oui, je sais, c'est une expression un peu excessive. Mais franchement, j'aurais voulu que tu la voies. »

Je la vois très bien, songe Rebecka. Les cheveux ébouriffés comme une fleur de pissenlit séchée. Elle est la seule personne au monde à rester séduisante avec la figure pleine de morve.

« Elle m'a dit que Viktor avait fait du mal à ses filles. »

Rebecka jette un coup d'œil aux fillettes. Elles sont toujours attachées au lit et bâillonnées. Elle craint de s'évanouir si elle essaye de se traîner jusqu'à elles. Et si elle demande à Vesa de les libérer, il risque de la désarmer d'un coup de pied. Elles vont devoir attendre un peu.

Elles respirent. Elles sont vivantes. Bientôt, elle aura une idée de ce qu'elle doit faire.

« Comment ça ?

— Je ne sais pas exactement. Elle avait cru comprendre qu'il y avait un problème à cause d'une chose que Sara lui avait racontée. Elle ne m'a pas donné de détails, mais je lui ai promis que je parlerais à Viktor. Je… »

Il s'interrompt, confus.

Elle a toujours eu le don de plonger les gens dans la confusion, songe Rebecka. C'est comme si elle les entraînait dans la forêt et qu'elle les laissait là, sans boussole.

« Tu… ?

— Je me suis comporté comme un imbécile, geint-il. Je lui ai fait promettre de ne pas aller voir la police. Comme elle en avait parlé aussi à Patrik

Mattsson, je lui ai téléphoné pour lui dire que Sanna s'était trompée. Je l'ai même menacé de l'exclure de la communauté s'il parlait de cette histoire à qui que ce soit.

— Continue, dit Rebecka avec impatience. Tu en as parlé avec Viktor ? »

L'arme est de plus en plus lourde sur ses jambes.

« Il n'a pas voulu m'écouter. Je n'ai jamais réussi à avoir une conversation avec lui. Il a changé de sujet. Il s'est penché au-dessus de mon bureau et il m'a menacé. M'a dit que mes jours au sein de l'Église de la Force originelle étaient comptés. Qu'il ne tolérerait pas que les pasteurs s'enrichissent sur le dos de la communauté.

— Il parlait de votre société anonyme ?

— Oui. Quand nous avons créé Victory Print, je croyais que c'était une affaire légale. Ou plus exactement, je ne me suis pas posé la question. C'est un entrepreneur de la paroisse qui nous a soufflé l'idée au départ. Il a affirmé que cela n'avait rien d'illégal. Nous déclarions des frais sur la société et récupérions de la TVA de l'État. Alors, c'est vrai que les membres de la communauté nous donnaient l'argent qui servait à nos investissements sous la table, mais cela ne nous choquait pas puisque tous les biens de la société appartenaient à l'Église de la Force originelle. Pour moi, personne n'était lésé et nous ne trompions personne. Ce n'est que lorsque j'ai raconté à Thomas la confidence que m'avait faite Sanna sur ses doutes et les menaces de Viktor que j'ai su que nous avions un problème. Thomas avait peur. En quelques heures, tout l'édifice s'était mis à trembler sur ses fondations, tu comprends ? Viktor était devenu agressif et il faisait du mal aux enfants. Lui qui s'en était toujours si bien occupé, qui leur donnait des cours de catéchisme, nous apprenions qu'il… J'en étais malade. Thomas qui est toujours si sûr de lui semblait complètement affolé. Et moi, j'étais devenu un criminel. Est-ce que je peux baisser les bras ? Ça me fait mal aux cervicales de rester comme ça. »

Elle hoche la tête.

« Nous avons décidé que nous irions lui parler ensemble, poursuit-il. Thomas a dit que Viktor avait besoin d'aide et que la communauté allait prendre soin de lui. Et puis ce soir-là… »

Vesa se tait et tous deux baissent les yeux vers Curt. Le tapis sur lequel il est couché est rouge de sang. Sa respiration passe du sifflement rauque au râle discret. Puis elle s'arrête. Il ne fait plus aucun bruit.

Vesa Larsson le regarde, tétanisé. Ses pupilles s'élargissent de terreur. Il lève les yeux vers Rebecka et le fusil qu'elle tient sur ses genoux.

Rebecka cligne des yeux. Elle commence à se sentir molle et indifférente. C'est comme si l'histoire que Vesa raconte ne la concernait plus. En revanche, elle n'a plus besoin de le pousser à parler. Au contraire, il ne veut plus s'arrêter.

« Viktor a refusé de nous écouter. Il nous a dit qu'il avait jeûné et prié et qu'il était arrivé à la conclusion qu'il était temps de faire le ménage dans notre communauté. Tout à coup, c'est nous qui nous sommes retrouvés dans le box des accusés. Il a déclaré qu'à l'instar des marchands du temple nous serions chassés. Il a dit que ce temple de cristal dans lequel nous

nous trouvions était l'œuvre de Dieu, mais que nous étions en train d'en faire don au diable. Et ensuite… oh, Seigneur… ensuite Curt est arrivé. Je ne sais pas s'il était là depuis le début de la conversation et s'il a tout entendu ou s'il est entré à ce moment précis… »

Vesa ferme les yeux et sa bouche se tord en une grimace d'horreur.

« Viktor avait le doigt pointé vers Thomas. Il continuait à lui hurler des imprécations, je ne me souviens plus de ce qu'il lui disait. Curt avait une bouteille de vin à la main qui était restée après le culte. Il l'a assommé par-derrière. Viktor est tombé à genoux. Curt portait une grosse parka et il a glissé la bouteille dans sa poche. Puis il a sorti son couteau de sa ceinture et il l'a poignardé. À plusieurs reprises. Viktor s'est écroulé par terre.

— Et vous avez assisté à toute la scène.

— J'ai voulu intervenir, mais Thomas m'en a empêché. »

Il presse ses poings fermés sur ses yeux.

« Non, ce n'est pas tout à fait vrai, reprend-il. Il me semble que j'ai fait un pas en avant et que j'ai vu Thomas lever la main pour me retenir. Je me suis arrêté. Comme un chien bien dressé. Curt s'est approché de nous. J'ai eu une peur bleue qu'il me tue aussi. Thomas est resté immobile avec un visage sans expression. Je me souviens l'avoir regardé en me disant que j'avais lu quelque part que c'était l'attitude à adopter quand on se trouvait face à une meute de chiens enragés. Ne pas courir, ne pas crier, rester calme et sans bouger. Et c'est ce que nous avons fait. Curt ne disait rien non plus, il se contentait de nous regarder, le couteau à la main. Puis il a fait demi-tour et il est retourné auprès de Viktor. Il… » Vesa laisse échapper un gémissement entre ses dents serrées. « … Il s'est acharné sur lui avec son couteau de chasse, il lui a crevé les yeux. Et puis il a enfoncé ses doigts dans ses orbites et étalé le sang de Viktor sur ses propres yeux. “Tout ce qu'il a vu, je l'ai vu aussi”, a-t-il crié avant de lécher la lame du couteau comme… une bête ! Je crois qu'il s'est blessé la langue parce que j'ai vu du sang couler aux commissures de ses lèvres. Pour finir, il lui a tranché les mains. Purement et simplement. Il en a mis une dans sa poche, mais il n'avait pas assez de place pour la deuxième et elle est tombée par terre… Ensuite, je ne me souviens plus très bien. Thomas m'a raccompagné avec sa voiture. Nous roulions sur Norgevägen. Il a dû s'arrêter pour me laisser vomir dans la neige au milieu de la nuit. Pendant tout le trajet, Thomas m'a parlé. De nos familles. De la communauté. Il me disait que la meilleure chose que nous avions à faire maintenant était de nous taire. Plus tard, je me suis demandé s'il savait que Curt était là. Et même s'il avait fait en sorte qu'il soit là.

— Et Gunnar Isaksson ?

— Gunnar ne savait rien. C'est un imbécile.

— Espèce de lâche, dit Rebecka d'une voix sourde.

— J'ai des enfants, pleurniche-t-il, tu ne peux pas comprendre. Tout devient différent quand on a des enfants, tu verras.

— Tais-toi, dit-elle. Quand Sanna est venue te parler, tu aurais dû aller voir la police et les services sociaux. Mais toi… tu n'as pensé qu'à éviter le scandale. À garder ta belle maison et à conserver ton job bien payé. »

Ses jambes commencent à faiblir, mais si elle pose le fusil par terre, Vesa Larsson aura le temps de se lever et de lui donner un coup de pied dans la figure avant qu'elle puisse épauler. Elle n'y voit plus très bien. Des taches noires troublent son champ de vision. Elle a l'impression de regarder par une fenêtre sur laquelle quelqu'un aurait tiré avec un pistolet de paint-ball.

Elle sent qu'elle va perdre connaissance. Il n'y a plus de temps à perdre.

Elle braque l'arme sur lui.

« Non, Rebecka, la conjure-t-il. Tu vas le regretter. Tu ne supporteras pas de vivre avec ça le restant de tes jours. Je n'ai pas voulu ce qui est arrivé. Et puis c'est fini, maintenant. »

Elle voudrait qu'il lui donne une raison de tirer. Qu'il fasse mine de se relever, ou qu'il tente d'attraper la hache.

Elle se demande si elle doit lui faire confiance. Peut-être qu'il la ramènerait en ville avec les enfants sur le traîneau et qu'ensuite il irait se dénoncer à la police.

Mais peut-être pas. Et dans ce cas, il mettrait leur projet à exécution. Elle imagine les regards terrifiés des filles tirant sur les liens qui maintenaient leurs mains et leurs pieds attachés aux montants du lit. Les flammes dévorant la chair de leurs jambes. Si Vesa mettait le feu à la cabane, il n'y aurait personne pour raconter ce qui s'était vraiment passé. Thomas et Curt seraient jugés coupables et Vesa Larsson serait libre.

Il est venu ici avec les deux autres dans l'intention de nous tuer, songe-t-elle. Ne l'oublie pas.

Vesa Larsson pleure, à présent. Il n'y a pas si longtemps, Rebecka et lui parlaient de Dieu, de la vie, de l'amour et de la peinture dans la cave de l'Église pentecôtiste, au milieu de ses pinceaux et de ses toiles.

« Pense à mes enfants, Rebecka ! »

Elle a le choix. C'est lui ou les filles de Sanna.

Elle ferme les yeux en appuyant sur la détente. Le bruit est assourdissant. Lorsqu'elle les ouvre à nouveau, il est assis dans la même position. Mais il n'a plus de visage. Une seconde passe, puis son corps bascule sur le côté.

Ne regarde pas. N'y pense pas. Pense à Sara et à Lova.

Elle lâche l'arme et se relève à quatre pattes. Tout son corps tremble d'épuisement tandis qu'elle se déplace, centimètre par centimètre, vers le lit. Elle a les oreilles qui sifflent.

La main de Sara. Juste une. Si elle arrive à lui en détacher une…

Elle rampe sur le corps sans vie de Curt. Ouvre sa combinaison de ski. Trouve son couteau à tâtons et le sort de l'étui. Elle a la main pleine de sang, le sien ? Celui de Curt Bäckström ? Voilà, elle est arrivée près du lit.

Contrôler ses gestes. Ne pas blesser Sara.

Elle coupe la ficelle de chanvre et la détache de son poignet. Puis elle pose le couteau dans la paume de sa main désormais libre et voit les doigts de la fillette se refermer autour du manche.

Et maintenant, repos.

Elle glisse lentement au sol.

Un peu plus tard, elle voit les visages de Lova et de Sara au-dessus du sien. Elle attrape la manche du pull-over de Sara.

« Écoute-moi, c'est très important, coasse-t-elle. Vous devez rester ici, dans la cabane. Vous gardez la porte bien fermée et vous mettez sur vous toutes les combinaisons et toutes les couvertures que vous trouverez dans la maison. Sivving et Bella viendront demain matin. Attendez-les. Tu entends, Sara ? Vous devez attendre Sivving. Moi, il faut que je me repose un peu. »

Elle n'a plus mal nulle part. Mais elle a les mains gelées. Elle lâche la manche de Sara. Leurs visages s'estompent. Elle tombe dans un puits profond et les deux fillettes la regardent depuis le bord, leurs têtes auréolées de soleil. Il fait de plus en plus sombre et de plus en plus froid.

Sara et Lova s'accroupissent chacune d'un côté de Rebecka. Lova se tourne vers sa grande sœur.

« Qu'est-ce qu'elle a dit ? lui demande-t-elle.

— Je crois que j'ai entendu : "Es-tu prêt à me recevoir ?" » répond Sara.

Autour du dispensaire de Kiruna, le vent secouait sauvagement les frêles bouleaux. Il semblait vouloir arracher les bras noueux qu'ils tendaient vers le ciel d'un noir bleuté. Il brisait sans merci leurs doigts minces et gelés.

Måns Wenngren passa devant l'accueil des urgences au pas de charge. La lumière froide des néons au plafond ricochait sur le sol immaculé et les murs en béton vaguement beiges du couloir, avec leur horrible bande rouge bordeaux. Ses sens étaient agressés par l'odeur de détergent et de désinfectant mélangée à celle des corps en décrépitude et par le vacarme incessant des chariots transportant de la nourriture, des prélèvements ou Dieu sait quoi.

Encore heureux que ce ne soit pas Noël, se consola-t-il.

Son père avait eu son dernier infarctus le jour de Noël. Cela remontait à de nombreuses années, mais Måns garderait toujours en mémoire les pathétiques tentatives du personnel pour tenter de créer une atmosphère de fête dans le service où il avait fini ses jours. Jamais il n'oublierait les grosses boîtes de biscuits aux épices bon marché et les serviettes en papier avec des motifs de Noël, ni l'arbre synthétique au fond du couloir avec ses aiguilles tordues dans le mauvais sens et à demi aplaties après avoir été entreposé une longue année dans un carton, tout en haut d'une étagère de la réserve. Toute sa vie, il reverrait ces boules mal assorties, suspendues avec du fil à coudre aux maigres branches du pauvre sapin sous lequel quelques paquets factices prenaient la poussière.

Il chassa de ses pensées ce souvenir pathétique avant qu'il ait eu le temps de le ramener à ses parents. Sans s'arrêter, il retira son manteau en laine et le jeta sur son épaule, le laissant flotter derrière lui comme un étendard.

« Je cherche Rebecka Martinsson, aboya-t-il. Est-ce qu'il y a quelqu'un qui travaille, ici ? »

Ce matin, il avait été réveillé par le téléphone. La police de Kiruna lui avait demandé s'il était exact qu'il était l'employeur d'une dénommée Rebecka Martinsson. On s'excusait de le déranger, mais on n'avait trouvé dans les registres de l'état civil aucun membre de sa famille. Peut-être savait-on sur son lieu de travail si elle avait un concubin ou un petit ami ? Non, le cabinet n'avait aucune information à ce sujet. Il avait demandé ce qui était arrivé. Et on avait fini par lui répondre que Rebecka était au bloc opératoire en ce moment même. Sans rien lui dire de plus.

Aussitôt après avoir raccroché, Måns avait appelé l'hôpital de Kiruna qui n'avait pas voulu lui confirmer que Rebecka y avait été admise. « Secret médical », fut la seule réponse qu'il ait pu obtenir de la personne qu'il avait au bout du fil.

Il avait ensuite appelé une associée du cabinet.

« Je te rappelle, Måns, que Rebecka Martinsson est *ton* assistante », lui avait répondu celle-ci. Alors, en désespoir de cause, il avait fini par prendre un taxi pour l'aéroport d'Arlanda.

Une infirmière réussit à le rattraper au milieu du couloir. Elle lui emboîta le pas en l'inondant d'un flot de paroles, tandis qu'il ouvrait les portes des chambres les unes après les autres et passait la tête à l'intérieur. Il n'entendait pas le dixième de ce qu'elle lui disait : Secret médical. Respect pour les patients. Inadmissible. Appeler la sécurité.

« Je suis son compagnon », mentit-il en continuant d'ouvrir toutes les portes qui se présentaient sur son passage.

Il finit par dénicher Rebecka toute seule dans une chambre pour quatre personnes. Une potence à laquelle était suspendue une poche en plastique contenant un liquide transparent se dressait à côté de son lit. Ses yeux étaient clos, son visage exsangue, y compris les lèvres.

Il tira une chaise près du lit sans s'asseoir. Se retourna en grognant vers la petite femme qui l'avait poursuivi. Elle s'enfuit, faisant résonner avec rage les semelles de ses sandales Birkenstock.

Une minute plus tard apparut une autre femme en blouse et pantalon blancs. Il l'intercepta à la porte de la chambre en deux grandes enjambées et lut le nom qui était inscrit sur sa poche de poitrine.

« Ah, sœur Frida ! s'exclama-t-il avant qu'elle ait eu le temps d'ouvrir la bouche, veuillez m'expliquer ce qui se passe ici ! »

Il montra les poignets de Rebecka attachés au montant du lit avec des bandes de gaze.

Surprise, sœur Frida cligna une fois des yeux avant de répondre.

« Allons parler dehors », dit-elle calmement.

Måns agita la main devant son visage comme s'il chassait une vulgaire mouche.

« Allez me chercher le médecin », rétorqua-t-il, agacé.

Sœur Frida était une jolie femme aux pommettes hautes avec des cheveux blond naturel et des lèvres délicatement rehaussées d'un rouge à lèvres rose transparent. Elle était manifestement habituée à ce que les gens obéissent à son ton calme et posé et elle était sans doute même connue pour son autorité. Elle n'aimait pas qu'on la contrarie et se demanda si elle ne devrait pas appeler la sécurité. Ou peut-être même la police, étant donné le cas très particulier de la patiente concernée. Elle prit quelques instants pour étudier l'apparence de l'homme qui lui tenait tête. La chemise impeccablement repassée, la cravate à rayures noires et grises, le costume discret et les chaussures cirées.

« Suivez-moi, vous allez parler au médecin », dit-elle en repartant dans le couloir avec Måns sur ses talons.

Le médecin était un homme de petite taille, trapu, avec une épaisse chevelure gris-blond. Il avait le visage bronzé et le nez qui pelait un peu. Il rentrait sans doute de vacances à l'étranger. Il portait sa blouse blanche ouverte avec décontraction sur un jean et un t-shirt turquoise. Une paire de lunettes, plusieurs stylos et un bloc-notes se disputaient la place dans sa poche de poitrine.

Ancien hippie qui a peur de vieillir, diagnostiqua Måns en se plaçant un chouia trop près de lui au moment de lui serrer la main, de façon à l'obliger à lever les yeux comme un observateur d'étoiles.

Ils se rendirent ensemble dans la salle des médecins.

« Nous l'avons fait pour son bien, expliqua le praticien à l'avocat. Elle a arraché sa perfusion à son réveil d'opération. Nous lui avons redonné un sédatif, mais…

— Elle est en état d'arrestation ? demanda Måns. Inculpée ?

— Pas à ma connaissance.

— Elle fait l'objet d'une mesure de soins forcés ? Elle est internée sous contrainte ?

— Non.

— Je vois, c'est le Far West, ici, dit Måns d'un ton méprisant. Vous la gardez attachée dans un lit sans qu'il y ait eu la moindre décision dans ce sens, que ce soit de la police, du procureur ou de votre chef de service. Eh bien, je vous informe que vous êtes passible de poursuites pénales pour détention arbitraire, d'amendes et d'un blâme du conseil de l'ordre. Vous avez de la chance, je ne suis pas là pour vous créer des problèmes. Racontez-moi ce qui s'est passé. Je suppose qu'on vous a mis au courant. Mais d'abord, vous allez demander qu'on la détache et qu'on m'apporte un café. En contrepartie, je vous promets de rester assis à son chevet et de veiller à ce qu'elle ne fasse pas de bêtises quand elle se réveillera. Et je vous promets de ne pas porter plainte contre cet hôpital non plus.

— Et le secret de l'instruction, alors ? s'insurgea mollement le médecin.

— Donnant, donnant », répliqua Måns en haussant les épaules.

Peu après, Måns était assis sur une chaise inconfortable, au chevet de Rebecka. De sa main droite, il tenait doucement le bout de ses doigts et de l'autre un gobelet en plastique avec un porte-gobelet brun, rempli de café brûlant.

« Allez, emmerdeuse, réveille-toi que je puisse t'engueuler un bon coup. »

Noir. Puis noir et douleur. Rebecka soulève prudemment les paupières. Au-dessus de la porte, sur le mur qui est face à elle, se trouve une grosse horloge. L'aiguille des minutes tremble un peu chaque fois qu'elle saute jusqu'au trait suivant. Rebecka plisse les yeux, mais elle ne parvient pas à distinguer l'heure, ni à deviner si c'est le jour ou la nuit. La lumière lui fait mal comme si on lui enfonçait des couteaux dans les yeux. Une lame chauffée à blanc lui transperce le cerveau. Sa tête explose en mille morceaux. Chaque inspiration est une souffrance. Sa langue colle à son palais. Elle referme les yeux et revoit le visage terrorisé de Vesa Larsson : « Non, Rebecka. Tu auras ce geste sur la conscience jusqu'à la fin de tes jours. »

Elle replonge dans le sommeil. S'enfonce. De plus en plus profondément. De plus en plus loin. La douleur cède. Et elle rêve. C'est l'été. Le soleil brille dans un ciel limpide. Les bourdons virevoltent, ivres, entre les géraniums et les astéracées. Grand-mère est agenouillée sur le ponton au bord de la rivière. Elle lave des tapis. Elle a confectionné le savon elle-même avec de la graisse et de la soude. La brosse en chiendent va et vient sur la trame du tapis. La faible brise venant de la rivière garde les moustiques à distance. Une petite fille est assise au bord du ponton, les pieds dans l'eau.

Elle a enfermé un capricorne dans un pot de confiture et fait un trou dans le couvercle. Fascinée, elle observe les déambulations du coléoptère derrière la paroi de verre. Rebecka descend vers la berge. Elle a conscience qu'elle rêve. Dans son rêve, elle murmure tout bas : « Je voudrais voir son visage. Laissez-moi voir à quoi elle ressemble. » Johanna se retourne et l'aperçoit à son tour. Elle brandit triomphalement le pot de confiture vers Rebecka et ses lèvres articulent le mot : « Maman. »

On aurait dit une carte de Noël : les trois Rois mages penchés au-dessus de l'enfant endormi. Sauf que ce n'était pas Noël. L'enfant était Rebecka Martinsson et les trois hommes étaient le substitut du procureur Carl von Post, l'avocat Måns Wenngren et l'inspecteur Sven-Erik Stålnacke.

« Elle a tout de même tué trois personnes, dit von Post. Je ne peux pas la laisser s'en tirer comme ça.

— Nous sommes dans un cas typique de légitime défense, rétorqua Måns, cela ne vous aura pas échappé, je suppose ? Sans compter qu'elle est l'héroïne du jour. Vous pouvez être sûr que les médias sont en train de concocter une belle histoire à la *Modesty Blaise*. Elle sauve deux enfants et tue tous les méchants… À vous de voir le rôle que vous avez envie de jouer dans l'histoire ! Le salopard qui la pourchasse et veut la mettre sous les verrous ? Ou le type sympa qui la soutient et partage les honneurs avec elle ? »

Le procureur évita le regard de l'avocat. Il se tourna d'abord vers Sven-Erik auprès de qui il ne trouva aucun soutien. Son regard se posa alors sur la couverture jaune paille du lit de Rebecka Martinsson.

« J'aimerais au moins qu'on fasse en sorte de tenir la presse en dehors de cette affaire. Les pasteurs morts avaient des familles. Un minimum de respect me semblerait… »

À l'abri de son impressionnante moustache, Sven-Erik Stålnacke inspira longuement entre ses dents.

« Je crains que vous n'ayez un peu de mal à garder les journalistes à distance, rétorqua Måns. Et vous êtes bien placé pour savoir, monsieur le procureur, que, d'une façon ou d'une autre, la vérité finit toujours par éclater. »

Von Post referma son manteau.

« Bien, quoi qu'il en soit, je dois l'interroger. Elle n'ira nulle part avant.

— Bien entendu. Dès que les médecins la jugeront en état de répondre à vos questions. Autre chose ?

— Prévenez-moi dès que ce sera le cas », dit von Post à Sven-Erik avant de sortir de la chambre.

Sven-Erik retira sa doudoune.

« Je vais m'asseoir dans le couloir, dit-il à Måns Wenngren. Vous me préviendrez quand elle sera réveillée, j'ai un truc à lui dire. Je vais aller me chercher un café et une bricole à manger au distributeur, je vous rapporte quelque chose ? »

Rebecka se réveilla. Quelques secondes plus tard, un médecin était penché au-dessus de son lit. Grand nez et grandes mains. Large d'épaules. Avec sa blouse blanche ouverte, il ressemblait à un forgeron déguisé en docteur. Il lui demanda comment elle se sentait. Elle ne lui répondit pas. Derrière lui se tenait une infirmière qui souriait, mais avec une certaine réserve. Et Måns devant la fenêtre. Regardant dehors alors qu'il ne voyait rien d'autre que son propre reflet et celui de la pièce derrière lui. Actionnant la tige de la persienne. Ouvert. Fermé. Ouvert. Fermé.

« Vous venez de vivre des événements difficiles, Rebecka, dit le médecin. Physiquement et moralement. Sœur Marie, ici présente, va vous administrer un calmant et si vous avez mal, elle vous donnera aussi quelque chose pour vous soulager. »

La dernière partie de la phrase pouvait être interprétée comme une question, mais Rebecka ne répondit pas non plus. Le médecin se leva et fit un signe à l'infirmière.

Une fois que l'injection fit effet, elle put respirer sans que ce soit trop douloureux.

Måns vint s'asseoir et il l'observa sans rien dire.

« Soif, murmura-t-elle.

— Tu n'as pas encore le droit de boire. On t'hydrate par l'intermédiaire de la perfusion. Ne bouge pas, je reviens. »

Il se leva. Elle saisit sa main au passage et la serra doucement.

« Ne sois pas fâché, s'il te plaît, dit-elle d'une voix rauque.

— N'essaye pas de m'amadouer, répliqua-t-il en s'éloignant vers la porte. Je suis absolument fou de rage. »

Il revint un instant plus tard, deux gobelets blancs à la main. Le premier contenait de l'eau avec laquelle il lui permit de se rincer la bouche. Dans l'autre, il y avait deux glaçons.

« Tu peux sucer ça, dit-il en entrechoquant les glaçons dans le gobelet. Il y a un flic dans le couloir qui voudrait te parler. Tu t'en sens capable ? »

Elle acquiesça.

Måns fit entrer Sven-Erik d'un geste et ce dernier vint s'installer au chevet de Rebecka.

« Les filles ? lui demanda-t-elle aussitôt.

— Elles vont bien, la rassura Sven-Erik. Nous sommes arrivés à la cabane peu de temps après que… enfin, quand tout était terminé.

— Comment avez-vous su… ?

— Nous sommes entrés dans l'appartement de Curt Bäckström et nous avons compris que nous devions vous retrouver au plus vite. On en parlera plus tard, si vous voulez bien. Disons que nous avons découvert chez lui des choses plutôt inquiétantes. Dans son frigo et dans son congélateur, surtout. Nous sommes d'abord passés dans la maison de Kurravaara, à l'adresse que vous aviez donnée à la police. Il n'y avait personne. Je vous avoue que nous avons forcé la porte. Ensuite, nous sommes allés interroger votre voisin.

— Sivving.

— C'est lui qui nous a conduits à la cabane où nous avons trouvé les enfants de Sanna Strandgård. La plus grande nous a raconté ce qui s'était passé.

— Vous êtes sûr qu'elles vont bien ?

— Oui, ça va. Sara a une joue gelée. Elle est sortie pour essayer de démarrer la motoneige. »

Rebecka poussa un gémissement.

« Je lui avais dit de rester à l'intérieur.

— Ne vous inquiétez pas. Elle n'a rien de grave. Elles sont ici, à l'hôpital, avec leur mère. »

Rebecka ferma les yeux.

« Je voudrais les voir. »

Sven-Erik se frotta le menton et consulta Måns du regard. Måns Wenngren haussa les épaules.

« Elle vient de leur sauver la vie, quand même.

— Bon, OK, dit Sven-Erik en se levant. J'en toucherai un mot à notre ami le docteur. Évitons d'en parler au substitut du procureur, peut-être ? »

Sven-Erik Stålnacke poussait le lit de Rebecka dans le couloir de l'hôpital. Måns suivait avec la potence.

« La journaliste de TV4 ne me lâche plus d'une semelle », dit Måns à Rebecka.

Le couloir dans lequel se trouvait la chambre qu'occupaient Sanna et ses filles était presque inquiétant tant il était désert. Mais c'est vrai qu'il était dix heures et demie du soir. Dans la salle de garde, un peu plus loin, on devinait la lueur bleutée d'un écran de télévision, mais aucun bruit. Sven-Erik donna un coup sur la porte de la chambre, puis il alla rejoindre Måns qui s'était mis un peu en retrait.

Olof Strandgård vint ouvrir. Son visage prit une expression dégoûtée en voyant Rebecka. Derrière lui elle aperçut Kristina et Sanna. Les fillettes n'étaient visibles nulle part. Peut-être qu'elles dormaient.

« Tout va bien, papa, dit Sanna en sortant de la pièce. Reste là avec maman et les filles, s'il te plaît. »

Elle referma la porte derrière elle et s'approcha de la tête du lit de Rebecka. Derrière la porte, ils entendirent Olof Strandgård s'exclamer :

« Elle a mis la vie de nos petites-filles en danger et tu voudrais que je la traite comme si elle était une héroïne ? »

Kristina Strandgård prononça quelques mots indistincts sur un ton apaisant.

« Eh bien, voyons ! répliqua son mari. Alors, si je jette quelqu'un dans un trou dans la glace et que je le repêche ensuite, ça fait de moi un héros parce que je lui ai sauvé la vie ? »

Sanna gratifia Rebecka d'une grimace qui signifiait : Ne t'occupe pas de lui. Nous sommes tous choqués et fatigués.

« Donne-moi des nouvelles de Sara. Et de Lova, dit Rebecka.

— Elles dorment. Je ne veux pas les réveiller. Je leur dirai que tu es venue. »

Elle ne me laissera plus les approcher, songea Rebecka, amère.

Sanna lui caressa la joue.

« Je ne t'en veux pas, dit-elle tendrement. Tu as fait ce que tu pensais être le mieux pour elles. »

Rebecka serra les poings sous la couverture couleur jaune paille. Puis, brusquement, sa main droite jaillit et se referma autour du poignet de Sanna, telle la mâchoire d'une martre sur la nuque d'un campagnol.

« Toi… » siffla-t-elle.

Sanna tenta de récupérer sa main, mais Rebecka serra plus fort.

« Qu'est-ce qui te prend ? couina Sanna. Qu'est-ce que j'ai fait ? »

Måns et Sven-Erik continuèrent leur conversation à quelques mètres de là, mais on sentait qu'ils étaient moins concentrés sur ce qu'ils étaient en train de se dire que sur ce qui se passait entre Rebecka et Sanna.

Sanna semblait rétrécir à vue d'œil.

« Qu'est-ce que j'ai fait ? dit-elle à nouveau.

— Je ne sais pas, Sanna. À toi de me le dire, répliqua Rebecka en s'agrippant au bras de la jeune femme aussi fort qu'elle le pouvait. Curt était amoureux de toi, c'est ça ? À sa façon à lui. Avec la démence qui le caractérisait. Tu lui as parlé des soupçons que tu nourrissais à l'égard de Viktor, n'est-ce pas ? Tu lui as fait ton numéro de pauvre petite femme sans défense qui ne sait pas quoi faire ? Tu as pleuré un petit peu en disant que tu voulais que Viktor sorte de ta vie, une bonne fois pour toutes ? »

Sanna sursauta comme si on l'avait giflée. L'espace d'une seconde, une expression sombre et inattendue passa dans son regard. De la colère. On aurait dit qu'elle voulait que ses ongles se transforment en griffes d'acier avec lesquelles elle pourrait arracher les entrailles de Rebecka. Cela ne dura qu'un instant, puis sa lèvre inférieure se mit à trembler. De grosses larmes se formèrent au bord de sa paupière inférieure.

« Je t'assure que je ne savais pas… sanglota-t-elle. Comment aurais-je pu savoir que Curt ferait une chose pareille… Comment peux-tu imaginer que je…

— Je ne suis même pas sûre que c'était Viktor qui avait fait du mal à tes filles, dit Rebecka. Je ne serais pas surprise que ce soit Olof. Depuis toujours. Mais évidemment, lui, il a tous les droits. Et maintenant, tu vas les lui confier à nouveau. Alors, sache que j'ai l'intention de déposer une plainte. Les services sociaux feront leur enquête et on verra ce qu'il en est. »

Les deux femmes venaient de se retrouver pendant un court moment sur une plaque de glace de début de printemps. Dans un endroit qui n'existait plus. La plaque s'était fendue et elles avaient dérivé chacune de leur côté. Irrémédiablement.

Rebecka détourna les yeux et lâcha le poignet de Sanna. On aurait presque dit qu'elle jetait loin d'elle la petite main blanche.

« Fatiguée », dit-elle.

Aussitôt, Måns et Sven-Erik se précipitèrent à son chevet. Ils prirent congé de Sanna en silence. Måns hocha sévèrement la tête. Sven-Erik lui accorda un bref sourire, uniquement avec les yeux. Ils échangèrent leurs places. Cette fois, ce fut Måns qui poussa le lit et Sven-Erik qui s'occupa de la potence. Sans un mot, ils emmenèrent Rebecka.

Sanna Strandgård les suivit des yeux jusqu'à ce qu'ils disparaissent au détour du couloir. Puis elle s'adossa à la porte close.

Cet été, songea-t-elle. Cet été je les emmènerai faire une randonnée à vélo. J'emprunterai une carriole pour Lova. Sara est assez grande pour me suivre avec sa propre bicyclette. Nous longerons la vallée de Tornedalen, elles vont adorer ça.

Arrivés devant les ascenseurs, Sven-Erik prit congé. Måns appuya sur le bouton et la porte de la cabine s'ouvrit. Il jura parce qu'il avait cogné le lit contre le fond. Tout en essayant d'empêcher la porte de se refermer, il tendit le bras pour récupérer le pied de la perfusion. Toute cette gymnastique l'avait essoufflé. Il mourait d'envie de boire un whisky. Il regarda Rebecka. Elle avait les yeux fermés. Peut-être s'était-elle endormie.

« Je me demande combien de temps tu vas supporter de te laisser trimballer par un vieux con qui ne sait pas conduire ? » dit-il avec un sourire d'autodérision.

Une voix impersonnelle sortant d'un haut-parleur au plafond annonça : « *Troisième étage* », et la porte s'ouvrit.

Rebecka garda les yeux fermés.

Continue à me trimballer tant que tu veux, songea-t-elle. Je ne suis pas en position de faire la difficile.

PUIS VINRENT LE SOIR ET LE MATIN
DU SEPTIÈME JOUR

Anna-Maria est en salle de travail, à quatre pattes sur le lit d'hôpital. Elle s'accroche si fort aux montants métalliques que ses jointures blanchissent. Elle plonge son nez dans le masque de gaz hilarant et inspire. Robert caresse ses cheveux trempés de sueur.

« Maintenant ! gueule-t-elle, la prochaine arrive ! »

La contraction la traverse comme une avalanche. Il n'y a plus qu'à l'accompagner. Elle contracte et pousse de toutes ses forces.

Deux sages-femmes se tiennent derrière elle. Elles crient et l'encouragent comme elles le feraient pour leur jument favorite sur un champ de courses.

« Allez, Anna-Maria ! Encore ! Encore ! Tu t'en sors très bien ! »

Au moment où la tête de l'enfant passe la ligne d'arrivée, la douleur est atroce, mais ensuite l'enfant coule d'elle comme une truite dans un torrent de montagne.

Elle n'a pas la force de se retourner mais sourit en entendant le cri furieux du nouveau-né.

Robert prend le visage de sa femme entre ses deux mains et l'embrasse avec fougue. Les larmes dégoulinent sur ses joues.

« Bravo, championne ! Tu es merveilleuse, dit-il, riant et sanglotant en même temps. C'est un petit garçon ! »

REMERCIEMENTS

Rebecka Martinsson reviendra, on ne l'abat pas comme ça. Il faut juste lui laisser un peu de temps. N'oubliez pas que cette histoire est inventée et ses personnages également. Certains lieux figurant dans le roman sont fictifs, le temple de cristal, par exemple, ou encore l'escalier de l'immeuble de la famille Söderberg.

Il y a beaucoup de gens que j'aimerais remercier, et je vais en citer quelques-uns : Karina Lundström, docteur en droit, ex-enquêtrice de choc dans la police où ses collègues la surnommaient Kritan. Elle m'a dit tout ce qu'elle savait sur les armes à feu et les banques de données de la police. Mesdames Viktoria Lindgren, assesseur au tribunal et Maria Widebäck, magistrate. Le professeur Jan Lindberg et Kjell Edh, assistant légiste, qui m'ont conseillée dans ma description du cadavre et de la salle d'autopsie. Birgitta Holmgren pour les informations concernant l'hôpital psychiatrique de Kiruna. Sven-Ivan Mella, producteur de Shiitakés pour le passage sur les champignons, la mine et l'homme qui a disparu.

Je suis personnellement responsable de toutes les erreurs qui se trouvent dans cet ouvrage. Soit parce que j'ai omis de demander certains détails aux personnes citées plus haut, soit parce que j'ai mal compris leurs explications ou parce que j'ai oublié d'écouter ce qu'elles me disaient. Le plus important à mes yeux étant d'avoir su rendre mes mensonges crédibles. Enfin, quand la fiction s'est trouvée en conflit avec la réalité, j'ai systématiquement choisi la fiction.

Merci également à l'équipe chirurgicale littéraire formée par Hans-Olov Öberg, Marcus Tull et Sören Bondeson (d'avoir soupiré, gémi, secoué la tête et parfois grogné leur approbation). Merci à Gunnar Nirstedt, éditeur, pour son avis éclairé, à Elisabeth Ohlson Wallin et à John Eyne pour la couverture du livre original. À ma mère et à Eva Jensen de m'avoir poussée à écrire plus vite et avoir trouvé que TOUT était FANTASTIQUE. Merci aussi à Lena Andersson et à Thomas Karlsen Andersson pour leur amitié et leur hospitalité lors de mon séjour à Kiruna.

Et pour finir : Per, s'il te plaît, fais sortir le tigre…

PAPIER À BASE DE FIBRES CERTIFIÉES

Le Livre de Poche s'engage pour l'environnement en réduisant l'empreinte carbone de ses livres. Celle de cet exemplaire est de :
350 g éq. CO_2
Rendez-vous sur www.livredepoche-durable.fr

Composition réalisée par PCA

Achevé d'imprimer en février 2020, en France sur Presse Offset par
Maury Imprimeur – 45330 Malesherbes
N° d'imprimeur : 243007
Dépôt légal 1re publication : mars 2020
LIBRAIRIE GÉNÉRALE FRANÇAISE – 21, rue du Montparnasse – 75298 Paris Cedex 06

73/9048/7